HEYNE
BÜCHER

SAMANTHA JAMES

ERFÜLL MEIN VERLANGEN

Roman

Deutsche Erstausgabe

WILHELM HEYNE VERLAG
MÜNCHEN

HEYNE ROMANE FÜR »SIE«
Nr. 04/237

Titel der Originalausgabe
EVERY WISH FULFILLED

Aus dem Amerikanischen
von Annette Charpentier

Besuchen Sie uns im Internet
http://www.heyne.de

Printed in Germany 1998
Umschlagillustration: Pino Daeni/Agentur Schlück
Umschlaggestaltung: Atelier Ingrid Schütz, München
Satz: Buch-Werkstatt GmbH, Bad Aibling
Druck und Bindung: Elsnerdruck, Berlin

ISBN 3-453-13735-3

Prolog

Am Stadtrand von London, 1815
Hawksgrove Inn

Ganz allmählich verflüchtigte sich das Zwielicht der Abenddämmerung durch die Fensterläden. Die düsteren Schatten der Dunkelheit drangen in den Raum ein ... und mit ihnen das häßliche Gespenst des Todes.

Ein Mann – Charles Tremayne, Earl of Deverell – lag matt und entkräftet im Bett des vornehmsten Zimmers des Gasthofs, die langen, edlen Finger in den seidenen Bettüberwurf gekrallt. Früher einmal war Charles Tremayne kräftig und robust gewesen, ein Bild von einem Mann. Aber nun hatte die Krankheit seine Lungen zerfressen; sein Leiden hatte ihm die letzte Kraft geraubt, seine Muskeln waren erschlafft, und er war nur noch ein blasser Schatten seines früheren Selbst. Das bißchen Luft, das noch in seine Lungen drang, rasselte wie der Atem eines todkranken alten Mannes.

In der Ecke des Zimmers hielt eine Gestalt Wache bei dem Earl of Deverell. James Elliot beobachtete den Kranken, die Beine weit ausgestreckt, die Arme vor der breiten Brust verschränkt, gleichgültig und teilnahmslos. Aus seinen Augen sprach eine tiefe Ungeduld; seine Lippen wurden schmal. *Stirb,* beschwor er den Earl insgeheim. *Beeil dich und stirb, Mann.* Er war ernsthaft versucht, ein Kissen zu nehmen, es dem Jammerlappen aufs Gesicht zu drücken und ihn so von seinem Elend zu erlösen, denn er war erpicht darauf, rechtzeitig zum Abendessen nach Hause zu kommen – auch wenn ihn in der winzigen Hütte, die er sein Zuhause nannte, nicht gerade ein Übermaß an Behaglichkeit erwartete. Aber immerhin war er dort sein eigener Herr – Gebieter über sein Haus und alle seine Bewohner.

Und dort gab er die Befehle.

In seinem Bett hob Charles Tremayne den Kopf. »James«, krächzte er schwach. »Du warst so gut zu mir, James.«

Gut zu ihm? James Elliot zog eine höhnische Grimasse. Er hatte getan, was man ihm aufgetragen hatte – er hatte den Mann während seiner Krankheit gepflegt. Er hatte dem Earl Suppe eingeflößt und ihm das Kinn abgewischt. Unzählige Male hatte er in den letzten zwei Wochen den stinkenden Nachttopf ausgeleert. O ja, dachte James finster. Henry Foster, der Wirt des Gasthofs, hätte ihm das Fell über die Ohren gezogen – und ihn an die Luft gesetzt –, wenn er sich geweigert hätte, seine Anweisungen zu befolgen.

Einen Augenblick lang flammte offener Haß in James Elliots Augen auf. Zum Teufel mit Foster, am liebsten hätte er ihn mit einem Tritt in seinen fetten, wabbeligen Arsch die Treppe hinunterbefördert.

Aber auf seinen Schultern lastete die Verantwortung für eine Frau und – schlimmer noch – eine Tochter.

Seine Tochter. Seine Lippen preßten sich beim Gedanken an sie zusammen. Lästige kleine Heulsuse. Ihretwegen hatte er seinen linken Daumen eingebüßt – ein Augenblick, der sich auf ewig in sein Gedächtnis gebrannt hatte.

Es war im vergangenen Herbst gewesen, er hatte auf dem Boden gekniet und Späne geschlagen; sie war zu ihm gelaufen und hatte ihn am Arm angestoßen. Schon war es passiert … Er hatte vor Wut und Schmerz aufgeheult, ein Holzscheit ergriffen und sich auf sie gestürzt. Die kleine Hexe! Sie hatte ihn zum Krüppel gemacht …

Aber sie ist jetzt ebenfalls ein Krüppel, dachte er mit Genugtuung.

»James. Komm näher zu mir, James.«

James schluckte eine heftige Entgegnung hinunter und tat, wie ihm geheißen wurde.

»Das Datum, James. Welches Datum haben wir heute?«

»Den elften März, Mylord.«

Charles Tremayne wandte den Kopf auf dem Kissen zur Seite. »Seit fast zwei Wochen liege ich nun schon hier. Ich sollte spätestens Mitte des Monats wieder zu Hause sein.« Ein schwacher Seufzer entrang sich seinen trockenen, aufgesprungenen Lippen. »Der Arzt hatte recht. Ich hätte meine Frau, meine Sylvia, rufen lassen sollen. Aber ich dachte, diese alberne Infektion würde vorübergehen, und ich wäre bald wieder gesund und auf dem Weg nach Hause zu meiner Familie in Yorkshire. Nicht im Traum habe ich geahnt, daß sich mein Zustand so schnell verschlechtern würde ... Ich war zu starrköpfig, und nun werde ich meine Söhne Giles und Damien niemals wiedersehen. Nie mehr werde ich meine süße Sylvia in den Armen halten.« Seine Augen füllten sich mit Tränen. »Jetzt erkenne ich es, jetzt, da es zu spät ist ...«

James Elliot verdrehte mit einer boshaften Grimasse die Augen. Wie lange mußte er sich das Gebrabbel dieses alten Trottels noch anhören?

Der Earl hustete, ein gequälter Laut, der seinen ganzen Körper erschütterte.

Es dauerte eine Weile, bevor er wieder sprechen konnte.

»Du hast gut für mich gesorgt, James. Meine Sylvia wird dich für deine Mühe belohnen, das verspreche ich dir. Aber jetzt muß ich dich noch um eine Gefälligkeit bitten, denn ich habe sonst niemanden, an den ich mich wenden könnte, niemanden außer dir.« Mit zitternder Hand deutete der Earl zum Schreibsekretär. »Dort an der Seite des Sekretärs, James, befindet sich ein Stoffbeutel. Sieh hinein, du wirst darin eine Schmuckschatulle finden.«

Elliot drehte den Kopf nach links. Mit zusammengekniffenen Augen versuchte er die Schatten der Dunkelheit zu durchdringen. Tatsächlich, da lehnte ein kleiner Stoffbeutel an der Seite des Schreibtischs. Er befolgte die Anweisung des Earls und förderte ein längliches Silberkästchen zutage.

»Ist es das? Ist das die Schmuckschatulle?«

»Ja, das ist sie, James.« Die Stimme des Grafen wurde schwächer. »James, ich werde nie mehr das Licht eines neuen Tages erblicken. Aber ich muß dich bitten, die Schmuckschatulle meiner Frau Sylvia in Yorkshire zu überbringen. Die Münze darin soll dein Lohn für die Reise sein, die dich, wie ich fürchte, ein paar Tage deiner Zeit kosten wird. Ich flehe dich an, bitte, tu dies für mich, denn verborgen in der Schatulle ist mein Vermächtnis an meine Frau, ein unerhört kostbarer Schatz, den sie, so bete ich, finden wird ... Sie wird wissen, wo er zu finden ist, denn sie allein kennt das Geheimnis ...«

Das waren die letzten Worte des Earl of Deverell.

Der Mann im Bett war vergessen. Eine Ewigkeit lang starrte James auf das silberne Schmuckkästchen, seine Gedanken überschlugen sich.

Ehrfürchtig fuhr er mit der Fingerspitze über den verschnörkelten Deckel der Schatulle, aber aus seinen Augen sprach nichts als pure Habgier. In einem kleinen Oval in der Mitte des Deckels war ein Wort eingraviert; da er nie lesen gelernt hatte, bedeutete es wenig für ihn.

Seine harten Lippen verzogen sich zu einem wölfischen Grinsen. Er brach in ein Gelächter aus, das jedem anderen – wäre noch ein lebendiges Wesen im Raum gewesen – eine Gänsehaut über den Rücken gejagt hätte.

»Es ist so einfach«, stieß er unter Heiterkeitsausbrüchen hervor. »So verdammt *einfach* ...«

Er empfand kein Mitleid, weder für den soeben Verstorbenen noch für dessen Frau oder Familie. Keine Scham für das, was er im Schilde führte.

Denn James Elliot war ein Mann ohne Mitleid. Ein Mann ohne Scham.

Ein Mann ohne Skrupel.

Eine Stunde später stürmte er in eine winzige Hütte, die an einer mit Schlammfurchen durchzogenen Straße lag. Seine Frau Justine blickte von ihrem Platz in der Wärme eines kärglichen Feuers auf. Sie erhob sich und zog einen schmutzigen Schal fester um die Schultern.

»Was hat dich aufgehalten?« fuhr sie ihn an. »Dein Abendessen ist angebrannt, und natürlich wirst du mir wieder die Schuld geben. Aber du bist selbst schuld, wenn du heute abend hungrig zu Bett gehst, James Elliot, weil ich mich nämlich zum Teufel noch mal nicht mehr darum kümmern werde!«

Elliots triumphierendes Grinsen entblößte eine Reihe schiefer gelber Zähne. »Zur Hölle mit dem Abendessen«, sagte er unwirsch. In den Händen hielt er einen Stoffbeutel, den er jetzt hochhielt. »Am Ende des morgigen Tages werden wir ein Festmahl halten, so wahr ich James Elliot heiße.«

Justine hatte die Hände in die Hüften gestemmt und wie in Erwartung eines Angriffs eine kampfbereite Haltung eingenommen. Auf seine Worte hin musterte sie ihn von oben bis unten, als glaubte sie, nicht richtig gehört zu haben. Ihre Augen verengten sich.

»Was soll das heißen?« fragte sie höhnisch. »Ein Festmahl von dem Hungerlohn, den du nach Hause bringst? Oder warst du auf der Jagd anstatt zu arbeiten, James Elliot?«

Statt einer Antwort holte er die silberne Schmuckkassette hervor und hielt sie triumphierend in die Höhe.

Als er sie auf einen Tisch mit wackligen Beinen stellte, veränderte sich ihre Miene schlagartig. Ein kleines schwarzhaariges Mädchen war herbeigetrottet und stand nun dicht neben dem Vater. Neugierig streckte es einen kleinen Finger nach dem glänzenden Metall aus.

Der Vater wirbelte herum. »Faß das nicht an, du Balg!« fauchte er. Mit dem Handrücken versetzte er dem Kind eine so heftige Ohrfeige, daß es zu Boden stürzte. Seine Lippen zitterten, aber es gab keinen Laut von sich.

Elliot starrte seine Tochter haßerfüllt an. Widerliche kleine Ratte! dachte er wütend. Herrje, wie sehr er sich wünschte, daß dieses Balg nie geboren wäre!

Justine kümmerte das wenig. »Marsch ins Bett«, befahl sie grob, »und laß dich ja nicht vor morgen früh wieder blicken.«

Das Kind kroch zu einem Strohsack in der Ecke. Dort rollte es sich zitternd zu einer kleinen Kugel zusammen.

Die Eltern hatten die Anwesenheit ihrer Tochter vergessen. Justine deutete mit einem Nicken zu der Schatulle. »Das ist wirklich ein schönes Stück, James. Wie bist du daran gekommen?«

»Du weißt doch, daß ich den Earl gepflegt habe? Sagen wir, ich habe ihn ein bißchen früh von seinen Besitztümern befreit.« Elliot grinste zufrieden über seine eigene Schlauheit. »Es ist eine Schmuckschatulle.«

Bei diesen Worten kam Leben in Justine. »Eine Schmuckschatulle!« Sie öffnete das Kästchen hastig, nur um zu entdecken, daß die Fächer im oberen Teil leer waren und die darunterliegenden ebenfalls. Sie fuhr in wütender Bestürzung herum. »Sie ist ja leer, du Bastard!«

Elliots Kiefer arbeitete. »Hüte deine Zunge«, zischte er mit zusammengebissenen Zähnen.

Justine schien es auf einen Streit abgesehen zu haben, entschied sich aber dann offensichtlich anders und sagte mürrisch: »Na schön, ist auch egal. Sie wird uns einen guten Preis bringen, nehme ich an.«

»Wir werden sie nicht verkaufen.« Elliots Stimme klang selbstgefällig. »Jedenfalls jetzt noch nicht.«

Justines tiefliegende Augen flammten auf. »Und warum nicht? Sie ist nicht besonders kostbar – ich hätte bei einem Earl eine juwelenbesetzte Schatulle erwartet –, aber sie ist sicherlich mindestens soviel wert wie ein halber Jahreslohn!«

Elliots Lächeln verblaßte. »Wenn du endlich aufhören würdest zu nörgeln, sage ich dir warum. Der Earl hat nämlich folgendes vor seinem Tod gesagt: ›Verborgen in dieser Schatulle ist mein Vermächtnis‹«, zitierte er, »›ein unerhört kostbarer Schatz.‹«

Justine starrte erst ihn an, dann die Schatulle. »Was?« fragte sie verständnislos. »Willst du damit sagen, da drin ist ein Schatz versteckt?«

»Genau das will ich sagen!«

Was meinst du, was es ist? Gold, Juwelen?« Sie konnte ihre Aufregung nur mit Mühe im Zaum halten.

Elliot hatte glänzende Augen. »Was spielt das für eine Rolle? Es ist ein unerhört kostbarer Schatz! Oh, welche Pläne ich mit diesem Schatz habe!« In seiner Miene zeigte sich diebische Freude. »Wir werden reich sein, Justine. Stell dir vor, wir werden reich sein!«

Ihre Augen weiteten sich. »Oh«, hauchte sie. »Oh, du meine Güte.«

»Oh, du meine Güte, das kann man wohl sagen.« Elliot stieß ein kehliges Gelächter aus. Als seine Frau begehrlich und in offenkundiger Absicht nach der Schmuckschatulle griff, packte er sie bei den Händen. »Nein. Später ist Zeit genug, den Schatz zu suchen«, knurrte er und riß sie grob an sich. »Im Augenblick steht mir der Sinn nach etwas anderem.«

Justine gab sich gefügig und zog seinen Kopf zu sich herunter. »Ah«, murmelte sie. »Du hast noch nicht zu Abend gegessen, nicht wahr?«

Elliot preßte die Schwellung seiner Lenden an ihre Hüften. »Zur Hölle mit dem Abendessen«, brummte er. »Mein Hunger ist anderer Art.«

Doch plötzlich löste sich Justine von ihm. »Warte«, befahl sie. Aus dem hintersten Winkel eines Schranks auf der anderen Seite des Raums holte sie eine dunkle, verstaubte Flasche hervor und öffnete sie. Dann goß sie die dunkelrote Flüssigkeit in einen schmuddeligen Becher. Lächelnd kehrte sie zu ihrem Mann zurück und reichte ihm den Becher.

Elliot umfaßte ihn mit beiden Händen, der linke Daumen nur ein kurzer Stummel auf dem matt angelaufenen Metall. Seine gute Laune war wiederhergestellt. »Du hast ihn also vor mir versteckt, was? Selbst schuld, Weib, denn jetzt trinke ich ihn ganz allein.« Er hob den Becher an seine feuchtglänzenden Lippen und trank in gierigen Zügen.

Justine beobachtete ihn schläfrig, während er den Inhalt des Bechers in sich hineinschüttete. Aber bevor er die letzten Tropfen aus dem Becher schlürfen konnte, streckte sie die Hand danach aus.

Sie tauchte zwei Finger in die Flüssigkeit, die noch im Becher war. Dann zog sie ihr Kleid auseinander und reckte ihm ihre nackten üppigen Brüste entgegen. Ohne den Blick von seinen glitzernden Augen abzuwenden, fuhr sie mit den Fingerspitzen um ihre groß aufgerichteten braunen Nippel, die feucht und dunkel glänzten vom Wein.

Ein verführerisches Lächeln umspielte ihre Lippen. »Dein Abendessen, James«, schmeichelte sie.

Elliot bleckte die Zähne. Eine wüste Verwünschung entrang sich seinen Lippen. Seine Hand nestelte an seiner Hose. Er packte seine Frau, noch während er sein Geschlecht herauszog.

Sekunden später lag sie flach unter ihm auf der klumpigen Matratze. Sein Mund bearbeitete wütend den ihren. Mit einem Grunzen stieß er hart in sie hinein.

Geräuschvolles Schnarchen erfüllte den Raum, als Justine sich unter seinem schweren Körper hervorwälzte. Nackt ging sie zu dem silbernen Schmuckkästchen hinüber. Sie würdigte das Kind, das mit tränenverschmierten hohlen Wangen in der Ecke schlief, kaum eines Blickes.

Mit einer Hand strich sie über das glatte Metall. James hatte also wahrhaftig Pläne mit seinem neuerworbenen Schatz?

Ein Lächeln schlich sich um ihren Mund. Aber ja, die hatte sie auch.

Am Morgen war sie verschwunden, und die Schmuckschatulle – sowie das kleine Mädchen – mit ihr.

James Elliot hatte einen Wutausbruch, der tagelang anhielt. Eines Nachts verwüstete er im Suff die Einrichtung einer Schenke und tötete zwei Männer, die ihn daran zu hindern versuchten.

Was Wunder, daß er zu zwanzig Jahren Zuchthaus verurteilt wurde, die er in Newgate verbüßte.

Was Justine betraf, so überlebte die bedauernswerte Seele keine zwei Wochen. Und so blieb das arme kleine Würmchen, das ihre Tochter war, allein, ohne Vater und Mutter in der Welt zurück.

Manch einer hätte gesagt, daß dies ein Segen für das Mädchen war.

Aber unglückseligerweise sollte die Zeit kommen … Die Zeit, die beider Schicksal wieder zusammenführen würde …

Vater und Tochter hatten sich nicht für immer aus den Augen verloren.

1. Kapitel

Lancashire, zwanzig Jahre später

Hätte er doch nur sagen können, daß es guttat, wieder in England zu sein.

Seit seinem letzten Aufenthalt waren fast vier Jahre verstrichen. Natürlich hatte er damit gerechnet, irgendwann zurückzukehren. Ja, er hatte sich sogar schon auf der Rückreise befunden …

Nie im Leben hatte er damit gerechnet zu erfahren, daß sein Bruder tot war.

Wie eine schwarze Wolke stieg der Zorn in ihm auf. Höllenqualen brodelten in seinem Innern, rangen darum, aus ihrem Gefängnis befreit zu werden. Nein, dachte er, nicht einfach nur tot …

Ermordet.

Damien Lewis Tremayne saß hoch aufgerichtet im Sattel seines glänzenden Rapphengstes und rührte sich nicht. Roß und Reiter wirkten wie aus Stein gemeißelt. Doch sein Herz war von rasendem Schmerz zerrissen, sein Lebensmut von trostloser Verzweiflung getrübt. Und während er über das weite Tal starrte, war sein Bewußtsein, sein gesamtes Sein nur von einem einzigen Gedanken erfüllt.

Er war der Letzte der Tremaynes.

Sein Vater war schon vor vielen Jahren aus der Welt geschieden. Seine Mutter war ihm nach ein paar kurzen Jahren gefolgt. Und jetzt Giles …

Ihm war unendlich schwer ums Herz. Es war ein sonniger Aprilmorgen, warm für diese Jahreszeit, erfüllt von den Farben des Lebens. Das klare Blau des Himmels spannte sich in endloser Weite. Der Wiesenhang war übersät mit leuchtend gelben Narzissen, wie ein Meer aus goldenem Sonnenschein. Es duftete nach frischer Landluft und süßem Morgentau ... Aber durch seine Adern rann winterliche Kälte, die dunkelsten Schatten der Nacht verfinsterten seine Miene. Und in seiner Seele toste ein wilder Gewittersturm.

Er – Damien Lewis Tremayne – trug nun die ganze Verantwortung ... Nein, nicht als der neue Earl of Deverell – sondern als der Bruder eines Mannes, der eines gewaltsamen Todes gestorben war, sinnlos, durch die Hand eines anderen ...

Er würde den Mörder seines Bruders finden.

Und er würde Giles' Tod rächen, denn eher durfte er nicht ruhen.

Eher *würde* er nicht ruhen.

Erst als ihm dieser Gedanke durch den Kopf ging, wendete er endlich sein Pferd. In diesem Augenblick sah er sie – eine Frau, die ihn aus dem Schatten einer knorrigen Eiche betrachtete. Sie saß auf einer ausgebreiteten Decke auf der Wiese, die Beine unter dem Rock hochgezogen. In ihrer Armbeuge lag ein großer Skizzenblock; in der Hand hielt sie einen Kohlestift.

Ihre Blicke begegneten sich. Als sie merkte, daß er sie entdeckt hatte, stockte ihre Hand. Sie drückte den Zeichenblock etwas schuldbewußt, wie er fand, an die Brust.

Damien ritt zu ihr hin. Ein paar Schritte vor ihr hielt er das Pferd an, stieg aus dem Sattel und ging auf sie zu. Die Frau blieb auf der Decke sitzen, ihr schlanker Hals bog sich, als sie zu ihm aufblickte. Angesichts ihrer geweiteten, unentwegt auf ihn gerichteten Augen kam er sich vor wie der leibhaftig gewordene Teufel. Er konnte sich nicht vorstellen, was an ihm eine solche Furcht hervorrufen konnte. Sicher, er war größer als so mancher andere, aber in seinem lose fallenden weißen Hemd, den dunklen Reithosen und Stiefeln gab er bestimmt kein Bild ab, vor dem sich das Mädchen fürchten mußte.

»Hallo«, murmelte er.

Ihre Lippen teilten sich. Einen Augenblick lang glaubte er, sie werde sich weigern, mit ihm zu reden. Aber nein, sie erwiderte seinen Gruß, und zwar mit leiser, melodischer Stimme, die ihm verriet, daß sie keineswegs Angst hatte, sondern allenfalls auf der Hut war.

»Guten Morgen, Sir.«

Er zog einen Mundwinkel nach oben und suchte nach Worten, um auch den letzten Rest Argwohn in ihr zu zerstreuen. »Ich konnte nicht umhin zu bemerken, daß Sie mich beobachten. Haben Sie mich gezeichnet?«

Nach einem kaum merklichen Zögern antwortete sie: »Ja. Ja, das habe ich. Ich hoffe, Sie nehmen es mir nicht übel.«

»Ganz und gar nicht«, erwiderte er galant. Er ließ sich in die Hocke nieder. »Darf ich das Bild sehen?«

Sie zögerte, ihr Unbehagen war deutlich zu spüren – und noch deutlicher ihre Zurückhaltung –, aber schließlich reichte sie ihm die Skizze.

Damien betrachtete sie prüfend. Obwohl sie noch nicht fertig war, sah Damien, daß es ihr mit wenigen kühnen, kraftvollen Strichen gelungen war, jede Facette seiner düsteren Stimmung – seine Wut, seine unendliche Trostlosigkeit – einzufangen.

Es mißfiel ihm. Es mißfiel ihm zutiefst.

Langsam wendete er ihr den Blick wieder zu. »Ich möchte es gern haben.« Er teilte ihr seine Wünsche ohne Umschweife mit.

»Oh, aber es lohnt sich kaum, ein so hastig hingeworfenes Bild aufzubewahren.« Mit einem Kopfschütteln wies sie seinen Wunsch nicht weniger unumwunden zurück. »Es wäre mir peinlich, eine so mittelmäßige Arbeit aus der Hand zu geben.«

Er blieb freundlich, aber unerbittlich. »Im Gegenteil, Miss. Es ist wirklich gut gelungen, und ich möchte es haben. Der Preis spielt keine Rolle.«

»Aber es geht mir nicht ums Geld, Sir. Es ist – es ist ganz einfach nicht zu verkaufen.«

Eine Möglichkeit ging ihm flüchtig durch den Kopf. Er überlegte, ob er das Bild einfach nicht zurückgeben sollte, denn er war nicht der Mann, der seine Gefühle für alle und jeden sichtbar zur Schau trug; Es war, als hätte das Mädchen einen Teil von ihm erhascht, den er lieber verborgen hielt. Ihm war zumute – oh, als wäre er bei einer verbotenen Tat ertappt worden.

Aus dem Augenwinkel sah er eine kleine Kutsche und ein Pony, das in der Nähe graste. Es wäre ihm ein leichtes gewesen, in den Sattel seines Hengstes zu steigen und davonzupreschen; sie würde ihn nie und nimmer einholen können.

Er zog eine dunkle Braue hoch. »Sie sind sehr bescheiden«, bemerkte er.

Ihre kleinen weißen Zähne gruben sich in die volle Unterlippe. »Bescheiden?« entgegnete sie leichthin. »Nein, Sir, nur aufrichtig. Es wäre Diebstahl, Ihnen für dieses Bild Geld abzunehmen – es ist ja noch nicht einmal fertig!«

Damien rang um Geduld. Warum war sie nur so starrsinnig? Zum ersten Mal sah er sie jetzt an … sah sie *wirklich* an.

Ihre Schönheit traf ihn wie ein Schlag in die Magengrube.

Sie war bezaubernd, aber auf eine ganz unmodische Art. Ihr Kleid war ziemlich ausgeblichen und alt, die Schnüre des Mieders hatte sie wegen der Wärme gelöst; die geschwungene Linie ihres Nackens zeigte eine makellos glatte Haut, die von der Sonne leicht gebräunt war. Ganz offensichtlich gehörte sie nicht zu den Londoner Damen, die sich nie ohne Hut oder Sonnenschirm ans Tageslicht wagten. Ihr Haar war auch nicht zu einer wilden Lockenpracht aufgetürmt, wie es gerade Mode war. Es fiel ihr glatt und glänzend über den Rücken, so dunkel, daß es fast schwarz wirkte. Mit ihren bloßen Füßen, deren kleine rosige Zehen unter dem Rocksaum hervorlugten, erinnerte sie ihn an eine Zigeunerin.

Ihre Augen aber waren es, die eine besondere Faszination auf ihn ausübten, und seine Augen verengten sich zu einem Ausdruck unverhüllter Bewunderung. Er hatte noch nie im Leben Augen von einer solchen Färbung gesehen. Sie waren überwältigend, von tiefstem Veilchenviolett.

Die Farbe von Heidekraut in voller, leuchtender Blüte ...

Wer war sie? Ein Mädchen aus dem Dorf? Und wo hatte sie so hervorragend Zeichnen gelernt? Ein Naturtalent? Ganz sicher war es so. Aber ihre Sprache war nicht eloquent. Vielleicht arbeitete sie als Dienstmädchen in Lockhaven Park, dessen Besitzerin er noch heute nachmittag einen Besuch abzustatten gedachte. Bei diesem Gedanken spürte er einen Knoten im Magen. Er freute sich nicht gerade auf die Begegnung mit Miss Heather Duval, der Herrin von Lockhaven. Er hatte eine ziemlich deutliche Vorstellung davon, was ihn dort erwartete – eine zänkische, berechnende Jungfer, deren Aussehen vermutlich bestens zu ihrem Charakter paßte. Kein Wunder, daß sie noch auf der Suche nach einem Ehemann war.

Unwillig schob er den Gedanken beiseite. Er hatte keine Lust, sich über Heather Duval Gedanken zu machen. Viel lieber hätte er dieses Bild des Liebreizes mit in sein Zimmer im Gasthof genommen und sie geliebt bis zu dem Augenblick, in dem er aufbrechen mußte.

O ja, ging es ihm durch den Kopf, während sich die Begierde in seinen Lenden regte. Wenn das Mädchen nur willig war, so wollte er ihr jede Faser ihres Kleides vom Körper streifen und sein wehes Herz – und seine Härte – in den Tiefen ihres Schoßes vergraben. Er konnte sich kein besseres Mittel vorstellen, die Finsternis aus seinem Herzen zu verbannen.

»Haben Sie einen Namen, mein Fräulein?«

Wieder dieses Zögern, während sie ihn durch den dichten Schleier ihrer langen Wimpern musterte. »Alice«, murmelte sie schließlich.

»Nun, Alice, sind Sie sicher, daß ich Sie nicht überreden kann, mir das Bild zu überlassen?« In Wahrheit interessierte ihn das Bild nicht mehr. Vielmehr widerstrebte ihm der Gedanke, sie zu verlassen. Er wünschte sogar, sie würde ihn auffordern, zu bleiben und sich zu ihr zu setzen.

Ihre Wangen hatten sich mit einem rosigen Hauch überzogen. »Ich glaube nicht, Sir«, erwiderte sie leise.

»Dann habe ich offensichtlich keine Wahl.«

Er gab ihr das Bild zurück und hatte dabei die vage Vorstellung, daß sie von kleiner Statur sein mußte, denn sie hatte schmale Schultern, eine schlanke Taille und Hände, die kaum größer waren als die eines Kindes. Er wünschte, sie würde aufstehen, denn er hatte plötzlich das Bedürfnis zu sehen, wie sie sich bewegte. Ihr Gang mußte gewiß voller Geschmeidigkeit und Anmut sein – und er konnte sie fast unter sich spüren im Tanz der Leidenschaft, die geschwungene Linie ihrer schlanken Gliedmaßen, ihre wilde Sinnlichkeit.

Wie um ihn noch stärker in Versuchung zu führen, schmiegte ein plötzlicher Windstoß ihr Kleid so eng an den Körper, daß sich die Rundungen ihrer festen jungen Brüste deutlich abzeichneten.

Als sie seinen Blick auf ihrem Busen bemerkte, vertiefte sich die Röte auf ihren Wangen. Ihre freie Hand flog in die Höhe, als wollte sie sich vor seinen prüfenden Blicken schützen.

»Aber Alice, es gibt keinen Grund, einen solchen Liebreiz zu verbergen.«

Sie war offensichtlich beunruhigt, obwohl sich Damien absolut nicht vorstellen konnte, warum. Er war doch sicher nicht der erste Mann, der ihr eine solche Aufmerksamkeit schenkte. »Sir«, stieß sie atemlos hervor, »Sie scheinen mir ziemlich forsch zu sein.«

Und überdies voller Reue, denn er war nicht der Mann, der sich in Aufmerksamkeiten erging, wenn diese nicht erwünscht waren.

Er deutete ein Lächeln an. »Schon möglich«, pflichtete er ihr bei. »Aber ich werde Sie nicht länger behelligen, Alice, und mich von Ihnen verabschieden. Ich hoffe, wir sehen uns wieder, und Sie gestatten mir, meinen Fehler wiedergutzumachen.«

Mit einer tiefen Verbeugung entfernte er sich. Es war nur ein kurzer Ritt zum *Eppingstone Inn* zurück, wo er Quartier bezogen hatte. Der Gasthof, ein hundert Jahre altes Gebäude aus Ziegel, Holz und Natursteinen, war ein Ort der Rast für Reisende und der Geselligkeit für die Dorfbewohner, die hier in den freien Abendstunden Erholung von ihrem täglichen Arbeitstrott suchten. Der Boden war mit breiten, roh behauenen Dielen ausgelegt, die an vielen Stellen ausgetreten und eingekerbt waren und die Spuren unzähliger Gäste und vieler, vieler Jahre zeigten. Es roch schon in den frühen Morgenstunden nach Ale, aber der Geruch war nicht unangenehm, denn er vermischte sich mit den Bratendüften, die aus der Küche herüberdrangen.

In dem riesigen gemauerten Kamin im Schankraum loderte ein Feuer; die im Umkreis seiner Wärme aufgestellten Tische waren noch unbesetzt, als Damien den Raum auf dem Weg zu seinem Zimmer im ersten Stock durchquerte. Er war froh darüber, denn ihm war in diesem Augenblick nicht nach Gesprächen zumute. Dennoch fühlte er sich in den folgenden Stunden von einer merkwürdigen Ruhelosigkeit getrieben.

Sie ging ihm einfach nicht aus dem Kopf – Alice, das Mädchen mit den veilchenblauen Augen. Sie besaß eine süße, bezaubernde Schönheit, die ihn auf eine Weise in ihren Bann gezogen und gereizt hatte, wie er es schon lange, lange Zeit nicht mehr erlebt hatte. Er dachte ernsthaft daran, hinauszulaufen und nach ihr zu suchen, bis er sie gefunden hatte …

»Genug damit!« Verärgert über sich selbst sprang er aus dem Bett und griff nach seinem Rock. Er war aus einem ganz bestimmten Grund hier – nicht um mit einem Frauenzimmer namens Alice ins Bett zu gehen, auch wenn sie noch so schön war. Es war an der Zeit, die Sache in Angriff zu nehmen.

Die Aufgabe, einen Mörder zu finden.

Denn dieser Schwur war es, der ihn nach Lancashire geführt hatte, der seine Lippen verhärtete und seine Schultern straffte. Seine Schritte hallten wie Schläge auf den glatten, ausgetretenen Stiegen, als er die schmale Treppe hinuntereilte.

»Gehen Sie aus, Mr. Lewis?«

Die Stimme kam aus einer Ecke des Gastraums. Damien blickte auf und entdeckte Simpson, den Wirt, der an einem der Tische Tafelsilber polierte. Er lüftete den Hut in Richtung dieses stattlichen Gentleman mit dem Backenbart und zügelte seine Ungeduld.

»O ja, Mr. Simpson. Ich habe heute nachmittag eine Verabredung mit Miss Heather Duval in Lockhaven Park, um mich für den Posten des Gutsverwalters zu bewerben.«

»Ach ja. Robins Tod kam ziemlich unerwartet, wissen Sie.«

Ein Jammer, sicherlich – aber gleichzeitig ein Glücksfall für ihn. Cameron, der Detektiv, den Damien engagiert hatte und der ihm bei der Suche nach Giles' Mörder behilflich sein sollte, hatte in Erfahrung gebracht, daß der Gutsverwalter von Lockhaven verstorben war und daß Heather Duval dringend einen Nachfolger suchte. Damien hatte diese Gelegenheit als ein Geschenk des Himmels empfunden und ihr augenblicklich eine Nachricht zukommen lassen. Sollte es ihm gelingen, sich die Stellung zu sichern, so gab ihm dies die Möglichkeit, Miss Heather Duval unauffällig zu beobachten … und dabei seiner Jagdbeute aufzulauern.

Er tippte sich flüchtig an seine Stirn. »Das habe ich gehört«, murmelte er. »Ein Jammer, daß er tot ist, aber ich gebe zu, daß mir viel daran liegt, in Lockhaven zu bleiben.«

Simpson nickte eifrig. »Das Gottesnest, wie meine Frau es nennt.« Er legte eine Vorlegegabel auf den Tisch zurück. »Eine großartigere Frau als Miss Heather gibt es nicht. Sie ist gerecht und immer gut zu ihren Leuten. Eine wahre Heilige, sagt meine Frau. Aber das ist auch kein Wunder, wenn man bedenkt, daß sie vom Earl of Stonehurst und seiner Frau großgezogen wurde. Der Earl hat sie nach dem Kutschenunfall, bei dem ihre Eltern ums Leben kamen, bei sich aufgenommen, wissen Sie.«

Damien nickte. Cameron hatte ihm berichtet, daß dies die Geschichte war, die man allgemein glaubte – aber sie entsprach nicht der Wahrheit. Nein, der Mann, der mit der Frau in der Kutsche gesessen hatte, war nicht deren Ehemann – und auch nicht der Vater des Mädchens …

Denn dieser Ehemann war noch am Leben, und der Teufel sollte seine niederträchtige, schmutzige Seele holen!

Ein flüchtiger Schatten umwölkte Simpsons Züge. Er seufzte. »Es ist wirklich ein Jammer …« Seine Stimme erstarb, und er schüttelte den Kopf.

Damien wartete, jede Faser in seinem Innern gespannt, daß Simpson weiterredete, aber der alte Mann verharrte in seinem Schweigen. Damien zog seine Taschenuhr hervor und warf einen Blick darauf. »Tja«, sagte er leichthin, »ich gehe jetzt wohl besser. Es wäre sicher nicht ratsam, zu spät zu kommen.«

»Viel Glück«, rief Simpson ihm nach.

Im Hof bestieg er Zeus, den mächtigen Rappen, der Giles' Lieblingspferd gewesen war … Sein Herz zog sich zusammen. Gott, er hätte wirklich alles gegeben – *alles!* –, wenn Giles noch am Leben wäre …

Seine Stimmung verdüsterte sich wie der Mond hinter einer schwarzen Wolke. Gesichter flogen an ihm vorüber, als er Zeus durch das schmale, winkelige Dorfgäßchen lenkte. Die Blicke, die ihn trafen, waren neugierig, aber nicht unfreundlich. Er kam an zwei Frauen vorbei, die an einem Marktstand Körbe verkauften; die beiden waren in eine angeregte und von Gelächter begleitete Unterhaltung vertieft.

Er beneidete sie um ihre Unbeschwertheit.

Vor dem Häuschen des Hutmachers wälzten sich zwei balgende Jungen fröhlich im Staub. Unwillkürlich mußte Damien daran denken, wie oft er mit Giles so herumgetollt war, wild und draufgängerisch. Sie waren als Kinder fast unzertrennlich gewesen, denn der Altersunterschied zwischen ihnen hatte kaum mehr als ein Jahr betragen. Sie hatten im selben Zimmer geschlafen, hatten gemeinsam ihren Hauslehrer zur Verzweiflung gebracht und bis spät in die Nacht Streiche ausgeheckt. Hatten, als sie schließlich aus den Kinderschuhen herausgewachsen waren, insgeheim große Pläne für die Zukunft geschmiedet.

Um Damiens Lippen spielte der Anflug eines Lächelns, doch ein stechender Schmerz durchbohrte sein Herz. Giles hatte sich oft damit gebrüstet, daß er einmal als berühmter Kapitän an Bord eines großen Schiffes mit hundert Mann Besatzung die Weltmeere befahren und sich in den fernsten Häfen der Welt einen Namen machen würde. Und seine eigenen Zukunftspläne waren nicht weniger kühn gewesen. Er hatte davon geträumt, Ruhm und Wohlstand zu erlangen, ein Imperium von Ländereien und Reichtümern zu schaffen, wie es die Welt noch nie gesehen hatte …

Aber all das waren Kinderträume gewesen, und alles war anders gekommen als geplant … Beide Eltern waren gestorben, und sie waren der Obhut ihrer Tante Gertrude übergeben worden; unter ihrer Fürsorge waren sie zu Männern herangereift. So hatte der Tod des Vaters den Träumen seines Bruders ein Ende bereitet, denn er war nun der neue Earl of Deverell. Während Giles nach Cambridge ging, war er nach Amerika gereist und hatte die Verantwortung für den gräflichen Besitz seinem älteren Bruder überlassen.

Die Lippen zu einem schmalen, grimmigen Strich zusammengepreßt, gab Damien seinem Pferd die Sporen. Er wich dem tiefhängenden Ast einer Eiche aus, dann sprengte er am Fuße eines grasbewachsenen Hügels entlang. Er biß die Zähne zusammen, als sähe er einer Schlacht entgegen, und er mußte sich selbst daran erinnern, daß sein Gegner nicht Miss Heather Duval war …

Sie diente ihm lediglich als Zugang zu ihrem Vater.

In diesem Augenblick kam Lockhaven Park in Sicht. Unwillkürlich zügelte Damien das Pferd und hielt inne. Wie an dem Tag, als er es zum ersten Mal gesehen hatte, konnte er nicht umhin, den eindrucksvollen Anblick, der sich ihm bot, zu bewundern. Mächtige Bäume säumten die Auffahrt, die in einem weiten Halbkreis zum Herrenhaus führte. Das Gebäude war rundum von saftigem Rasen umgeben. Das Haus selbst wirkte mit seiner roten Backsteinfassade und dem strahlend weißen Säulenportal schlicht, aber aristokratisch. Fast widerstrebend mußte Damien sich eingestehen, daß ihn Lockhaven stark an Bayberry, sein Heim in Virginia, erinnerte.

Mit leichtem Schenkeldruck trieb er Zeus wieder an. Wenige Minuten später hatte er das hohe Doppelportal erreicht. Er hämmerte mit dem kunstvoll verzierten Messingklopfer energisch an die schwere Kassettentür.

Aus dem Innern des Hauses näherten sich hallende Schritte. Ein Butler mit gebeugten Schultern öffnete das Portal; eine Aura vornehmer, wenn auch ärmlicher Effizienz umgab ihn, während er den Besucher mit fragendem Blick fixierte.

»Kann ich etwas für Sie tun, Sir?«

»Das können Sie allerdings.« Damiens Stimme klang forsch. »Ich bin Damien Lewis. Ich habe eine Verabredung mit Miss Heather Duval.«

»O ja, Mr. Lewis.« Der Butler musterte ihn von oben bis unten, während er sprach. Damien bestand offenbar die kritische Prüfung, denn die zerfurchten Züge des Butlers entspannten sich, und ein warmes Lächeln machte sich darin breit. »Miss Heather erwartet Sie. Treten Sie bitte ein.«

Damien betrat die Eingangshalle. Der Butler schloß das Portal hinter ihm und deutete auf einen langen Gang. »Ich heiße übrigens Marcus. Bitte folgen Sie mir. Miss Heather ist in ihrem Arbeitszimmer.«

Damien ging neben ihm her und verlangsamte seinen Schritt, um sich dem Tempo des alten Mannes an seiner Seite anzupassen. Sie gingen am Salon und am Musikzimmer vorbei, und Damien konnte einen Blick auf glänzend polierte Böden, hohe, holzvertäfelte Wände, Fensterreihen, durch die strahlend das Sonnenlicht einfiel, und auf weiche, einladende Diwane und Sessel erhaschen. Eine merkwürdige Empfindung ergriff Besitz von ihm, etwas, das an Wut grenzte, denn erneut fühlte er sich an Bayberry erinnert – und er weigerte sich, irgend etwas an Lockhaven Park zu mögen. Nicht das Anwesen selbst. Nicht die Inneneinrichtung. Und ganz gewiß nicht die Herrin des Hauses …

»Da sind wir, Sir«, erklärte Marcus mit munterer Stimme. Er öffnete die letzte Tür auf der rechten Seite des Gangs und trat zur Seite, damit Damien eintreten konnte. »Vielleicht sehen wir Sie bald einmal wieder?«

Damien sah ihm in die Augen. »Man kann nur hoffen«, murmelte er. Mit einem flüchtigen Lächeln ging er an dem alten Mann vorbei in das Arbeitszimmer. Marcus bedachte ihn mit einem aufmunternden Zwinkern und entfernte sich dann. Als die Tür hinter ihm ins Schloß fiel, hob Damien den Kopf. Seine Nerven waren aufs äußerste gespannt, und er wappnete sich, Miss Heather Duval, der Tochter des Mörders seines Bruders, entgegenzutreten …

Ein Gemälde an der Wand zog seine Aufmerksamkeit an. Düster und geheimnisvoll, zeigte es einen Buckligen, der auf einer Hügelkuppe stand. Über ihm hatten sich an einem mattgrauen Himmel schwarze, drohende Wolkenmassen zusammengebraut.

Der Bucklige hatte kein Gesicht.

»Mr. Lewis?«

Sein Blick schweifte ab. Im Geiste registrierte er einen wuchtigen Mahagonischreibtisch, der die gegenüberliegende Seite des Raums beherrschte. Dahinter saß eine zierliche Gestalt, die Hände auf der Tischplatte gefaltet.

Ein Schwindel erfaßte in.

Sie war es. Seine Zigeunerin, der er an diesem Morgen begegnet war. Es gab keinen Zweifel. Sie hatte ihr abgetragenes, ausgeblichenes Kleid gegen eines aus gestärktem grauen Musselin vertauscht; das Haar hatte sie zu einem ordentlichen kleinen Knoten am Hinterkopf zusammengebunden. Sie sah älter aus, sicherlich. Aber die fein gemeißelten Züge waren dieselben. Und ihre großen veilchenblauen Augen blickten ihm stumm entgegen.

Er gestattete sich den leisesten Anflug eines Lächelns, denn um keinen Preis sollte sie etwas von dem Aufruhr bemerken, der in seinem Innern tobte.

»Alice«, murmelte er, »so treffen wir uns also wieder.«

Sie erwiderte sein Lächeln nicht. »Allerdings«, entgegnete sie, »ein Wiedersehen, das, wie ich vermute, keiner von uns beiden erwartet hätte.« Ihre Stimme klang ruhig und gelassen, aber in ihrem Blick stand wieder Wachsamkeit geschrieben.

Er zuckte kaum merklich die Achseln. »Da mögen Sie recht haben.«

Sie deutete auf einen Stuhl auf der anderen Seite des

Schreibtischs. »Bitte«, sagte sie in kühlem, förmlichem Ton, »nehmen Sie Platz.«

Aha. So sah es also aus. Damiens Miene wurde eisig. Er kämpfte gegen einen unbändigen Haß an. Sie hätte häßlich sein müssen. Abstoßend. Gott, wie sehr er sich wünschte, daß sie es wäre. Schließlich floß in ihren Adern das Blut eines Mörders. *Hör auf,* mahnte eine Stimme in seinem Innern. *Du urteilst zu hart und zu voreilig.*

Mit entschlossenem Schritt durchquerte er den Raum. »Verzeihen Sie«, sagte er. »Ich bin nicht nur unhöflich, sondern auch noch nachlässig.« Er stand jetzt vor ihr. »Ich bin Damien Lewis.«

Selbstbewußt streckte er ihr die Rechte entgegen; sie war tief gebräunt und so viel größer als ihre, daß ihre Hand in seiner völlig zu verschwinden schien. Als er sie wieder freigab, sah er, daß ihr Blick auf seinen Händen ruhte. In diesem Augenblick war er froh, daß seine Hände rauh und schwielig waren, weil er die Feldarbeit an der Seite seiner Männer nicht scheute. Hätte die Dame angenommen, daß er ein Großstadtdandy sei, so wäre das Spiel für ihn vielleicht schon aus gewesen, bevor es überhaupt begonnen hatte.

Er nahm auf dem mit weinrotem Leder bezogenen Ohrensessel Platz, der ihr gegenüber am Schreibtisch stand; ein hölzerner Stock mit einem Knauf aus getriebenem und ziseliertem Silber lehnte seitlich am Schreibtisch. In einem Winkel seines Bewußtseins registrierte er den flüchtigen Gedanken, daß der Stock irgendwie fehl am Platz war …

Er kreuzte die Füße, seine Mundwinkel verzogen sich in einem unbefangenen Lächeln. »Ich gebe zu, es ist eine etwas eigenartige Situation. Wird Ihr Gatte an unserem Gespräch teilnehmen?«

»Ich habe keinen Gatten, Sir. Vor sich sehen Sie die alleinige Herrin von Lockhaven Park.«

Wenn er gehofft hatte, sie aus dem Gleichgewicht zu

bringen, so war ihm das gründlich mißlungen, denn ihre Antwort kam unverzüglich, und ihre Haltung war ebenso unerschütterlich wie die seine. Damien hätte nicht sagen können, welcher Teufel ihn geritten hatte, denn er kannte die Antwort, noch bevor sie den Mund aufmachte. Die Dame hatte keinen Ehegatten. In Wirklichkeit wußte er eine ganze Menge über Miss Heather Duval – daß sie nämlich unter der Vormundschaft von Miles Grayson, Earl of Stonehurst aufgewachsen war, der nur fünf Kilometer entfernt lebte. Er wußte allerdings nicht, warum – vielleicht, weil ihr Vater die letzten zwanzig Jahre im Gefängnis von Newgate verbracht hatte.

Jetzt war es an ihr, ihn mit herausfordernder Miene zu betrachten. »Ich hoffe, das ist kein Problem für Sie, Mr. Lewis? Ich weiß, daß es einige Männer gibt, die es als unannehmbar empfinden würden, in den Diensten einer Frau zu stehen. Wenn Sie es also vorziehen, unsere Unterredung an dieser Stelle zu beenden, habe ich vollstes Verständnis.«

»Im Gegenteil, Miss Duval. Bitte, lassen Sie uns fortfahren.« Er erhaschte ein kurzes Aufblitzen in ihren Augen; es sagte ihm, daß sie genau das wollte.

Ihre schlanken, zartgliedrigen Finger schienen sich ineinander zu verkrampfen, dann entspannte sie sich sichtlich. Ihre Worte waren jedoch das genaue Gegenteil dessen, was er erwartet hatte. »Dann lassen Sie uns zum Geschäftlichen übergehen«, sagte sie mit leiser Stimme. Sie zog einen dünnen Stoß Papiere von der Ecke des Schreibtischs zu sich heran. »Ich muß zugeben, Mr. Lewis, daß ich ziemlich beeindruckt war von Ihrem Brief. Mir scheint, Sie haben einiges an Erfahrung vorzuweisen, was für Sie spricht.«

Sein Tabakunternehmen in Virginia hatte in den vergangenen zehn Jahren eine bemerkenswerte Blüte erlebt, und Damien gefiel sich –, bei aller Bescheidenheit –, in der Vorstellung, daß dieser Erfolg seinem persönlichen

Engagement in allen Geschäftsbereichen zu verdanken war. »Auf die Gefahr hin, arrogant zu wirken, Miss Duval, meine ich das auch.«

Sie betrachtete ihn mit prüfend zur Seite geneigtem Kopf und runzelte kaum merklich die Stirn. »Ihr Akzent«, murmelte sie, »klingt irgendwie fremd.«

Er lachte und war bemüht, sich von seiner charmantesten Seite zu zeigen. »Es ist zweifellos ein ziemliches Gemisch. Ich bin in Yorkshire geboren und habe dort den größten Teil meiner Jugend verbracht.« Selbstverständlich verschwieg er die Tatsache, daß er als zweiter Sohn eines Earls geboren war. Er mußte vorsichtig ans Werk gehen, damit seine wahre Identität nicht ans Tageslicht kam. O nein, er würde sich hüten zu verraten, wer er wirklich war, denn er traute niemandem ...

Am wenigsten ihr.

»Als ich sechzehn war«, fuhr er fort, »beschloß ich, mich auf die Suche nach Ruhm und Reichtum zu machen und ging nach Amerika.«

»Sechzehn!« Ihr war die Verblüffung ins Gesicht geschrieben. »Aber das ist viel zu jung, um allein in die Welt zu gehen. Es hat Sie doch sicher jemand begleitet?«

Er schüttelte den Kopf. »Nein«, entgegnete er leichthin. »Aber ich war ziemlich groß für mein Alter und tat so, als hätte ich schon viel von der Welt gesehen. Ich ließ mich in Virginia nieder, wo ich für einen Plantagenbesitzer arbeitete. Schließlich übernahm ich die Verantwortung für den Arbeitsbetrieb.« Eine etwas ausweichende Art, es auszudrücken, aber dennoch zutreffend.

»Ich verstehe.« Ihr Blick ruhte unverwandt auf seinem Gesicht. Er konnte fast sehen, wie es in ihrem Kopf arbeitete, wie sie ihn im Geiste taxierte, abwog und maß. »Könnten Sie Ihre Pflichten etwas ausführlicher beschreiben?«

»Selbstverständlich, Miss Duval. Ich trug die alleinige Verantwortung für die Buchführung, ich war verantwortlich für die Überwachung der Pflanzung und Ernte des Haupterzeugnisses dieser Plantage – Tabak. Ich kaufte und bestellte Waren und Vorräte und sorgte für Unterbringung und Belange der Plantagenarbeiter.«

Sie nickte. »Ich bin dennoch neugierig, Mr. Lewis. Was hat Sie bewegt, nach England zurückzukehren?«

Er machte eine unbestimmte Handbewegung, so als müsse er über ihre Frage erst nachdenken. »Nach all den Jahren, die ich in Amerika verbracht habe, ist England doch meine Heimat geblieben«, erklärte er schließlich. »Es spielt keine Rolle, ob es nun Lancashire oder Yorkshire ist. Ich bin zu einem Besuch zurückgekehrt und ... Ich gebe zu, es war eine sehr überstürzte Entscheidung. Darum habe ich leider auch keine Empfehlungsschreiben bei mir.« Er hielt den Atem an und wartete.

Sie nickte, aber er spürte ihr Zögern. »Ich will ehrlich sein, Mr. Lewis«, sagte sie bedächtig. »Ich brauche einen Mann, der kein Tyrann ist, denn ich möchte keinen Gutsverwalter haben, vor dem sich meine Pächter fürchten. Andererseits brauche ich aber jemanden, der in der Lage ist, seine Pflichten zielstrebig und effektiv zu erfüllen. Bisher habe ich auf der Suche nach einem geeigneten Nachfolger für Robin wenig Glück gehabt, und die Zeit wird knapp. Aber wir bauen hier in Lancashire keinen Tabak an, Mr. Lewis. Wir züchten Schafe und Rinder und bauen das Getreide an, das für den Bedarf des Guts und der Pächter benötigt wird.«

»Das ist mir ganz und gar nicht fremd«, beeilte er sich einzuwerfen. »Das Gehöft meiner Tante in Yorkshire ähnelt Ihrem Gut, und ich habe dort einen großen Teil meiner Jugend verbracht.«

Sie schüttelte den Kopf. »Es ist nicht so, daß ich Ihre Fähigkeiten in Zweifel ziehe ...«

»Dann möchte ich Ihnen ein Angebot machen, Miss Duval. Wenn Sie mich als Gutsverwalter einstellen, arbeite ich einen Monat lang ohne Entgelt.« Er war von der verzweifelten Verfolgung seines Ziels getrieben, aber das durfte sie unter keinen Umständen merken. »Sollten Sie unzufrieden mit mir sein oder sollte sich meine Arbeit in irgendeiner Weise als unzureichend erweisen, können Sie mich nach Ablauf dieser Frist entlassen. Bei allem Respekt, Miss Duval, mir scheint, daß Sie nichts zu verlieren haben.«

Das Angebot war verlockend; Hoffnung flammte in ihm auf, aber er wagte nicht, sie noch weiter zu drängen. Nur mit der Kraft seiner Augen versuchte er sie zu überzeugen. Die Zeit zog sich endlos in die Länge. Aber gerade, als er seine Absichten für gescheitert hielt, erhob sie sich hinter ihrem Schreibtisch. Zum ersten Mal umspielte ein feines, weiches Lächeln ihren lieblichen Mund.

Es traf Damien wie ein Schlag in die Magengrube. Er hatte sie auch vorher als schön empfunden, aber jetzt, Gott im Himmel, jetzt verschlug es ihm schier den Atem.

»Sie beherrschen die Kunst der Überzeugung, Mr. Lewis. Ich nehme Ihre Bewerbung an – aber nur unter einer Bedingung. Ich werde Sie nicht übervorteilen, indem ich Ihnen die Bezahlung für die Arbeit vorenthalte, die Sie für mich leisten. Zuzüglich zum Gehalt« – sie nannte eine Summe, die mehr als großzügig war – »steht dem Gutsverwalter das Haus bei den Weideflächen des Guts zur Verfügung. Es ist eine bescheidene Behausung, aber ich hoffe, Sie werden sich darin wohl fühlen. Sind Sie damit einverstanden, Sir?«

Damien erhob sich ebenfalls. »Das bin ich, Miss Duval.«

»Gut«, erklärte sie. »Wann möchten Sie einziehen?«

»Morgen würde mir passen, Miss Duval. Danach kann ich meinen Dienst antreten.«

»Ausgezeichnet. Seien Sie bitte um zehn Uhr bei den Stallungen, ich möchte Ihnen dann das Anwesen zeigen.«

»Ich freue mich darauf.« Er drehte sich um und griff nach seinem Hut. Als er sich noch einmal umblickte, sah er, daß sie noch immer aufrecht stand. Ihm schien, als hätte sie noch etwas auf dem Herzen.

Er zog eine Augenbraue hoch. »Ist noch etwas, Miss Duval?«

»Ja. Ja, da ist noch etwas.« Zum ersten Mal seit diesem Vormittag wirkte sie fast nervös. »Mr. Lewis, sind Sie ganz sicher, daß es die Stellung ist, die Sie suchen? Ich frage das, weil ... nun ja, ich mache mir Gedanken, daß Sie Lancashire vielleicht ziemlich langweilig finden werden. Unser Dorf ist klein und ...«

Er fiel ihr ins Wort, aber in seinem Ton war keine Spur von Schärfe. »Wenn ich das Stadtleben suchen würde, Miss Duval, wäre ich nach London gegangen.«

Er sah sie unnachgiebig an, aber ihre ungewöhnlichen Veilchenaugen hielten seinem Blick stand. »Sie verstehen mich sehr gut, Mr. Lewis.«

Mit einem einzigen Schritt stand er ihr gegenüber. Er ergriff ihre Hand. Sie war klein, zierlich und weiblich, und plötzlich wallte eine Flut widerstreitender Gefühle in ihm auf. Er mußte gegen den Drang ankämpfen, ihre Hand mit seinen Fingern zu zermalmen, so wie ihr Vater das Leben seines Bruders vernichtet hatte. Aber während er alles, was sie war, bezwingen und zunichte machen wollte, spürte er gleichzeitig das sehnsüchtige Verlangen, ihr die Nadeln aus dem Haar zu reißen, seine warme dunkelseidige Fülle über seine Finger fließen zu fühlen, ihre rosigen Lippen an die seinen zu ziehen. Er wollte, daß sie zu ihm kam. Er wollte sehen, wie sie auf ihn zuging, mit fließenden Bewegungen, in vollkommener und geschmeidiger Anmut ...

»Ich habe den Wunsch, mich an einem ruhigen, friedlichen Ort wie diesem niederzulassen, Miss Duval, machen Sie sich also keine weiteren Gedanken«, sagte er mit weicher Stimme. Er zog ihre Hand an seine Lippen, eine flüchtige Berührung, die sich fast ebenso schnell auflöste, wie sie begonnen hatte. »Ich verspreche Ihnen, daß ich hier in Lockhaven zufrieden sein werde, denn ich bin ein ganz gewöhnlicher, hart arbeitender Mann wie alle anderen auch.«

Mit diesen Worten verabschiedete er sich und verließ mit festem Schritt das Arbeitszimmer. Sein Plan war ins Rollen gebracht.

Nun konnte er nur noch abwarten.

2. Kapitel

Er war kein Mann wie alle anderen. Und er war nicht gewöhnlich.

Noch nie im Leben war sich Heather einer Sache so sicher gewesen.

Langsam ließ sie sich auf ihren Stuhl zurücksinken. Sie fühlte sich eigenartig weich in den Knien, und ihr Herz hämmerte wild, genauso wie an diesem Morgen, als er vor ihr aufgetaucht war.

Sie schalt sich selbst, weil sie so töricht war, aber so leicht waren ihre Gefühle nicht abzutun. Der Raum war immer noch fast greifbar von seiner Gegenwart durchdrungen.

Er hatte ihr die Hand geküßt. Warum? *Warum*?

Er hatte sich auf gefährlichem Eis bewegt mit seinem kühnen Verhalten. Und dann war da noch die Art, wie er sie am Morgen angesehen hatte. Sein Blick war über ihr aufgelöstes Haar und die bloßen Schultern gewandert und hatte auf ihrem Busen verweilt. Ihre Brust zog sich unter einer eigenartigen Empfindung zusammen. Seltsam, aber sie hätte seinen prüfenden Blick weniger als frech oder unverfroren bezeichnet … vielmehr hatte sie ihn als … intensiv empfunden.

Es verwirrte sie, das war es. *Er* war verwirrend. Von dem Augenblick ihrer ersten Begegnung an war er ihr kaum noch aus dem Kopf gegangen. Es war nicht nur sein Aussehen, obwohl sie noch nie einem Mann von so angenehmem und anziehendem Äußeren begegnet war. Nein, das war es wirklich nicht …

Er hatte etwas Faszinierendes an sich – die Ahnung einer flüchtigen, tief in seiner Seele verschlossenen Empfindsamkeit, und das war es, was sie zu ihm hingezogen hatte. Das war es, was sie in ihrer Skizze einzufangen versucht hatte.

Heather konnte nicht anders. Ihre Hand stahl sich zur obersten Schublade ihres Schreibtischs. Papiere raschelten darin, als sie die Zeichnung aus ihrem Versteck hervorzog.

Unwillkürlich biß sie sich auf die Unterlippe. Sie starrte das Porträt an, das ihn im Profil zeigte … Das feste, breite Kinn, die adelige Stirn und der klare Umriß seiner Lippen – ein fast makellos klassisches Gesicht.

Sie hatte im Traum nicht daran gedacht, daß er Damien Lewis sein könnte, der Mann, den sie noch am selben Tag zu einer Unterredung empfangen sollte.

Langsam ließ sie den angehaltenen Atem entweichen und legte die Skizze auf den Tisch zurück. Nachdenkliche Falten furchten ihre glatte Stirn. War es ein Fehler gewesen, ihn einzustellen?

Der Ehrlichkeit halber mußte sie sich eingestehen, daß es nur eine Handvoll Anwärter für den Posten gegeben hatte. Die meisten Männer waren zu stolz – zu arrogant nach ihrem Dafürhalten –, um eine Anstellung bei einer Frau auch nur in Erwägung zu ziehen. Sie hatte schon befürchtet, eine Anzeige in der Londoner Tageszeitung aufgeben zu müssen, um einen Nachfolger für Robin zu finden.

Mit ihren gerade erreichten fünfundzwanzig Jahren war sich Heather darüber im klaren, daß man sie als alte Jungfer zu betrachten begann. Tatsächlich hatte sie immer gewußt, daß sie nie heiraten würde. So sehr sie sich auch manchmal bemühte – so sehr sie sich manchmal das Gegenteil wünschte –, sie hatte sich schon als Kind auf ein Leben als unverheiratete Jungfer eingestellt. Sie hatte immer gewußt, daß ihr Leben nicht so verlaufen konnte wie das anderer junger Frauen in ihrem Alter und ihrer gesellschaftlichen Stellung. Es war eine Tatsache, an der einfach nicht zu rütteln war, denn sie konnte nicht ändern, was sie war. Sie würde immer ... anders sein.

Aber sie war glücklich. An ihrem einundzwanzigsten Geburtstag hatten Mama und Papa sie mit einem außergewöhnlichen Geschenk überrascht – Lockhaven Park. Auf diese Weise hatten sie ihrer Tochter die Mittel an die Hand gegeben, nicht nur Wohlstand, sondern auch Selbstachtung zu gewinnen. Vom ersten Tag an war Heather entschlossen gewesen, sie nicht zu enttäuschen. Sie hatte schnell gemerkt, daß es keine leichte Aufgabe war, ein Gut zu leiten. Der Umstand, daß sie eine Frau war, machte es doppelt schwer.

Aber Lockhaven gedieh prächtig und florierte unter ihrer Obhut. Sie hatte aus Lockhaven das gemacht, was es heute war, und dieser Erfolg war ganz allein ihr Werk.

Das war etwas, was man ihr nie würde nehmen können.

Dennoch war Robins Tod ein schwerer Schlag für sie. Er war ein alter, vertrauenswürdiger Freund gewesen, den sie seit ihrer Kindheit gekannt hatte, und er fehlte ihr schrecklich. Aber der Gutsverwalter hatte auch für Lockhaven selbst eine entscheidende Bedeutung gehabt. Robins Hände – oder noch treffender vielleicht, seine Füße – waren für sie unentbehrlich gewesen, denn sie selbst konnte sich nicht so auf dem Anwesen bewegen, wie sie es gern getan hätte.

Papa hatte angedeutet, daß er ihr bei der Suche nach einem neuen Gutsverwalter nur zu gern behilflich sein würde, aber wie immer war Heather entschlossen, allein mit dem Problem fertig zu werden. Manch einer hätte ihre Haltung vielleicht als falschen Stolz und Sturheit bezeichnet, aber Heather war anderer Meinung. Sicher, Papa hatte ihr von Zeit zu Zeit seine Hilfe angeboten, aber er hatte sich nicht eingemischt, und dafür war sie ihm dankbar.

Ihre zierlichen Finger legten sich um den Rand der Zeichnung. Ja, Damien Lewis war der richtige Mann. Ungeachtet ihrer leisen Zweifel spürte sie es in ihrem Innern. Was spielte es schon für eine Rolle, daß es ihr ein merkwürdiges, prickelndes Gefühl der Unsicherheit verursachte, wenn sie ihn ansah? Er war selbstbewußt – o ja, das war er ganz gewiß. Arrogant? Vielleicht eine Spur davon, aber es gab Augenblicke, in denen das kein Fehler war. Aber diese Dinge waren es nicht, die sie zu ihrer Entscheidung bewogen hatten.

Nein, überlegte sie nachdenklich. Es war mehr das Gefühl gewesen, daß er offen und ehrlich sein würde, koste es, was es wolle, ein Mann, dem sie vorbehaltlos vertrauen konnte.

In diesem Augenblick wurde die Tür des Arbeitszimmers heftig aufgestoßen. Mit wehenden Röcken und ungestümem Schritt flog Beatrice herein.

Mit ihren sechzehn Jahren war Beatrice eine Schönheit an der Schwelle zur vollen Blüte. Schlank und zierlich, das Haar eine goldblonde Lockenmähne, war Beatrice das Abbild ihrer Mutter, Victoria Grayson, Countess of Stonehurst.

In Wirklichkeit war Heather mit den Graysons in keiner Weise verwandt. Aber sie war unter der Vormundschaft des Earl of Stonehurst aufgewachsen, und die Graysons waren die einzige Familie, die sie je gekannt hatte, denn sie erinnerte sich weder an ihren Vater noch an ihre Mutter.

Sie war noch sehr klein gewesen, kaum vier Jahre alt, als der Earl die Vormundschaft für sie übernommen hatte. An den Kutschenunfall, der ihre Eltern das Leben gekostet und den sie als einzige überlebt hatte, erinnerte sie sich nicht. Er hatte sich in unmittelbarer Nähe von Stonehurst ereignet, und der Earl hatte sie für die Zeit bis zu ihrer Genesung bei sich aufgenommen. Und alles, woran sie sich aus dieser Zeit erinnern konnte, war das Gefühl, sicher und geborgen von den starken und trostvollen Armen des Mannes, der für sie immer »Papa« gewesen war.

Damals war Miles noch nicht verheiratet. Er hatte seine Frau Victoria einige Jahre später in London kennengelernt – und geheiratet. Nie würde Heather die erste Begegnung mit Victoria vergessen – sie war ihr wie eine Märchenprinzessin vorgekommen. Aber Victoria war warmherzig und liebevoll, und zwischen ihnen hatte vom ersten Augenblick eine Verbindung bestanden, die durch nichts zu erschüttern war. Victoria hatte keinerlei Bedenken, das Kind einer anderen Mutter als eigenes anzunehmen.

Aber Heather war nicht lange das einzige Kind geblieben. Binnen eines Jahres nach der Hochzeit bekamen Miles und Victoria eine Tochter. Heather war acht Jahre alt, als Bea geboren wurde. Im Laufe der Jahre waren noch zwei weitere Kinder hinzugekommen. Christina war zwölf, und Arthur, ebenso dunkel wie seine Schwestern blond waren, hatte gerade seinen achten Geburtstag gefeiert.

Oh, es hatte Zeiten gegeben, da hatte es Heather mit Schuldgefühlen erfüllt, daß sie sich nicht an ihre leiblichen Eltern erinnern konnte. Aber nun waren Miles und Victoria, Bea, Christina und Arthur ihre Familie. Sie liebte sie genauso, wie sie von ihnen geliebt wurde. So einfach war das.

Und Beatrice war ihr gewohntes, lebensprühendes Selbst. »Heather! Unten auf der Straße ist mir gerade der göttlichste Gentleman auf seinem Pferd begegnet, den ich je gesehen habe. Sag bloß nicht, daß er von hier kam!«

Heather hatte ihren Zeichenblock hastig in die Schublade geschoben. Jetzt lehnte sie sich mit nachsichtiger Miene auf ihrem Stuhl zurück. »Um die Wahrheit zu sagen, Bea, er kam von hier.«

»Wirklich?« rief Bea entzückt und fegte wie ein Wirbelwind durch den Raum. »O Heather, wer ist er? Und was wollte er hier?«

»Ich habe ihn gerade als neuen Gutsverwalter eingestellt. Sein Name ist Damien Lewis.«

»*Er* ist dein neuer Gutsverwalter? O Heather, er hat seinen Hut vor mir gezogen und mir einen guten Tag gewünscht, und ich dachte, ich müßte in Ohnmacht fallen!« Bea drückte die Hand an die Stirn, ließ sich auf ein kleines Sofa sinken und tat so, als würde sie ihren Worten nun die Tat folgen lassen.

Heather unterdrückte ein Lächeln. Bea war eine begeisterte Romanleserin, und sie hatte nichts als romantische Flausen im Kopf. Kein Wunder, daß sie vollkommen hingerissen war von Damien Lewis.

Eine Sekunde später richtete sich Bea mit einem Ruck auf. »Er sieht umwerfend gut aus, findest du nicht?«

Unwillkürlich schlug Heathers Herz schneller. Aber ihre Stimme klang sicher und fest. »Ehrlich gesagt, habe ich nicht darauf geachtet, Bea.«

Beatrice schlug die Hände vor die Brust. »Aber er hatte so herrliche blaue Augen, Heather.«

»Seine Augen sind grau, Schatz«, entgegnete sie geistesabwesend.

Bea warf ihr einen Blick aus den Augenwinkeln zu. In ihren Augen funkelte der Schalk. »Ah, du hast also doch darauf geachtet!«

»Selbstverständlich nicht!« widersprach Heather hastig.

»Komm schon, Heather. Er ist mit Sicherheit der bestaussehende Mann in ganz England, und ich an deiner Stelle … also, ich hätte ihn auch eingestellt!«

»Das ist er ganz sicher nicht! Und laß dir gesagt sein,

junge Dame, daß ich ihn aufgrund seiner Fähigkeiten eingestellt habe – und weil ich glaube, daß er hervorragende Arbeit leisten wird.« Bei diesen Worten sah Heather plötzlich Damiens Gesicht vor sich – seine hohen Wangenknochen, sein glatt rasiertes Kinn, seine faszinierenden, eindringlichen Augen.

»Bestimmt hast du recht. Natürlich hast du ihn wegen seiner Fähigkeiten eingestellt – und nicht wegen seines Aussehens.« Bea brach in munteres Gelächter aus. »Die Annahme, daß ausgerechnet du so etwas tun würdest, ist aber auch zu albern, nicht wahr?«

Heather öffnete den Mund und schloß ihn wieder, ohne etwas zu sagen. Ein nicht zu unterdrückender Schmerz durchfuhr sie. Daß sie noch nie im Leben einen Verehrer gehabt hatte, hieß nicht, daß ihr die Männerwelt vollkommen gleichgültig gewesen wäre. Meistens machte es ihr nichts aus, daß es unter den Männern keinen gab, der ihr mehr als einen flüchtigen Blick geschenkt hätte. Aber für den Bruchteil einer Sekunde war sie von wehmütiger Sehnsucht durchdrungen.

Gott, war sie jemals so jung gewesen wie Beatrice? Wenn Bea in der nächsten Saison in die Gesellschaft eingeführt wurde, dann würde ihr die Welt alsbald zu Füßen liegen – Kleider, Bälle, junge Herren, die an ihren Lippen hängen und Gedichte auf ihre Schönheit schreiben würden. Das Leben hatte Bea noch so vieles zu bieten, so vieles, das sie selbst niemals haben würde …

Bea sprang auf und schnalzte mit den Fingern. »Ich hab's! Ich werde Mama und Papa bitten, einen Ball zu veranstalten. Ich nehme seit neuestem Tanzstunden, wußtest du das?« Sie verzog das Gesicht zu einer Grimasse. »Wir können Mister Lewis einladen. Und du kommst natürlich auch, Heather …«

Heather unterbrach sie mit sanfter Bestimmtheit. »Bea, Damien Lewis ist sicher fast doppelt so alt wie du.«

»Ein Mann mit Erfahrung! Ich glaube, das würde mir

gefallen.« Bea schien überhaupt nicht zu hören, was Heather sagte. Sie wirbelte durch den Raum, ein Handgelenk zierlich gebogen, als würde ihre Hand auf der Schulter eines imaginären Tanzpartners ruhen.

»Ich glaube, du liest zu viele Romane, Bea«, bemerkte Heather trocken. Als sie sich erhob, verzog sie ein wenig das Gesicht. Ihr Knie war heute wirklich sehr steif. Zu langes Sitzen, befand sie und griff nach ihrem Stock.

Beatrice verzog in gespieltem Schmollen den Mund und zog wieder eine Grimasse. »Mama sagt, es liegt daran, daß du mir immer Geschichten erzählt hast, als ich noch ein Kind war.«

Du bist immer noch ein Kind, lag es Heather auf der Zunge.

»Wenn ich also zu viel lese«, fuhr das Mädchen leichthin fort, »ist es nur deine Schuld.«

»Und wenn ich zu viel erzählt habe«, entgegnete Heather mit einem Lachen, »dann darum, weil Mama *mir* so viele Geschichten erzählt hat.«

Bea hielt in der Bewegung inne. Dann eilte sie zu Heather und ergriff ihre Hand. »Heute ist ein herrlicher Tag, findest du nicht auch? Und es ist viel zu warm, um hier im Haus zu versauern. Warum gehen wir nicht nach draußen? Christina und Arthur werden auch bald hier sein. Ich werde Marcus bitten, uns Kekse und Tee auf der Terrasse zu servieren.«

Heather seufzte, aber ihre Worte klangen halbherzig. »Bea, ich habe zu arbeiten.«

Bea wischte ihren Einwand munter beiseite. »Ach was. Du arbeitest zu viel. Sogar Mama und Papa sagen das. Du kannst also ruhig mitkommen, ich gehe nämlich erst, wenn du auch gehst.«

Heather bemühte sich, ihre Schwester mit einem strengen Blick zurechtzuweisen. Aber der Versuch schlug kläglich fehl, und beide brachen in fröhliches Gelächter aus.

Bea hatte gewonnen. Sie hakte sich bei Heather ein, und gemeinsam verließen sie das Arbeitszimmer. Auf dem Weg warf sie Heather durch ihre geschwungenen blonden Wimpern hindurch einen Seitenblick zu.

»Es stimmt aber doch, weißt du.«

Verwundert und in stummer Frage neigte Heather den Kopf zur Seite.

»Damien Lewis«, erklärte Bea störrisch. »Er *ist* der bestaussehende Mann in ganz England.«

Damien kehrte nicht auf direktem Wege zum *Eppingstone Inn* zurück. Statt dessen wandte er sich erst in südlicher, dann in östlicher Richtung nach Willoughby. In der Stadt gab es eine kleine Schenke am Fluß. An den langen Tischen drängten sich Männer, deren fröhliches Gelächter und lautes Geschrei in dem niedrigen Raum widerhallten. Tabakrauch zog in trägen Schwaden zur Decke. Aber in einem Winkel an der Tür saß ein Mann allein mit dem Rücken zur Wand und beobachtete das Schauspiel, das sich seinen Blicken bot. Es war schlank und unauffällig und trug einen schlichten Anzug aus braunem Tuch, die Sorte Mensch, von dem man erst Notiz nahm, wenn man auf ihn aufmerksam gemacht wurde.

Als Damien die Tür öffnete, schlug ihm eine Lachsalve und rauchgeschwängerte Luft entgegen. Der Hall seiner Stiefel ging in dem Höllenlärm unter. Auf halbem Weg zur Theke wurde er von einem drallen Weib mit braunen Locken am Ellbogen festgehalten. Sie entblößte ihre schiefen Zähne mit einem auffordernden Lächeln.

»Auf der Suche nach einem Humpen Ale an diesem schönen Abend, Sir?«

Damien neigte den Kopf. »So ist es«, erwiderte er.

»Dann sind Sie hier am richtigen Ort.« Sie deutete mit einem Nicken zu dem Mann hinter der Theke. »Douglas braut das beste Ale in ganz Lancashire.«

»Dann bin ich um so begieriger, es zu kosten.« Dem

Geruch nach zu urteilen, der ihrem Atem entströmte, hatte sie schon mehr als genug davon genossen.

Die Frau grinste. »Vielleicht hätten Sie gern ein bißchen Gesellschaft zum Bier, he?« Sie ließ die Hand über seinen Unterarm gleiten und preßte ihren Busen an seine Seite; es war ein unmißverständliches Angebot.

Damiens Blick wanderte über ihr erwartungsvoll gehobenes Gesicht. Ihre Wangen waren rund und gerötet, ihre Lippen aufgesprungen, aber zu einem bereitwilligen Lächeln verzogen. Die Frau war sinnlich, ihr Körper warm, üppig und weich. Ihm ging der Gedanke durch den Kopf, daß es zwar nicht das war, weshalb er hierher gekommen war, aber vielleicht später … Doch nein, denn sein Körper zeigte eindeutig nicht die geringste Reaktion – und obwohl er schon seit Wochen mit keiner Frau das Lager geteilt hatte, beschlich ihn die leise Ahnung, daß es dabei noch eine Weile bleiben würde.

Er zog eine Münze aus der Tasche. Mit einem leichten Kopfschütteln drückte er ihr das Geld in die Hand. »Ein anderes Mal«, sagte er freundlich, dann setzte er seinen Weg zur Theke fort.

Der Mann in der Ecke sah schweigend zu, wie der Schankwirt einen Krug füllte und ihn Damien reichte, der daraufhin kehrtmachte und wieder der Tür zustrebte. Zwischen den beiden Männern wurde kein Blick und kein Wort gewechselt, aber einen Augenblick später erhob sich der stumme Gast von seinem Platz in der Ecke. Mit dem Bierkrug in der Hand schlüpfte er zur Tür hinaus in die Dunkelheit, wo es ruhig war … Wo sie reden konnten.

Damien stand mit dem Rücken zur Schenke, kerzengerade aufgerichtet, einen Stiefel gegen die rissige Rinde einer Eiche gestemmt. Der Mann aus der Schenke ging auf ihn zu, der weiche, feuchte Boden dämpfte seine Schritte. Wenige Meter vor Damien blieb er stehen, sagte aber kein Wort.

Es war Damien, der mit leiser Stimme das Schweigen brach. »Ich habe die Stellung bekommen.«

»Gut. Das bringt Sie in ihre Nähe. So wird Ihnen nichts von dem entgehen, was vor sich geht.«

In Cameron Lindseys Stimme schwang ein Hauch unausgesprochener Befriedigung mit. Ihm ging es nicht nur um das Geld, obwohl er für seine Dienste reichlich entlohnt wurde. In all den Jahren als Detektiv war ihm noch nie ein Mann begegnet, der so getrieben war von einem Ziel wie Damien Lewis Tremayne. Aber worauf war er wirklich aus? Rache? Gerechtigkeit? Genugtuung? Es hätte jedes einzelne davon sein können ...

Oder auch alles zugleich.

»Sie ist anders, als ich erwartet habe.« Damien starrte in die undurchdringliche Nacht. »Ich dachte, sie würde so sein wie er. Wie ihr Vater, die skrupellose Spießgesellin eines gemeinen Mörders.« Sein Tonfall war bitter, aber dann veränderte sich seine Stimme, wurde fast anklagend. »Aber sie ist nicht so. Sie ist klug. Schön. Sie – sie strahlt etwas von vornehmer Bildung aus. Und zum Teufel damit, es – es macht mich ungeheuer nervös!«

Cameron betrachtete ihn prüfend. »Sie dürfen nicht vergessen, daß sie erst drei oder vier Jahre alt war, als sie ihren Vater das letzte Mal gesehen hat. Er wurde kurz nach dem Tod ihrer Mutter nach Newgate gebracht. Vielleicht war sie zu klein, um sich an ihn zu erinnern.«

Damien wandte ihm den Blick zu. »Die Dorfbewohner erzählen, daß beide Eltern bei dem Unfall ums Leben gekommen seien. Sind Sie ganz sicher, daß der Begleiter der Frau in der Kutsche nicht Heathers Vater war?«

»James Elliot ist ihr Vater.« Camerons Stimme ließ keinen Zweifel an seinen Worten. »Ich habe mit einer Frau gesprochen, die ihre Eltern kannte, James *und* Justine – und sie erwähnte, daß die beiden eine kleine Tochter hatten.«

Damien biß die Zähne zusammen. Cameron war es,

der in Erfahrung gebracht hatte, daß Justine bei einem Kutschenunfall in Lancashire ums Leben gekommen war. »Und Sie sind ganz sicher, daß es dieselbe Justine war, die mit Elliot verheiratet war?«

Cameron nickte. »Es gibt zu viele Übereinstimmungen, als daß es *anders* sein könnte«, betonte er. »Die Tochter war in dem selben Alter. Wir wissen, daß Justine London zu diesem Zeitpunkt verließ. Der Name, der in der Liste der Fahrgäste stand, lautete Justine Duval – ihr Mädchenname. Es *muß* so sein«, unterstrich er seine Worte.

»Warum hat sie dann nicht den Nachnamen Elliot benutzt?«

Camerons Miene verhärtete sich. »Ich weiß es nicht«, räumte er ein. »Vielleicht versuchte sie, ihrem Mann zu entkommen. Er war, weiß Gott, ein grausamer Mensch – immerhin hatte er zwei Menschen erschlagen, bevor man ihn nach Newgate brachte.«

Damien ballte die Fäuste so fest, daß die Knöchel weiß hervortraten.

Er stellte die Frage, die er schon hundertmal gestellt hatte. »Aber das erklärt nicht, warum er Giles ermordet hat. *Warum*? Soweit wir herausfinden konnten, hatte Giles keine Feinde. Und James Elliot saß die letzten zwanzig Jahre im Gefängnis – Giles war noch ein Kind, als Elliot nach Newgate gebracht wurde. Sie können sich unmöglich gekannt haben. Es ergibt keinen Sinn!«

Damien verfiel in bedrücktes Schweigen. Sein hilfloser Zorn war deutlich spürbar.

Es war nicht die erste Tragödie, die sein Leben überschattet hatte. Aber er war nach England heimgekehrt, und Giles war tot, noch nicht einmal kalt in seinem Grab …

Cameron legte beschwichtigend die Hand auf seine Schulter. »Ich weiß, das alles war sehr schwer für Sie.«

Damien stieß einen müden Seufzer aus. »Sie müssen mich für undankbar halten«, sagte er leise. »Aber das Gegenteil ist der Fall. Ohne Sie wüßte ich nicht, wohin ich mich als nächstes wenden sollte. Sie waren mir eine große Hilfe, Cameron.« Die polizeiliche Untersuchung hatte zu keinem Ergebnis geführt. *Ein bedauerlicher Unfall*, hatte es im offiziellen Untersuchungsbericht gelautet. Damien hätte sich vielleicht davon überzeugen lassen, daß Giles den Eindringling bei einem Einbruch überrascht hatte und aus diesem Grund getötet worden war …

Aber es stellte sich heraus, daß nichts aus dem Haus gestohlen worden war. Und, wichtiger noch, es gab berechtigte Gründe zu der Annahme, daß James Elliots Wahl bewußt auf Deverell, den Familiensitz in Yorkshire gefallen war – daß er bei Giles irgend etwas gesucht hatte.

»Sie waren derjenige, der mich auf die richtige Fährte gebracht hat«, erklärte Cameron. »Wenn Sie nicht die Zofe Corinne ausfindig gemacht hätten …«

Corinne. Damiens Gedanken wanderten zurück. Die gesamte Dienerschaft war geblieben, um seine bevorstehende Ankunft zu erwarten, die Giles ihnen angekündigt hatte, nur nicht Corinne. Damien war nur wenige Wochen nach Giles Tod eingetroffen. Aber Corinne, eines der Zimmermädchen, hatte einen Tag nach der polizeilichen Vernehmung des Hausgesindes gekündigt – und war verschwunden.

Dem Polizeiinspektor war es nicht gelungen, sie ausfindig zu machen, und so hatte Damien auf eigene Faust Nachforschungen angestellt. Vielleicht steckte nichts dahinter; vielleicht war es aber auch nur zu berechtigt, wegen der Art, wie das Mädchen sich aus dem Staub gemacht hatte, mißtrauisch zu sein. Was auch immer ihre Gründe gewesen sein mochten, Damien hatte beschlossen, auch nicht die kleinste Spur aus den Augen zu lassen.

In Gesprächen mit Leuten, die das Mädchen kannten, erfuhr er, daß sie eine Schwester in Northumbria hatte – und dort hatte er sie gefunden.

Aber die Dinge lagen anders, als er gedacht hatte …

Zuerst weigerte sich Corinne, mit ihm zu reden. Aber als er sie mit dem Warum ihres plötzlichen Verschwindens konfrontierte, verlor sie die Fassung. »Sie können doch nicht annehmen, ich habe es getan!« rief sie.

Damien blieb unerschütterlich. »Was soll ich denn sonst denken? Du hast am Tag nach der polizeilichen Vernehmung die Flucht ergriffen. Du verstehst doch sicher, warum man dich für schuldig halten kann.«

»Ich bin gegangen, weil ich Angst hatte, länger zu bleiben.«

Sie sagte die Wahrheit. Damien konnte es in ihren Augen lesen. Aber ein unheimliches Prickeln lief ihm über den Rücken; jeder seiner Sinne verriet ihm, daß sie etwas verheimlicht hatte. »Keiner der anderen Dienstboten hat das Haus verlassen«, bemerkte er. »Du warst die einzige.«

»Ich war es nicht! Ich nicht! Lord Deverell war immer gut zu mir! Jemand anders hat ihn umgebracht, ich schwöre es!«

»Wer, Corinne? *Wer*?«

Ihre Augen huschten zu den Fenstern des winzigen Häuschens. Sie begann zu zittern, als hätte man sie in Eiswasser getaucht. Stumme Tränen rannen ihr über die Wangen.

Sie hatte Angst … Todesangst.

»Ich glaube dir, Corinne«, sagte er mit eindringlicher Stimme. »Aber mein Bruder wurde ermordet. Ich will seinen Mörder ausfindig machen. Ich beschwöre dich: Wenn du irgend etwas weißt, das mir helfen könnte, bitte, sag es mir.«

Es bedurfte noch etlicher Minuten, bis sie sich unter seinen beschwichtigenden Worten beruhigt hatte, aber schließlich begann sie zu reden.

»Ich schlief in der Kammer neben der Küche«, berichtete sie. »In den frühen Morgenstunden, noch vor der

Dämmerung, wurde ich wach. Ich hörte einen Mann schreien – ja, und da waren auch furchtbare Schläge zu hören! –, aber der Mann, den ich hörte, war nicht unser Herr, wohlgemerkt. Das wußte ich, denn unser Herr ist kein Mann, der seine Stimme im Zorn erhoben hätte – niemals. Und sie kam nicht aus dem oberen Stockwerk.«

»War es eine Stimme, die du kanntest?« warf er rasch ein.

Corinne schüttelte den Kopf. »Ich habe sie nie im Leben zuvor gehört. Da bin ich ganz sicher, Mylord.«

»Was passierte dann?«

Das Mädchen rang die Hände. »Ach, ich war so dumm, ich kann es kaum glauben! Ich – ich schlich mich in den Gang hinaus, weil ich erkannt hatte, daß die Geräusche aus dem Arbeitszimmer unseres Herrn kamen. Es war dunkel, und ich versteckte mich neben der Tür, die ein Spaltbreit offenstand.«

Sie verschlang die Hände im Schoß. »Der Mann dort drinnen ... Er schleuderte Gegenstände auf den Boden, an die Wände. Das wenige, das ich sehen konnte, zeigte mir, daß in dem Raum ein furchtbares Chaos herrschte. Und er tobte, Mylord, und schrie den Earl an, er hätte zwanzig Jahre im Gefängnis gesessen und auf diese Nacht gewartet, und jetzt würde er sich nicht übers Ohr hauen lassen. ›Wo ist es?‹ schrie er. Wieder und immer wieder.«

»Es?« Damien runzelte die Stirn. »Was hat er gesucht, Corinne?«

»Ich habe keine Ahnung, Mylord. Aber der Earl ... Oh, ich konnte hören, daß er auch Angst hatte ... Er beharrte darauf, daß er es nicht wüßte. Aber dieser abscheuliche Mensch – er wollte nichts davon hören! Er bedachte den Earl mit Schimpfwörtern – ach, widerliche Wörter! – und warf ihm vor zu lügen. Es für sich behalten zu wollen.«

Corinnes Hände begannen wieder zu zittern. »Der Mann wirbelte herum und riß den Schürhaken vom Kamin. Ich konnte unseren Herrn nicht sehen, aber ich hörte ihn ... ›Erbarmen‹, rief er. ›Haben Sie Erbarmen.‹ Aber dieser schreckliche Mensch kannte kein Erbarmen. Ich sah seinen Schatten an der Wand. Er hob den Schürhaken und schlug zu ...«

Damien schloß gequält die Augen. Sein Körper zuckte zusammen, denn der Schmerz, der ihn durchfuhr, war wie ein Schlag mitten in seine Seele.

»Und dann hörte ich unseren Herrn nicht mehr. Oh, es war so schrecklich, Mylord. Entsetzlich. Der Mann war ein Wahnsinniger. Es war eine solche Wut in ihm. Ich konnte es hören. Ich – ich konnte es spüren!« Corinne weinte jetzt leise vor sich hin. »Ich – ich wußte, was er getan hatte, und ich habe noch nie im Leben solche Angst gehabt. Ich – ich lief zurück zu meinem Bett und verkroch mich darin bis zum nächsten Morgen!«

Damien schluckte, seine Kehle war wie zugeschnürt. So also war Giles gestorben ... und wofür? *Wofür*? Wonach hatte dieser Kerl gesucht? Dem Polizeiinspektor zufolge waren auch die Schlafgemächer durchwühlt worden.

Er mußte sich zwingen, mit ruhiger Stimme zu sprechen. »Hast du die Geschichte aus diesem Grund dem Inspektor nicht erzählt? Weil du Angst hattest?«

»Ja. Ich hatte Angst, der Mörder würde erfahren, daß ich ihn gesehen habe und sich an mir rächen! Deshalb habe ich mich davongemacht, so schnell ich konnte!«

Er reichte ihr sein Schnupftuch. »Hast du diesen Mann gesehen, Corinne? Konntest du ihn zu irgendeinem Zeitpunkt erkennen?«

Seinem Blick ausweichend, tupfte sie sich die Augen. »Nein«, sagte sie mit dünnem Stimmchen.

Sie log. Er versuchte, seinen Ärger im Zaum zu halten, aber es gelang ihm nicht ganz. »Du hast ihn gesehen, Corinne. Zum Teufel, ich weiß, daß du ihn gesehen hast.«

Sie hob den Kopf, aber jetzt glühten ihre Augen vor

Zorn. »Und wenn schon! Es war nur ein ganz flüchtiger Blick. Er war älter als der Earl und hatte fettige schwarze Haare, na und? Und einmal – einmal! – ging er so dicht an der Tür vorbei, daß ich erkennen konnte, daß an seiner Hand der Daumen fehlte, aber was soll's ...«

»An welcher Hand? Links oder rechts?«

»Ich weiß es nicht mehr! Verstehen Sie nicht, es spielt keine Rolle. Es wird den Earl nicht wieder lebendig machen ...«

»Nein, das wird es nicht. Aber mit deiner Hilfe können wir den Mörder finden. Würdest du ihn wiedererkennen, wenn du ihn siehst, Corinne?«

Das Mädchen sprang auf. »Ich weiß es nicht! Verstehen Sie nicht? Ich weiß es einfach nicht! Und es nützt Ihnen nichts, wenn Sie den Polizeiinspektor hierher bringen, denn ich werde alles leugnen! Wenn dieser Mann je erfährt, daß ich ihn gesehen habe, wird er mich suchen. Und dann ende ich eines Tages so wie Ihr Bruder, mit eingeschlagenem Schädel auf dem Boden liegend!«

Damien versuchte, ihr gut zuzureden. »Corinne, bitte! Ich lasse dich und deine Schwester an einen sicheren Ort bringen ...«

»Nein! Sie können mich nicht zwingen, ihn noch einmal anzusehen. Verstehen Sie? Das können Sie nicht!« Ihr Entschluß stand unerschütterlich fest, aber in ihrem Widerstand schwang das blanke Entsetzen mit. »Ich werde keiner Menschenseele erzählen, was ich Ihnen gerade erzählt habe, Mylord, und das ist ein Gelöbnis.«

Er hatte sich bei ihr bedankt und ihr so viel Geld gegeben, daß es für sie und ihre Schwester für eine weite, weite Reise reichte.

Er machte ihr keinen Vorwurf daraus, daß sie auf ihre Sicherheit bedacht war; im Gegenteil, er war ihr dankbar, denn nun hatte er immerhin eine Spur, die er verfolgen konnte.

Giles' Mörder hatte zwanzig Jahre im Gefängnis gesessen ... und war erst vor kurzem entlassen worden. Nach diesem Gespräch beauftragte Damien den Privatdetektiv Cameron Lindsey mit Nachforschungen. Und Cameron fand schon bald heraus, daß James Elliot – dem an der linken Hand der Daumen fehlte – einen Tag vor dem Mord an Giles aus Newgate entlassen worden war.

Und so hatte ihn seine Suche hierher nach Lancashire geführt – und zu Heather Duval. So kam es, daß er seine wahre Identität hinter dem Namen Damien Lewis verbarg. Und so kam es auch, daß nun Fragen in seinem Kopf kreisten wie Aasgeier um ihre Beute. War Heather unter der Vormundschaft des Earl of Stonehurst aufgewachsen, weil ihr Vater im Gefängnis saß? Was wußte sie? Woran erinnerte sie sich? Warum benutzte sie nicht ihren richtigen Namen, Elliot? Warum hatte ihre Mutter diesen Namen nicht benutzt? Hatte Cameron recht? War Justine auf der Flucht vor ihrem Mann gewesen?«

»Also«, brach Cameron das Schweigen, »wollen Sie, daß ich die Suche nach Elliot fortsetze?«

Damien nickte. »Erwarten Sie mich in sechs Wochen wieder hier an diesem Ort, sofern Sie bis dahin nichts von mir gehört haben. Wenn Sie irgend etwas Wichtiges in Erfahrung bringen, schicken Sie mir eine Nachricht nach Lockhaven.«

Camerons Miene verriet nicht seine Gedanken. »Wissen Sie«, sagte er bedächtig, »Elliot ist vielleicht untergetaucht. Es ist durchaus möglich, daß er sich Monate, vielleicht sogar Jahre nicht mehr blicken läßt.«

Damien biß die Zähne zusammen. »Ich werde niemals aufhören, ihn zu suchen. Ich werde den Mörder meines Bruders finden, koste es, was es wolle.«

Cameron hob die Hand zum wortlosen Gruß, dann verschwand er in der Dunkelheit.

Damien blieb reglos auf der Stelle stehen. *Nein,* grübelte er verbittert. Er konnte nicht glauben, daß es auf diese Weise enden sollte. Er *wollte* es nicht glauben. Er hatte keine Geduld, die Hände in den Schoß zu legen und zu warten. Irgendwann, sagte er sich. Irgendwann würde er James Elliot finden.

Es war ein Glücksspiel, aber eines, das er wagen mußte – und das es wert war, ein Risiko einzugehen. James Elliot hatte eine Tochter, die er seit zwanzig Jahren nicht gesehen hatte. Sicher würde er zu ihr zurückkehren …

Vielleicht war er bereits auf dem Weg zu ihr.

3. Kapitel

Es war zehn Uhr morgens und wieder ein herrlicher Tag. Hoch in den Baumwipfeln trällerten Vögel ihr Lied und kündeten allen, die es hören wollten, von der Schönheit des sonnigen Tages.

Heather dankte dem Stalljungen, der ihr in die zweirädrige Kutsche half, mit einem Lächeln. Sie hatte es sich kaum auf dem Kutschbock bequem gemacht, als sie klappernden Hufschlag vernahm.

Er war auf die Minute pünktlich.

Sie holte tief Luft und verkrampfte die Finger in den Handflächen. Den ganzen Morgen über war ihr Magen in Aufruhr gewesen, denn der Gedanke an das Wiedersehen mit ihrem neuen Gutsverwalter war … was? *Beinahe beängstigend.* Aber das war lächerlich. Sie war eine erwachsene Frau, und er war ein Mann wie alle anderen …

Diesem Gedanken hing sie nach, als er sein Pferd im Schritt heranlenkte; er ritt einen riesigen Rapphengst mit wuchtigen Flanken.

»Guten Morgen«, rief er ihr entgegen.

»Guten Morgen, Mr. Lewis.«

»Ein schöner Tag, nicht wahr?«

»Herrlich.«

Er zügelte sein Pferd neben der Kutsche. »Soll ich neben Ihnen herreiten?«

»Aber nein. Bitte steigen Sie zu mir ein.« Sie deutete auf den leeren Sitz an ihrer Seite.

Er stieg ab und übergab dem Stalljungen mit einem Zwinkern die Zügel. »Sein Name ist Zeus«, erklärte er dem Jungen. »Aber laß dich dadurch nicht einschüchtern. Er ist lammfromm, wenn du ihm die Nüstern kraulst und ihm eine Handvoll Hafer gibst.«

Er wandte sich ab und schwang sich mit einer eleganten Bewegung auf den Sitz neben ihr. Energisch nahm sie die Zügel auf, und die Kutsche setzte sich in Bewegung.

Sie mußte sich zwingen, nicht zu ihm hinüberzuspähen. Wahrhaftig, er wirkte wie ein Riese – wie sie so neben ihm saß, nahm sie seine Größe mit all ihren Sinnen wahr. Seine ausgestreckten Beine ragten weit über ihre eigenen Füße hinaus; die Reithosen saßen wie eine zweite Haut, so daß sich seine kräftigen, muskulösen Schenkel darunter abzeichneten. Seine Hände ruhten locker auf den Knien. Ein eigenartiges Gefühl schnürte ihr die Brust ein, denn selbst in dieser entspannten Haltung wirkten seine Hände, deren Rücken mit feinen dunklen Härchen überzogen waren, ausgesprochen männlich. Seine sonnengebräunten Finger waren langgliedrig und schlank; sie erinnerte sich daran, wie ihre Hand in der seinen verschwunden war. Seine Haut hatte sich so warm angefühlt …

Du albernes Geschöpf! Hör auf damit! schalt sie sich wütend. Sie benahm sich ja nicht weniger töricht als Bea am vergangenen Nachmittag.

Sie warf ihm einen verstohlenen Blick zu. »Ich dachte, ich zeige Ihnen zuerst die Gutsgebäude, und danach statten wir dem Dorf einen Besuch ab. Ich möchte Sie dem Pfarrer vorstellen, und ich werde Sie mit den Ladenbesitzern bekannt machen, bei denen wir kaufen. Von dort aus können wir bei den Pächtern vorbeifahren.«

Er nickte. »Das Haus gefällt mir übrigens großartig.« Er machte eine kurze Pause. »Und es war sehr großzügig von Ihnen, die Vorratskammer füllen zu lassen.«

Heather spürte, wie ihr die Röte in die Wangen stieg. »Ist schon in Ordnung.«

Eines der Kutschenräder rutschte in eine Fahrspur, und sie wurde mit der Schulter gegen ihn geschleudert. Augenblicklich rückte Heather wieder von ihm ab und hielt sich kerzengerade aufgerichtet. Wenn er ihre Reaktion beobachtet hatte, ließ er es sich jedenfalls nicht anmerken.

Bald darauf näherten sie sich einer Gruppe von Nebengebäuden. Sie zeigte ihm das Räucherhaus, das Eishaus, das Kühlhaus und eine kleine Schmiedewerkstatt. Das größte Gebäude, erklärte sie, beherbergte die Molkerei. Dort hielt sie die Kutsche an.

Damien sprang leichtfüßig zu Boden und wandte sich gleich darauf um. Sie hatte sich kaum von ihrem Sitz erhoben, da wurde ihre Taille auch schon von starken Händen umfaßt. Er hob sie schwungvoll von der Kutsche herunter. Sie zuckte ein wenig zusammen, denn sie war es nicht gewohnt, auf diese Weise von einem Mann angefaßt zu werden. Doch instinktiv suchte sie an seiner breiten Schulter nach Halt. Unter ihren Fingerspitzen spürte sie Festigkeit und Wärme. Die Berührung war in Sekundenschnelle vorüber, denn sie zog hastig und mit einem nervösen Flattern im Magen die Hand zurück.

»Auf die Molkerei bin ich wirklich stolz«, erklärte sie munter. »Unser Käse gilt als der beste in der ganzen Grafschaft, und wir schicken wöchentlich mehrere Fuhren nach Liverpool, wo wir eine ganze Reihe von Geschäften beliefern. Im letzten Jahr mußten wir die Produktion steigern, weil die Nachfrage weit größer war, als ich erwartet hatte.«

Sie redete, ohne zu merken, daß ihr Begleiter nur noch mit halbem Ohr zuhörte ...

Damien war machtlos dagegen.

Sie war noch schöner, als er sie in Erinnerung hatte. Sie war weniger förmlich gekleidet als bei ihrer Unterredung am vergangenen Nachmittag. Sie trug weder Hut noch Handschuhe, sondern nur ein einfaches blaßgelbes Baumwollkleid, das an Saum und Armbündchen mit einem zarten weißen Blumenmuster bestickt war. Und sie hatte auch die Haare nicht zu einem strengen Knoten aufgesteckt; die langen glänzenden Flechten wurden im Nacken von einem leuchtend gelben Band zusammengehalten. Die Haut ihrer Wangen schimmerte wie ein Sonnenaufgang und in ihren Augen wurde das zarte Violett einer Sommerheide lebendig. Sie erschien ihm jetzt unwillkürlich wieder wie das Zigeunermädchen, das er bei ihrer ersten Begegnung auf der Wiese erblickt hatte …

Sie wandte sich um und ging auf das Eingangstor der Molkerei zu.

Ihm war zumute, als hätte ihn eine Faust mitten in den Magen getroffen. Ihm wurde bewußt, daß er sie zum ersten Mal auf den Füßen sah. Aber ihre Bewegungen waren nicht geschmeidig und fließend, wie er sie in seiner Vorstellung gesehen hatte. Den quälenden Bruchteil einer Sekunde lang konnte er nichts anderes denken, als daß sein vollkommenes kleines Zigeunermädchen doch nicht ganz so vollkommen war …

Er konnte nicht anders. Wie vor den Kopf gestoßen starrte er sie an. Ihr Gang war langsam und hinkend; ihr rechtes Bein schleifte ein wenig nach.

In seinen Gedanken herrschte Aufruhr. Ein Teil von ihm fühlte sich abgestoßen. Großer Gott! Fast wollte es ihm obszön erscheinen, daß diese wunderschöne junge Frau mit einem solchen Makel behaftet war …

Irgend ein verborgener Sinn mußte ihr sein Erschrecken verraten haben. Sie drehte sich zu ihm um.

Aber vielleicht hatte sie sich verletzt … »Verzeihen Sie mir, Miss Duval. Wir hätten unsere Besichtigung verschieben können, wenn ich gewußt hätte, daß Sie sich verletzt haben ...«

Ein Funke flackerte in ihren Augen auf. »Ich bin nicht verletzt, Mr. Lewis.«

Damien fand, was selten geschah, keine Worte. Das unbehagliche Schweigen zog sich in die Länge, es schien ihm wie der längste Augenblick in seinem Leben. Seine Lebensgeister waren vor Scham erstarrt. »Es tut mir leid«, hörte er sich selbst sagen. »Es war nicht meine Absicht, Sie anzustarren.«

Sie zögerte einen Augenblick, bevor sie sprach. »Das glaube ich Ihnen gern«, sagte sie liebenswürdig. »Aber wie dem auch sei, ich bin daran gewöhnt.«

Das mochte wohl stimmen. Aber sie haßte es. Das wurde ihm in dem Moment bewußt, als sich ihre Augen trafen – dem Moment, in dem ihr Blick verschlossen und abweisend wurde. Er hätte sie so gern gefragt, was geschehen war – hatte sie vielleicht als Kind eine Verletzung erlitten? Aber etwas an ihrer stolzen Haltung hinderte ihn daran, Fragen zu stellen.

Er kam sich vor wie ein Volltrottel. »Ich habe Sie beleidigt.«

»Nein, das haben Sie nicht. Aber das erinnert mich an etwas. Würden Sie mir bitte den Stock geben, der unter dem Kutschbock liegt?«

Es war derselbe hölzerne Stock, der am Tag zuvor in ihrem Arbeitszimmer am Schreibtisch gelehnt hatte. Er fühlte sich wie ein Narr, daß er nicht darauf gekommen war.

Wortlos reichte er ihr den Stock. Ihre Hände berührten sich flüchtig. Sie zog ihre Hand hastig zurück, als könne sie die Berührung nicht ertragen – und wen konnte es verwundern. Er hatte mit seinem Verhalten wohl kaum ihre Sympathie erworben. Mit fast qualvoll aufrechtem Gang setzte sie ihren Weg fort.

Während sie ihm die Gebäude zeigte, wo sie sich mit

den Arbeitern unterhielten, war ihre Haltung liebenswürdig und wohlwollend. Er mußte sich zwingen, seine Gedanken auf den Gutsbetrieb zu konzentrieren, denn ein Dutzend Fragen kreisten unaufhörlich in seinem Kopf. Warum hinkte sie? Hatte sie von Geburt an diese Mißbildung gehabt? Oder hatte sie vor langer Zeit einen Unfall erlitten?

Sein törichtes Benehmen ärgerte ihn, aber er sagte sich auch, daß er es nicht hatte wissen können. Natürlich durfte er Heather keinen Vorwurf daraus machen. Es gehörte nicht zu den Dingen, mit denen man bei der ersten Gelegenheit herausplatzte. Aber es würde die nächsten Stunden vermutlich nicht gerade leichtmachen – für keinen von beiden.

Sie war ein Krüppel. Lahm. Er hatte Mitleid mit ihr; er konnte nichts dagegen tun. Aber Mitleid war das letzte, das er für sie empfinden wollte. Er konnte nicht zulassen, daß solche Gefühle sein Ziel verschleierten, sein Urteil in irgendeiner Weise beeinflußten; und er durfte sich durch sie nicht von seinem Ziel abbringen lassen.

In einer anderen Hinsicht war er unweigerlich beeindruckt, denn Lockhaven schien nicht nur den eigenen Bedarf zur Genüge zu decken, sondern auch noch ansehnliche Gewinne zu erwirtschaften. Die Dorfbewohner ebenso wie die Pächter begrüßten sie mit aufrichtiger Herzlichkeit und größter Hochachtung. Ihre landwirtschaftlichen Geräte waren auf dem neuesten Stand der Technik, und Heather Duval ermunterte auch ihre Pächter zum Umgang mit ihnen. Ihre Stimme war von Stolz erfüllt, während sie ihm den Gutsbetrieb zeigte – und Damien verübelte es ihr keineswegs, denn es gab vieles zu sehen, worauf sie mit Recht stolz sein konnte. Sie kamen an Pflügern vorbei, die Ochsengespanne über weite, sanft geschwungene Äcker führten. Die Felder waren von Hecken umsäumt, die so stabil und solide waren wie Steinmauern. Dicke, wollige Schafe zogen über das Land, und die Weiden waren mit trägen, wohlgenährten Kühen gesprenkelt.

Nein, sagte er sich nachdenklich. Nichts an ihr war so, wie er es sich vorgestellt hatte.

In diesem Augenblick bog sie in ein schmales, staubiges, von Wacholderbüschen und Obstbäumen gesäumtes Sträßchen ein. Es endete bei einem niedrigen Haus mit spitzgiebeligem Strohdach. Ein Jagdhund, der neben dem Garten lag, hob schnuppernd seine lange Nase. Sie zuckte verräterisch, als er einen vertrauten Geruch aufnahm – und zusammen mit diesem einen unbekannten.

Heather zog sachte an den Zügeln, und die Kutsche hielt an. Damien sprang herunter und reichte ihr helfend die Hand. Sie verschmähte seine Hilfe nicht, sagte aber auch kein Wort. Der Hund erhob sich und kam herangesprungen. Sie rief ihn beim Namen und bückte sich, um sein struppiges Fell zu kraulen.

»Hallo, Samuel. Wo ist denn dein Frauchen?«

Die Besitzerin des Hundes war soeben in der Haustür aufgetaucht und beschattete mit der Hand die Augen, um sie vor dem blendenden Sonnenschein zu schützen. Beim Anblick der Kutsche stieß sie einen Freudenschrei aus.

»Miss Heather! Was führt Sie denn hierher?«

Die Frau war kräftig und grobknochig gebaut, ein paar Jahre älter als Heather – und hochschwanger.

Damien blieb neben der Kutsche stehen, während sich die beiden Frauen zur Begrüßung herzlich umarmten. »Ich habe Ihnen doch gesagt, daß ich diese Woche vorbeikommen und nach Ihnen sehen würde, Bridget«, sagte Heather mit einem Lachen und drehte sich dann zu Damien um. »Bridget und ihr Mann, Robert MacTavish, bestellen diesen Teil des Landes«, erklärte sie ihm. »Bridget, das ist Damien Lewis, mein neuer Gutsverwalter.«

Bridget versank in einem ungeschickten Hofknicks. »Sehr erfreut, Sie kennenzulernen, Sir. Ich wünschte nur, mein Mann Robert wäre hier, um Sie zu begrüßen, aber er hilft gerade in der Dorfschmiede aus.«

Damien neigte den Kopf. »Dann werde ich ihm vielleicht heute noch begegnen, Mistress MacTavish.«

Inzwischen war Heather zu der Kutsche zurückgekehrt. »Ich habe dir etwas mitgebracht, Bridget«, rief sie über die Schulter. Gleich darauf zerrte sie zwei schwere Körbe unter dem Sitz hervor. Damien eilte an ihre Seite, um ihr behilflich zu sein. Unter langen, dunkelseidenen Wimpern hervor warf sie ihm einen Blick zu.

»Würden Sie so freundlich sein und das hier für Bridget ins Haus bringen?«

»Selbstverständlich.« Er hob die Körbe aus der Kutsche und trug sie zum Haus. »Mistress MacTavish, wenn Sie mir die Tür öffnen würden ...«

Bridget beeilte sich, seiner Bitte nachzukommen. Heather folgte ihnen in einigem Abstand. Im Innern des Hauses stellte Damien die Körbe auf einem kleinen Arbeitstisch in der Küche ab.

»Meine Güte«, rief Bridget atemlos hervor. »Was ist da drin, Miss Heather?« Sie eilte zum Tisch und legte weiße Leinentücher zur Seite. »Käse und Brot ... ein Schinken ... Oh, und auch Speck! Oh, wir werden wochenlang wie die Fürsten speisen!«

»Und ich habe auch deine Lieblingsspeise nicht vergessen – zwei Töpfe Erdbeermarmelade von der letzten Ernte.« Heathers Augen blitzten vor Vergnügen.

»Oh, Miss Heather, das hätten Sie nicht tun sollen.« Sie tupfte sich die Augen mit dem Schürzenzipfel. »Es wird vielleicht eine Weile dauern, bis wir in der Lage sind, Sie dafür zu bezahlen ...«

Heather schüttelte den Kopf. Sie ergriff die Hände der älteren Frau. »Mach dir darüber keine Gedanken, Bridget. Alles, worauf es im Augenblick ankommt, ist, daß du auf dich aufpaßt und ein gesundes Baby zur Welt bringst. Wenn du dann soweit bist, wird deine Stellung im Herrenhaus auf dich warten. Und nun sag mir, ob du auch tust, was ich dir gesagt habe. Gönnst du dir jeden Vormittag und jeden Nachmittag eine Ruhepause?«

Bridget nickte eifrig. »O ja, Ma'am. Zweimal am Tag, pünktlich wie ein Uhrwerk.«

»Und legst du die Füße mit einem Kissen hoch? Das tut auch gut, wenn du sitzt, Bridget.«

»O ja, Miss Heather. Und wissen Sie was? Meine Beine sind seitdem viel weniger geschwollen.«

»Das freut mich zu hören, Bridget.«

»Aber mein Rücken ... der tut mir manchmal schrecklich weh.«

Heather betrachtete sie mitfühlend. »Ich weiß, Bridget. Aber damit ist es bald vorbei, und ich wage zu behaupten, daß es die Unbequemlichkeiten wert sein wird.« Sie drückte Bridgets Hände. »Für uns wird es Zeit, uns wieder auf den Weg zu machen. Aber ich verspreche dir, daß ich nächste Woche wieder vorbeikommen und nach dir sehen werde.« Sie tätschelte Bridgets vorgewölbten Bauch. »Also, paß schön auf dich und das Kleine auf.«

Vor der Tür streckte Bridget die Hände aus und umarmte Heather überschwenglich. »Miss Heather, ich bete jeden Abend, daß es ein Mädchen wird! Dann nenne ich sie nach Ihnen, das habe ich Robert schon gesagt. Sie wird Heather heißen, und ich hoffe, sie wird einmal eine so gütige und großherzige Frau werden, wie Sie es sind!«

Heather blinzelte überrascht. »Ihr wollt eure Tochter nach mir nennen? Wirklich?« Ihr weicher Mund verzog sich zu einem Lächeln. »Das würde mir gefallen, Bridget. Das würde mir sehr gefallen.« Sie neigte den Kopf und küßte die andere Frau auf die Wange. Damien hätte schwören können, daß sich eine Träne in ihre strahlenden Veilchenaugen gestohlen hatte.

Als sie einige Minuten später von dem Sträßchen abbogen, spielte immer noch ein Lächeln um ihre Lippen.

Damien legte den Kopf schief und sah sie an. »Bridget arbeitet im Herrenhaus?«

Heather nickte. »Sie arbeitet jetzt schon seit fast vier Jahren als Zimmermädchen. Aber sie erwartet das Kind in weniger als zwei Monaten, und letzte Woche wurde die Arbeit einfach zu viel für sie.«

Er betrachtete sie immer noch prüfend. »Sind Sie Hebamme?«

Sie wirkte verlegen. »O nein! Ich habe allerdings der Hebamme bei einigen Geburten geholfen. Sie wohnt in dem Dorf nördlich von uns.« Ihre Augen verdüsterten sich. »Ich hoffe nur, daß sie kommen wird, wenn es soweit ist.«

Damien zog fragend eine Braue hoch. »Bridget scheint Ihnen zu vertrauen«, bemerkte er ruhig. »Ich hatte fast den Eindruck, daß es ihr lieber wäre, wenn Sie ihr beistehen würden.«

Heathers Miene war besorgt. »Fast zwanzig Jahre warten die beiden jetzt schon auf ein Kind, und nie wollte es klappen. Bridget war überzeugt, unfruchtbar zu sein. Leider ist es eine komplizierte Schwangerschaft. Sie gehört in die erfahrenen Hände der Hebamme, nicht in meine.« Sie lächelte flüchtig. »Sie hätten Bridget sehen sollen, als sie erfuhr, daß sie schwanger ist. Ich möchte wetten, daß ihr Freudengeheul in der ganzen Grafschaft zu hören war. Ich vermute, daß dieses Kind schlimmer verwöhnt werden wird als jedes andere.«

In diesem Augenblick ertönte wie auf ein Stichwort hinter der Kutsche ein aufgeregtes Geschrei. Damien drehte sich um und sah in der Ferne zwei Gestalten zu Pferde, die ihnen in gestrecktem Galopp folgten.

»Heather!«

»Heather, warte auf uns!«

Heather drehte sich ebenfalls um. Sie hob die Hand und beschattete ihre Augen. »Das sind mein Bruder und meine Schwester«, sagte sie. Überraschung und Freude zugleich schwangen in ihrer Stimme mit. »Und da kommt Mama«, murmelte sie. »Oh, und Beatrice.« Sie deutete in die Ferne, wo soeben zwei weitere Gestalten an einer Kuppe auf der Straße aufgetaucht waren. Dann nahm sie die Zügel wieder auf und wendete die Kutsche, um die Ankömmlinge zu erwarten.

Die Kinder brachten die Pferde in einer Staubwolke zum Stehen – ein Junge und ein Mädchen. Das Mädchen war etwa dreizehn, den Jungen schätzte Damien auf acht oder neun Jahre. Da er bereits von der Kutsche gesprungen war, trat er jetzt vor, um den Kindern beim Absitzen behilflich zu sein.

Das Mädchen, ein hellblondes Kind mit einem Elfengesichtchen, dankte ihm scheu und wirbelte dann zur Kutsche herum. Der Junge strahlte Damien mit einem breiten, unerschrockenen Lächeln an und folgte dann dem Beispiel seiner Schwester. Bevor er noch Zeit hatte, sich umzudrehen, hatten sie sich rechts und links von Heather auf den Kutschbock geschwungen.

»Du hast uns seit Tagen nicht mehr besucht«, beklagte sich das Mädchen. »Wir hatten Sehnsucht nach dir, Heather.«

Sie umarmte die beiden zärtlich. »Ihr hättet mich ja auch besuchen können«, sagte sie scherzend.

»Das tun wir ja gerade«, erklärte das Mädchen schlagfertig.

In diesem Augenblick mischte sich der Junge in die Unterhaltung ein. Er deutete mit dem Zeigefinger auf Damien. »Wer sind Sie?« fragte er gut gelaunt. »Sind Sie Heathers Galan? Mama sagt, sie sollte einen Galan haben.«

Augenblicklich glühten zwei rosige Flecken auf Heathers Wangen auf. Damien spürte einen fast unwiderstehlichen Drang zu kichern. Statt dessen eilte er ihr ritterlich zu Hilfe.

Er schlug die Hacken zusammen und verneigte sich schwungvoll in einer gespielt förmlichen Verbeugung.

»Damien Lewis, zu Ihren Diensten, junger Herr. Ich bin der neue Gutsverwalter Ihrer Schwester.«

Heather hatte die Arme um ihre beiden Geschwister gelegt. »Meine Schwester Christina, Mr. Lewis, und mein Bruder Arthur – der offensichtlich vergessen hat, daß es sich nicht gehört, mit dem Finger auf andere zu zeigen.«

»Und ich«, ließ sich jetzt eine angenehme weibliche Stimme vernehmen, »bin Heathers Mutter, Victoria Grayson. Und das ist meine Tochter Beatrice.« Das junge Mädchen an ihrer Seite strahlte lebhaft übers ganze Gesicht. Damien neigte zur Begrüßung den Kopf.

Victoria hatte ihm ihre behandschuhte Rechte entgegengestreckt. »Ich bin ja so froh, daß Heather endlich einen neuen Gutsverwalter eingestellt hat«, sagte sie. »Ich bin sicher, daß Sie Ihre Sache sehr gut machen werden.«

Lady Victoria Grayson saß, in ein modisches Reitdreß gewandet, im Sattel einer Apfelschimmelstute. Ihr Hut saß keck auf ihrer blonden Lockenpracht. Sie war zierlich und schlank, ihre Taille so schmal wie bei einer zwanzig Jahre jüngeren Frau. Ihre Tochter Beatrice hatte das blonde Haar, die weit auseinanderstehenden blauen Augen und das herzförmige Gesicht von ihr geerbt.

Damien schüttelte kurz den Kopf. »Ich werde mir selbstverständlich Mühe geben, Mylady, aber mir ist heute klargeworden, daß es nicht leicht sein wird, in Robins Fußstapfen zu treten.«

Victoria Grayson lachte. »Ach, da würde ich mir an Ihrer Stelle keine Sorgen machen, Mr. Lewis. Heather hätte Sie niemals eingestellt, wenn sie nicht volles Vertrauen in Sie hätte.« Mit diesen Worten wandte sie sich ihrer Tochter zu. »Und was dich betrifft, junge Dame, so muß ich fast annehmen, dir ist entfallen, daß du eine Familie hast.« Ihre weiche Miene strafte ihren vorwurfsvollen Ton Lügen.

Heather biß sich auf die Lippen, und in ihren Augen

stand die stumme Bitte um Vergebung. »Ich hatte in der letzten Woche viel zu tun, Mama.«

»Das sehe ich, Liebes. Aber da wir einmal in der Nähe von Stonehurst sind, warum schaust du nicht auf einen Sprung herein? Ich fürchte, dein Vater wird uns beiden nie verzeihen, wenn du nicht wenigstens hereinkommst, um guten Tag zu sagen. Noch schöner wäre es natürlich, du würdest zum Tee bleiben. Und Sie sind natürlich ebenfalls herzlich eingeladen, Mr. Lewis.« Sie legte den Kopf schief. »Habt ihr ein Stündchen Zeit?«

»Natürlich kommen wir gerne, Mama.« Heathers Blick wanderte zu Damien. »Es sei denn, es macht Ihnen irgendwelche Umstände, Mr. Lewis.«

Damien schüttelte den Kopf. »Ganz und gar nicht.«

Tatsächlich mußte er ein befriedigtes Lächeln unterdrücken. Tee mit Miles und Victoria Grayson. Besser hätte es sich nicht fügen können, wenn er es selbst eingefädelt hätte ...

Eine halbe Stunde später saßen sie alle in dem riesigen, verschwenderisch möblierten Salon von Lyndermere Park, dem Sitz des Earl und der Countess of Stonehurst, versammelt. Miles und Victoria hatten auf einem kleinen Sofa Platz genommen, das vor dem Kamin stand. Beatrice saß zu ihrer Rechten. Heather hatte es sich in einem samtbezogenen Lehnstuhl bequem gemacht, an dessen Seite ihr Stock lehnte. Christine saß neben Heather und hatte ihren Kopf auf die Schulter der älteren Schwester gelegt. Arthur hatte sein Mohngebäck verschlungen und war in der Küche verschwunden, um sich mehr davon zu erbetteln.

Miles Grayson war ein hochgewachsener, dunkelhaariger Mann von hagerer Statur und gebieterischer Haltung. Sein dunkles Haar war mit grauen Strähnen durchwoben, und um seinen Mund zogen sich einige Falten, aber wie seine Frau strahlte er jugendliche Lebhaftigkeit aus. Damien war sich wohl bewußt, daß ihn manch arroganter Adeliger – schließlich war er nicht mehr als ein Angestellter der Tochter des Hauses – niemals in sein Haus, geschweige denn in seinen Salon gebeten hätte. Aber Heathers Familie hielt offensichtlich nicht viel von Förmlichkeit; Miles Grayson machte einen ebenso herzlichen und aufrichtig gastfreundlichen Eindruck wie seine Frau Victoria.

Ein paar Minuten in der Gesellschaft ihrer Familie hatte Damien vieles verraten. Es waren keine Blutsbande, die Heather Duval mit den Graysons verbanden …

Es war das Band der Liebe.

Eine finstere Bitternis schlich sich in sein Herz. Er beneidete sie, sie alle. Die ganze Familie Grayson. Heather Duval … und gleichzeitig empfand er fast Haß für sie. Denn etwas Ähnliches würden er und Giles nun nie mehr erleben. Nie wieder würden die Brüder im Kreise ihrer Familien um den Kamin beisammensitzen, von den Stimmen und dem Gelächter ihrer Lieben umfangen …

Giles war dieses Erlebnisses beraubt worden … So wie er selbst seines Bruders beraubt worden war.

»Nun, Mr. Lewis, was halten Sie von Lockhaven, nach allem, was Sie bis jetzt gesehen haben?« Es war der Earl, der diese Frage gestellt hatte.

Damien schüttelte seine trübsinnigen Gedanken ab. »Ich bin tief beeindruckt. Es scheint mir ein außerordentlich gut geführter Betrieb zu sein.«

»Sie hätten Lockhaven vor vier Jahren sehen sollen. Sicher, das Herrenhaus selbst war in recht gutem Zustand. Aber dem Vorbesitzer war wesentlich mehr daran gelegen, sein Geld an den Spieltischen in London zu vertun. Die Felder lagen brach, und die meisten Pächter hatten das Weite gesucht.« Sein Blick huschte zu Heather hinüber. »Ich muß sagen, Heather hat wahre Wunder vollbracht. Und noch dazu, sehr zu meinem Leidwesen, ganz ohne meine Hilfe.«

»Na ja, du hast dir zweifellos alle Mühe gegeben«, bemerkte seine Frau. »Du hast ihr ständig über die Schulter geschaut – und dabei dein Bestes gegeben, damit sie es nicht merkt.«

»Aber sie hat es gemerkt«, warf Heather trocken ein.

Alle lachten, während Miles verlegen dreinblickte. »Was soll ich dazu sagen? Ich war ihr ein guter Lehrer.«

Heathers Augen wurden weich und nahmen einen warmen, tiefvioletten Ton an. »Das warst du, Papa. Das warst du wirklich.«

Eine Uhr auf dem Kaminsims verkündete, daß wieder eine Stunde verstrichen war. Victorias Blick wanderte zwischen Beatrice und Christina hin und her. »Christina, es ist Zeit, daß du für die morgige Lateinprüfung lernst. Bea, der Tanzlehrer wird gleich hier sein. Du kümmerst dich besser darum, daß im Musikzimmer alles vorbereitet ist.«

Christina erhob sich augenblicklich, aber ihre ältere Schwester verzog die vollen Lippen zu einem Schmollmund. »Ach, Mama. Muß ich wirklich? Bitte, laß mich noch ein bißchen bleiben.«

Victoria runzelte die Stirn. »Nein, mein Liebes.«

»Aber der Tanzlehrer hat gesagt, ich würde es ohnehin nie lernen, ich hätte zwei linke Füße.«

»Tja«, entgegnete Victoria, »um so mehr solltest du üben und immer wieder üben.«

Seufzend und sichtlich widerstrebend verabschiedete sich Beatrice. Damien setzte ein höfliches Lächeln auf, während seine Aufmerksamkeit in Wirklichkeit uneingeschränkt Heather galt.

Die Terrassentüren in ihrem Rücken standen ein Stück weit auf. Eine leichte Brise hatte ihr eine Haarsträhne über die sanft geschwungene Linie ihrer Wange geweht. Würde er sie berühren, das wußte er, sie würde sich so weich anfühlen wie das samtene Blütenblatt einer Rose … Er spürte fast das weiche Kitzeln auf seiner Haut. Sie hob die Hand, um die Strähne aus dem Gesicht zu streichen. Er erinnerte sich an die Berührung ihrer Hand in der seinen, klein und zerbrechlich zart. Ein Druck breitete sich in seinen Lenden aus. Gott im Himmel, er sehnte sich noch heftiger als am Morgen des Vortages danach, sie zu lieben …

Aber was war bloß mit ihm los? Im selben Augenblick ärgerte er sich über sich selbst. Er benahm sich wahrhaftig wie ein unerfahrener Jüngling, als wäre er unsterblich verliebt in diese Frau! Vielleicht hatte er sich am Abend zuvor geirrt. Vielleicht brauchte er doch unbedingt eine Frau. Vielleicht hätte er die üppige, aufdringliche Hure in der Taverne doch nehmen sollen. Vielleicht hätte das die Glut in seinen Adern gelöscht …

Wie aus weiter Ferne hörte er Victoria sprechen. »Der Koch hat mir erzählt, daß heute der Gewürzhändler da war. Offenbar zieht ein Jahrmarkt durch die Grafschaft. Er wird in den nächsten Tagen hier bei uns erwartet. Heather, als Kind hast du doch die Jongleure immer so geliebt. Wirst du hingehen, was meinst du?« Damien vernahm ihre Antwort nur mit halbem Ohr. Das Gespräch wandte sich anderen Themen zu, aber bald darauf langte Heather nach ihrem Stock. Damien erhob sich ebenfalls, ohne zu zögern. Die Hitze in seinen Lenden war abgekühlt, aber die Finsternis in seinem Herzen hatte sich noch nicht gelichtet.

Miles und Victoria begleiteten die Besucher nach draußen. Während Miles Heather auf den Kutschbock half, nahm Damien seinen Platz an ihrer Seite ein.

Den Blick auf Miles gerichtet, nahm sie die Zügel auf. »Was wünschst du dir zum Geburtstag, Papa?«

»Deinen preisgekrönten Bock.« Die Antwort kam wie aus der Pistole geschossen.

Miles entging das verstohlene Zwinkern, das Heather mit ihrer Mutter wechselte, Damien aber hatte es sehr wohl bemerkt. Als Heather in ein trillerndes, melodisches Gelächter ausbrach, war ihm, als müsse er in tausend Stücke zerspringen.

»Überleg dir etwas anderes, Papa.« Sie winkten noch einmal zum Abschied und fuhren davon.

Keiner von beiden war sich des nachdenklichen Blicks bewußt, mit dem Victoria der davonrollenden Kutsche nachsah.

Sie hakte sich bei ihrem Mann ein. »Mr. Lewis scheint ein sehr netter junger Mann zu sein, findest du nicht?«

»Das ist er. Heather hat zweifellos eine ausgezeichnete Wahl getroffen.«

Im unschuldigsten Tonfall der Welt bemerkte Victoria: »Bea hat mir unter dem Siegel der Verschwiegenheit anvertraut, daß sie Mr. Lewis für den bestaussehenden Mann in ganz England hält. Glaubst du, Heather ist derselben Meinung?«

Miles blieb wie angewurzelt stehen. »Wie bitte?«

Victoria kicherte vergnügt.

Er blinzelte. »Heather, meinst du?«

Sie gab ihm einen spielerischen Nasenstüber und sagte vergnügt: »Heather ist eine erwachsene Frau, mein Liebster – und sie ist *nicht* blind. Aber weißt du was, ich finde, Bea hat recht.«

Damit ließ sie Miles stehen, der ihr erstaunt nachblickte.

4. Kapitel

Heather warf ihrem Begleiter durch gesenkte Wimpern hindurch einen verstohlenen Blick zu. Bevor sich Beatrice zu ihrer Tanzstunde verabschiedet hatte, waren ihre Blicke von dem Augenblick an, in dem er den Salon betreten hatte, kaum von ihm gewichen. Hatte es irgend jemand bemerkt? Hatte *er* es bemerkt? Ihre Gedanken überschlugen sich. Er mußte es gewohnt sein, von schönen Frauen beachtet zu werden. Heather jedoch war zutiefst beunruhigt über Beas Verhalten – und über die Tatsache, daß sie selbst dieser auffälligen Vorliebe ihrer Schwester so viel Beachtung schenkte.

Aber nichts offenbarte ihre Gedanken, als sie sich mit gezwungener Fröhlichkeit an ihren Begleiter wandte. »Nun«, sagte sie leichthin, »ich glaube, Sie haben die Prüfung bestanden.«

Er wandte den Kopf. »Wie bitte?«

»Ich beklage mich nicht, wohlgemerkt. Aber als Robin starb und ich mich nach einem neuen Gutsverwalter umsah, hätte Papa es sehr gern gesehen, wenn ich ihn bei der Suche nach einem Nachfolger um seine Hilfe gebeten hätte.«

»Und das haben Sie nicht getan?«

Sie schüttelte den Kopf.

»Wollen Sie damit sagen, daß Sie mit Ihrem Vater gern die Klingen kreuzen?«

»O nein, ganz und gar nicht! Aber wissen Sie, nach unserem Einstellungsgespräch kam meine Schwester Bea zu Besuch, und ich bin sicher, daß das Thema gestern abend bei Tisch erwähnt wurde. Darum nehme ich an, daß es Papa keine Ruhe gelassen hat und er sich Gedanken darüber machte, wen ich eingestellt habe und ob es die richtige Wahl war ...«

»Hmmm«, bemerkte Damien trocken. »Dann kann ich wohl froh sein, daß ich Papas Zustimmung gefunden habe. Ich hätte den Earl of Stonehurst nicht allzu gern als Feind.«

Heather lachte.

»Aber«, fuhr er fort, »auch wenn Sie eine erwachsene und überaus kompetente Frau sind, finde ich es doch ganz natürlich, daß Ihre Eltern so besorgt um Sie sind.«

Sie empfand sein Lob als eigenartig wohltuend. »Sie sind meine Familie«, entgegnete sie einfach. »Ich betrachte mich als sehr glücklich, sie zu haben.«

»Es ist nicht zu übersehen, daß sie genauso empfinden.«

Heathers Miene nahm einen weichen Ausdruck an. »Danke«, sagte sie leise.

Eine Weile war nichts zu hören als der Hufschlag auf dem Straßenpflaster. Dann ergriff Damien das Wort. »Ich hoffe, Sie halten mich nicht für unhöflich oder anmaßend, aber ich gebe zu, daß ich neugierig bin ... Mir ist aufgefallen, daß Sie einen anderen Nachnamen tragen als Ihre Eltern, obwohl Sie, wie Sie mir gesagt haben, nicht verheiratet sind. Vielleicht habe ich etwas falsch verstanden ...?«

»Nein«, unterbrach sie ihn hastig. »Mein Nachname lautet Duval. Ich bin die Tochter von Bernard und Justine Duval. Wir hatten hier in der Nähe einen schweren Kutschenunfall, als ich noch ein kleines Kind war. Ich war die einzige Überlebende. Wissen Sie, meine Eltern wollten Miles Grayson einen Besuch abstatten; sie hatten ihn einige Jahre zuvor in Paris kennengelernt. Mein Vater war ein französischer Adeliger, meine Mutter eine englische Lady. Unglücklicherweise tätigte mein Vater ein paar Investitionen zu einem ungünstigen Zeitpunkt und verlor sein ganzes Vermögen. Sie waren nach England gekommen, um hier von vorn anzufangen.«

Lügnerin! hätte Damien ihr am liebsten zugerufen. *Dein Vater war nicht Bernard Duval, sondern James Elliot, ein verabscheuungswürdiger Mörder. Und deine Mutter stammte zwar aus London, aber sie war keine Lady.*

»Nach dem Unfall«, fuhr sie fort, »wurde Miles mein Vormund. Ich glaube, ich war damals ungefähr vier Jahre alt. Ich war acht, als er Victoria heiratete.« Sie zögerte den Bruchteil einer Sekunde. »Es tut mir leid«, sagte sie dann leise. »Ich wollte Sie nicht durcheinanderbringen. Es ist nur so, daß ich Miles und Victoria als meine Eltern ansehe und Beatrice, Christina und Arthur als meine Geschwister.«

Damien schenkte ihr ein breites, strahlendes Lächeln. »Ich verstehe, warum.«

Mehr sagte er nicht, aber Heather hatte das unbestimmte Gefühl, daß irgend etwas nicht in Ordnung war. Vielleicht rief das Gespräch über ihre Familie einen Kummer in ihm wach; schließlich wußte sie im Grunde überhaupt nichts über sein Privatleben. Sie verspürte plötzlich das dringende Bedürfnis, etwas über seine Herkunft zu erfahren, aber etwas an seinem unbewegten Profil hielt sie davon ab, Fragen zu stellen. Verwirrt konzentrierte sie sich auf die Kutschenzügel in ihren Händen.

Der Rest der Heimfahrt nach Lockhaven verlief schweigend. An den Ställen angelangt, sprang Damien von der Kutsche, dann drehte er sich um und hob sie herunter. Als er ihr den Stock reichte, fühlte sie sich unbeholfen, ohne recht zu wissen, warum.

»Es gibt einige Bücher und Karten, in die Sie einen Blick werfen sollten, Mr. Lewis. Wenn Sie wollen, lege ich sie morgen früh auf den Schreibtisch in meinem Arbeitszimmer. Sie können sie sich holen, wann immer es Ihnen paßt.«

»Das werde ich tun, Miss Duval.« Er neigte den Kopf. »Einen schönen Tag noch.«

Wenige Minuten später stand sie am Fenster ihres Zimmers und sah ihm nach, als er in einer Staubwolke davongaloppierte. Mit einem Seufzer ließ sie die zarte Spitzengardine fallen.

Ein kostbarer, blau-golden gemusterter Teppich mit einem Rand aus Lorbeerblättern dämpfte ihren leicht schleppenden Schritt, als sie das Zimmer durchquerte. Sie blieb vor einer niedrigen Mahagonikommode stehen, deren Schubladen mit Rosenholzintarsien verziert waren. Eine silberne Schmuckschatulle mit Klauenfüßen nahm einen Ehrenplatz auf der Kommode ein. Ränder und Oberfläche des glänzend polierten Deckels waren mit einem erhabenen Schneckenmuster verziert. Die letzten Strahlen der verblassenden Sonne fingen sich schimmernd in einer Einlegearbeit aus Perlmutt. Mit der Fingerspitze fuhr sie über die in ein kleines Oval eingravierte Inschrift.

Ihre Augen wurden weich. »Geliebte«, murmelte sie, und ein sehnsüchtiges Lächeln umspielte ihre Lippen. Das Schmuckkästchen war alles, was ihr von ihrer Mutter, Justine Duval, geblieben war. Miles hatte ihr gegenüber immer sein Bedauern darüber geäußert, daß alles andere bei dem Unfall in tausend Stücke zerbrochen war – aber für Heather war es genug. Sie würde es immer in Ehren halten.

Aber im nächsten Augenblick verdüsterten sich ihre Augen. Fast schuldbewußt öffnete sie den Deckel. Ihre Finger tauchten ins Innere der Schatulle. Aber es waren weder Perlen noch Edelsteine, die sie aus dem samtbeschlagenen Innenfach zog.

Es war die Skizze von Damien Lewis.

Irgendwann einmal, dachte sie flüchtig, würde sie ihn gern malen …

Während sie die Skizze eingehend betrachtete, fühlte sie sich von einer Kraft, die sie nicht leugnen konnte, zu dem Bild hingezogen. Sie hatte sich nicht geirrt. Das spürte sie in ihrem Herzen, mit jeder Faser ihres Seins. Er war ein Mann, der Kummer erlebt hatte, der ihn noch immer empfand …

Ein Mann mit Geheimnissen?

Sie wußte nicht, woher dieser Gedanke auf einmal kam. Sie biß sich auf die Lippen; die Vorstellung beunruhigte sie. Die Erinnerung an die Stunde, die sie in Stonehurst verbracht hatten, drängte sich ihr auf.

Ihr wurde bewußt, daß er keine Sekunde lang fehl am Platz gewirkt hatte. Sein Benehmen war untadelig gewesen, seine Redeweise überaus kultiviert. Er hatte ohne Zweifel eine gute Erziehung genossen. War er der Sohn eines wohlhabenden Kaufmanns? Als er sich an diesem Abend verabschiedet hatte, war er so still gewesen. Fast gedankenverloren … Langsam ließ sie den Atem entweichen. Sie konnte sich des quälenden Gefühls nicht erwehren, daß die Dinge nicht so waren, wie sie sein sollten … Wer war er? Warum war er hier? Er hatte gesagt, daß er eine Plantage in Virginia geleitet hatte. War das die Wahrheit? Oder hatte er insgeheim einen bestimmten Grund, nach Lancashire – genauer gesagt nach Lockhaven – zu kommen?

Aber das war ja absurd. Sie war nur müde. Es war ein langer Tag gewesen. Das war alles, schließlich war es nicht ihre Art, ihrer Phantasie die Zügel schießen zu lassen. Nein, sie würde sich nicht solchen launenhaften Grübeleien hingeben. Diesen Part würde sie Beatrice überlassen.

Nach dem Abendessen begab sie sich unverzüglich zu Bett und schlief schnell und mühelos ein. Aber dann begann sie zu träumen … und es war kein Traum von der angenehmen, erholsamen und beruhigenden Sorte.

Sie lag zusammengerollt im Dunkeln und hatte Angst, sich zu bewegen, das leiseste Geräusch zu machen … Angst vor irgend etwas, aber sie wußte nicht, wovor.

Sie wußte nur, daß sie mucksmäuschenstill sein mußte, denn wenn sie es nicht war, würde sie bestraft werden. Und das wollte sie unter keinen Umständen.

Aber es war so furchtbar kalt. Sie hatte nichts als eine dünne, zerschlissene Wolldecke, um sich zu wärmen. Das kümmerliche Feuer im Kamin war fast heruntergebrannt, und der Fußboden war so hart. Feuchtigkeit drang durch die Bodenplanken herauf, so daß sie ein Zittern nicht verhindern konnte.

Sie rollte sich auf die Seite und zog die Knie an die Brust. Ein unterdrücktes Schluchzen drang, kaum hörbar, über ihre Lippen. Und dann war es zu spät …

Er hatte sie gehört.

Sie riß ängstlich die Augen auf, als er sich in der Zimmerecke aufrichtete, ein riesiger, bedrohlicher Schatten.

Sie erstickte den Schrei, der in ihr aufstieg, denn sie wußte, daß es ihn noch wütender machen würde … Er war ständig wütend. Als er dicht vor ihr stand, gefror ihr das Blut in den

Adern vor Entsetzen. Ihr Herz hämmerte in wilder Furcht. Alles in ihr sehnte sich verzweifelt danach, aufzuspringen und wegzurennen. Aber wohin hätte sie laufen sollen? Wohin sich wenden? Alle ihre Muskeln spannten sich, denn sie wagte es nicht, ein Geräusch zu machen, auch nur den leisesten Mucks von sich zu geben. Wenn sie völlig reglos liegen blieb, würde er sie vielleicht in Ruhe lassen. »Kanaille«, stieß er mit rauher Stimme hervor. »Gott, wie ich den Tag verfluche, an dem du geboren wurdest.« Ihre Augen weiteten sich. Und sie sah, wie er die geballte Faust hob. Im Schein des Kaminfeuers war sein Gesicht eine verzerrte Maske der Wut …

Sie fuhr kerzengerade in ihrem Bett hoch. Ihr Atem ging stoßweise. Sie sah dieses Gesicht lebhaft vor sich … *sein* Gesicht. Im Traum hätte sie nicht sagen können, welche Farbe sein Haar hatte, aber sie hatte das unbestimmte Gefühl, daß es dunkel war … Seine Augen waren glühende Teiche voller Haß … Im Traum kannte sie dieses Gesicht – kannte und fürchtete es.

Sie schauderte. Dieser Traum suchte sie immer dann heim, wenn sie etwas belastete. In ihrer Kindheit hatte sie ihn oft gehabt, damals im Internat für höhere Töchter, das ihr so verhaßt war.

Sie trocknete ihre Hände an der Bettdecke. Sie waren eiskalt und feucht. Dieser schreckliche Mann in ihrem Traum … Wer war er? War es jemand, den sie kannte? Wenn sie es doch nur wüßte! – Oder wußte sie es? Vielleicht war es besser so. Vielleicht war es besser für sie, wenn sie es nicht wußte.

Ein Zittern lief durch ihren schlanken Körper. Sie ließ sich in die Kissen zurücksinken, aber diesmal fand sie keinen Schlaf …

Aus Furcht, zu träumen.

Heather war nicht die einzige, die eine unruhige Nacht durchlebte. Damien lag eine Ewigkeit wach; schließlich verzog er grimmig das Gesicht und erhob sich. Er warf einen Morgenmantel über, goß sich einen steifen Brandy ein und setzte sich in einen Lehnsessel am Kamin.

Aber er nahm nur hin und wieder einen kleinen Schluck. Während er in die Glut starrte, die wie flüssiges Bernstein schimmerte, quälte ihn eine Flut von Gedanken. Die Finsternis in seinem Herzen spendete ihm keinen Trost; die düstere Stimmung, die ihn im Hause der Graysons beschlichen hatte, wollte nicht weichen.

Der Tag hatte ihm einige Offenbarungen gebracht, aber so ganz anders als alles, was er hätte voraussehen können. Vielleicht, dachte er grimmig, sollte er sich inzwischen angewöhnt haben, das *Unerwartete* zu erwarten.

Vielleicht war er kleinmütig. Vielleicht war er engstirnig. Aber er konnte sich des Gedankens nicht erwehren, daß die meisten Männer Heathers Hinken als abstoßend empfunden hätten.

Er verzog den Mund. Ha! Wenn es nur so wäre!

Aber da war noch etwas anderes, etwas, das er sich im Leben nicht hätte träumen lassen. Hochachtung für all das, was sie in ihrem jungen Leben schon geleistet hatte. Bewunderung für die Zähigkeit und die Kompetenz, mit der sie sich trotz ihres Hinkens durchgesetzt hatte.

Bridget fiel ihm ein – Heathers Sorge um das Wohlergehen der älteren Frau, das Mitgefühl, das sie ihr wegen der jahrelangen Kinderlosigkeit entgegenbrachte. Wenn er sich nicht irrte, war das keine vorübergehende Laune. Vielmehr schien Heather eine aufrichtige Herzensgüte zu besitzen, die sich auf alle Menschen erstreckte, die sie kannte und die ihr etwas bedeuteten.

Das alles war greifbar und wirklich. Ebenso greifbar und wirklich wie die Liebe, die sie ihrer Familie entgegenbrachte – und die in uneingeschränktem Maße erwidert wurde.

Vielleicht war es unausweichlich. Aber Damien konnte nicht umhin, sich Gedanken über das zu machen, was vor ihm lag …

Einen guten Teil seiner Reise nach England hatte er sich mit genau diesen Überlegungen beschäftigt – mit seiner Zukunft. In den ersten zehn Jahren in Virginia hatte er fast seine ganze Kraft und Aufmerksamkeit auf Bayberry gerichtet – darauf, die Früchte seiner Arbeit wachsen zu sehen. Frauen waren in dieser Zeit ein angenehmer Zeitvertreib gewesen, aber eine Heirat hatte er nie ernsthaft in Erwägung gezogen, denn keine Frau hatte so großen Gefallen bei ihm gefunden.

Bayberry hatte sich tatsächlich zu einem blühenden Unternehmen entwickelt, alles, wonach er strebte, lag ihm zu Füßen. Aber erst vor kurzem waren ihm seine eigenen Grenzen bewußt geworden – eine andere Dimension seines ehrgeizigen Strebens. Er wollte Bayberry – alles, wofür er gearbeitet hatte – nicht in die Hände eines anderen übergehen sehen, wenn er einmal nicht mehr war. Es war an der Zeit, über eine Familie nachzudenken – eine Frau an seiner Seite. Kinder, die um seine Füße tollten …

Aber, dachte er düster, Giles' Tod hatte alles verändert. In diesem Augenblick fühlte sich Damien einsamer als je zuvor. Er hatte nicht damit gerechnet, den gräflichen Besitz zu erben; er *wollte* weder den Titel noch die Verantwortung übernehmen. Viel lieber hätte er Giles wieder gehabt …

Aber das war unmöglich.

Seufzend stellte Damien sein Glas beiseite. Wenn alles vorüber war – wenn er James Elliot gefunden hatte –, mußte er eine Entscheidung treffen. Die Entscheidung, nach Bayberry zurückzukehren … oder in England zu bleiben.

Der Jahrmarkt, von dem Victoria gesprochen hatte, kam wenige Tage später in die Stadt. Die Neuigkeit erfüllte alle Bewohner des Herrenhauses mit Aufregung. Am Abend entschloß sich Heather, dem Markt einen Besuch abzustatten. Sie liebte es, die bunten Waren auf den Verkaufstischen der fliegenden Händler zu betrachten. Aber am meisten liebte sie, wie schon seit ihrer Kindheit, die Fröhlichkeit und Ausgelassenheit.

Die Händler hatten ihre Stände und Buden auf der Wiese neben der Bäckerei aufgebaut. Heather stellte die Ponykutsche, die sie benutzte, wenn sie allein unterwegs war, beim Pfarrhaus ab und eilte zu der Wiese. Sie kam an einem Wagen mit frischem Fisch vorbei und rümpfte die Nase beim nächsten Händler, der blaßgelbe, saure Orangen feilbot.

»Na, kommen Sie schon«, rief ihr der Verkäufer zu. »Innen sind sie köstlich und prall, sage ich Ihnen!« Heather schüttelte nur lächelnd den Kopf und ging weiter.

»Sehen Sie sich dieses Porzellan an, Madam! Hauchdünn, darauf können Sie sich verlassen. Man kann sogar durchsehen! Kommt direkt von der Tafel des Duke of York, bei meiner Seele!«

Sie schlenderte an einem Kesselflicker mit seinen Kohlenpfannen und Schleifsteinen vorbei, als nächstes an einem Wagen mit Steingut und Töpferware. Schließlich erstand sie ein Dutzend Ellen Satinband und Gewürze für die Küche. Mit offenem Mund staunte sie über die Künste eines Jongleurs und lachte mit den umstehenden Kindern über die Possen eines Drehorgelmanns und seines winzigen Äffchens.

Der nächste Händler, ein großer hagerer Mann in einem Anzug aus steifem Wollstoff, hatte seine Waren auf mehreren Verkaufstischen ausgebreitet. Heather blieb neugierig stehen und betrachtete die Fläschchen und Tiegel in allen Formen und Größen.

»Das hier ist ein Angebot für Sie, meine Damen, ein Wässerchen, das Ihre Haut so weiß macht, daß Sie den Vergleich mit den Schönheiten in London nicht scheuen müssen! Sie bekommen es für eine Krone!«

»Eine Krone!« schrie eine Frau in der Menge. »Ich wette, es ist nicht mal 'nen Schilling wert, aber soviel biete ich Ihnen!«

»Ein Schilling! Ha, das ist ein Raubüberfall! Die Herstellung allein hat mich mehr gekostet, aber ich sag' Ihnen was. Eine halbe Krone, und nicht weniger!«

Die Frau verdrehte die Augen.

Er hob ein anderes Fläschchen aus dunklem Glas in die Höhe. »Wie wär's hiermit? Es kuriert jedes Wehwehchen vom Zahnschmerz bis zur Lähmung.«

Die Frau entfernte sich. Heather wollte eben ihrem Beispiel folgen, als jemand sie mit stählernem Griff am Ellbogen packte.

Es war der Händler. »Warten Sie, meine Dame.« Mit stechenden Augen musterte er sie von oben bis unten. »Ich hab gesehen, wie Sie herangekommen sind, und ich habe ein spezielles Mittelchen, nur für Sie. Es wird Ihr Bein kurieren, oder ich will nicht Peter Lennox heißen.«

Sie zuckte innerlich zusammen. Abwehrend schüttelte sie den Kopf.

»Na, kommen Sie schon.« Er deutete auf ihr Bein. »Es macht Ihnen doch wohl keinen Spaß, lahm zu sein? Ich hab' dieses Mittel bei meinem verkrüppelten Neffen probiert. Jetzt läuft er wieder kerzengerade.«

Die Menge hatte sich zerstreut, niemand sah mehr zu. Sie versuchte sich aus dem Griff des Mannes zu befreien, aber er hielt sie unerbittlich fest.

»Nein«, erklärte sie mit gedämpfter Stimme. Sie wollte unter allen Umständen eine peinliche Szene vermeiden.

Er ließ nicht locker. »Aber es wirkt Wunder, sage ich Ihnen.« Er hatte die Finger schmerzhaft in ihren Arm gekrallt und zerrte an ihr. »Kommen Sie, lassen Sie sich's wenigstens zeigen.«

Panik wallte in Heather auf. Sie schüttelte den Kopf und versuchte, sich seinem Griff zu entwinden, aber er war zu stark.

Plötzlich nahm sie eine blitzschnelle Bewegung wahr.

Eine sehnige dunkle Hand schloß sich um das Handgelenk des Mannes. »Die Dame hat abgelehnt«, ließ sich eine ruhige Männerstimme vernehmen. »Lassen Sie sie los.«

Er war es – Damien Lewis. Der Händler ließ sich kein zweites Mal bitten. Seine Finger lösten sich augenblicklich von ihrem Arm.

»Hab' ja nur versucht, der Dame zu helfen«, nuschelte er mürrisch. »Wenn es ihr nichts ausmacht, verkrüppelt zu sein, bitte sehr.« Er zog den Kopf zwischen die Schultern ein, machte auf dem Absatz kehrt und lud seine Waren in den Karren.

Heather blieb reglos stehen. *Lahm. Verkrüppelt.* Die Worte hatten sie wie Dolchstöße getroffen. Ihr Gesicht glühte vor Scham. Und ihr Herz schrie laut auf. *Ich bin nicht lahm. Ich bin nicht verkrüppelt.* Das bist du doch, flüsterte eine innere Stimme.

Auch Damien hatte sich nicht von der Stelle bewegt. Unsäglich gedemütigt, fühlte sie, wie sein Blick auf ihr lastete. Nur mit äußerster Willenskraft gelang es ihr, die Schultern zu straffen und das Kinn in die Luft zu recken. Sie spürte plötzlich einen unerträglichen Schmerz. Worauf wartete er noch? Wartete er darauf, daß sie sich in einen Redeschwall ergoß wie ein affektiertes, hilfloses Weibsbild? Sie doch nicht! Sie hatte sich viele Jahre lang auf niemanden als auf sich selbst verlassen. So wollte sie es, und so sollte es auch bleiben.

»Ich danke Ihnen, Mr. Lewis.« Ihre Stimme war ebenso kalt wie ihr Blick. »Aber ich versichere Ihnen, daß es nicht nötig war. Ich brauche keinen Retter in der Not.«

Eine dunkle Braue fuhr in die Höhe. »Wenn das so ist«, entgegnete er in einem Ton, der so kalt war wie der Winterwind, »dann bitte ich um Verzeihung.«

Sie machten gleichzeitig kehrt und entfernten sich in entgegengesetzte Richtungen, ohne zu merken, daß die Szene beobachtet worden war. Damien hatte erst ein paar

Schritte getan, als er eine Hand auf seinem Arm spürte. Er wirbelte herum, und seine Augen blitzten kampfbereit.

Vor ihm standen Miles und Victoria Grayson.

Victoria ergriff als erste das Wort, und ihre Stimme klang bedrückt. »Mr. Lewis. Können wir ein paar Worte wechseln?«

Damien zögerte.

Miles warf Victoria einen Blick zu, in dem deutliches Unbehagen lag. »Victoria, ich weiß nicht, ob es klug ist ...«

»Vielleicht nicht, Liebster. Aber ich glaube, es muß gesagt werden.« Der Widerstand ihres Mannes schmolz angesichts ihres flehentlichen Tons dahin. Sie tauschten eine stumme Botschaft aus; dann wandte er den Blick Damien zu. »Bitte, gönnen Sie uns einen Augenblick Ihrer Zeit, Mr. Lewis.« Der Earl sprach mit sehr ruhiger Stimme.

Damien kam zu dem Schluß, daß es sinnlos war, zu widersprechen. Er folgte den Eheleuten, die um die Ecke des Metzgerladens bogen, wo es ruhiger war.

»Wir haben wirklich nicht die Absicht, uns in Ihre oder Heathers Angelegenheiten zu mischen«, ergriff Victoria rasch das Wort. »Aber wir haben mit angesehen, was gerade passiert ist, und ... Oh, Heather würde uns nie verzeihen, wenn sie wüßte, daß wir für sie sprechen, aber ich würde es gern erklären, wenn Sie erlauben.«

Damien schüttelte den Kopf. »Das ist nicht nötig«, widersprach er.

»Doch, das ist es! Heather hätte nicht so mit Ihnen reden sollen, wie sie es getan hat. Solche scharfen Worte sehen ihr wirklich nicht ähnlich, das versichere ich Ihnen. Und ich würde es Ihnen gern erklären, ich ... bin nur nicht sicher, ob ich es kann!« Händeringend warf sie ihrem Mann einen hilfesuchenden Blick zu.

»Ich glaube, was meine Frau Ihnen zu sagen versucht, ist folgendes, Mr. Lewis. Heather war immer sehr befangen wegen ihres Hinkens, obwohl ich zu behaupten wage, daß sie dies vehement bestreiten würde.«

»Das ist verständlich.«

»Wir haben versucht zu verhindern, daß es ihr in irgendeiner Weise zu einer seelischen Belastung wurde, aber keiner von uns muß wie Heather mit dieser Behinderung leben. Bitte betrachten Sie das Geschehene nicht als persönliche Beleidigung, Mr. Lewis.«

Damien betrachtete die Eheleute lange mit nachdenklichem Blick. »Warum liegt Ihnen etwas daran?«

Victoria antwortete wie aus der Pistole geschossen. »Weil wir Sie für einen außergewöhnlichen jungen Mann halten, und weil wir nicht wollen, daß Sie wegen dieser unseligen Geschichte Ihre Stellung kündigen.«

Er unterdrückte ein bitteres Lachen. *Das würde ich ohnehin nicht tun*, dachte er. *Noch nicht jedenfalls*.

»Wegen ihres Hinkens war Heather immer anders als andere Kinder«, fuhr Victoria fort. »Aber wir wollten nicht, daß sie sich minderwertig fühlt – denn das ist sie wahrhaftig nicht! –, und darum haben wir sie dazu erzogen, für sich selbst zu denken, für sich selbst zu *handeln*!«

»Sie fanden es sicher ungewöhnlich, daß ein Gut von der Größe Lockhavens von einer unverheirateten Frau geführt wird«, warf Miles ein.

Damien zögerte. Was sollte er darauf sagen? Sein Ausdruck mußte seine Gedanken verraten haben, denn Miles schlug ihm lächelnd auf die Schulter. »Es muß Ihnen nicht peinlich sein, mein Junge.«

Mein Junge. Ihm wurde merkwürdig eng ums Herz. Sein Vater hatte ihn so genannt, vor so langer Zeit, daß die Erinnerung daran fast verblaßt war. Ein Teil seiner selbst sprach Miles Grayson das Recht ab, sich einen so vertrauten Ton ihm gegenüber herauszunehmen; er wehrte sich dagegen, Miles und Victoria sympathisch zu finden. Aber er konnte nichts dagegen tun.

Seine Lippen verzogen sich zu einem kaum merklichen Lächeln. »Ich gebe zu, daß mir ein solcher Gedanke durch den Kopf ging.«

Miles nickte. »Von frühester Kindheit an wollte sie uns unter keinen Umständen zur Last fallen – oder sonst jemandem. Das war der Grund, warum wir an ihrem einundzwanzigsten Geburtstag Lockhaven für sie erworben haben. Es war eine Möglichkeit, ihre Zukunft zu sichern ...«

»Und eine Möglichkeit für sie, ihren Stolz und ihre Würde zu wahren und gleichzeitig für sich selbst zu sorgen.« Erst als die Worte heraus waren, wurde Damien bewußt, was er gerade gesagt hatte.

Victoria bedachte ihn mit einem warmen Lächeln. »Sie haben uns verstanden«, sagte sie froh und hakte sich bei ihrem Mann ein.

Der Blick, den er den beiden zuwarf, war offen und fest. »Ihnen liegt sehr viel an ihr, nicht wahr?«

Miles und Victoria wechselten einen Blick. »Sie wissen, daß sie nicht unser leibliches Kind ist.« Es war eine Feststellung, keine Frage.

Er nickte. »Sie sagte, daß Sie ihr Vormund waren, seit ihre Eltern bei einem Kutschenunfall umgekommen sind. Ihr Vater war ein französischer Adeliger und ihre Mutter eine Engländerin.« Damien hielt den Atem an, sein ganzes Sein war in diesem Augenblick von gespannter Erwartung erfüllt. Ein Dutzend Fragen überschlugen sich in seinem Kopf.

Würde Miles Heather Lügen strafen? Wußte er, daß James Elliot ihr Vater war? Daß er die letzten zwanzig Jahre in Newgate verbracht hatte? Hatte er deswegen Heather als sein Mündel großgezogen? Wußte er, daß Elliot noch am Leben war? War ihm sein Aufenthaltsort bekannt?

Wenn dem so war, verriet sein Verhalten nichts davon. »Ja«, sagte er mit ernster Miene. Seine Stimme gab seinem glühenden Eifer Ausdruck. »Aber das hat nie einen Unterschied gemacht, für keinen von uns. Ich habe Heather von dem Augenblick an geliebt, als sie in mein Haus gebracht wurde, so klein und hilflos, mehr tot als lebendig. Und Victoria ging es genauso, als sie Heather im Alter von acht Jahren zum ersten Mal sah. Wir haben sie in unseren Armen gehalten, wenn sie krank war. Wir haben sie umsorgt und gesehen, wie sie zu der schönen jungen Frau heranwuchs, die sie heute ist, und das ist ein Band, das uns keiner je nehmen kann.«

Er ergriff die Hand seiner Frau und drückte sie sacht.

»Es besteht kein Unterschied zwischen Heather und unseren leiblichen Kindern. Sie ist unsere älteste Tochter, und daran wird sich nie etwas ändern.«

Es dauerte eine Weile, bevor Damien etwas sagte. »Ich meine, Heather hat Glück, Eltern wie Sie zu haben«, bemerkte er ruhig. »Und Sie haben mein Wort, daß alles, was heute gesagt wurde, unter uns bleibt.«

Victoria schenkte ihm ein betörendes Lächeln. Zu seiner Überraschung ergriff sie seine Hände. »Ich wußte, daß Sie ein guter Mensch sind«, sagte sie schlicht.

Nachdem sie sich voneinander verabschiedet hatten, hielt sich Damien nicht länger auf, sondern begab sich umgehend zu Zeus und machte sich auf den Heimweg.

Sein Heim. Das Wort hinterließ einen bitteren Geschmack auf seiner Zunge. Er hatte kein Heim, nicht in diesem Augenblick. Er konnte weder nach Yorkshire zurückkehren noch nach Bayberry.

In seinen Gedanken herrschte ein wirres Durcheinander. Himmel, warum konnte die Sache nicht einfacher sein? Er hatte so viele Fragen – und keine Antworten. Die Geschichte von Heathers Vater, der angeblich ein französischer Adeliger sein sollte … Wer hatte sie in die Welt gesetzt? Es war eine Lüge; es mußte eine Lüge sein, aber Miles – und auch Heather – klangen so aufrichtig! Fast hatte er Schuldgefühle, weil er sie täuschen mußte, aber er durfte sich nicht offenbaren. Noch nicht. Dazu war es noch viel zu früh. Nein, dachte er. Er mußte weiter nach Plan vorgehen. Er mußte Zeit gewinnen und warten …

Am liebsten hätte er vor hilfloser Wut laut mit den Zähnen geknirscht.

Er war so tief in seine Gedanken versunken, daß er fast an dem niedrigen Zaun vor seinem Haus angelangt war, bevor er die Gestalt bemerkte, die auf der weinumrankten Veranda saß …

Es war Heather.

5. Kapitel

Die Nacht war strahlend klar und warm, am Himmel funkelten Myriaden von Sternen. Sie hörte den Hufschlag seines Pferdes, lange bevor er in Sicht kam.

Als sie ihn schließlich sah, schlug ihr Herz dumpf und zögernd. Im silbernen Schein des Mondes wirkten seine Schultern noch breiter als sonst. Wie er da hoch aufgerichtet in seinem Sattel saß, eine ungemein kraftvolle Gestalt, sah er aus wie ein archaischer Gott, der vom Himmel herabgestiegen war.

Sie konnte sein Gesicht nicht erkennen, aber als er sich ihrer gewahr wurde, wußte sie es sofort, denn der Hufschlag brach plötzlich ab. Es war so still, als hielte der Himmel selbst den Atem an.

Dann setzte sich sein Pferd wieder in Bewegung; ein paar Meter vor dem Haus hielt er es an und saß ab. Neben der Tür stand eine Holzbank, auf der sie gesessen hatte; aber jetzt erhob sie sich schwerfällig. Ihre Handflächen waren feucht; sie wischte sie an ihrem Rock trocken, als er zu ihr trat.

Unmittelbar vor ihr blieb er stehen. Seine Augen waren in der Dunkelheit nur ein silbriger Schimmer.

»Nun«, sagte er leise. »Sind Sie gekommen, um mich zum Teufel zu jagen?«

Sie schüttelte den Kopf und bemühte sich vergeblich, ein Lächeln zuwege zu bringen. »Ich hätte nicht so barsch mit Ihnen reden dürfen, Mr. Lewis. Nachdem wir uns getrennt hatten, war mir sofort klar, wie unhöflich ich war.«

»Das waren Sie«, pflichtete er ihr bei.

Ihr Blick ruhte unverwandt auf ihm. »Ich hoffe, Sie nehmen meine Entschuldigung an.«

»Schon geschehen«, entgegnete er leichthin. Er deutete auf die Bank. »Ich schlage vor, wir setzen uns.«

Heather warf einen Blick auf den schmalen Sitz der Bank und erbebte innerlich, als sie sich niederließen. Ihre Schultern berührten sich; es ließ sich unmöglich vermeiden.

»Ich muß mich ebenfalls bei Ihnen entschuldigen, Miss Duval. Ich war neulich ziemlich dreist, als Sie mich gezeichnet haben.«

Heather mußte gegen den plötzlich aufsteigenden Schmerz ankämpfen. Trieb er seinen Scherz mit ihr? Sie war eine solche Direktheit nicht gewohnt – und solche Aufmerksamkeit ebenfalls nicht. Sie wußte nicht, was sie sagen sollte, also schwieg sie.

»Warum haben Sie gesagt, Ihr Name sei Alice?«

Es machte sie nervös, ihm so nah zu sein. Er war so groß, neben ihm fühlte sie sich auf eine Art und Weise klein, die ihr irgendwie nicht recht behagen wollte.

Sie bezwang die unbestimmte Furcht, die plötzlich in ihr aufstieg. Er irritierte sie … Er brachte sie aus dem Konzept.

Und er faszinierte sie.

»Es kommen nicht viele Fremde in diesen Winkel von Lancashire.« Das war die einzige Erklärung, die ihr im Augenblick in den Sinn kam.

»Hatten Sie Angst vor mir?«

Wenn er nur aufhören würde, sie so anzusehen! »Ein … ein kleines bißchen.«

Erbarmen, sie hatte noch immer Angst vor ihm – wenn auch nicht in der Weise, die er meinte. Nie im Leben hatte ein Mann einen solchen Eindruck auf sie gemacht wie Damien Lewis. Und das war kein Wunder – denn tatsächlich waren ihre Erfahrungen mit Männern gleich Null. Sie hatte Mama und Papa davon überzeugen können, daß sie kein Interesse – und keinen Bedarf – an einer Ballsaison in London hatte. Daher waren die meisten Männer in ihrer Umgebung entweder alternde Bauern, frischgebackene glückliche Ehegatten oder Väter oder aber Menschen, die sie schon seit ihrer Kindheit kannte.

Seine Stimme war samtweich. »Sie hatten keinen Grund, sich zu fürchten.«

Das Schweigen wurde drückend. Ihre Augen wanderten zum sternenübersäten Himmel. Sie war nicht annähernd so gelassen wie er; ihre Gedanken überschlugen sich. Welcher Teufel hatte sie nur geritten, hierher zu kommen? Sie sollte auf der Stelle gehen.

»Ja« – ihr Lachen klang ein ganz klein wenig atemlos – »da haben Sie wahrscheinlich recht.«

Er sollte aufhören, sie so anzustarren. Es war, als wollte er sich jeden ihrer Züge ins Gedächtnis einprägen … Aber das war ja lächerlich.

»Darf ich Sie etwas fragen?«

»Natürlich.«

»Der Unfall, von dem Sie gesprochen haben –, bei dem Ihre Eltern ums Leben gekommen sind –, wurde dabei Ihr Bein verletzt?«

Alles in ihr schien zu erstarren. Unwillkürlich zuckte ihre Hand zu dem unförmigen, verwachsenen Klumpen, der ihr Knie war. Wortlos schüttelte sie den Kopf.

»Ich verstehe«, murmelte er. »Sie haben es also schon von Geburt an?«

Das Schweigen zog sich endlos in die Länge. Stärker denn je wünschte sie, sie wäre nie hierher gekommen.

Woran dachte er? Bemitleidete er sie? Verspottete er sie insgeheim?

Dunkelheit stahl sich in ihr Herz. Er kann es nicht wissen, dachte sie gequält. Er hatte keine Ahnung von dem Schmerz, der tief in ihrer Seele verborgen war. Sie haßte das Flüstern hinter ihrem Rücken, das sie immer hatte ertragen müssen, die schockierten Blicke … Kaum ein Tag war vergangen, an dem sie sich nicht danach gesehnt hätte, nicht zu hinken, an dem sie sich nicht gewünscht hätte, etwas anderes zu sein als das, was sie war – ein Krüppel. Sie wollte sein wie alle anderen. Sie wollte rennen und springen können. In der entsetzlichen Schule, in die Mama und Papa sie geschickt hatten – Miss Havenshams Schule für höhere Töchter –, war sie nie nach ihrem Aussehen, ihren Umgangsformen, ihren Verdiensten oder ihrem Verstand beurteilt worden.

Ihre Gedanken drehten sich im Kreis, und plötzlich fühlte sie sich in diese Zeit zurückversetzt. Sie zuckte zusammen, denn sie hörte wieder diese furchtbaren Worte des Spotts …

Dachtest du wirklich, wir mögen dich, Heather? Kein Mensch kann dich leiden. Niemand will mit dir zusammensein.

Und dann das boshafte Gekicher der anderen Mädchen.

Du bist anders als wir, Heather Duval. Du kannst nicht rennen. Du kannst nicht so laufen wie wir anderen. Du kannst nicht tanzen. Du kannst nicht einmal reiten – und jede Dame aus gutem Haus kann reiten. Du bist lahm. Ein Krüppel.

Für alle Zeit, dachte sie, und ein scharfer Schmerz durchzuckte sie. Immer war sie nach etwas beurteilt worden, das sie nicht ändern konnte.

Ihrem Hinken.

Als sie jetzt tief Luft holte, klang ihr Atemzug fast wie

ein trockenes Schluchzen. »Müssen wir über dieses Thema reden?«

Er hatte sich ihr jetzt ganz zugewandt. »Es ist Ihnen unangenehm, darüber zu reden?«

»Ja, das ist es.«

Seine Stimme klang sehr ruhig. »Ich wollte Sie nicht in Verlegenheit bringen.«

Dann stell mir nicht solche Fragen! Fast hätte sie die Worte laut ausgesprochen. Sie biß sich gerade noch rechtzeitig auf die Zunge.

Mit einer unbestimmten Handbewegung sagte sie: »Können wir über etwas anderes reden?«

»Selbstverständlich.«

Erleichtert ließ sie den angehaltenen Atem entweichen. »Gut«, murmelte sie. »Mir ist nämlich aufgefallen, daß wir zwar ausgiebig über mich gesprochen haben, aber nur sehr wenig über Sie.«

Sie spürte, wie er sich versteifte ... Oder bildete sie sich das nur ein?

»Ich muß sagen, daß ich auch neugierig bin, Mr. Lewis. Warum sind Sie in Lancashire geblieben?«

Seine Brauen schossen in die Höhe. »Glauben Sie denn, daß es außer dem Grund, den ich Ihnen genannt habe, noch einen anderen gibt?«

»Aber«, entgegnete sie leichthin, »Sie haben gar nicht gesagt, warum Sie den Wunsch hatten, in Lancashire zu bleiben.«

Er erwiderte nichts; Heather hatte irgendwie das Gefühl, daß sie ihn mit ihrer Frage überrumpelt hatte.

»Mir gefällt es nicht in London«, erklärte er schließlich. »Ich ziehe das Landleben vor.«

Sie lächelte. »Ich auch. Und meinem Vater geht es genauso. Er macht sich nichts aus dem Leben in der Stadt, aber meine Mutter findet es herrlich, und darum fahren die beiden mehrmals im Jahr in ihr Londoner Stadthaus. Meine Schwester Beatrice ist wie Mama – sie fühlt sich dort in ihrem Element. Aber Christina schlägt eher nach mir, glaube ich, sie ist im Herzen ein Mädchen vom Lande.«

»Und Arthur?«

Er sprach mit kühler, fast gleichgültiger Stimme, als würde er die Frage aus reiner Höflichkeit stellen.

»Ich fürchte, Arthur hat sich noch nicht entschieden. Er fühlt sich immer da wohl, wo er gerade ist.«

Sie betrachtete prüfend sein Gesicht in der Dunkelheit. »Haben Sie eine Familie? Brüder und Schwestern vielleicht?«

Sein Gesicht nahm einen maskenhaften Ausdruck an. Jeder Muskel darin schien sich anzuspannen. Seine Züge wurden hart und abweisend. »Nein.« Mehr als dieses eine Wort kam nicht über seine Lippen.

Mit einer raschen Bewegung erhob er sich und entfernte sich ein Stück. Vor dem Haus lag eine Koppel, und an deren Zaun, etwa zehn Schritte von Heather entfernt, blieb er stehen. Sie hatte das sichere Gefühl, etwas sehr Falsches gesagt zu haben …

Ohne sich dessen recht bewußt zu sein, ging sie ihm nach. Dicht hinter ihm blieb sie stehen. Sie öffnete die Lippen, aber das Sprechen fiel ihr schwer, fast hatte sie Angst davor.

»Es tut mir leid, Mr. Lewis. Ich wollte Sie nicht verletzen, oder Sie an etwas erinnern, über das Sie offensichtlich nicht reden möchten.«

Er schwieg. Seine Schultern waren angespannt, so furchtbar angespannt. Der Wunsch, die Hand nach ihm auszustrecken, ihn zu berühren und zu trösten, war fast unbezwingbar … Warum, das konnte Heather nicht sagen. In diesem Augenblick sah sie nur, daß er unendlich einsam wirkte … so einsam, wie ihr oft zumute war …

Neben ihm ertönte ein leises Schnauben. Heather sah, daß sein Pferd an den Zaun gekommen war, um die Nüstern an seiner Schulter zu reiben. Schwerfällig hob Damien die Hand. Er strich dem riesigen Tier liebevoll über das glänzende schwarze Fell seines schönen muskulösen Halses. Als Erwiderung stupste der Rappe seine Nase in Damiens Handfläche.

Sein Profil zeichnete sich scharf im silbernen Schein des Mondes ab. Ihre Augen wanderten über seine Züge und nahmen jeden einzelnen davon auf – den kühnen Strich der kräftigen dunklen Brauen, den schrägen Schwung seiner Wangenknochen, die scharfen Umrisse seines breiten Kinns, die empfindsame weiche Linie seines Mundes …

»Er ist wunderschön«, hörte sie sich sagen. Ihr war seltsam flau im Magen. Und ihr war bewußt, daß sie nicht nur das Pferd, sondern auch seinen Herrn gemeint hatte …

»Er heißt Zeus«, sagte er mit leiser Stimme.

Heather lächelte zaghaft. »Er ist wunderschön«, wiederholte sie.

Noch leiser, so leise, daß sie sich anstrengen mußte, ihn zu verstehen, fuhr er fort: »Er hat meinem Bruder gehört.«

In diesem Augenblick wurde es Heather klar … sie *wußte* es.

Sein Bruder war tot.

Das war es, was sie zu ihm hingezogen hatte … Sie hatte in ihm einen verborgenen Schmerz entdeckt, der ihrem eigenen glich. Eine verwandte Seele …

Sie legte die Fingerspitzen auf seinen Arm, ohne darüber nachzudenken. Es war eine hauchzarte, flüchtige Berührung, die ihm ihr Mitgefühl verriet. Schweigen herrschte zwischen ihnen, aber es war nicht mehr dasselbe wie zuvor. Sie brauchte keine Worte …

… Und er ebensowenig.

Mit einem zarten Lächeln löste sie die Hand von seinem Arm. »Eigenartig, daß er Zeus heißt. Mein Vater hat einen Hengst namens Apollo, der auf die Koppel hinaus kommen soll.« Sie zögerte einen Augenblick. »Da Papa in zwei Wochen Geburtstag hat, habe ich mir überlegt, ihm vielleicht zu dieser Gelegenheit einen neuen zu kaufen. Robin hat mir von einem Züchter namens Ferguson in Cumberland erzählt, und ich wollte mit ihm hinfahren und mich ein wenig umsehen.« Sie stieß ein leises Lachen aus. »Leider kenne ich mich mit Pferden nicht besonders gut aus, und ich möchte keinen alten Klepper mit nach Hause bringen.«

Seine Zähne blitzten weiß auf in der Dunkelheit, als er scherzend erwiderte: »Ich bezweifle sehr, daß Sie das tun würden. Aber auf die Gefahr hin, angeberisch zu klingen: Ich sehe es auf den ersten Blick, wenn ich ein ausgezeichnetes Pferd vor mir habe. Wenn Sie möchten, würde ich Sie gerne begleiten.«

Heathers Augen leuchteten auf. »Das würden Sie tun? Oh, das wäre wirklich großartig! Ich würde Papa so gern überraschen.«

»Also abgemacht. Wie weit ist es von der schottischen Grenze?«

Heather war ganz aufgeregt. Sie hatte sich den Kopf zerbrochen über ein Geschenk für ihren Vater, aber das war perfekt! Sie nickte. »Nicht weit. Wir werden mit der Kutsche jeweils einen Tag unterwegs sein.«

»Wann möchten Sie fahren?«

Sie brauchte nur Sekunden, um sich zu entscheiden. »Freitag nächster Woche, sofern Mr. Ferguson einverstanden ist.« Sie betrachtete prüfend sein Gesicht in der Dunkelheit. »Sagen Sie mir die Wahrheit, Mr. Lewis. Es macht Ihnen wirklich nichts aus?«

»Nicht das Geringste.«

Ein unsägliches Glücksgefühl durchrieselte sie. Heather lächelte ... und ihre Augen begegneten einander. In diesem Augenblick veränderte sich etwas ... *Alles* war plötzlich anders. Er sah ihr in die Augen, und es schien ihr der längste Augenblick ihres Lebens. Als er die Hand hob, hielt sie erschrocken den Atem an. Sie war sicher, daß er sie berühren würde – ihre Wange, ihr Haar … Aber, o Gott, es machte ihr nichts aus, denn Schauer der Erregung liefen durch ihren Körper. Sie wußte nicht, ob Bea recht hatte – ob Damien Lewis wirklich der bestaussehende Mann in ganz England war. Jedenfalls war er der bestaussehende Mann, der *ihr* je unter die Augen gekommen war …

Aber plötzlich hatte sie *tatsächlich* Angst. Oh, nicht vor ihm, aber vor diesem unbestimmten Verlangen, das in ihr toste wie eine Sturmflut. Und plötzlich stand das Schweigen nicht mehr dunkel und vertraut zwischen ihnen, sondern böse und unbehaglich.

Sie schalt sich selbst eine Närrin, daß sie sich so von ihren Gefühlen hinreißen ließ. Sicher wollte Damien Lewis nichts zu tun haben mit einer Frau, wie sie eine war. Natürlich würde er niemals in … in *dieser* Weise an sie denken. Sie war seine Arbeitgeberin. Nicht mehr und nicht weniger.

Abgesehen davon, flüsterte eine verhaßte Stimme in ihr, *kann er jede Frau haben, eine Frau, die gesund und kräftig und schön ist. Er würde keinen zweiten Blick auf eine Frau werfen, die verkrüppelt ist …*

Sie raffte ihren Rock zusammen. »Es ist spät. Ich – ich muß gehen.«

Ihre Stimme war dünn und zittrig; sie erkannte sie selbst kaum wieder.

»Ich bringe Sie nach Hause.«

»Nein.« Die Ablehnung kam atemlos, aber fest über ihre Lippen. »Das ist nicht nötig. Der Weg ist völlig ungefährlich.«

Er wich trotzdem nicht von ihrer Seite, als sie sich der Kutsche zuwandte. Ohne auch nur um ihre Erlaubnis zu bitten, umfaßte er ihre Taille mit beiden Händen. Sie sog hörbar den Atem ein, ihr Rücken versteifte sich. Wenn er es bemerkt hatte, so ließ er es sich jedenfalls nicht anmerken, als er sie in die Kutsche hob. Ihr Mund fühlte sich trocken an. Sie dankte ihm und wünschte ihm eine gute Nacht.

Später ... später sollte sie sich erstaunt fragen, was in sie gefahren war, daß sie die Kutsche noch einmal anhielt und sich zu ihm umdrehte.

»Mr. Lewis?«

Er stand noch an der Stelle, an der sie sich von ihm verabschiedet hatte. Er stand breitbeinig da, und seine kraftvolle, männliche Gestalt zeichnete sich klar im Mondschein ab.

»Ja?« Seine Augen schimmerten wie Silber.

»Ich – ich hinke wegen meines Knies. Es ist ... Ich bin ... Ich bin verkrüppelt.« Gott, wie sie dieses Wort haßte! »Ich – ich weiß nicht, wie es passiert ist. Es ist schon so, seitdem ich denken kann.«

Heather wartete nicht auf eine Erwiderung. Der mühsam zusammengeraffte Mut verließ sie. Sie schnalzte mit den Zügeln und verschwand in der Dunkelheit.

Damien blieb noch lange reglos auf der Stelle stehen. Ihm war nur allzu bewußt, wie schwer ihr dieses Bekenntnis gefallen war; sie hatte einen Teil von sich preisgegeben, den sie sonst ängstlich verbarg, ein Geheimnis, das sie nicht jedem verraten würde. Sie hatte ihn in einen verborgenen Winkel ihrer Seele blicken lassen ...

Brennende Schuldgefühle zerfraßen sein Herz. Er verdiente es nicht. Sie hätte sich ihm niemals anvertraut, wenn sie wüßte, wer er in Wirklichkeit war – warum er hier war. Aber obwohl er sich selbst für sein falsches Spiel haßte, wußte er doch, daß er nicht anders konnte.

Er schickte einen inbrünstigen Fluch zum Himmel hinauf. Er wollte ihr keine derartigen Gefühle entgegenbringen. Er wollte überhaupt keine Gefühle haben! Keine Zuneigung. Kein Mitleid. Und schon gar nicht diese verdammte Faszination, die sie auf ihn ausübte – das am allerwenigsten!

Er fühlte sich stärker denn je zu ihr hingezogen; das war etwas, das er nie gewollt hatte, von jenem ersten Tag an nicht. Er begehrte sie so heftig wie vom ersten Tag an. *Stärker* noch. Sein kleines Zigeunermädchen …

Zähneknirschend kämpfte er gegen den Drang an, ihr zu folgen; sie in seine Arme zu ziehen, ihren rosigen Mund mit heißen Küssen zu bedecken – zum Teufel mit der ganzen Welt.

Aber das durfte er nicht tun. Er *würde* es nicht tun, denn für solche Gefühle war kein Platz in der Aufgabe, die vor ihm lag.

Mit zusammengebissenen Zähnen machte er auf dem Absatz kehrt und schritt entschlossen zum Haus. Sein Geist war von einem einzigen Gedanken beherrscht.

Er mußte einen Weg finden, dieses höllische Verlangen nach ihr zu besiegen … und zwar bald.

In der darauffolgenden Woche fühlte sich Heather so zerrissen wie noch nie in ihrem Leben. Irgend etwas geschah mit ihr. Etwas, das sie nicht aufhalten konnte, wogegen sie vollkommen machtlos war. Es war, als wäre alle Ruhe und Selbstbeherrschung restlos von ihr gewichen, und sie wußte nicht, wie sie sie wiederfinden sollte. Ihr wohlgeordnetes Leben war völlig aus den Fugen geraten …

Als Kind hatte sie gelernt, sich so zu akzeptieren, wie sie war. Sie konnte nicht alles *tun*, wozu andere Kinder in der Lage waren. Sie konnte nicht herumspringen wie andere Kinder. O ja, sie hatte es akzeptiert … und sie hatte es gehaßt.

Tief in ihrem Herzen hatte sie sich so oft gewünscht, die von allen beneidete Schönheit zu sein, der gefeierte Mittelpunkt des Festes, die anmutigste Tänzerin im Ballsaal, die geschickteste Reiterin bei der Jagd. Aber sie konnte nicht reiten, weil dann ihr Knie schmerzte. Sie konnte nicht tanzen, weil sie viel zu schwerfällig war, und sie hatte kein Bedürfnis, einen noch größeren Narren aus sich zu machen.

Nie hatte ein Mann um ihre Hand angehalten – und das würde auch in Zukunft nicht geschehen! In den fünfundzwanzig Jahren ihres Lebens war sie noch nicht einmal geküßt worden. Sie hatte immer gewußt, daß sie nie heiraten würde, auch wenn Mama und Papa ihr versichert hatten, daß sich eines Tages ein umwerfender junger Mann unsterblich in sie verlieben würde. Heather wußte es besser. Was spielte es schon für eine Rolle, daß sie ein freundlicher, großzügiger und liebenswürdiger Mensch war. Sie war lahm, und das war etwas, das die anderen nie vergaßen ...

Und auch sie selbst konnte es nicht vergessen.

Aber sie hatte immerhin das schätzen gelernt, was sie besaß – ihre Fähigkeiten und ihre Klugheit. Sie hatte auch die kleinen Freuden schätzen gelernt, die das Leben für sie bereithielt – die Schönheit der Wiesen, wenn der Löwenzahn blühte, der süße reine Gesang der Drossel, ihr schnalzendes Gelächter, wenn der Hund einzelne Schafe von der Herde trennte. Sie war zufrieden gewesen mit ihrem Leben ...

Aber jetzt nicht mehr.

Nicht mehr, denn jetzt wurde sie allzu oft von einer quälenden Unruhe heimgesucht. Es war, als ob ein Fluch über ihre Seele verhängt worden wäre.

Und alles seinetwegen .. wegen Damien Lewis.

Er erfüllte die ihm gestellten Aufgaben hervorragend, das stand außer Frage. Sie bedauerte nicht, ihn eingestellt zu haben, denn sie hätte eindeutig keinen besseren Mann für den Posten finden können. In allem, was die Gutsverwaltung betraf, kamen sie hervorragend miteinander aus. Sie sah ihn fast täglich. Sie war bei diesen Gelegenheiten äußerlich ruhig und sachlich, aber in ihrem Inneren tobte ein wilder Sturm. Wenn sie sich seiner körperlichen Gegenwart nur nicht so – so verdammt bewußt gewesen wäre.

Erst am Vortag hatten sie in ihrem Arbeitszimmer beisammen gesessen und die Bücher durchgesehen. Aber ihre Gedanken – und ihre Augen – hatten die unbotmäßige Neigung gezeigt, immer wieder von den Zahlen in den Büchern zu dem Mann an ihrer Seite zu wandern! Ein Duft wie würzige Walderde ging von ihm aus, den sie als unendlich angenehm empfand. Seine schlanken Finger waren fest um die Teetasse aus zartem Porzellan geschlossen. Er hatte die Ärmel hochgekrempelt, so daß seine muskulösen, mit dunklem, männlichem Flaum überzogenen Unterarme zu sehen waren. Und wenn er den Kopf senkte, konnte sie den Blick nicht von seinem sonnengebräunten Nacken abwenden, in dem sich das dunkle Haar auf so anziehende Weise kräuselte.

Er mußte nur in ihrem Gesichtskreis auftauchen, und schon war es um ihre Fassung geschehen. Ihr wurde ganz flau im Magen, und das Herz raste in ihrer Brust.

Sie ärgerte sich über ihn, sie ärgerte sich entsetzlich über ihn! Alle ihre verborgenen Sehnsüchte waren gewaltiger denn je über sie hereingebrochen … Gewaltiger, als sie ihr in Erinnerung waren. Des Nachts wälzte sie sich schlaflos herum, wie damals, als sie so alt gewesen war wie Bea heute, in jenen lange vergangenen Tagen der erwachenden Gefühle und Sinne. Als sie beim Einschlafen überlegt hatte, wie es wohl war, von einem Mann geküßt zu werden, seine Lippen auf dem Mund zu spüren. Würden diese Lippen warm und trocken sein? Feucht und kalt? Wie es wohl sein mochte, sich fest an die Brust eines Mannes zu schmiegen? Bilder gingen ihr durch den Kopf, aber nun gehörte zu diesen Bildern ein Gesicht …

Wie sehnte sie sich danach, diese Geheimnisse zu ergründen. Nur einmal. *Nur ein einziges Mal …*

Eines Morgens fühlte sie sich schon beim Aufstehen müde und gereizt. Mit einem ergebenen Seufzer streifte sie das Nachthemd ab. Als sie sich umdrehte, fiel ihr Blick auf das Spiegelbild ihres nackten Körpers in dem

Drehspiegel, der in der Zimmerecke stand. Sie gehörte nicht zu den Frauen, die ihren Körper mit Düften und Wässerchen verwöhnten; sie schenkte ihm eher wenig Beachtung, sondern pflegte und kleidete sich stets mit dem geringstmöglichen Aufwand.

Jetzt betrachtete sie ihre nackte Gestalt mit kritischer Sachlichkeit. Ihr Haar fiel ihr in üppigen Flechten über die Brust. Ihre Brüste waren fest und voll, aber nicht zu schwer für ihre zierliche Statur. Diese reifen, festen Hügel waren von kleinen korallenroten Nippeln gekrönt. Ihr Bauch war flach, eine fast konkave Fläche zwischen den beiden Hüftknochen. Sie runzelte die Stirn. Hatte sie in letzter Zeit ein wenig abgenommen? Doch ihre Hüften wölbten sich in fein geschwungenen Rundungen von der schmalen, weiblichen Taille aus, sie wirkte kein bißchen jungenhaft. Verstohlen strich sie mit den Fingerspitzen an der Kurvenlinie einer Brust entlang. Nein, dachte sie verwundert, ihr Körper war ganz und gar nicht unangenehm anzusehen …

Ihr Blick fiel auf ihr rechtes Knie, auf dieses knotige, verwachsene Gelenk, das leicht nach innen verdreht war. Ihre Zufriedenheit schwand augenblicklich, und zurück blieb eine Leere, die durch ihr ganzes Inneres hallte.

Später am Tag massierte sie geistesabwesend ihr Knie. Es tat unangenehm weh; selbst das lange warme Bad hatte an diesem Morgen nicht die übliche wohltuende Wirkung gehabt.

In diesem Augenblick kam Bea in Heathers Arbeitszimmer gestürmt. »Heather! Oh, Heather, komm schnell. Du spielst doch Klavier für mich, oder? Mr. Lewis ist ein hervorragender Tänzer, und er hat versprochen, mir den Walzer beizubringen! Und später will er mir einen Tanz zeigen, der Virginia-Reel heißt!«

Heather legte die Schreibfeder beiseite. »Bea, ich bin wirklich sehr beschäftigt …«

»Aber ein Weilchen wirst du dich doch freimachen

können, oder?« Bea flehte und bettelte inständig, der Inbegriff der blonden Verführung in ihrem weißen, blumenbestickten Kleid und den passenden zierlichen Schuhen. »Heather, Schatz, bitte! Es dauert auch nicht lange. Ich weiß, ich habe Mama bisher enttäuscht, aber Pierre ist furchtbar streng und ungeduldig – ich bin immer so aufgeregt, daß ich ihm nichts recht machen kann!«

Heather seufzte. »Na schön, Bea.« Sie erhob sich und nahm ihren Stock, der wie üblich an der Seite des Schreibtischs lehnte.

Bea war außer sich vor Begeisterung. »Da ist sie!« Mit einer weit ausholenden Geste stürmte sie ins Musikzimmer. Damien stand in der Mitte des Raums auf dem glänzend polierten Parkett, die Hände hinter dem Rücken verschränkt. Beim Eintreten der beiden Frauen verneigte er sich. Sein Blick streifte Heather flüchtig. Sie nickte ihm kurz zu und hinkte zum Klavier hinüber, das auf der gegenüberliegenden Seite des Zimmers stand.

»Heather spielt himmlisch, das schwöre ich Ihnen. Aber Sie werden es ja selbst hören. Oh, und sie ist auch eine sehr talentierte Aquarellmalerin, Mr. Lewis.« Fröhlich plauderte sie vor sich hin. »Sie hat fast alle Bilder hier im Haus gemalt.«

Seine dunklen Brauen schossen in die Höhe, sein Blick wanderte über die Bilder, die an der Wand vor ihm hingen. Eines zeigte eine Harfe und ein Pianoforte, ein anderes eine idyllische Weidelandschaft mit grasenden Tieren.

»Sehr beeindruckend«, sagte er. »Zeichnen Sie auch so gut, Miss Duval?«

Heather hatte gerade auf dem Hocker vor dem Klavier Platz genommen. Sie preßte die Lippen zusammen und warf ihm einen vernichtenden Blick zu, aber in seinen Augen blitzte der Schalk. Mit einer Liebenswürdigkeit, die ganz und gar nicht von Herzen kam, erkundigte sie sich: »Einen Walzer soll ich spielen, nicht wahr?«

»Ja. Ja, bitte.« Atemlos trat Bea vor Damien hin und

legte ihm scheu eine Hand auf die Schulter. Mit einem leisen Lächeln ergriff Damien ihre Rechte und legte einen Arm um ihre Taille.

Heather zwang sich, die Augen von dem Paar abzuwenden, und stimmte eine leichte, fröhliche Melodie an. Aber während ihre Finger die vertraute Weise spielten, wanderten ihre Blicke immer wieder verstohlen zu den Tanzenden hinüber.

Bea hatte recht. Sie tanzte den Walzer steif und unbeholfen.

Damien sagte bis etwa zur Mitte des zweiten Walzers nichts. Dann hörte Heather, wie er im Vorbeitanzen Bea aufforderte: »Entspannen Sie sich. Vergessen Sie, wer Sie sind – wo Sie sind. Sie sind eine junge Weide, und Ihr Körper biegt sich weich und geschmeidig in einer sanften Frühlingsbrise. Und denken Sie daran – Ihre Füße sind keine Podeste, Beatrice. Sie sind so leicht wie Luft und berühren gar nicht den Boden.«

Sie wirbelten über das Parkett. Wieder … und immer wieder.

»Ja. Ja, Beatrice … So ist es schon viel besser.«

Sie drehten sich und wirbelten im Kreis herum, und es dauerte nicht lange, da tanzte Bea den Walzer, als ob sie nie etwas anderes getan hätte.

Ein Gefühl, das sie nicht einordnen konnte, hinderte Heather daran, den Blick von den beiden abzuwenden. Ihre Finger flogen über die Tasten, aber in ihren Ohren klang die trällernde Melodie verschwommen. In ihrer Brust spürte sie einen harten, schweren Klumpen. Ihr Herz war wie von Ketten umschmiedet. Das Paar auf dem Tanzparkett verschmolz vor ihren Augen zu einer einzigen Gestalt. Ihre Schritte waren vollkommen aufeinander abgestimmt, wie sich ihre Körper in elegantem, fließendem Schwung anmutig und biegsam im Kreise drehten.

Bea legte den Kopf in den Nacken und blickte ihrem

Partner lachend ins Gesicht. Eine Hand ruhte schwanengleich auf seiner Schulter, ihre Füße glitten schwerelos über das Parkett ... Die Qual in Heathers Herz war unerträglich. Für diese beiden war es so einfach, die Füße im Takt der Musik zu bewegen, sie fanden es das Selbstverständlichste der Welt. Immer weiter drehten sie sich im Tanz, gebannt vom Zauber der Melodie, der unbeschwerten Stimmung der Musik ... und gebannt voneinander.

Das Stück war zu Ende. Lachend vollführte Bea einen tiefen Knicks, und ihr Partner verneigte sich. Bea klatschte in die Hände. Ihre Augen strahlten wie der Mond an einem sternenklaren Himmel.

»Oh, das war herrlich!« rief sie begeistert. »Ich wußte gar nicht, daß es so – so großartig sein kann, Walzer zu tanzen!«

Damien ergriff ihre Hand und verneigte sich tief. »Es war mir ein Vergnügen, Mademoiselle.«

Heather verließ leise das Musikzimmer. Die beiden merkten es nicht einmal.

Etwa eine halbe Stunde später trat sie wieder aus ihrem Arbeitszimmer. Als sie den Salon betrat, drangen Stimmen an ihr Ohr. Die Terrassentüren aus geschliffenem Glas standen offen, und dorthin lenkte sie jetzt den Schritt.

Die Stimmen wurden lauter. Heather blieb dicht vor der Türschwelle stehen.

»Finden Sie mich wirklich hübsch, Mr. Lewis?«

Heathers Rücken versteifte sich. Ihre weichen Lippen preßten sich zu einem schmalen Strich zusammen. Es waren Bea – und Damien.

Die beiden kamen über den Plattenweg auf das Haus zugeschlendert. »Natürlich sind Sie das, Beatrice. Wenn Sie nächstes Jahr debütieren, werden Dutzende von gutaussehenden jungen Männern um Ihre Gunst wetteifern.«

Bea stieß ein trillerndes Lachen aus und flatterte mit

den Lidern. »Aber einer würde mir schon reichen«, erklärte sie kokett. »Wirklich, einer ist mehr als genug, sofern es der *Richtige* ist.«

Heather umklammerte den Knauf ihres Gehstocks mit beiden Händen; er verursachte ein lautes, kratzendes Geräusch auf dem Boden.

Bea blickte auf. »Heather, da bist du ja! Mr. Lewis hat versprochen, mir bald wieder eine Tanzstunde zu geben. Du wirst doch wieder für uns spielen, nicht wahr? Aber natürlich wirst du das, du bist ein solcher Schatz!«

Heather beantwortete ihre Frage nicht. »Geh ein paar Schritte mit mir, Bea«, befahl sie der Jüngeren statt dessen. Ohne Damien zu beachten, der zur Seite getreten war, nahm sie ihre Schwester am Arm. Sie spürte seinen Blick in ihrem Rücken, als sie sich mit Bea abwandte, aber sie kümmerte sich nicht darum. Innerlich kochte sie, aber es war ihr gleichgültig, ob er es merkte oder nicht!

Sie waren noch nicht weit gegangen, als Bea ihr mit gerunzelter Stirn einen Blick zuwarf. »Was ist denn los, Heather?«

Heather verhielt den Schritt. Sie holte tief Luft und fuhr ihre Schwester an.

»Du bist kein kleines Dummchen, Bea.« Sie nahm kein Blatt vor den Mund. »Du weißt sehr gut, was du tust.«

Beatrice zwinkerte mit den Augen. »Was? Du bist doch nicht etwa böse auf mich, weil ich mit Mr. Lewis im Garten spazierengegangen bin! Wir – wir haben dich gesucht.« Es war eine Ausrede, und noch dazu eine ziemlich dürftige.

»Ich war in meinem Arbeitszimmer«, gab Heather zornig zurück. »Wenn ihr mich dort gesucht hättet, so hättet ihr mich gefunden. Im übrigen glaube ich eher, daß du mit Mr. Lewis allein sein *wolltest*. Wirklich, Bea, ich bin entsetzt über deinen Mangel an Anstand.«

Bea verzog schmollend den Mund. »Ach, hör doch

auf. Wir sind hier nicht in London. Ich brauche keine Anstandsdame.«

»Du gestattest, daß ich anderer Meinung bin. Offensichtlich brauchst du doch eine.«

Beas Augen blitzten. »Und du gestattest, daß *ich* anderer Meinung bin, Heather. Ich brauche keine Anstandsdame – weder dich noch irgend jemanden sonst!«

»Du machst ihm schöne Augen, Bea. Einem Mann, der fast doppelt so alt ist wie du. Herrje, was hast du dir nur dabei gedacht – im Garten mit ihm herumzupoussieren?«

»Im Garten herumzupoussieren? Ich habe nichts dergleichen getan!«

»Wie würdest du es denn nennen?«

Beas Wangen färbten sich feuerrot. Heather wußte, daß sie recht hatte – Bea wollte es nur nicht zugeben.

»Du warst doch diejenige, die uns allein gelassen hat«, entgegnete Bea anklagend.

»Das stimmt, und ich sehe jetzt, daß es ein Fehler war, aber ich konnte ja nicht ahnen, daß du dich an ihn hängen würdest wie eine Klette. Ich schäme mich für dich, Bea! Was glaubst du wohl, was Mama und Papa dazu sagen würden?«

»Ha!« Bea stieß einen verärgerten Schrei aus. »Ich wette, du hast nichts Eiligeres zu tun, als zu ihnen zu laufen und es ihnen zu erzählen!«

»Du hast eine Närrin aus dir gemacht, Bea, und du besitzt nicht einmal genug Verstand, es zu merken! Ihn zu bitten, dir das Walzertanzen beizubringen … mit ihm allein im Garten spazierenzugehen …Ich habe gehört, wie du ihn gefragt hast, ob er dich hübsch findet. Du hast schamlos mit ihm geflirtet! Ich warne dich, Bea.« Ihr Ton war sehr ernst. »Schluß mit den kleinen Tête-à-têtes mit Mr. Lewis. Ich dulde nicht, daß sich meine Schwester aufführt wie ein ungezogener Backfisch.«

Bea sah sie mit offenstehendem Mund an. »Du … du bist eifersüchtig, Heather. Du bist eifersüchtig, weil er mich hübsch findet, weil … weil ich ihm gefalle. Du bist eifersüchtig, weil ich tanzen kann und du nicht!« Ihre schönen blauen Augen füllten sich mit Tränen, aber sie reckte trotzig das Kinn in die Höhe. »Und du hast kein Recht, mir Vorschriften zu machen, Heather. Du bist bloß ein alter Krüppel. Du – du bist nicht einmal meine Schwester!«

Heather zuckte zusammen, als hätte sie einen Schlag ins Gesicht erhalten. Als Bea auf dem Absatz kehrtmachte und davonstürmte, blieb sie wie angewurzelt, einem steinernen Standbild gleich, auf der Stelle stehen. Unterdrücktes Schluchzen war aus der Ferne zu hören.

Du bist eifersüchtig, Heather. Du bist eifersüchtig, weil er mich hübsch findet, weil ich ihm gefalle. Du bist eifersüchtig, weil ich tanzen kann und du nicht!

Eine Welle der Verwirrung ergriff von ihr Besitz. Nein! dachte sie aufgewühlt. Nein, das stimmt nicht! Sie war froh, daß Bea jung und hübsch war, daß ihr eines Tages die Welt zu Füßen liegen würde. Sie beneidete sie weder um ihre Jugend oder Schönheit, noch mißgönnte sie ihr die Geschmeidigkeit und graziöse Anmut ihrer Bewegungen. Sie war nicht eifersüchtig auf Bea, wirklich nicht!

Du hast kein Recht, mir Vorschriften zu machen, Heather. Du bist bloß ein alter Krüppel. Du bist nicht einmal meine Schwester!

Ihr Herz zog sich zusammen. *Bea,* dachte sie verzweifelt. *O Bea, wie konntest du so etwas zu mir sagen?* Wenn es ihre Absicht gewesen war, Heather zu verletzen, dann war ihr dies vortrefflich gelungen.

Sie sollte ihr nachgehen. Sie sollte es wirklich …

Heathers Kopf fuhr in die Höhe. Damien stand unvermittelt vor ihr. Mit der Sonne im Rücken wirkten seine Schultern so breit wie das Weizenfeld, seine eindrucksvolle Gestalt strahlte Kraft und Männlichkeit aus.

Sie fühlte sich einer Auseinandersetzung mit ihm im Augenblick nicht gewachsen. Nicht jetzt. Sie wahrte ihre

Fassung nur mit Mühe; es war, als sei ihr Innerstes im Begriff, in Stücke zu brechen.

»Das war ja ein gelungener Auftritt.«

Er hatte also alles mit angehört. Obwohl brennende Scham in ihr aufstieg, gelang es ihr, nach außen hin eisige Stärke zu zeigen.

Sie zog eine schmale schwarze Braue hoch. »Sie haben gelauscht, Mr. Lewis? Ich bin enttäuscht. Eigentlich hätte ich das nicht von Ihnen gedacht.«

»Es war schwer, nicht mitzuhören, Miss Duval.« In seiner kühlen Stimme schwang ein Vorwurf mit.

Heathers Augen wurden schmal. »Wenn Sie die Absicht haben, mich zu tadeln, Mr. Lewis, überlegen Sie es sich lieber noch einmal.«

Damien ließ sich nicht einschüchtern. »Oh, ich weiß, daß es mich nichts angeht. Aber ich frage mich ... ob Sie nicht ein bißchen zu streng mit Ihrer Schwester waren. Sie ist schließlich fast noch ein Kind.«

»Oh, ich bitte um Verzeihung, Mr. Lewis« – so liebenswürdig ihr Tonfall auch war, kamen die Worte doch messerscharf über ihre Lippen –, »mir war nicht bewußt, daß Sie das gemerkt haben.«

Er preßte die Lippen zusammen. Seine Augen flammten wie Blitze auf und verrieten ihr, daß sie einen empfindlichen Nerv getroffen hatte. Aber Heather scherte sich nicht darum, denn sie hatte sich mittlerweile in Rage gesteigert.

»Wie, Mr. Lewis? Sie haben nichts zu sagen? Nun, ich habe dafür um so mehr zu sagen. Ich bin sehr erzürnt, daß Sie es wagen, mich zurechtzuweisen, obwohl das Ganze doch nur Ihretwegen passiert ist. Bea hat einen ziemlichen Narren an Ihnen gefressen. Das dürfte Ihnen doch nicht entgangen sein.«

Er stieß einen nachsichtigen Seufzer aus. »Selbstverständlich habe ich es bemerkt. Aber sie ist noch so jung ...«

»Jung, o ja. Und schön. Und verführerisch, Mr. Lewis?«

Er biß die Zähne zusammen. Sie spürte, daß er seinen Zorn nur mit Mühe beherrschen konnte. Doch dann zog er die Mundwinkel zu einem schiefen Lächeln hoch. »Sie haben eine sehr lebhafte Phantasie«, sagte er ruhig. »Seien Sie versichert, daß es nicht meine Art ist, in Kinderzimmern zu räubern. Was Ihre Schwester betrifft, so bin ich überzeugt, daß sie lediglich ihre Reize ausprobiert hat.«

Wollte er sich jetzt auch noch über sie lustig machen? Ihre Fingernägel gruben sich schmerzhaft in ihre Handflächen. »Sie finden das Ganze amüsant, nicht wahr, Mr. Lewis? Nun, ich dulde das nicht, haben Sie verstanden? Ich dulde nicht, daß Sie sie ermutigen!«

Sein Lächeln erstarb. »Ich bin mir der Gefühle Ihrer Schwester durchaus bewußt. Aber im Gegensatz zu Ihnen glaube ich, daß ein wenig Diplomatie nicht schaden kann. Ich habe kein Interesse an ihr, außer daß sie ein reizendes Mädchen ist, das ohne Zweifel eines Tages die Liebe eines hübschen jungen Mannes gewinnen wird. Aber ich halte es für besser, sie sanft in ihre Grenzen zu weisen.«

»Sanft?« Beißender Hohn sprach aus ihrer Stimme. »Indem Sie sie mit Ihrer Aufmerksamkeit überschütten, Mr. Lewis?«

Seine Miene verfinsterte sich. »Ich habe ihr gezeigt, wie man Walzer tanzt, Miss Duval, und es hat ihr gewaltigen Spaß gemacht. Aber aus Ihrem Munde klingt es so, als hätten wir uns eines Verbrechens schuldig gemacht. Man könnte fast meinen, Sie sind neidisch auf Ihre Schwester.«

Heather starrte ihn haßerfüllt an. Warum mußten seine Worte nur so einleuchtend klingen?

Damiens Zähne blitzten weiß in seinem sonnengebräunten Gesicht auf. »Aber mir wird klar, daß Sie es sich nie gestatten, zu lachen und die unschuldigen Freuden zu genießen, die uns das Leben bietet, Miss Duval. Und weil *Sie* es nicht tun, gönnen Sie es auch Ihrer Schwester nicht, daß sie sich amüsiert.«

Sie befanden sich plötzlich auf einem ganz anderen Schlachtfeld. Seine Worte machten aus ihr ein zänkisches Weib aus den finstersten Winkeln der Hölle. Aber das war sie nicht. Sie war nicht so ... *oder etwa doch?*

Ein heißes Schuldgefühl bohrte sich mitten in ihr Herz. Sie hatte Bea zum Weinen gebracht. Sie hatte noch nie im Leben jemanden zum Weinen gebracht. Und Bea war ihre Schwester – auch wenn sie es in ihrem Zorn abgestritten hatte. Sie waren immer noch Schwestern ...

Aber wer war er, daß er es wagte, sie in dieser Weise zu kritisieren? Ein wütendes Feuer brannte in ihren Adern. »Sie wissen ja nicht, wovon Sie reden, Mr. Lewis. Sie kennen mich nicht ...«

»Im Gegenteil, Miss Duval. Sie sind eine verbitterte junge Frau, die sich selbst leid tut. Sie sind ein Feigling, der sich vor dem Leben versteckt. Sie verkriechen sich hier in Lockhaven, anstatt der Welt die Stirn zu bieten.«

Sein arrogantes Lächeln machte sie wahnsinnig. Am liebsten hätte sie ihn ins Gesicht geschlagen.

Aber plötzlich spürte sie einen Kloß in ihrer Kehle. Es kostete sie unendliche Mühe, ihre Selbstbeherrschung aufrechtzuerhalten, aber sie würde es ihn nicht merken lassen. Sie würde ihm die Befriedigung nicht gönnen, daß er sie in ihren Grundfesten erschüttert hatte ... ...daß er recht hatte.

»Das ist nicht wahr«, widersprach sie. »Ich führe ein glückliches und erfülltes Leben, und ich bin vollkommen zufrieden damit.«

Aber das stimmte nicht. Nicht, seitdem *er* aufgetaucht war ...

»Sind Sie das? Ich habe Ihre Bilder gesehen, Miss Duval, und nicht alle sind von heiterer Ruhe erfüllt. Was ist mit dem Bild in Ihrem Arbeitszimmer, dem Buckligen ohne Gesicht? Er steht, von schwarzen, drohenden Wolkenmassen umgeben, auf einer Hügelkuppe.«

Es war beängstigend ... *Er* war beängstigend, denn es war, als hätte er ihr mitten in die Seele geschaut.

»Hören Sie auf«, rief sie. »Hören Sie auf!« Ihr Stock fiel zu Boden. Sie preßte die Hände gegen die Ohren, um seine Stimme nicht mehr hören zu müssen.

Aber er ließ es nicht zu. Er zog ihre Hände fort und hielt sie fest.

»Glauben Sie, ich sehe es nicht? Der Bucklige ist einsam, Heather, genauso wie Sie. Entstellt ...«

Sie wollte alle Wut – allen Stolz – zusammennehmen, fand aber keines von beidem. In ihrer Verzweiflung sah sie ihr Heil nur noch in der Flucht. Sie wollte sich von ihm losmachen, aber es gelang ihr nicht. Seine Hände hielten ihre Handgelenke wie Schraubstöcke umklammert.

»Lassen Sie mich los!« schrie sie. »Ich möchte jetzt gehen!«

»Wollen Sie schon wieder davonlaufen?« Seine spöttischen grauen Augen blitzten sie an. »Noch nicht, Heather. Noch nicht.«

Es gelang ihr, sich loszuwinden. Dann geschah es. Er packte sie am Ellbogen und wirbelte sie zu sich herum ...

Genau in seine Arme.

6. Kapitel

Ihr blieb noch Zeit für einen einzigen erschrockenen Atemzug ... dann war sein Mund auf dem ihren und erstickte ihren Schreckensschrei.

Es passierte so schnell ... Sie erhaschte einen verwirrenden Blick in seine Augen, und was sie da sah, ließ sie fast laut aufschreien. Seine Augen spiegelten den Aufruhr wider, der in ihr tobte.

Ein furchtsames Zittern lief durch ihren Körper. Aber so wild auch der Ausdruck in seinen Augen sein mochte, er tat ihr nicht weh. Seine Hände waren verlangend, aber nicht grob. Er hatte die Arme fest hinter ihrem Rücken verschränkt; so an ihn gedrückt, konnte sie jeden Zentimeter seines Körpers fühlen! Sie war sich der brennenden Berührung seiner breiten Brust an ihrem weichen Busen nur allzu bewußt. Seine Schenkel ruhten fordernd an den ihren.

Ihre schwärmerischen Tagträume hatten sie nicht darauf vorbereitet. Nie im Leben hätte sie sich träumen lassen, daß sich ein Kuß so anfühlte. Er spielte nicht mit ihrem Mund, sondern ergriff Besitz von ihm mit einer unnachgiebigen kraftvollen Kühnheit, die keinen Widerspruch duldete.

Und das – Gott im Himmel – war das letzte, wonach Heather der Sinn stand. Seine Lippen waren heiß und voller Leidenschaft, ungeheuer verführerisch und betörend, grenzenlos süß. Sie vernahm ein undeutliches, fernes Pochen in den Ohren – und merkte, daß es ihr Herzschlag war. Ein seltsames Beben durchströmte ihren Körper, und sie öffnete instinktiv die Lippen. Wie vom Schlag gerührt bemerkte sie, daß seine Zungenspitze die ihre berührte, aber sie wich nicht zurück. Sie ließ ihn weiter forschen ... Was er auch nach Herzenslust tat ...

Die Erde selbst schien sich unter ihren Füßen aufzutun. Sein Atem war wie ein warmer Hauch in ihrer Kehle. Seltsamerweise spürte sie seinen Kuß nicht nur mit den Lippen, sondern mit allen Fasern ihres Körpers. Sein rauhes Kinn fühlte sich leicht kratzig an auf ihrer seidenweichen Haut. Seine Hände brannten auf ihrer Taille wie ein glühendes Brandeisen; es war, als würden sie sich durch ihre Kleider hindurch in die Haut einbrennen. Ihr Atem ging jetzt schnell und stoßweise, und ihre Beine wurden weich wie geschmolzene Butter. Ihre Hände suchten einen Halt, ihre Finger krallten sich in den Stoff seines Hemdes.

Damien mußte sich zusammenreißen, um nicht laut aufzustöhnen. Sie war noch nie geküßt worden, dessen war er sich absolut sicher. Er hatte bisher immer zu den Männern gehört, die einer Frau mit Erfahrung den Vorzug geben, einer Frau, die ihm ebenso viel Vergnügen bereiten konnte wie er ihr.

Aber Heather war anders. Sie war gänzlich unberührt, und diese Erkenntnis fuhr durch ihn hindurch wie eine Feuersbrunst. Alles in ihm sehnte sich danach, ihre kühle Unschuld in ein wildes Erwachen zu verwandeln. Warum sollte er sich selbst belügen? In Wahrheit war das nur eine Ausrede, um das tun zu können, was er vom ersten Tag an gewollt hatte. Sie hatte ihm die Ruhe geraubt – sie hatte sein Blut in Wallung gebracht. Und alles Blut strömte jetzt zwischen seinen Schenkeln zusammen, und seine Männlichkeit schwoll zu fast schmerzhafter Härte an. Er konnte kaum an sich halten, so drängte es ihn, sie hinzulegen und ihr die hindernden Kleider vom Leib zu reißen.

Fast krampfhaft gruben sich seine Finger in die Rundung ihrer schmalen Taille. Einen Augenblick lang schwankte er gefährlich zwischen Himmel und Hölle, und ihm ging der finstere Gedanke durch den Kopf, daß er verloren war, was immer er auch wählen mochte …

Aber die Wahl schien gar nicht bei ihm zu liegen, denn in diesem Augenblick wand sich Heather aus seinen Armen. Sie taumelte einen Schritt zurück. Um ein Haar hätte sie die Balance verloren, konnte sich aber gerade noch fangen.

Sie schluckte schwer. Ihr Blick wanderte langsam an seinem starken, sehnigen Hals hinauf bis zu seinen Augen, die dunkel und unergründlich waren. Sie verrieten nichts von seinen Empfindungen, weder Freude noch

Unbehagen. Wie immer waren seine Gedanken ein Rätsel.

Langsam hob sie eine zitternde Hand an ihre Lippen. Mit anklagender und zugleich unsicherer Stimme begann sie zu sprechen: »Sie … Sie sind verrückt«, flüsterte sie. Sie bemühte sich verzweifelt, das Beben in ihrer Stimme zu unterdrücken.

Er zog behäbig eine seiner breiten Schultern hoch. »Mag sein.«

»Ich könnte Sie entlassen!«

Und sollten es vermutlich auch, dachte er. Sein Blick wanderte nach unten, dann wieder hinauf zu ihren zitternden Lippen. Ein Verlangen durchfuhr ihn, so heftig wie ein körperlicher Schmerz. Himmel, ihr Mund war unglaublich. Weich und rosig, noch feucht glänzend vom gierigen Spiel seiner Zunge …

Zwei leuchtend rote Flecken zeichneten sich auf ihren Wangen ab. Ihre Augen waren riesig. »Warum starren Sie mich so an?«

Eine Warnung flammte in ihm auf. Aber er wischte den Gedanken so schnell beiseite, wie er gekommen war. Mit leiser, behutsamer Stimme sagte er: »Weil ich Sie sehr gern noch einmal küssen würde, Miss Heather Duval.«

Machte er sich über sie lustig? In ihren Gedanken und Gefühlen herrschte ein einziges Durcheinander. Sie wußte es nicht. Sie wußte in diesem Augenblick kaum ihren eigenen Namen.

Er machte eine so abrupte Bewegung, daß sie zusammenzuckte. Aber er bückte sich nur, um ihren Stock vom Weg aufzuheben. Er hielt ihn ihr mit einer schweigenden Herausforderung in den Augen hin, bis sie nachdenklich die Hand danach ausstreckte.

Erst jetzt ließ er sich herab, etwas zu sagen. »Aber Sie können unbesorgt sein. Ich werde mich beherrschen, auch wenn es mir unendlich schwerfallen wird.«

Jetzt war sie ganz sicher, daß er sich über sie lustig

machte. Zu gern hätte sie ihm eine schlagfertige Erwiderung entgegengeschleudert, aber ihr wollte nichts einfallen. So konnte sie nur zusehen, wie er sich abwandte. Als hätte er keine Sorgen im Leben, pfiff er eine fröhliche Melodie und schritt über die Terrasse davon. Ihr ging der Gedanke durch den Kopf, daß sie soeben den glücklichsten und wunderbarsten Augenblick ihres Lebens erfahren hatte ...

Aber auch den traurigsten.

Sie hatte endlich entdeckt, wie es war, in den starken Armen eines Mannes gehalten zu werden. Geküßt zu werden ...

Und sie wußte jetzt, was ihr entgangen war.

Heather stand am nächsten Morgen verhältnismäßig spät auf. Sie hatte kaum geschlafen. Die ganze Nacht über war ihr die Szene mit Damien durch den Kopf gegangen. Sie haßte ihn für das, was er getan hatte – oh, nicht weil er sie geküßt hatte. Aber er hatte ihr Innerstes nach außen gekehrt. Sie fühlte sich so verunsichert wie schon sehr lange nicht mehr, und dafür verabscheute sie ihn ... Obwohl sie sich selbst um ihrer Schwäche willen nicht weniger verabscheute.

Und sie konnte es nicht vergessen ... Er hatte sie Heather genannt. Das hatte er noch nie zuvor getan, und es verlieh dem, was zwischen ihnen geschehen war, eine um so stärkere Intimität.

Dann war da noch der furchtbare Streit mit Bea. Es war scheinheilig von ihr, Bea vorzuwerfen, daß sie ihn anhimmelte. Denselben Vorwurf hätte sie an sich selbst richten können ... Sie mußte zu ihr gehen und mit ihr reden, und zwar bald. Noch am selben Abend, beschloß sie.

Obwohl es sonst nicht ihre Art war, sich faul im Bett zu räkeln, war sie versucht, für den Rest des Tages genau das zu tun. Aber er hatte ihr vorgeworfen, sich vor der

Welt zu verstecken, und diesen Triumph gönnte sie ihm nicht.

Dennoch blieb sie den Vormittag über im Haus. Erst am Nachmittag brachte sie den Mut auf, sich hinauszuwagen. Sie pflegte an jedem Dienstagnachmittag mit dem Pfarrer Tee zu trinken, und sie schwor sich, daß es gerade heute nicht anders sein würde. So verbrachte sie eine ereignislose Stunde in der Gesellschaft des Pfarrers und seiner Frau. Doch während der ganzen Fahrt zum Dorf und später zum Gut zurück betete sie inbrünstig, daß ihr Damien Lewis nicht begegnen möge.

Wieder zu Hause, erwog sie, im Wintergarten ein wenig zu malen, aber sie war zu nervös. Zudem mußte sie ständig daran denken, was er über ihre Bilder gesagt hatte.

Noch eine Erinnerung, auf die sie lieber verzichtet hätte.

Sie schleppte sich die Treppe hoch und fühlte sich, als wäre sie hundertfünfundzwanzig, nicht fünfundzwanzig Jahre alt. Eines Tages, dachte sie geistesabwesend, würde sie ihr Schlafzimmer im Erdgeschoß einrichten

Oben in ihrem Zimmer legte sie ihren Hut neben die Schmuckschatulle. Wie schon Hunderte von Malen zuvor blieb sie stehen und strich mit dem Finger über die Gravur im Deckel – *Geliebte*. Gewöhnlich empfand sie dieses Ritual als tröstlich, wann immer sie Trost suchte, aber diesmal half es nicht. Mit einem Seufzer zog sie die Hand zurück, trat zum Bett und ließ sich darauf nieder.

An der Tür war ein leises Klopfen zu hören. Sie wurde geöffnet, bevor Heather etwas sagen konnte.

Beatrice trat ein.

Heather blieb keine Zeit, sich zu erheben. Erschrocken starrte sie Bea entgegen, deren Augen ebenso weit aufgerissen und furchtsam waren wie vermutlich ihre eigenen auch.

Bea hatte die Hände vor der Taille verschlungen und

knetete sie nun nervös. »Darf ich hereinkommen, Heather?«

Ihre Stimme klang gepreßt. Heathers Herz flog ihr entgegen. Wortlos deutete sie auf den Platz an ihrer Seite.

Bea zögerte nicht und schloß die Tür hinter sich. Als sie auf dem Bett Platz genommen hatte, warf Heather ihr ein schiefes Lächeln zu.

»Ich bin froh, daß du hier bist, Bea. Das erspart mir die Fahrt nach Lyndermere.«

»Du wolltest mich besuchen kommen?«

Heathers Miene war ernst, ihre Stimme sehr sanft. »Ich habe kein Interesse daran, die Dinge so zu belassen, wie sie sich bei unserer letzten Begegnung entwickelt haben, Bea.«

»Ich weiß«, beeilte sich die Jüngere zu sagen. »Darum bin ich auch hier.« Sie senkte den Blick auf ihre verschlungenen Hände. »Oh, Heather«, brach es aus ihr hervor. »Es tut mir leid. Es tut mir so leid. Du hattest recht. Ich hätte Mr. Lewis gegenüber nicht so aufdringlich sein dürfen. Aber ich habe das, was ich gesagt habe, nicht so gemeint, ehrlich! Ich hätte nie sagen dürfen, daß du nicht meine Schwester bist!« Ihre Augen füllten sich mit Tränen. »Ich wollte dir nicht weh tun, und ich wußte, daß ich dich verletzt hatte, sobald die Worte heraus waren. Und dann hatte ich Angst, du würdest mir für immer und ewig böse sein.«

Heather legte den Arm um ihre Schultern. »Schon gut, Bea«, beschwichtigte sie die Schwester und zog sie an sich. »Wir alle tun manchmal Dinge, die uns hinterher leid tun, Liebes. Ich war auch garstig. Ich habe dich zum Weinen gebracht, und dann hatte ich ein furchtbar schlechtes Gewissen, weil ich so gemein zu dir war.«

Bea hob das Gesicht und schniefte. »Dann verzeihst du mir also?«

»Wenn du mir auch verzeihst, Liebes.« Sie strich Bea

eine blonde Haarsträhne aus dem Gesicht. »Wir sind in allem, worauf es ankommt, Schwestern, Bea. Und nur das zählt.«

Bea lächelte unter Tränen. »Das hat Mama auch gesagt.«

Heather stieß ein trockenes Lachen aus. »Eine kluge Frau, unsere Mutter«, scherzte sie und legte den Kopf schief. »Meinst du, es liegt an irgend etwas, das sie ißt?«

Die beiden Schwestern lachten immer noch fröhlich und unbeschwert, als Bea sich wenig später verabschiedete. Heather war zumute, als wäre ihr eine schwere Last von den Schultern – und vom Herzen – genommen worden. Sie summte leise vor sich hin, als sie ihr Arbeitszimmer betrat.

Aber es war schon jemand dort. Eine Gestalt stand über ihren Schreibtisch gebeugt – Damien. Der Stoff seines Hemdes spannte sich straff über seinem Rücken, so daß sich jeder Muskel darunter deutlich abzeichnete. Die Künstlerin in ihr kam zum Vorschein. Wie gern hätte sie diesen sehnigen männlichen Körper in seiner ursprünglichen nackten Herrlichkeit im Bild eingefangen.

Sie hätte sich geräuschlos wieder entfernt, wenn es möglich gewesen wäre. Aber er hatte ihre Gegenwart bereits gespürt. Jetzt richtete er sich auf und drehte sich zu ihr um. Ihr Mund fühlte sich plötzlich staubtrocken an.

»Miss Duval. Marcus sagte mir, daß Ihre Schwester bei Ihnen sei, und ich wollte nicht stören. Darum war ich gerade im Begriff, Ihnen eine Nachricht zu schreiben.«

Miss Duval. Heather zuckte innerlich zusammen. Die Anrede klang so kühl und förmlich nach dem, was am Vorabend zwischen ihnen geschehen war. Wahrscheinlich hatte er es längst aus seinen Gedanken verdrängt und es vollkommen vergessen.

Aber sie würde es nicht vergessen. Sie würde es *niemals* vergessen.

Ihr Herz schlug bis zum Hals. Nervös befeuchtete sie die Lippen. »Gibt es etwas, das Sie mit mir besprechen wollten?«

»Ja. Ich war heute morgen bei der Farm der Tuckers draußen. Die hölzerne Brücke, die dort über den Fluß führt, fängt an zu verrotten. Wenn nach einem starken Regen das Wasser steigen sollte, könnte sie vielleicht zusammenbrechen. Wünschen Sie, daß sie sofort ausgebessert wird?«

Sie nickte heftig. »Ich sehe keinen Grund zu warten, bis es zu spät ist. Wenn die Brücke weggeschwemmt wird, sind die Tuckers von der Außenwelt abgeschnitten.«

»Gut. Dann werde ich mich also darum kümmern.« Während er noch sprach, durchmaß er den Raum mit langen Schritten. Aber er verließ das Arbeitszimmer nicht, wie sie es erwartet hatte, sondern blieb vor ihr stehen.

Ihr Blick wanderte an ihm hinauf … Himmel, wie groß er war! Sie fühlte sich klein und hilflos neben ihm, und das mißfiel ihr zutiefst!

»Ich wollte mich auch vergewissern, ob Sie Ihre Meinung bezüglich unserer morgigen Fahrt nach Cumberland nicht geändert haben.«

Cumberland. In all den Wirren der letzten vierundzwanzig Stunden war ihr die Reise vollkommen entfallen. Aber sie hatte nicht die Absicht, ihn das wissen zu lassen.

Sie hob das Kinn ein wenig. »Ich wüßte nicht, warum«, bemerkte sie lakonisch.

»Ich auch nicht, Miss Duval.« Geistesabwesend senkte er den Blick zu ihren Lippen. Sein Lächeln konnte seine Gedanken nicht verbergen. »Treffen wir uns also morgen früh an den Stallungen, um …?« Mit fragend gerunzelter Stirn wartete er darauf, daß sie seinen Satz zu Ende brachte.

»Acht Uhr wäre eine gute Zeit, Mr. Lewis.« Ihre Blicke trafen sich. Wäre sie nicht so zornig gewesen, wäre ihr vielleicht das anerkennende Aufblitzen in seinen Augen nicht entgangen. So aber bohrte sich ihr Blick förmlich in seinen Rücken, als er sich entfernte.

Sie hätte nichts lieber getan, als ihre morgige Reise abzusagen. Aber dann hätte er sie wieder als Feigling bezeichnet. O ja, dachte sie wütend, er hatte erwartet, daß sie dahinwelken würde wie eine abgebrochene Blüte, und sie würde dafür sorgen, daß seine Erwartung sich nicht erfüllte. Er hatte sie gezwungen, Farbe zu bekennen, und er hatte gewonnen, zum Teufel noch mal!

Ein langer, bebender Seufzer entrang sich ihrer Brust. Sie freute sich wirklich nicht auf diese Reise.

Diesige Schwaden stiegen unheimlich über den Straßen des nächtlichen London auf. Es war lange nach Mitternacht, und nur wenige Menschen waren zu dieser Stunde noch auf den Beinen. Ein altes Weib, das sich in eine Nische der verwitterten Steinmauer geduckt hatte, richtete sich halb auf und streckte eine schorfige, gichtige Hand aus.

»Bitte, Sir«, rief sie mit krächzender, zittriger Stimme. »Haben Sie einen Penny für eine alte Frau?«

»Scher dich zum Teufel, du alte Hexe!«

Er betrat einen dunklen Eingang.

Seine Schritte hallten dumpf auf den hölzernen Planken, als er die Hintertreppe zu einer winzigen, über dem Schankraum gelegenen Kammer hinaufstieg.

Dort angelangt, zündete James Elliot einen Kerzenstummel an und leerte die Beute dieser Nacht aus seinen Taschen. Mehrere Goldringe kullerten über den Tisch. Zwei prall mit Münzen gefüllte Geldbörsen folgten. Seine Augen leuchteten auf, als er die glänzend polierte goldene Taschenuhr betrachtete, die an einer eleganten Kette von seiner Hand baumelte. Einem plötzlichen Impuls gehorchend, stopfte er sie in die Tasche zurück. Die Uhr gefiel ihm – vielleicht würde er sie behalten.

Er griff nach einer schmutzigen Flasche auf dem Tisch und setzte sie an die Lippen. Mit einem Zug leerte er sie bis auf den letzten Tropfen und wischte sich mit dem Handrücken über den Mund. Sein Blick schweifte durch den Raum, zu der Strohmatratze in der Ecke, dem Stuhl, der an einer vergilbten Wand lehnte. Seine Behausung war schäbig und verkommen. Nach zwanzig Jahren in Newgate hatte er lediglich ein Höllenloch gegen ein anderes vertauscht.

Ein gemeiner Zug schlich sich in seine Augen. Er stellte die Flasche mit solcher Wucht auf den Tisch zurück, daß das wacklige Möbelstück um ein Haar auseinandergebrochen wäre. Was bedeutete ihm die Freiheit schon? Zwanzig Jahre hatte er geduldig gewartet. Hatte geplant. Gegrübelt. Von dem Tag geträumt, an dem er frei sein würde … Dem Tag, an dem er reich sein würde. Nur das hatte ihn in jenen unsäglichen Jahren im Gefängnis am Leben erhalten.

Seine Lider senkten sich schwer über die Augen. Er sah die silberne Schmuckschatulle mit den Klauenfüßen vor sich, das Bild war noch genauso lebendig wie an dem Tag, als der Earl of Deverell vor seinen Schöpfer getreten war.

Verborgen in der Schatulle ist mein Vermächtnis an meine Frau, ein unerhört kostbarer Schatz, den sie, so bete ich, finden wird. Sie wird wissen, wo er zu finden ist, denn sie allein kennt das Geheimnis …

Thomas, der Gefängniswärter, hatte ihn einen Verrückten genannt, als er mit dem Schatz geprahlt hatte, der ihn erwartete, wenn er erst einmal frei war. Aber er war nicht verrückt. Es war sein Preis. Seine Rettung. Bei Gott, er hatte den Schatz verdient.

Er bleckte seine gelben Zähne. Alles wäre anders gekommen, wenn nur Justine die Schatulle nicht gestohlen hätte. Aber das Kästchen hatte sich nicht am Unfallort befunden. Er war innerhalb einer Woche dort gewesen, und überall hatten noch verstreute Kleidungsstücke herumgelegen. Aber die Schmuckschatulle hatte er nirgendwo gefunden.

An seine Tochter dachte er nur einen flüchtigen Augenblick. Offensichtlich hatte sie den Unfall überlebt – ein Jammer! Wenn sie in einem Waisenhaus gelandet war, so scherte ihn das wenig. Er hatte ganz sicher nicht die Absicht, sich als ihr Vater zu erkennen zu geben. Jetzt doch nicht, nachdem er die Last dieses verkrüppelten Balgs endlich los war!

Sein Blick schweifte zu seinem Daumenstumpf. Ein häßliches Grinsen entstellte seine Züge. Das kleine Aas hatte ihn für den Rest seines Lebens verstümmelt, und er hatte es ihr nie verziehen. Ja, dachte er gehässig. Es wäre besser gewesen, wenn das kleine Rotzgör tot wäre …

Er hoffte, daß sie es war.

Seine Gedanken kehrten zu der Schmuckschatulle zurück – zu wichtigeren Angelegenheiten.

Nicht lange nach seiner Verhaftung hatte er erfahren, daß die Frau des Earls gestorben war und das Geheimnis des Schmuckkästchens mit ins Grab genommen hatte. James hatte sich lange den Kopf darüber zerbrochen, Nacht für Nacht, denn Gott wußte, daß es in diesem elenden Loch sonst nicht viel gab, worüber es sich nachzudenken gelohnt hätte; dieser Gedanke hatte ihm immer wieder Hoffnung gegeben, hatte ihn aufrechterhalten in diesen langen, höllischen Jahren … Aber wäre es möglich, daß die Schmuckschatulle auf irgendeinem Wege wieder in den Besitz der Familie Deverell gelangt war?

Niemand sonst wußte etwas von dem Geheimfach. *Niemand.* Er mußte das Kästchen nur finden, dann war das Geheimnis für immer sein …

Und so hatte er sich zum Familienbesitz des Earl of Deverell in Yorkshire begeben, zum Haus von Giles Tremayne. Nur war das Schmuckkästchen dort nirgends zu finden gewesen. Und der Narr Tremayne hatte beteuert, nichts davon zu wissen – oder von dem Schatz, den es enthielt! Die Erinnerung an seinen Zorn wallte wieder in seinen Adern auf. Natürlich war er rasend geworden. Welchem Mann wäre es nicht so ergangen? Wozu war Giles Tremayne noch nütze, wenn er sich weigerte, das Schmuckkästchen herauszurücken? Abgesehen davon, dachte er wütend, war Tremayne ein Lügner und hatte den Tod verdient.

Aber die Schmuckschatulle befand sich immer noch nicht in seinen Händen.

Er starrte in die Dunkelheit hinaus. Sie mußte irgendwo sein, ging es ihm dumpf durch den Kopf. Und eines Tages würde er sie finden.

7. Kapitel

Die Kutsche rollte Richtung Cumberland, über sanft geschwungene Hügel führte die Straße unaufhörlich nach Norden, vorbei an schimmernden Seen von reinstem Saphirblau. In saftiggrünen Tälern hoben die grasenden Schafe gelegentlich die Köpfe, um dem Gefährt nachzublicken, das ihre Ruhe störte.

In der engen Fahrgastkabine der Kutsche hatte es sich Heathers Begleiter bequem gemacht. Er hatte seine langen Beine ausgestreckt und die Arme über der breiten Brust verschränkt, ein Bild der behaglichen Zufriedenheit. Seine Augen waren geschlossen, die tintenschwarzen Wimpern lagen wie zwei Fächer auf seinen hohen Wangenknochen.

Heather dagegen empfand nichts von dieser Ruhe und Gelassenheit. Die Reise verlief in tiefem Schweigen. Keinem der beiden Passagiere war nach einer oberflächlichen Unterhaltung zumute. Sie hätte schreien mögen, denn die Reise zog sich genauso endlos dahin, wie sie es befürchtet hatte. Die Spannung schnürte ihr die Brust fast unerträglich zu. Seine Nähe war überwältigend. So dicht neben ihm, gelang es ihr kaum, richtig durchzuatmen, und wenn sich ihre Blicke zufällig begegneten, empfand sie eine brennende Berührung.

Sie machten in einem winzigen Gasthaus Rast, um zu Mittag zu essen, und es war eine willkommene Unterbrechung. Als Heather wieder in die Kutsche kletterte, schloß sich die Angst eiskalt um ihr Herz. Aber schon bald wurden ihre Glieder schwer. Das Knarren der Federung und das Schaukeln und Rütteln der Kutsche lullten ihre Sinne ein; ihr Kopf fiel zur Seite. Ihre Atemzüge wurden tiefer. So sehr sie sich auch anstrengte, sie konnte die Augen nicht mehr offenhalten.

Als nächstes registrierte sie, daß ihr eigenartig warm wurde, ein wundervolles Gefühl. Ihre Wange ruhte auf einem weichen, wohlriechenden Wollstoff, der einen vertrauten Duft verströmte. Wohlig und schlaftrunken schmiegte sie sich an diesen Halt, in dem sie instinktiv die warme männliche Schulter erkannte. Es war wirklich ein sehr behagliches Plätzchen zum Entspannen …

Mit einem Ruck fuhr sie in die Höhe, die Augen in furchtbarem Schreck geweitet, eine kleine Hand flog an die Brust. Sie wich in ihre gepolsterte Ecke zurück, als sei er die Pest selbst.

»Was tun Sie hier drüben?« stieß sie hervor.

»Ihre Haltung wirkte sehr unbequem, Miss Duval. Ihr Kopf war zur Seite gefallen und ihr Hals verrenkt. Ich wollte nur verhindern, daß Ihnen heute nacht alles weh tut.«

Heather öffnete den Mund und schloß ihn wortlos wieder. Sie konnte ihn kaum dafür tadeln, daß er aufmerksam und rücksichtsvoll war!

Er rückte wieder zur anderen Seite der Kutsche hinüber. Der aufmerksame Blick seiner grauen Augen ruhte kühl auf ihr. »Wie ich mich erinnere, haben Sie mir einmal gesagt, Ihre Eltern seien Franzosen gewesen, nicht wahr, Miss Duval?«

»Mein Vater war Franzose«, erwiderte sie hastig. »Meine Mutter war Engländerin.«

»Und wie waren noch ihre Namen?«

Heather zögerte einen Augenblick. Eine eigenartige Ahnung hatte von ihr Besitz ergriffen, aber sie hätte um nichts in der Welt sagen können, warum. »Bernard und Justine Duval«, beantwortete sie seine Frage schließlich.

»Wo sind sie begraben?«

»Auf dem Friedhof bei der Kirche von Lyndermere.«

»Aha.« Es folgte eine nachdenkliche Pause. »Man sollte meinen, der Earl of Stonehurst hätte sie zur Beerdigung in ihre Heimat überführen lassen.«

»Aber sie hatten keine Heimat mehr. Habe ich Ihnen das nicht erzählt, Mr. Lewis?« Sie hatte es ihm erzählt. Dessen war sie sich sicher. Mit schiefgelegtem Kopf musterte sie ihn eingehend. Das Unbehagen, das von ihr Besitz ergriffen hatte, wollte nicht weichen. »Daß meine Eltern nach England gekommen waren, um hier ein neues Leben zu beginnen?«

»Das hatte ich vergessen«, sagte er leichthin … fast zu beiläufig?

Sie konnte sich dieses Eindrucks nicht erwehren, aber ihr blieb keine Zeit für weitere Überlegungen, denn er ergriff wieder das Wort.

»Ihre Mutter, Justine … Was für eine Frau war sie?«

Ihre Augen verengten sich. »Was hat diese Frage zu bedeuten?«

Er blinzelte. »Nichts für ungut, Miss Duval. Ich wollte nur wissen, ob Sie ihr ähnlich sind.«

»Ich … ich weiß es nicht.« Sie hielt inne und sagte dann nachdenklich: »Meine Mutter hat den Unfall nicht lange überlebt. Aber Papa kannte sie gut, und er sagte, sie sei eine sanfte und gütige Seele gewesen, deren einzige Sorge vor ihrem Tod meinem Wohlergehen gegolten habe.« Ihre Augen waren von wehmütiger Sehnsucht erfüllt. »Das ist etwas, das ich immer bedauern werde. Daß ich meine Mutter nicht wirklich gekannt habe.«

»Sie erinnern sich nicht an sie?«

Sie schüttelte den Kopf.

»Und Ihr Vater? Erinnern Sie sich an ihn?«

»Nein, aber ich – ich glaube, ich sehe ihm ähnlich. Er hatte ebenso dunkle Haare wie ich.« Diese Bemerkung kam aus dem Nichts. Die Erinnerung stellte sich ein, als sei sie aus einem tiefen Winkel ihres Seins hervorgezogen worden, aus einem Winkel, von dessen Existenz sie nichts geahnt hatte, bis das Bild eines großen, schwarzhaarigen Mannes plötzlich in ihrem Bewußtsein aufblitzte.

Heather sah ihn bestürzt an. »Großer Gott«, stieß sie hervor. »Wie seltsam … Ich habe mich noch nie zuvor daran erinnert, wie er aussah.«

Damiens Blick wurde schärfer, ein Spiegelbild seiner Gefühle. Wie seltsam, in der Tat, denn Corinne hatte Giles' Mörder als einen Mann mit fettigen schwarzen Haaren beschrieben. Plötzlich fragte er sich, ob Heather ihn nicht belog. Vielleicht war Elliot bereits in Lockhaven aufgetaucht. Womöglich wußte sie, wo er sich aufhielt. Aber ihr Erstaunen wirkte echt.

Verdammt, er wußte wirklich nicht mehr, was er denken sollte! Er gab sich Mühe, seine Enttäuschung in Zaum zu halten. »Möglicherweise erinnern Sie sich an mehr, als Sie denken«, bemerkte er. »Manchmal löst eine Erinnerung die nächste aus. Haben Sie noch andere Erinnerungen an ihn?«

Jetzt war es an ihr, ihm einen scharfen Blick zuzuwerfen. Warum stellte Damien all diese Fragen? *Damien*. Im selben Augenblick, als ihr klar wurde, daß sie ihn in Gedanken nicht mehr als Mr. Lewis bezeichnete, befiel sie eine quälende Unruhe. Ihr fiel ein, daß es Zeiten gegeben hatte, da sie es als unangenehm empfunden hatte, wenn seine Blicke allzu lange auf ihr ruhten. Es war, als würde er etwas suchen … Aber was?

»Ich finde Ihre Fragen höchst eigenartig, Mr. Lewis. Offen gestanden verstehe ich Ihr Interesse an meiner Familiengeschichte – und besonders an meinem Vater – nicht.«

Seine Augen blitzten auf. »Sie haben keinen Grund, sich zu verteidigen, Miss Duval. Ich versichere Ihnen, es war lediglich eine Beobachtung, sonst nichts.« Er zuckte die Achseln. »Sie wirkten bedrückt. Ich wollte Ihnen nur helfen.«

Heather entgegnete nichts darauf. Hatte sie sich verteidigt? Sie wußte es nicht.

»Wenn Sie nichts dagegen haben, Miss Duval, werde ich mich ein Weilchen nach vorn zum Kutscher setzen.«

»Selbstverständlich, Mr. Lewis.« Ehrlich erleichtert, seine Gegenwart nicht länger ertragen zu müssen, nickte sie zustimmend. Er klopfte an das kleine Fenster zum Kutschbock. Es öffnete sich, und er teilte dem Kutscher seine Absicht mit. Innerhalb von Sekunden kam die Kutsche zum Stehen. Er sprang hinaus, ohne noch einen Blick zurückzuwerfen, und sie blieb allein in der Fahrgastkabine zurück.

Heathers Blick ruhte noch lange auf der Tür, durch die er soeben verschwunden war. Ungeachtet ihrer spitzen Entgegnung hatten sie seine Fragen beunruhigt. Nicht zum ersten Mal grübelte sie darüber nach, wer Damien Lewis in Wirklichkeit war. Natürlich wußte sie, was er behauptete. Aber sagte er wirklich die Wahrheit? Die Zweifel, die sich plötzlich in ihrer Brust bemerkbar machten, mißfielen ihr, aber sie ließen sich nicht so einfach unterdrücken.

Mit einem Seufzer wandte sie ihre Aufmerksamkeit der fruchtbaren Landschaft zu, die draußen vorüberflog.

Bald schlängelte sich die Straße durch das saftige Grün baumbestandener Hügel. Als die Abenddämmerung ihren Dunstschleier über das Tal ausbreitete, machten sie an einem Gasthof halt, einem baufälligen Steingebäude, das zur Hälfte von dichtem Gehölz verdeckt wurde.

Sie stieg aus und stellte fest, daß Damien bereits in dem Gasthof verschwunden war, ohne auf sie zu warten. Sie preßte die Lippen zusammen. Um sich blickend, bemerkte sie ein plätscherndes Bächlein, das sich ganz in der Nähe durch die Wiese schlängelte. Ein paar Enten zogen dort ihre Kreise. Über den Büschen surrten Schwärme winziger Fliegen in der Luft. Um sie herum feierte der Frühling sein lebensfrohes Fest, aber an diesem Tag schenkte Heather der Natur keine Beachtung. Der nachmittägliche Aufruhr ihrer Gedanken hatte alles andere in den Hintergrund gedrängt.

Nach einigen Minuten trat Damien wieder aus dem Haus.

»Wir haben Glück«, bemerkte er, während er zu ihr und Morton, dem Kutscher trat. »Ich konnte die letzten beiden Zimmer für die Nacht ergattern, und im Kutschhaus ist auch Platz.«

Er bot Heather seinen Arm. Sie zögerte den Bruchteil einer Sekunde, dann legte sie ihm leicht die Fingerspitzen auf den Unterarm, ohne zu bemerken, wie seine Lippen angesichts ihres offenkundigen Widerstrebens schmal wurden. Er führte sie zum Haupteingang des Gasthauses, der auf der anderen Seite des Gebäudes lag. Dort blieb sie wie angewurzelt stehen. In stummer Verzweiflung musterte sie die steile Holztreppe, die zur Tür hinaufführte.

Gleich darauf fühlte sie sich mit einem kräftigen Schwung hoch in die Luft gehoben. Er schlang seine starken männlichen Arme fest um sie und trug seine Last ohne weitere Umstände die Treppe hinauf.

Heather schäumte vor Wut, als er sie endlich auf den

Boden stellte. Sie hätte dankbar sein sollen, denn nach der stundenlangen Fahrt in der engen Kutsche war ihr Knie steif und schmerzte. Aber ihr Stolz erlaubte es ihr nicht, ihre Erschöpfung Damien gegenüber einzugestehen.

Sie sog so heftig die Luft ein, daß ihre Lungen brannten. Er mochte sie als Krüppel betrachten, aber sie war keineswegs hilflos, und es war an der Zeit, daß er es begriff. Abgesehen davon wollte sie um keinen Preis Aufmerksamkeit auf sich ziehen, und er hatte sie soeben unsäglich in Verlegenheit gebracht!

»Ich kann mich nicht erinnern, Sie um Hilfe gebeten zu haben, Sir«, stieß sie, das Kinn hoch in die Luft gereckt, leise hervor. »Mir ist klar, daß ich nicht gerade ein Bild der Anmut bin, aber ich versichere Ihnen, daß ich sehr wohl in der Lage bin, eine Treppe allein zu bewältigen. Ich habe es viele Jahre lang – genauer gesagt, mein ganzes Leben – nicht anders gehalten!« Die Art, wie sie beim Gehen vernehmlich den Stock auf den hölzernen Fußboden stieß, legte ein beredtes Zeugnis ihrer Verärgerung ab.

Sie gingen schweigend nebeneinander her, als ihnen die Frau des Wirts ihre Zimmer zeigte.

Als er sich kurze Zeit später in der Gaststube zu ihr gesellte, war sie immer noch erzürnt. Mit einem flüchtigen Kopfnicken nahm er ihr gegenüber am Tisch Platz.

Er strich sich mit der Hand übers Kinn und ließ den Blick durch den Raum schweifen, der von lautem, wieherndem Gelächter und einem wüsten Stimmengewirr erfüllt war. Seiner Einschätzung nach setzte sich die Gästeschar vor allem aus Kaufleuten und Bauern zusammen, aber ihm mißfiel der Gesichtsausdruck von zwei zwielichtigen Herren, die auf einer Bank an der gegenüberliegenden Wand saßen. Der eine hatte seinen Hut lässig auf den Hinterkopf zurückgeschoben. Dem anderen fiel eine blondgelockte Haarsträhne in die Stirn. Die

Augen der beiden huschten durch den Raum wie hungrige Katzen auf der Suche nach einer Mahlzeit.

Er runzelte die Stirn. »Das scheint hier eine etwas ungehobelte Gesellschaft zu sein«, bemerkte er. »Vielleicht sollten wir in unseren Zimmern zu Abend essen.«

Heather breitete ihre Serviette aus und legte sie in den Schoß. »Tun Sie, was Ihnen gefällt, Mr. Lewis« – sie sah ihm nicht in die Augen, während sie sprach –, »aber ich möchte lieber hierbleiben.«

Damien biß die Zähne zusammen. »Dann bleibe ich besser auch«, entgegnete er schroff.

Ihr Kopf fuhr in die Höhe, ihre Augen funkelten wie Edelsteine. »Mir ist klar, daß Sie das lieber nicht tun würden, machen Sie sich also meinetwegen keine Umstände.«

»Aber eine Frau allein …«

Sie fiel ihm ins Wort. »Wie Sie wissen müßten, kann ich mir gut allein helfen.«

Damien schob geräuschvoll den Stuhl zurück. Meine Güte, war diese Frau starrsinnig.

Er verzehrte sein Abendessen an einem kleinen Tisch in der gegenüberliegenden Ecke des Gastraums. Ein Glas Ale in der Hand, wandte er sich um und sah zu der Frau hinüber, die ihm solche Qualen bereitete. Denn sie war nicht nur die klügste und vernünftigste Frau, die ihm je begegnet war, sondern auch die verwirrendste. Oh, er wußte sehr wohl, was sie tat. Er hatte sie nicht kränken wollen, als er sie die Treppe hinaufgetragen hatte, aber sie hatte es als Kränkung aufgefaßt und ließ es ihn nun büßen. Sie bestrafte ihn, indem sie ihn vollkommen ignorierte, weil sie zweifellos überzeugt war, daß es ihm nicht zustand, sie für ihr Verhalten zu tadeln – oder sich einzumischen.

Seine Stimmung war plötzlich alles andere als heiter und gelassen. Was er brauchte, war frische Luft, und so erhob er sich und ließ sein Bierglas auf dem Tisch stehen. Mit vier langen Schritten war er an der Tür, aber im letzten Augenblick hinderte ihn irgend etwas daran hinauszugehen.

Er warf einen Blick über die Schulter zurück. Die beiden zwielichtigen Gestalten unterhielten sich flüsternd auf ihrer Bank; sie hatten ihm den Rücken zugekehrt. Offensichtlich waren sie der Meinung, er habe den Raum verlassen; ihre gierigen Blicke hingen jetzt an Heather. Unter Damiens Augen erhoben sie sich und traten an Heathers Tisch. Als sich die beiden vor ihr aufbauten und sich tief verbeugten, sah Heather überrascht und erschrocken auf. Ihr Blick huschte wie gehetzt zu dem Tisch, an dem er eben noch gesessen hatte, dann entdeckte sie ihn zufällig neben der Tür.

Ihre Blicke begegneten sich und blieben einen Herzschlag lang aneinander hängen.

Dann hob sie entschlossen das Kinn und wandte sich den beiden Männern an ihrem Tisch zu. Mit einer einladenden Geste deutete sie lächelnd auf die freien Stühle am Tisch.

Die beiden ließen sich nicht zweimal bitten.

Damien kochte vor Wut. Diese törichte kleine Närrin! Was dachte sie sich nur dabei?

Es dauerte nicht lange, da schob der Blonde seine Hand auf ihre. In Damien spannte sich jeder Muskel an. Heather wollte dem Mann ihre Hand entziehen, aber er hielt ihr schmales Handgelenk fest umklammert. Panik flammte in ihren Augen auf.

In Sekundenschnelle hatte Damien den Raum durchquert.

Die beiden Männer hatten Heather auf die Füße gezogen. Sie stieß einen erstickten Schrei aus, aber augenblicklich wurde ihr Gesicht an die Schulter des Blonden gepreßt. Sie hatten sie in ihre Mitte genommen. Ihr Handgelenk war immer noch unerbittlich gefangen; der Blonde legte ihr die Hand um die Taille und steuerte mit ihr auf die Treppe zu.

Damien verstellte ihnen den Weg.

»Guten Abend, meine Herren.« Seine Stimme war unendlich sanftmütig, aber seine Augen blitzten mörderisch.

Der Mann mit dem Hut wurde bleich. Ein andermal würde sich die Sache vielleicht lohnen, aber nicht heute.

Der Blonde zeigte weniger Vernunft. Er richtete sich zu voller Größe auf und stellte sich breitbeinig vor Damien hin. »Geh aus dem Weg«, befahl er mit rauher Stimme.

Damien neigte den Kopf. »Erst wenn ihr die Dame losgelassen habt.«

»Die Dame kommt mit uns!«

»Die Dame«, entgegnete Damien mit trügerisch sanfter Stimme, »hat da auch noch ein Wörtchen mitzureden.« Er sah sie an. »Heather?«

Heathers Augen waren weit aufgerissen, in dem tiefen Violett stand das blanke Entsetzen. Sie entriß dem Fremden ihren Arm. Mit drei hastigen Schritten war sie an Damiens Seite. Er konnte fühlen, wie sie zitterte. Er ballte die Hände zu Fäusten und kämpfte gegen das Verlangen an, sie an sich zu ziehen. Zum Teufel, schließlich hatte sie sich selbst in diese Lage gebracht, und es wurde Zeit, daß sie erkannte, was sie tat!

Aber es war noch nicht ausgestanden. Mit einem wüsten Fluch packte der Blonde Damien an der Schulter. »Jetzt hör mir mal zu …«

Mehr konnte er nicht sagen. Damien fuhr herum. Seine sehnige Faust traf das Kinn des blonden Mannes.

Der Kerl sackte lautlos zu Boden.

Der Mann mit dem Hut hob eilig die Hände. »Ruhig, Mann.« Vorsichtig trat er den Rückzug an. »Sie gehört Ihnen, das sehe ich doch. Lassen wir's dabei bewenden, ja?« Damit machte er auf dem Absatz kehrt und stürmte zum Ausgang.

Benommen starrte Heather zu ihm auf. »Lieber Gott«,

hauchte sie. »Sie haben ihm wahrscheinlich den Kiefer gebrochen.«

»Gut möglich«, preßte er zwischen zusammengebissenen Zähnen hervor.

Er packte sie am Arm und führte sie zur Treppe. Sein Gesicht war eine Maske unerbittlicher Entschlossenheit. Die Menge der Gaffer, die während der Szene verstummt war, teilte sich wie das Meer vor Moses. Mit einem Finger schnippte er dem Wirt eine Münze zu.

Im oberen Stockwerk durchmaß er die Länge des schmalen Korridors mit großen Schritten und steuerte direkt auf ihr Zimmer zu. Ihre beiden Zimmer lagen Tür an Tür. Er riß die Tür zu ihrer Kammer auf, stieß sie über die Schwelle und trat dann ein. Wütend warf er die Tür hinter sich zu. Er nahm eine Kerze aus dem Regal, zündete sie am Kaminfeuer an und rammte sie in den Kerzenständer auf dem Tisch.

Sie hatte sich nicht von der Stelle gerührt. Sie starrte ihn an wie einen Wahnsinnigen. Mit einem Kopfschütteln rief sie ihn beim Namen.

»Damien ...«

Er war nicht in der Stimmung für weitere erbitterte Diskussionen. »Erspar mir deine Vorwürfe«, sagte er scharf. »Ob es dir gefällt oder nicht, diesmal *brauchtest* du Hilfe.«

»Aber ...«

Wütend fuhr er sie an: »Vielleicht bist du Beatrice ähnlicher, als du denkst, Heather. Hast du deine weiblichen Verführungskünste getestet? Nun, es war ein großartiger Erfolg, meine Liebe. Sie wollten dich. Sie wollten dir die Kleider vom Leib reißen. Deine nackte Haut berühren. Dich stopfen zwischen deinen reizenden Beinen.«

Seine vulgären Worte trieben ihr die Schamröte ins Gesicht.

»Und wenn ich nicht dagewesen wäre, hätten sie genau das getan. Zweifellos hätten sie sich abgewechselt ...«

»Hör auf!« schluchzte sie.

Mit zwei Schritten war er bei ihr, so daß sie sich Angesicht zu Angesicht gegenüberstanden. »Nein, Heather.« Er packte sie an den Schultern und schüttelte sie. Benommen ließ sie den Kopf in den Nacken fallen und sah mit großen Augen zu ihm auf. »Du wirst mir jetzt zuhören, bei Gott. Es wird Zeit, daß du von deinem hohen Sockel heruntersteigst. Es wird Zeit, daß du begreifst, wie die Welt wirklich ist. Du kannst Männer nicht einfach so reizen und erwarten, daß es keine Folgen hat.«

»Ich habe sie nicht gereizt!«

»O doch, das hast du«, sagte er aufbrausend. »Jedes laszive, süße Lächeln war eine Verführung. Jeder scheue Augenaufschlag war eine Einladung.«

Mit einer schwungvollen Bewegung schloß er die Hand um ihre schwellende Brust. Sie schrie auf ob dieser unerwarteten Berührung.

Sein Atem streifte ihr Ohr. »Genau das hätten sie getan, Heather.« Seine Hände umspannten ihre Hüften, er zog sie an sich und preßte seine Lenden gegen die flache Rundung ihres Bauchs. »Und genau das haben sie gewollt.«

Sie schauderte vor Abscheu. Seine Worte malten ihr ein deutliches Bild vor Augen, schwarz und kalt. Der bloße Gedanke, von den beiden Männern auf diese Weise berührt zu werden, ließ Übelkeit in ihr aufsteigen. Sie schämte sich der Tränen, die ihr in den Augen brannten. Ihre Atemzüge waren tief und bebend.

Ihr Kinn zitterte, als sie um Worte rang. »Ich – ich wußte es nicht«, flüsterte sie schluchzend. »Es tut mir leid. Ich wußte es nicht!«

Seine Miene war verschlossen. »O doch, du wußtest es. Sag mir, welcher von beiden dir gefiel.«

»Keiner von beiden«, rief sie. »Ich weiß nicht, warum ich es getan habe. Es war nicht ihretwegen. Es war deinetwegen. Oh, verstehst du denn nicht ... Es war deinetwegen, ich wollte dich ...« Sie verstummte plötzlich, als hätte sie schon zuviel gesagt.

Seine Augen wurden schmal. »Was, Heather? Wolltest du mich eifersüchtig machen?«

Heather wußte wirklich nicht, welcher Teufel sie geritten hatte. Sie hatte sich plötzlich tollkühn gefühlt – als wäre sie von einer anderen Macht gelenkt. Aber jetzt spürte sie in ihrem Innern seinen ganzen Zorn, und sie wünschte sich sehnlichst, sie hätte sich nicht so töricht benommen.

Um ihre Fassung war es geschehen. Sie brachte kein Wort heraus.

Das Schweigen lastete unerträglich im Raum.

Sie vernahm einen unterdrückten Zorneslaut aus seinem Mund. Seine Muskeln spannten sich, und sie spürte, daß er im Begriff war, sich abzuwenden und zu gehen.

Ein ängstlicher Schrei kam über ihre Lippen. »Warte!«

Mit tastenden Fingern griff sie nach seinem Jackett. Damiens Körper erstarrte unter der Berührung. Er betrachtete prüfend ihr Gesicht und sah die Tränen, die sie zurückzuhalten versuchte. In ihm breitete sich eine unsägliche Empfindung aus, denn er spürte die widerstreitenden Gefühle, die in ihr tobten, als wären es seine eigenen.

Sein Zorn war verflogen. Ihre Angst hatte sich gelegt. Und jetzt wühlte ein wilder Strom von Gefühlen sie beide auf.

»Was, Heather?« Seine Stimme war leise und eindringlich. »Was willst du?«

Ihre Blicke versenkten sich ineinander. Heathers Herz hämmerte schmerzhaft. Sie zitterte am ganzen Leib. Wehmut und Angst und ein qualvolles Verlangen tobten wie ein Sturm in ihrer Brust. Sie wollte nichts als in seinen Armen liegen. Sich sicher und geborgen fühlen, aber das konnte sie ihm nicht sagen. Er konnte nicht wissen, wie es war, so allein zu sein. Sich so verzweifelt nach der Wärme und der Geborgenheit eines anderen Menschen zu sehnen, um die Kälte der Einsamkeit zu vertreiben … Aber sie konnte es ihm nicht sagen. Nicht *ihm* …

Sie fühlte sich innerlich zerrissen. Ihre Hände öffneten und schlossen sich an seiner Brust. »Ich weiß es nicht«, schluchzte sie verzweifelt. »Ich … ich weiß es einfach nicht!«

Seine Augen verdunkelten sich. »Aber ich weiß es, Heather. *Ich weiß es.*«

8. Kapitel

Gott im Himmel, er *wußte* es … Und es war alles, was sie wollte. Alles, was sie brauchte.

Seine Lippen fühlten sich unglaublich warm auf den ihren an … unendlich köstlich. Er küßte sie lange und ohne Drängen, ein Kuß, der ihr Innerstes nach außen kehrte. Sie spürte seine kraftvollen Arme auf ihrem Rücken, und ihr Körper schmiegte sich so nachgiebig und weich an ihn, als wäre er aus Pudding.

Ihr Atem ging schneller, wie nach einem anstrengenden Lauf. Tief in ihrem Leib spürte sie eine Hitze, die nach außen strahlte. Ihr war, als hätte eine ungeheure Kraft von ihrem Körper Besitz ergriffen. Sie legte den Kopf in den Nacken und bot ihren honigsüßen Mund mit einer hingebungsvollen Leidenschaft dar, die sie selbst überraschte. Ein leises Grollen kam tief aus seiner Kehle, als er unvorstellbar sinnlich, an ihrer Unterlippe sog.

Ein unendliches Wohlgefühl hüllte sie göttlich und berauschend ein. Sie war allein mit ihm in einer Welt, in der nichts mehr existierte außer dem Wunder dieses Augenblicks. Die Gefühlsströme, die sie durchrieselten, drangen in jeden Winkel ihres Körpers.

Langsam löste er seinen Mund von ihren Lippen.

Flatternd, wie aus einer Trance erwachend, öffneten sich ihre Lider. Seine Augen waren dunkel und unergründlich auf sie gerichtet.

»Mehr«, hörte sie sich selbst flüstern.

Zu ihrer Überraschung verzog sich dieser harte Mund zu einem schiefen Lächeln. In seinen Augen blitzte es schalkhaft auf. »Aber Miss Duval«, murmelte er. »Sind Sie denn noch nie zuvor geküßt worden?«

Das Kerzenlicht überzog sein Gesicht mit einem flackernden Schein. Auf Wangen und Kinn war der Schatten eines Bartes zu sehen; sie hatte das rauhe Kratzen auf ihrer weichen Haut gespürt, und die kraftvolle Männlichkeit, die es vermittelte, hatte sie fasziniert. Ihr Blick wanderte über die kühn geschwungenen dunklen Brauen, die schmale, gerade Nase, das kantige Kinn. Er sah so umwerfend aus, daß es ihr den Atem verschlug.

Eine sanft neckende Antwort kam fast ohne ihr Zutun über ihre Lippen. »Nun ja«, sagte sie leichthin. »Es gab da noch ein anderes Mal ...« Herausfordernd ließ sie den Satz unvollendet.

»Aha. Und hat es Ihnen gefallen?«

Der Anflug eines Lächelns spielte um ihre Lippen. »Es war himmlisch«, entgegnete sie schlicht.

Aus seiner Miene war jede Spur von Spott verschwunden. In seinen Augen loderte die Hitze der Tropensonne auf. »Dann soll es mir ein Vergnügen sein«, murmelte er, und im selben Augenblick preßten sich seine Lippen wieder auf die ihren.

Diesmal war sein Kuß feurig – es war eine Intimität in ihm, die sie vorher nur geahnt hatte. Bei all ihrer Unerfahrenheit spürte sie das unbändige Verlangen in ihm, und sie weidete sich daran. Erstaunt über ihre eigene Kühnheit, fuhr sie mit den Händen in das dunkle Haar in seinem Nacken. Die glänzenden Locken kräuselten sich um ihre Finger.

Sie wurde immer kühner. Ihre Zungenspitze spielte zart mit der seinen. Einmal, dann noch einmal. Ein gewaltiges Beben erschütterte seinen Körper. Er stöhnte auf und schlang die Arme in so heftigem Begehren um sie, daß sie den Boden unter den Füßen verlor. Sie war ihm so nah – so nah, daß sie seinen hämmernden Herzschlag wie ihren eigenen spürte.

Himmlisch. Dieses Wort erfüllte wieder ihre Gedanken. Einfach himmlisch … Noch nie im Leben hatte sie etwas so Wunderbares gespürt. *Niemals.*

Sie drehten sich beschwingt. Einen endlosen Augenblick lang standen sie am Bettrand. Im schwindelnden Aufruhr ihrer Sinne merkte sie kaum, wie seine Finger an den Haken und Ösen ihres Kleides nestelten.

Und im nächsten Atemzug lag es in einem Häufchen um ihre Füße. Ihre Schuhe waren ebenso schnell abgestreift, und dann lag sie, nur noch mit Mieder und Unterröcken bekleidet, auf dem Bett.

»O Gott«, hauchte sie, als sie sich ihrer Blöße bewußt wurde. Aber auch dieses Bewußtsein schwand in dem Augenblick, als Damien mit einer einzigen schnellen Bewegung sein Hemd über den Kopf zog und auf das Kleiderhäufchen zu seinen Füßen fallen ließ. Eine verzauberte Sekunde lang stand er vor ihr, nur in der Hose und bis zur Taille nackt.

Alles andere war vergessen. Ihr Mund wurde trocken. Er war … herrlich. Es gab kein anderes Wort, um ihn zu beschreiben. Seine breiten, sehnigen Schultern schimmerten golden im Kerzenlicht. Seine Armmuskeln zeichneten sich in klaren Linien ab. Sie konnte den Verlauf seiner Adern unter der Haut erkennen. Aber was ihren Blick unwiderstehlich anzog, war seine breite Brust – überzogen mit einem Wald dichter, dunkler Haare, die unter seinem Hosenbund verschwanden. Unwillkürlich fragte sie sich, ob sie noch weiter reichten, bis zu der Stelle, an der seine Männlichkeit sich kundtat …

Ihre Handflächen wurden feucht. Sie sehnte sich danach, ihn zu berühren, mit den Händen die festen Linien seiner Arme nachzuzeichnen. Sie wollte mit den Fingern durch das Haar auf seiner Brust gleiten, ihn an ihren Handflächen spüren. Schon der Gedanke daran war erregend … gefährlich. Verboten.

Die Zeit stand still, während er sie beobachtete … beobachtete, wie sie *ihn* musterte.

»Heather.«

Beim Klang ihres Namens sah sie ihm erschrocken ins Gesicht. Sie war froh, daß die Dunkelheit ihre Verlegenheit verbarg – über ihr unverhülltes Interesse an ihm ebenso wie über ihre Blöße –, denn sie wußte, daß ihre Wangen flammend rot waren. Ihr wurde erst bewußt, daß sie sich in eine halb sitzende Position aufgerichtet hatte, als er sich auf die Bettkante niederließ.

Er begnügte sich nicht damit. Langsam streckte er eine Hand nach ihrer Brust aus, berührte sie aber nicht. Panik breitete sich in ihr aus. Sie wußte, was er wollte. Aber noch nie hatte sie ein Mann berührt. Noch nie hatte sie ein Mann so *gesehen.* Sie war keine Schönheit. Eine schreckliche Angst ergriff von ihr Besitz, daß er vielleicht zutiefst enttäuscht sein würde.

»Warte!«

Der Schrei entrang sich ohne Vorwarnung ihrer Kehle. Ihre Hand krampfte sich um seine Finger, die am Verschlußband ihres Hemdes lagen. Langsam hob er den Kopf.

»Laß mich, Heather.« Seine Stimme streifte sie so zart wie Seide. Er hob sachte ihr Kinn, so daß sie ihm in die Augen sehen mußte. »Laß mich. Bitte.«

Bitte. Die Luft zwischen ihnen wurde heiß und stickig. Heather glaubte, daß ihr Herz jede Sekunde zerspringen mußte. Aber sie konnte ihn nicht abweisen. Herr im Himmel, sie *konnte* es nicht.

Seine Finger schlossen sich um das Band, das ihr

Hemd zusammenhielt. Heather zuckte ängstlich zusammen.

Damien unterdrückte ein Lachen. »Ruhig«, beschwichtigte er sie. »Ich werde dir nicht weh tun. Ich verspreche dir, daß ich dir nicht weh tun werde.«

Ihre Augen hingen wie gebannt an den seinen. Mit dem Handrücken strich er über die Vertiefung zwischen ihren Brüsten. Eine schnelle Bewegung, und sie war vollkommen nackt seinen Blicken preisgegeben …

Er betrachtete sie. Heather wandte den Kopf ab, aber sie spürte seinen forschenden Blick auf ihrer nackten Haut. Und er ließ keinen Zentimeter unberührt.

Die Zeit stand still. Im Zimmer war kein Laut zu hören außer ihrem leisen Atemhauch.

»Hübsch«, murmelte er, gerade als sie das Gefühl hatte, es nicht mehr länger ertragen zu können. In seiner Stimme schwang etwas mit, das sie noch nie vernommen hatte. »So hübsch …«

Seine Anerkennung fiel wie warmer Regen auf ausgedörrte Erde. Heather hätte weinen mögen.

Mit der Fingerspitze zeichnete er die Linie ihres Schlüsselbeins nach. Ein köstlicher Schauder durchlief ihren Körper. Seine dunkle, sehnige Hand glitt tiefer … noch tiefer. Heather hielt den Atem an. Ihre Brüste bebten. Brannten. Wonach, das wußte sie nicht …

Seine Berührung fegte ihre Ängste beiseite. Irgendwo, in den verborgenen Tiefen ihres Seins, erwachte ein fremdes Wesen zaghaft zum Leben. Sie hörte das bebende Auf- und Abschwellen ihrer Atemzüge in ihren Ohren.

Er umspannte ihre Brüste mit beiden Händen. Mit den Daumen zog er winzige Kreise um ihre Nippel, ein ums andere Mal kam er ihnen ganz nah, berührte aber nie die dunklen, aufgerichteten Spitzen, bis sie halb wahnsinnig war vor Lust.

Endlich strich er mit den Daumen über die kleinen Knospen, wieder und immer wieder. Wie Lichtblitze durchzuckten sie die Schauer der Lust. Gebannt hingen ihre Blicke an den weichen Rundungen, die seine Hände ausfüllten.

Dann war sein Mund wieder auf ihren Lippen. Nur mit dem leichten Druck seiner Brust schob er sie sanft in die Kissen. Ohne zu überlegen, ohne Scheu umfaßte sie seine Schultern. Die Haut unter ihren Fingern fühlte sich wunderbar glatt und fest an. Wie gern hätte sie seinen Körper ebenso erforscht wie er den ihren, aber ach, dazu fehlte ihr der Mut!

Aber er ging noch weiter.

Warme Lippen glitten über die zart gebogene Linie ihres Halses. Heather konnte den Blick nicht von dem dunklen Kopf abwenden, der über ihren schwellenden Brüsten schwebte. Ihre Nippel brannten. Gott im Himmel, was geschah mit ihr?

Ihr Atem ging stoßweise. Er würde doch nicht ...

Er tat es.

Als erstes spürte sie seine Zungenspitze. Eine unwiderstehliche Lust durchströmte sie. Ihr Körper bäumte sich ihm entgegen, verlangte instinktiv mehr.

Und er schien ihren Körper besser zu kennen als sie selbst. Mit der Zunge umkreiste er lockend einen dieser reifen, bebenden Hügel, dann den anderen. Sie blickte an sich hinunter, betrachtete verwundert ihre Nippel, die feucht glänzten von seinem verführerischen Spiel. Später würde sie sich vielleicht verachten. Aber nicht jetzt. Gütiger Gott, nicht in diesem Augenblick. Sie betete, daß dieser köstliche Schauer nie enden würde. Er sog die feste, schwellende Knospe tief in seinen Mund. Leckte, saugte daran. Sog hungrig und verlangend, bis eine Flut der Lust sie mit solcher Macht überschwemmte, daß sie nur mit Mühe einen Aufschrei unterdrücken konnte. Die Erregung strömte zu dem geheimen, verbotenen Ort, dort zwischen ihren Schenkeln.

Es konnte nicht in Wirklichkeit geschehen. Es war, als

würde ihr wunderbarster Traum wahr werden. Ihre lustvollste Phantasie ...

Er drehte sie auf die Seite, so daß sie sich in die Augen blickten. Er legte seine starken Hände auf ihre Hüften und preßte sie an sich. Zutiefst erschrocken spürte sie die steife Länge seiner Männlichkeit, mächtig und fest an ihrem Bauch.

Das Verschlußband ihrer seidenen Unterhosen war kein ernstzunehmendes Hindernis; mit einem Ruck wurden die zarten Schnüre gelöst. Sie spürte seine Fingerspitzen auf der flachen Rundung ihres Bauchs. Die vorwitzigen Finger drangen weiter vor, gruben sich in das Flies, das die Höhle ihrer Weiblichkeit bewachte.

Sie preßte die Beine zusammen und stieß hörbar den Atem aus. Dann löste sie heftig ihre Lippen von seinem Mund. Ihre Finger schlossen sich krampfhaft um seine angespannten Arme. »Bitte.« Der halb erstickte Schluchzer war alles, was sie herausbrachte. »*Bitte.*«

Der Klang ihrer Stimme brachte ihn mit einem Schlag zur Besinnung. Seine heiße pulsierende Männlichkeit wollte fast den Stoff der Hose sprengen, sich aus diesem Gefängnis befreien. Die verheißungsvolle, bebende Nähe ihres Körpers war schier unerträglich für ihn. Er sehnte sich danach, nackt zu sein, dicht bei ihr, in ihr; tief und kraftvoll in sie zu tauchen und sie ganz und gar und mit allem, was er hatte, auszufüllen ...

Er biß die Zähne zusammen und kämpfte gegen die Begierde an, die in seinen Lenden brannte. Sie war noch nicht bereit für ihn. Sie wußten es beide. Auch wenn die schwellende Kraft in seinen Lenden etwas anderes forderte – nach Erfüllung drängte –, er konnte sie nicht nehmen. Nicht jetzt. Und nicht auf diese Weise.

Mit einem stummen Fluch rückte er von ihr ab. Die Lippen zu einem schmalen Strich zusammengepreßt, starrte er finster zur Decke, wo das Kerzenlicht tanzende Schatten warf.

In dem Augenblick, als sie sein Gewicht nicht mehr spürte, rollte sie sich zu einer Kugel zusammen. Sie gab keinen Laut von sich, aber ihre Schultern zuckten. Damien wandte den Kopf und blickte zu ihr hinüber.

»Heather.« Seine Stimme stahl sich durch die Dunkelheit. »Heather, sieh mich an.«

Sie weigerte sich. Statt dessen setzte sie sich auf, und Verwirrung, Verzweiflung und Scham verschleierten ihre Augen. Sie bemühte sich, die Bänder ihres Hemdes zuzubinden, aber ihre Hände zitterten so heftig, daß es ihr nicht gelang.

Damien schob ihre Hände beiseite und schloß die Bänder so geschickt, wie er sie zuvor gelöst hatte. Dann umfaßte er ihre Schultern und lehnte sich zurück, so daß er ihr in die Augen sehen konnte.

»Es ist nichts geschehen, Heather«, sagte er nachdrücklich. »Hast du mich verstanden? *Es ist nichts geschehen.*«

Ihre Lippen zitterten. In ihren schönen Augen schimmerten verräterische Tränen. Ihre Miene drückte tiefste Verzweiflung aus.

»Es tut mir leid«, sagte sie mit zitternder Stimme. »Es tut mir leid. Ich weiß, du bist sicher böse auf mich …«

»Das bin ich nicht.« Gott, wenn er es nur hätte sein können. Es hätte die Sache so viel einfacher gemacht …

Von kleinen Schluchzern geschüttelt, holte sie tief Atem. »Es ist nur so, daß ich – daß ich nicht weiß, was mit mir los ist.«

Aber Damien wußte es. Die Sinnlichkeit war mit einem Schlag in ihr zum Leben erwacht, und das Wissen darum trieb ihn fast in den Wahnsinn. Seine Bauchmuskeln zogen sich zusammen. Er dürstete danach, ihr all das zu zeigen, wonach sie sich sehnte, all das, was sie nicht kannte. Er kämpfte mit aller Kraft gegen das fast unüberwindliche Verlangen an, ihr die Kleider abzustreifen und seine Augen an der rosigen, seidenweichen

Haut zu weiden, die vor den Blicken der Welt verborgen war.

Langsam, als würde ihm die Bewegung Schmerzen bereiten, legte er die Arme um sie. Er zog sie zu sich herunter und bedeckte ihre Blöße behutsam mit dem Bettüberwurf.

Mit einem leisen Seufzer schmiegte sie das Gesicht an seine Schulter.

In diesem Augenblick kam ihm eine Erkenntnis, die seinem Herzen einen Stich versetzte – als Heather Duval, Herrin von Lockhaven, bewegte sie sich auf sicherem Boden, war sie stark, selbstbewußt und selbständig wie ein Mann. Aber als Frau …

»Wir benehmen uns nicht gerade schicklich.« Ihr Flüstern drang durch die Dunkelheit zu ihm.

»Zum Teufel mit der Schicklichkeit.« Damien hatte in diesem Augenblick keinen Sinn für Anstandsregeln.

»Ich glaube, meine Mutter wäre schockiert.«

»Bist du es?« fragte er in anzüglichem Ton.

Ihre Wange fühlte sich flaumweich an seiner Schulter an. »Ich sollte es wohl sein.« Ihre Stimme klang zögernd. »Aber ich … ich bin es nicht«, schloß sie atemlos.

»Und nur darauf kommt es an.«

Stille breitete sich zwischen ihnen aus, denn jeder war in seine eigenen Gedanken versunken.

»Damien?«

Es gefiel ihm, seinen Namen aus ihrem Mund zu hören. Aber tief im Innern verzehrte er sich vor Verlangen danach, daß sie ihn auf dem Gipfel der Leidenschaft herausschrie, in zarter Sehnsucht hauchte, in heißem, begehrlichem Flehen stöhnte.

»Als ich neulich böse auf dich und Bea war …«, begann sie mit stockender Stimme, »da hattest du recht. Ich war eifersüchtig auf Bea. Weil sie anmutig ist. Weil sie tanzen kann. Weil sie reiten kann. Und« – er mußte sich anstrengen, um ihre geflüsterten Worte zu verstehen – »deinetwegen.«

Deinetwegen.

Während ihn ein seliges Triumphgefühl durchrieselte, legte sich zugleich ein bitterer Schatten auf seine Seele.

Nein! schrie er in Gedanken. Sag nichts weiter. Das durfte nicht sein. Nicht mit ihr. Mit jeder, nur nicht mit ihr …

Ihr Atem strich sanft über seine Haut. »Du findest mich sicher selbstsüchtig und gemein«, hauchte sie mit dünnem Stimmchen.

Er küßte ihre zarte Schläfe. »Jeder ist dann und wann einmal neidisch«, entgegnete er ruhig. »Deshalb bist du noch lange nicht selbstsüchtig und gemein, und ich denke ganz sicher nichts dergleichen von dir.«

Als sie den Kopf zu ihm hob, streifte ihr Haar sein Kinn. Ihre Stimmungen sind wie ihre Augen, dachte er, im einen Moment hell und im nächsten dunkel. »Ehrlich?« flüsterte sie.

Er schlang die Arme fester um sie. »Ehrlich.«

Im herrlichen Schwung ihrer Lippen zeigte sich der Anflug eines Lächelns. Sie legte den Kopf auf seine Brust und stieß einen zufriedenen Seufzer der Erleichterung aus.

Er war der Meinung gewesen, sie sei als wohlbehütetes und verwöhntes Kind aufgewachsen. Das kleine Mädchen, dem jeder Wunsch von den Augen abgelesen wurde. Aber das war, bevor er angefangen hatte, sich Gedanken darüber zu machen, was sie hatte ertragen müssen – den Hohn und Spott und die entsetzten Blikke – was sie *immer noch* ertragen mußte. Sicher, sie gab sich Mühe, sich nichts anmerken zu lassen. Sie verfügte über eine eiserne Selbstbeherrschung. Aber er hatte einen Blick auf den Schmerz erhascht, den sie zu verbergen trachtete, und ihre Verwundbarkeit schnitt ihm ins Herz.

Er strich entlang ihrer Wirbelsäule, eine beschwichtigende, beruhigende Berührung. Es dauerte nicht lang, da hob und senkte sich ihre Brust unter gleichmäßigen, tiefen Atemzügen. Sie war eingeschlafen.

Damiens Gedanken jedoch wollten nicht zur Ruhe kommen. Seine Gefühle ihr gegenüber waren beschützend und besitzergreifend. Aber eine Stimme in seinem Innern flüsterte ihm zu, daß solche Gefühle keinen Platz hatten in den Plänen, die er verfolgte …

Sein Herz zog sich schmerzhaft zusammen. Seine Lippen verzogen sich in bitterer Selbstverachtung. Sie hatte keine Ahnung, wer er in Wirklichkeit war … Warum er hier war. Sie vertraute ihm. Sie vertraute ihm, wie sie noch nie einem Mann vertraut hatte. Er wußte es instinktiv. Sie zuckte nicht mehr vor ihm zurück, wie sie es bei ihrer ersten Begegnung getan hatte. Er hatte sie berührt, wie sie noch von keinem anderen berührt worden war …

Es war gefährlich, auf eine Weise, die er nicht vorausgeahnt hatte. *Sie* war nicht so, wie er sie sich vorgestellt hatte. Ihr Vater war ein Mörder, und er hatte irgendwie erwartet, daß sich das Böse auch in ihr offenbaren würde.

Sie wußte nichts von ihrem Vater – von James Elliot. Diese Vermutung wurde allmählich zur Gewißheit.

Sie bewegte sich, schmiegte sich in ihrer ganzen Länge enger an seinen Körper. Damien erstarrte. Er spürte die üppige Rundung ihrer Brüste an seinem Arm, ihren flachen Bauch an seinem Hüftknochen.

Was er von ihrem Körper gesehen hatte, war bezaubernd. Er knirschte mit den Zähnen. Die schimmernde Haut ihrer Schulter lugte unter der Decke hervor, unwiderstehlich und verführerisch. Er konnte nicht anders, er mußte einen Zipfel der Decke hochheben, um sie zu betrachten.

Ihr herrliches Haar floß über das Kissen wie glänzende schwarze Seide. Sie war zierlich gebaut, die Glieder schlank und zart, die Haut so glatt und weich wie süße Sahne. Ihre Taille war so schmal, daß er sie mit beiden Händen hätte umfassen können. Ihre Brüste waren klein, wie alles an ihr, jedoch reif und schwellend, wie gemacht, um sich in seine Hände zu schmiegen. Erdbeersüße Nippel zeichneten sich unter dem dünnen weißen Stoff ihres Hemdes ab, eine verlockende Frucht, die nur darauf wartete, gepflückt zu werden

In seinen Adern entflammte ein Feuer. Sein Inneres zog sich zu einem harten, festen Knoten zusammen. Sein Körper, in dem eine fast schmerzhafte Hitze brannte, bedurfte keines weiteren Anreizes. Seine Sinne standen in lodernden Flammen. Er wehrte sich erbittert gegen den Drang, sie an sich zu ziehen, sie zu küssen, bis sie schlaftrunken erwachte, seinen Schaft tief und hart in ihre samtene Höhle zu stoßen und zu spüren, wie sich dieser enge Kanal fest um jenen Teil seines Körpers schloß, in dem sein pulsierender Herzschlag widerhallte.

Er hatte sie vom ersten Augenblick an begehrt. Er begehrte sie jetzt.

Sie bewegte sich, und sein Blick fiel auf ihr rechtes Bein. Er musterte sie aufmerksamer – seine Neugier war geweckt. Er überlegte, ob er ihr Knie entblößen sollte, das sie unter allen Umständen vor ihm verborgen hätte, wäre ihr seine Absicht bewußt gewesen. Am Ende verwarf er den Gedanken. Es wäre fast einer ... einer Vergewaltigung gleichgekommen.

Eine Düsternis ergriff Besitz von ihm und nahm ihm fast den Atem. Ein finsterer und bedrohlicher Schatten hatte sich auf ihn herabgesenkt.

Das alles war Wahnsinn. Er war wahnsinnig. Er verfluchte sich selbst dafür, daß er schwach geworden war und der Lust nachgegeben hatte, die ungezügelt in ihm herrschte. Er wollte diese Gefühle nicht. Er wollte nichts für sie empfinden. Kein Mitgefühl wegen ihres verkrüppelten Beins. Keine Bewunderung für ihren klugen Verstand und ihre Zielstrebigkeit. Und ganz gewiß nicht diese lodernde Lust, deren Flammen durch nichts zu ersticken waren.

Er hätte sie niemals berühren dürfen. Aber er hatte es getan, und nun mußten sie beide den Preis dafür zahlen.

Ich sollte fortgehen, dachte er dumpf. Jetzt. Bevor es für sie beide zu spät war.

Behutsam, ohne sie zu wecken, schlüpfte er aus dem Bett. Auf lautlosen Sohlen ging er zu dem schmalen Fenster hinüber, das auf den Wald hinausging. Dort stand er und starrte in die undurchdringliche Dunkelheit der Nacht.

Nein, dachte er. Er konnte nicht fortgehen. Die Würfel waren gefallen, das Spiel hatte begonnen. Er mußte bleiben und die Sache zu Ende bringen. Koste es, was es wolle. Für ihn …

Und für sie.

9. Kapitel

Die zartgelben Strahlen der Morgensonne drangen durch die Fensterläden, erfüllten das Zimmer bis in den letzten Winkel mit ihrem Licht und weckten Heather aus dem Schlaf.

Sie lag ganz still da und hatte die Augen geschlossen. Ihre glatte Stirn legte sich in Falten, als eine vage Erinnerung sie beschlich. Sie streckte sich, setzte sich auf und schob die Decke beiseite.

Ihre Augen wurden groß vor Schreck. Sie hatte in ihrer Unterwäsche geschlafen …

In seinen Armen ….in *Damiens* Armen.

Schlagartig kam die Erinnerung zurück, und ihr Herz begann stürmisch zu schlagen. Ihre Hände legten sich auf die Wölbungen ihrer Brüste, und sie war hin- und hergerissen zwischen Entsetzen und Faszination. Er hatte sie gesehen. Er hatte sie sogar *berührt*. Ihr wurde flau im Magen. Sie spürte seine starken, fordernden Hände noch auf ihrer nackten Haut, seine heißen feuchten Lippen auf ihren Brüsten …

Sie schloß erschüttert die Augen. Eine Dame hätte ihm das niemals erlaubt. War sie leichtfertig? Sie grübelte wieder über ihre Eltern nach. Papa hatte gesagt, ihre Mutter sei ein gütiger und liebenswerter Mensch gewesen. Was, wenn sie es nicht war? Was, wenn er sich geirrt hatte? Benahm sie sich so schamlos, weil in ihren Adern ein schlechtes Erbe floß?

Sie preßte ihren Handrücken an die Stirn, um den Aufruhr in ihrem Innern zu beschwichtigen. Sie glaubte, ihr Herz müsse zerspringen. Was war mit ihr los? Warum diese plötzlichen Zweifel? Waren es die Fragen, die Damien ihr gestellt hatte? Die Fragen auf die sie keine Antwort wußte?

Langsam erhob sie sich und kleidete sich an. Sie war entschlossen, die Geschäfte, die sie hierher geführt hatten, zu einem raschen Abschluß zu bringen, aber der Gedanke an die lange Heimreise war ihr zutiefst unangenehm. Damien saß schon in der Gaststube, als sie die Treppe herunterkam. Als er sie erblickte, eilte er ihr entgegen, um sie zum Tisch zu geleiten.

»Guten Morgen«, sagte er mit munterer Stimme.

Heather umklammerte ihren Stock fester und blickte ihm entgegen. »Guten Morgen«, murmelte sie nervös. Es fiel ihr unendlich schwer, ihm in die Augen zu sehen. Sein Blick war so ruhig und gelassen wie seine ganze Haltung. Sein Gesichtsausdruck verriet nichts von dem, was in der vergangenen Nacht zwischen ihnen geschehen war. Heather war ihm dankbar dafür – und nur allzu bereit, seinem Beispiel zu folgen.

Der Wirt, ein stämmiger Mann mit dicker Knollennase, brachte ihnen das Frühstück: große, mit Schinken, Eiern und kaltem Geflügel beladene Teller. »Nichts für ungut wegen letzter Nacht. Kleine Reibereien kommen schon mal vor« – er ließ ein kehliges Lachen hören –, »bei meiner Frau und mir ist es nicht anders.« Er stieß Damien mit dem Ellbogen an. »Und sie ist wirklich ein hübsches Mädchen. Da kann man gut verstehen, daß Sie auf sie aufpassen.«

»Ja, sie ist schön, nicht wahr?« entgegnete Damien, ohne den Blick von ihr abzuwenden.

Heather sah auf ihre Hände hinunter, die krampfhaft verschlungen in ihrem Schoß lagen. Sie konnte keinem von beiden in die Augen sehen. Ihre Wangen glühten, als der Wirt zum nächsten Tisch eilte.

Sie nahm ihren ganzen Mut zusammen und zwang sich, ihn anzusehen. »Warum haben Sie das gesagt?« fragte sie tonlos.

Er hatte sich auf seinem Stuhl zurückgelehnt. »Weil es zufällig der Wahrheit entspricht. Hat Ihnen das noch nie jemand gesagt?«

Sie schnappte nach Luft und sah ihn scharf an. »Machen Sie sich über mich lustig?«

»Ganz und gar nicht.« Als sie nichts darauf erwiderte, drang er weiter in sie. »Sie haben meine Frage nicht beantwortet, Heather. Hat ihnen noch nie jemand gesagt, wie schön Sie sind?«

Sie wandte den Blick von ihm ab. »Doch, natürlich, meine Eltern schon«, erklärte sie mit kaum hörbarer Stimme. »Aber …«, ihre Stimme schien ihr nicht zu gehorchen, »…von einem Mann habe ich es noch nie gehört.«

»In diesem Fall betrachte ich es als eine Ehre, der erste zu sein.«

Er lächelte nicht. Sie stellte fest, daß er sehr … ernsthaft wirkte. Fand er sie wirklich schön? Verwirrt, aber fest entschlossen, es sich nicht anmerken zu lassen, nahm sie ihre Gabel zur Hand. Aber während des Essens spürte sie seinen prüfenden Blick auf ihrem Profil. Es machte sie nervös und unsicher … Und doch empfand sie es auch als erregend.

Ihre Gefühle waren in Aufruhr. Was dachte er? Tat es ihm leid, daß er sie letzte Nacht geküßt hatte? Hatte ihn ihre Unerfahrenheit abgestoßen? Plötzlich sehnte sie sich danach, eine Frau von Welt zu sein, die sich mit Männern auskannte, die in der Kunst der Verführung und der Koketterie bewandert war. War es das, was die Männer wollten? War es das, was *er* wollte?

Wenn sie es nur gewußt hätte. Wenn …

Sie war regelrecht erleichtert, als das Frühstück beendet war und sie ihre Reise fortsetzen konnten. Bis zu Fergusons Haus war es nur noch ein kurzer Weg. John Ferguson war ein stattlicher Mann mit einem mächtigen Backenbart und einem dröhnenden Lachen, das sichtlich von Herzen kam. Heather mochte ihn auf den ersten Blick. Sie wechselten ein paar belanglose Worte, bevor er sie zur Koppel führte, wo er ihnen seinen Stallmeister, einen alten Schotten namens Angus, vorstellte.

Ferguson klopfte dem Schotten auf die Schulter.

»Wenn Sie irgendwelche Fragen haben, wenden Sie sich an ihn, Mylady. Er weiß mehr über diese herrlichen Tiere als jeder andere.«

Damien war an den Zaun getreten. Auf der Weide grasten einige Pferde friedlich vor sich hin – ein großer Rappe, eine zierliche Fuchsstute und ein paar Wallache. Als Heather sich zu ihm gesellte, fiel ihr ein Tier besonders ins Auge – ein Grauschimmel von beeindruckender Größe.

Ihr stockte der Atem. »Der Graue dort, er… er ist herrlich!«

Auch Damien war der Hengst sofort aufgefallen. »Das ist er«, murmelte er. Ein leichtes Lächeln umspielte seine Lippen. »Und sehen Sie ihn nur an. Er weiß es ganz genau.«

Er hatte recht. Als wäre er sich seines aufmerksamen Publikums bewußt, bäumte sich der Hengst wiehernd auf, dann trabte er stolz und mit kraftvollen, eleganten Bewegungen davon und warf den Kopf hoch in die Luft.

Heather lachte vergnügt. »Sie haben recht. Er weiß es wirklich!« Sie wandte sich an Angus. »Der Graue dort, ist er zu verkaufen?«

Angus zupfte an den Spitzen seines langen Schnurrbarts. »Mit dem hätten Sie keine Freude, Ma'am. Zu temperamentvoll für eine Dame.«

Auf Heathers Wangen erschienen zwei dunkelrote Flecken. Das Lächeln gefror ihr auf den Lippen. »Oh, er ist nicht für mich«, erklärte sie hastig. »Ich suche ein Pferd für meinen Vater, der ein hervorragender Reiter ist.«

Angus nickte. »Er ist noch sehr jung, erst zwei Jahre alt. Mr. Ferguson hat ihn für seine Frau gekauft, aber sie wird nicht mit ihm fertig. Möchten Sie ihn sich näher ansehen?«

»Sehr gern.«

Heather und Damien hatten wie aus einem Munde geantwortet. Er warf ihr einen belustigten Seitenblick zu, und ihr Herz schlug schneller. Er sah einfach umwerfend aus …

Es dauerte ein paar Minuten, bis es Angus gelungen war, den jungen Hengst einzufangen. Er lieferte ihm eine wilde Hetzjagd, sprang übermütig umher und schlug immer neue Haken. Beim Anblick des alten Mannes, der mit seinen krummen Beinen hinter dem Hengst her rannte, konnte sich Heather ein fröhliches Lachen nicht verkneifen.

Als Angus es endlich geschafft hatte, führte er den Grauschimmel zu dem Gatter, bei dem sie gewartet hatten. »Sehen Sie?« Angus schüttelte den Kopf. »Er ist manchmal ein bißchen übermütig. Er braucht eine feste Hand, die ihm zeigt, wer der Herr ist, und dazu fehlt der Frau des Hauses die Durchsetzungskraft.«

Der Hengst schüttelte nervös den Kopf, seine Nüstern

waren gebläht, die Ohren kerzengerade aufgerichtet. Seine breite Stirn, die großen, ausdrucksvollen Augen, der anmutig geschwungene Hals und die kraftvollen Schultern verrieten seine edle Abstammung. Seine Flanken zitterten vor verhaltener Kraft, sein Fell glänzte wie geschmolzener Stahl, und das Spiel der harten Muskeln rief schimmernde Lichtreflexe hervor.

Damien streckte behutsam die Hand aus. Der Graue schnaubte und stemmte sich nervös gegen das Halfter.

Angus hielt den Führstrick fest in der Hand. »Er ist etwas mißtrauisch gegenüber Fremden.« Seine Stimme klang entschuldigend.

Damien trat dichter heran und strich dem Hengst beruhigend über den Hals. »So ist es brav, Junge.«

Leise und beschwichtigend sprach er auf das Tier ein. Fasziniert sah Heather zu, wie der Hengst unter den Liebkosungen seiner starken, sonnengebräunten Hand allmählich ruhiger wurde ... Und sie erinnerte sich, daß es ihr genauso ergangen war. Der Hengst stand jetzt still und geduldig da. Er rieb sein Maul zutraulich an Damiens Schulter.

Angus stieß ein polterndes Gelächter aus. »Hol's der Teufel... Ich sehe schon, Sie brauchen mich nicht. Ich werde Sie also ein Weilchen mit ihm allein lassen. Ich bin im Stall. Pfeifen Sie einfach, wenn Sie mich brauchen.« Er winkte noch einmal zum Abschied und verschwand.

Heather hatte sich bis jetzt in sicherer Entfernung zu dem Hengst gehalten. Damien warf ihr einen fragenden Blick zu.

»Möchten Sie ihn sich nicht aus der Nähe ansehen?«

Heather faßte sich ein Herz und trat etwas näher heran. Ihr Puls ging schneller. Obwohl sie noch einige Schritte entfernt war, als sie die Hand nach ihm ausstreckte, schnaubte der Graue ängstlich und scheute vor ihr zurück.

Heather zuckte heftig zusammen.

Damien hielt das Tier mit einer Hand am Halfter fest, die andere streckte er ihr entgegen.

»Kommen Sie«, sagte er ruhig.

Heathers Blick wanderte von seiner Hand zu seinen Augen, die wie reinstes Silber schimmerten, und wieder zu seiner Hand zurück. Sie fuhr sich mit der Zunge über die Lippen und streckte die Hand aus.

Warm und beruhigend umschloß er sie, drückte ihre Finger ganz sanft und zog sie näher heran. »Sie brauchen keine Angst zu haben.«

Heather lachte unsicher. »Sieht man es mir an? Ich fürchte, ich habe nicht viel Erfahrung mit Pferden. Zu Hause spannt mir immer ein Stalljunge die Pferde vor die Kutsche.«

Behutsam führte er ihre Hand an die Nüstern des Grauen. Ängstlich strich sie über die samtweiche Haut. »Ganz locker«, murmelte er. »So ist es richtig. Ruhig und sanft. Er muß Ihre Hand fühlen. Er muß Ihren Geruch aufnehmen. Er muß spüren, daß Sie ihm nichts tun werden.«

Er ließ ihre Hand los. Heather streichelte den anmutig gebogenen Hals des Grauen. Sie zitterte, aber diesmal nicht aus Angst. Sie spürte Damiens breite, stählerne Brust an ihrem Rücken. Seine Nähe war wie ein Zauber, der sie umhüllte wie ein unsichtbares Netz, aus dem es kein Entrinnen gab. Sie sehnte sich danach, sich in seine Arme zu werfen, ihre Lippen dem leidenschaftlichen Ansturm seiner Küsse zu überlassen.

Aber plötzlich stieg eine entsetzliche Angst in ihr auf – was, wenn sie das täte, was sie innerlich wollte, und er sie zurückstieß … sie nicht so begehrte, wie sie ihn.

Der Graue gab ein zufriedenes Schnauben von sich..

»Na, sehen Sie?« Sein kühler, duftender Atem streifte ihre Wange. »Er weiß jetzt, daß er Ihnen vertrauen kann.«

Vertrauen. Vertrauen war ein so zerbrechliches, unendlich kostbares Gefühl. Heather hatte früh gelernt, es niemals leichtfertig zu verschenken. Konnte sie Damien vertrauen und diesen neuen, erregenden Empfindungen, die er in ihrer Brust geweckt hatte?

Konnte sie ihm ihr Herz anvertrauen?

Er trat einen Schritt zurück, und der Aufruhr in ihrem Innern legte sich allmählich. Sie sah ihn an, und als sie die Bewunderung in seinen Augen entdeckte, wurde ihr warm ums Herz.

Sie kraulte das Fell des Pferdes energischer. »Er ist so groß«, murmelte sie mit einem scheuen Lächeln.

»Stockmaß ein Meter fünfundsiebzig, würde ich sagen.« Es folgte eine Pause. »Warum reiten Sie nicht, Heather?«

Das Lächeln schwand aus ihrem Gesicht. Sie wich seinem Blick aus. »Ich kann nicht«, sagte sie leise. »Ich habe es versucht, als ich ein Kind war, aber es verursachte Schmerzen im Knie.«

Er sah sie scharf an. Sie hatte das Gefühl, daß er noch etwas sagen wollte, aber in diesem Augenblick tauchte Mr. Ferguson wieder auf.

»Angus sagte mir, daß Sie sich für den Grauen interessieren. Zweifellos ein prachtvolles Tier. Eigentlich wollte ihn meine Frau behalten, aber wie Angus Ihnen sicherlich erzählt hat, ist er ein bißchen zu temperamentvoll für sie.«

Dankbar für diese willkommene Unterbrechung, die ihr weitere unangenehme Fragen ersparte, wandte sich Heather Mr. Ferguson zu.

»Ich bin sehr interessiert, Mr. Ferguson, vorausgesetzt, wir werden uns über den Preis einig.«

Nach kurzem Feilschen war der Handel perfekt. Sie kamen überein, daß Damien auf dem Rückweg nach Lockhaven den Grauen reiten sollte, während sie die Kutsche nahm. Insgeheim war sie froh darüber, denn bei dem Gedanken, mit Damien allein zu sein, war ihr ganz und gar nicht wohl zumute. Eine innere Stimme schalt sie für ihre Feigheit, aber sie war machtlos dagegen. In Damien Lewis' Gegenwart schien sie nicht mehr sie selbst zu sein …

Und während dieser langen Heimreise reifte allmählich ein Entschluß in ihrem Herzen.

Was in der vergangenen Nacht geschehen war, durfte niemals wieder geschehen.

Er hatte sie geküßt und liebkost, und sie würde diese wundervollen, herzbewegenden Augenblicke für immer in ihrem Herzen bewahren – die Erfüllung ihrer sehnlichsten Wünsche. Ein bitterer Schmerz schnürte ihr die Kehle zu, aber sie schob ihn beiseite. Sie hatte die Lektionen des Lebens nur zu gut und bereits in jungen Jahren begriffen. Und sie hatte gelernt, ehrlich mit sich selbst zu sein. Sie würde sich keinen Illusionen über ihre Zukunft hingeben, denn das konnte nur zu einer bitteren Enttäuschung führen.

Und deshalb würde sie niemals erfahren, wie es war, von einem Mann ohne Einschränkungen geliebt zu werden… sich ihm vollkommen hinzugeben.

Das Risiko war zu groß, der Preis zu hoch.

Ihr war, als hätte sich ein eisernes Band um ihre Brust gelegt. Nein, dachte sie voller Schmerz. Damien durfte ihr nie mehr so nahe kommen. Sie durfte nie mehr zulassen, daß er sie küßte und berührte. Denn wenn er es tat, würde sie unweigerlich wieder die Selbstbeherrschung verlieren …

Und diesmal vielleicht sogar ihr Herz.

Es war besser so, versuchte sie sich immer wieder einzureden. Besser vielleicht …

Aber auch viel schmerzhafter.

10. Kapitel

Papas Geburtstagsfest war eine kleine Feier im Kreise der Familie und einiger befreundeter Nachbarn. Heather sah, wie ihre Mutter sich bei ihrem Vater einhängte. Lachend legte Miles seine Hand auf die ihre, dann beugte er sich zu ihr hinunter und küßte sie auf den Mund.

Ein heftiger Schmerz schnitt ihr plötzlich ins Herz. Es war keineswegs ein ungewohnter Anblick, denn ihre Eltern hatten sich nie gescheut, der Welt ihre Gefühle zu zeigen. Aber heute lagen die Dinge anders.

Sie beneidete sie um ihre Nähe; ihre offensichtliche Vertrautheit. Sie beneidete sie um die Liebe, die sie verband …

Und verabscheute sich selbst für ihre Gefühle.

Die Gesellschaft hatte sich fast den ganzen Nachmittag über auf der Südseite des Hauses im Garten getummelt. Nun hatten sich die letzten Gäste verabschiedet, und Victoria ging zu Heather hinüber, die in der Sonne saß und die warmen Strahlen auf ihrem Gesicht und den frischen Duft einer sanften Brise genoß.

Victoria küßte sie flüchtig auf die Wange und ließ sich auf den Stuhl neben ihrer Tochter fallen. »Endlich ein Moment der Ruhe.« Ihre Stimme nahm einen ängstlichen Klang an. »Was meinst du, ist es gut gelaufen?«

Heather lächelte. »Deine Feste sind doch immer ein Erfolg, Mama. Du machst dir immer grundlos Gedanken.«

Victoria seufzte. »Das Los einer Mutter, wie es scheint.«

Das Lächeln wich nicht aus Heathers Miene, aber etwas in ihr verkrampfte sich. Ihr Herz hämmerte schmerzhaft in ihrer Brust, denn das war etwas, das sie nie am eigenen Leib erfahren würde …

»Jedenfalls bin ich froh, daß es vorbei ist.« In ihrem hellblauen Kleid, das zur Farbe ihrer Augen paßte, wirkte

Victoria so jugendlich wie immer. Sie sah ihre Tochter eindringlich mit ihren unglaublich blauen Augen an. »Wir hatten seit einer Ewigkeit keine Gelegenheit mehr, miteinander zu reden«, sagte sie leichthin. »In letzter Zeit haben wir uns wirklich kaum noch gesehen. Es ist doch nicht wegen des Streits mit Bea, oder?«

Heather blinzelte. Sie hätte es wissen müssen, denn Mama pflegte keine Umschweife zu machen.

Heather senkte den Blick auf ihre Hände, die sie im Schoß gefaltet hatte. »Ich fand ihr Benehmen zu aufdringlich, Mama. War das falsch von mir?«

»Ich kenne niemanden, der einen klareren Kopf hätte als du, Schatz.« Sie lachte hell auf. »Als ich deinen Vater geheiratet habe, war ich so manches Mal versucht, dich um deinen Rat zu bitten – und du warst damals ein achtjähriges Kind! Abgesehen davon ist Bea launisch und eigensinnig, und sie muß lernen, daß es nicht immer nach ihrem Kopf geht.«

»Ich war sehr streng mit ihr, Mama.«

Victorias Blick wurde weich. »Aber das sind wir doch alle manchmal, Liebes.«

»Aber ich habe sie zum Weinen gebracht. Ich kann mich nicht erinnern, daß ihr *mich* auch nur ein einziges Mal zum Weinen gebracht hättet.«

»Und jetzt glaube ich, daß du zu streng gegen dich selbst bist. Aber so bist du nun einmal – du erwartest sehr viel von dir. Manchmal zu viel, fürchte ich.« Plötzlich streckte sie die Hand aus und strich Heather über die Wange. »Du siehst müde aus, Liebes.«

Heather wich ihrem Blick aus. »Mir geht es gut, Mama. Ich habe letzte Nacht nur nicht besonders gut geschlafen.«

Das war eine Ausflucht, und sie wußten es beide. Aber Victoria wußte genau, wann es angebracht war, weiter in Heather zu dringen und wann sie Heather besser in Ruhe lassen sollte.

Statt dessen nahm sie jetzt Heathers Hände in die ihren. »Schatz, wenn du reden möchtest – über was auch immer –, so weißt du, daß du zu mir kommen kannst, nicht wahr?«

Heather hielt den Atem an. Mama wußte Bescheid. Irgendwie wußte sie, daß zwischen ihr und Damien etwas war ... Aber sie konnte nicht darüber sprechen – sie konnte es keinem Menschen erzählen!

Sie zwang sich zu einem Lächeln. »Ich weiß, Mama.«

Victoria sah sie einen Augenblick lang prüfend an, dann lenkte sie die Unterhaltung auf ein anderes Thema.

Als Victoria sich wenig später ins Haus begab, um sich um das Abendessen zu kümmern, erhob sich Heather und ging zu ihrem Vater hinüber. Er stand am Zaun der großen Koppel und beobachtete mit zufriedenem Lächeln den Grauschimmel, der ausgelassen über die Weide galoppierte.

Als sie zu ihm trat, sah er mit schiefem Lächeln auf sie herunter. »Er ist so schnell wie der Wind, was?« murmelte er, dann schien ihm plötzlich etwas einzufallen. »Warte mal! Ich hab's, ich nenne ihn ... Pegasus! Was hältst du davon, Heather?«

»Ich finde, es ist ein passender Name für ihn, Papa.« Ihr zufriedener Tonfall brachte ihn zum Lachen. Er beäugte seine älteste Tochter schelmisch. »Du bist wohl sehr zufrieden mit dir, was, Püppchen?«

Püppchen. Mit diesem Kosenamen hatte er sie gerufen, solange sie sich zurückerinnern konnte. Heather lachte. »Und mit gutem Grund, finde ich. Aber jetzt frage ich dich, Papa: Bist du zufrieden mit deinem Geschenk? Oder wäre dir mein Preisbock lieber gewesen?«

»Ha, dein Preisbock hätte mich nicht in solcher Windeseile getragen«, entgegnete er fröhlich.

Sie musterte seine imposante Gestalt von Kopf bis Fuß. »Mein Preisbock würde dich überhaupt nicht tragen!«

Ihr neckender Ton brachte ihn zum Lachen, dann wurde seine Miene wieder ernst, und er betrachtete sie nachdenklich. »Mir war gar nicht klar, daß du dich mit Pferden so gut auskennst. Wo hast du ihn aufgetrieben?«

»Eigentlich hat Da ...« Sie biß sich gerade noch rechtzeitig auf die Zunge. »Mr. Lewis ist mit mir nach Cumberland zu einem Züchter namens Ferguson gefahren.«

»Ferguson? Ein hervorragender Mann! Seine Pferde sind von hier bis Paris begehrt.« Er sah sie mit hochgezogener Braue an. »Ich hoffe, er hat dir einen anständigen Preis gemacht.«

»Keine Sorge, das hat er. Ich habe das Feilschen bei einem Meister gelernt, wie du weißt.« Sie plauderten noch ein Weilchen miteinander, doch dann verfiel Heather plötzlich in Schweigen.

Miles fuhr liebevoll über die sorgenvollen Falten, die sich zwischen ihren schön geschwungenen dunklen Brauen gebildet hatten. »Woran denkst du, Püppchen?« fragte er leise.

Heather holte tief Luft. Mit festem Blick sah sie Miles in die Augen. »Papa, wie sah mein Vater aus?«

Miles erstarrte. Aber es gelang ihm, seinen Schrecken vor ihr zu verbergen. Bevor er etwas erwidern konnte, fuhr sie fort.

»War er ein großer, schwarzhaariger Mann?«

Miles warf ihr einen rätselhaften Blick zu. »Ja, das war er, Kleines.«

»Bist du ganz sicher?«

Ein kaum merkliches Zögern. »Ganz sicher.«

Zum Glück schien sie sein Zögern nicht bemerkt zu haben. »Ja. Das ist ja auch ganz natürlich.« Wie an sich selbst gerichtet, fuhr sie fort: »Schließlich hast du ihn gut gekannt ...«

»Deine Mutter war klein und zierlich wie du, Heather, nur hatte sie kastanienbraunes Haar. Aber du hast ihre

Augen.« Er hielt den Atem an. Das immerhin wußte er ganz genau …

Ihre angespannte Haltung löste sich. »Es tut mir leid, Papa. Ich wollte dich nicht verärgern.«

»Nichts passiert.« Seine Stimme klang unbeschwert. »Aber warum gerade diese Frage, Püppchen? Es ist eine ganze Weile her – Jahre, glaube ich –, daß du nach deinen Eltern gefragt hast.«

Sie schüttelte reumütig den Kopf. »Mir kam plötzlich die Erinnerung an einen großen, schwarzhaarigen Mann in den Kopf, und ich hatte das höchst eigenartige Gefühl, daß er mein Vater sein müsse. Das ist doch seltsam, findest du nicht?«

Miles überspielte sein Unbehagen mit einem Lächeln. »Ich weiß es wirklich nicht, mein Herz. Aber du mußt dir deswegen keine Gedanken machen.«

»Ja, da hast du sicher recht.«

An diesem Abend saß Victoria in ihrem Schlafzimmer vor der Frisierkommode und bürstete, in Gedanken versunken, ihre blonden Locken. Schließlich legte sie die Bürste beiseite und sah zu Miles hinüber. Er stand, in einen vornehmen burgunderroten Morgenmantel gekleidet, am Fenster und starrte in die Dunkelheit hinaus.

»Heather sah heute müde aus, findest du nicht auch?«

Er war so in Gedanken versunken, daß sie ihre Frage wiederholen mußte.

»Ich habe es nicht bemerkt, fürchte ich.« Damit wandte er sich wieder dem Fenster zu.

Victoria runzelte die Stirn. Heather war nicht die einzige, die sich an diesem Tag merkwürdig benommen hatte. Seine Haltung wirkte angespannt. Diese plötzliche Schweigsamkeit, nachdem er den ganzen Tag über in Hochstimmung gewesen war, beunruhigte sie zutiefst. Sie erhob sich und trat zu ihm. Ihre Hände ruhten sanft auf seinen Schultern.

»Was ist los, Miles?« erkundigte sie sich leise.

Mit gepreßter, sorgenvoller Stimme sagte er: »Sie hat nach ihrem Vater gefragt, Victoria. Sie wollte wissen, wie er aussah.«

Victoria öffnete erschrocken den Mund. »Nein. O nein. Oh, Miles, was hast du gesagt?«

Er drehte sich zu ihr um. »Herrje, ich wußte nicht, was ich sagen sollte. Sie hat seit Jahren nicht mehr von ihnen gesprochen ... Bevor ich etwas sagen konnte, fragte sie mich, ob er ein großer, schwarzhaariger Mann gewesen sei.«

»Und war er es?«

Seine Miene war bekümmert. »Ich habe es gesagt, aber ich weiß es nicht mit Sicherheit, Victoria. Es war dunkel und regnerisch in der Unfallnacht. Der Mann war bereits tot. Ich habe mich um Heather und ihre Mutter bemüht.« Er zögerte.

»Aber als ich mich heute mit Heather unterhielt, geschah etwas sehr Merkwürdiges. Ich habe mich plötzlich gefragt ... Was ist, wenn Justines Begleiter nicht ihr Ehemann war?« Er strich sich ernst über die Stirn, dann suchte er ihren Blick. »Victoria, ich konnte an nichts anderes mehr denken seitdem! Was ist, wenn er nicht ihr Vater war?«

Victoria zog die Stirn in Falten. »Miles, du hast keinen Grund anzunehmen, daß er *nicht* ihr Vater war.«

»Damals nicht. Verstehst du denn nicht, damals hatte ich keinen Grund!«

»Sie sind zusammen gereist, nicht wahr? Alle drei.«

»Ja. Ich nahm an, daß er ihr Vater sei. Justine erkundigte sich nach ihm. ›Wie geht es Bernard?‹ fragte sie ein ums andere Mal. ›Sagen Sie mir, daß es ihm gutgeht‹, flehte sie wieder und wieder.« Miles begann im Zimmer auf und ab zu gehen. »Er war mit ihr unterwegs, und ich war so sicher, daß er ihr Ehemann sei.«

»Miles, ich wäre ebenso überzeugt davon gewesen«, erklärte Victoria.

»Aber was ist, wenn ich mich geirrt habe? Ich habe keine Erkundigungen eingezogen, Victoria – anfangs, weil ich sie für eine Familie hielt; später, weil ich es nicht wissen wollte. Ich wollte nicht, daß irgend jemand genauere Erkundigungen einzog! Ich wollte meine Chancen, die Vormundschaft für Heather zu bekommen, nicht gefährden – je weniger über ihre Eltern bekannt war, um so besser, dachte ich.«

Unvermittelt blieb er stehen. Victoria hatte ihn noch nie so aufgewühlt gesehen.

Die Schlagadern an seinem Hals traten hervor. »Himmel, ich bete darum, daß ihr keine weiteren Erinnerungen kommen! Wenn ich daran denke, überläuft mich ein kalter Schauder, denn Justine hat nicht ein einziges Mal nach Heather gefragt – wenn ich es ihr nicht gesagt hätte, hätte sie nie erfahren, ob ihr Kind lebendig oder tot war!«

Victoria trat zu ihm und legte die Arme um ihn. »Miles, beruhige dich.« Sie blickte zu ihm auf. »Der Mann in Justines Begleitung war ihr Ehemann – Heathers Vater. Es muß so sein.«

Bedrückt erwiderte er ihre Umarmung, sein Kinn ruhte auf ihrem Scheitel. »Du hast vermutlich recht. Aber Heathers Fragen ängstigen mich. Victoria, wenn sie die Wahrheit herausfinden würde – daß ich sie vor dieser Nacht noch nie im Leben gesehen hatte – wäre sie am Boden zerstört. Und ich könnte ihr niemals sagen, was für eine bösartige Person ihre Mutter in Wirklichkeit war. Während sie im Sterben lag, verfluchte sie ihre eigene Tochter – verfluchte sie dafür, daß sie am Leben war! Victoria, wenn du sie gehört hättest ...«

Die Verzweiflung in seiner Stimme zerriß ihr das Herz. Sie spürte eine Angst in ihm, die sie nie zuvor an ihrem Mann erlebt hatte.

Sein Anblick schnitt ihr ins Herz wie ein Messer. Ihre Kehle war wie zugeschnürt. Sie schmiegte die Wange an den seidenglänzenden Stoff seines Morgenmantels. »Ich weiß, Liebster«, flüsterte sie. »Ich weiß.«

Er schloß sie fester in die Arme. In dieser Umarmung spürte sie seine Verzweiflung.

»Ich habe mir all diese Jahre über gesagt, daß ich das Richtige getan habe. Aber jetzt ...«

»Miles, quäle dich nicht so! Du hast das Richtige getan! Du hast sie geliebt und sie in der einzigen Weise beschützt, die für dich möglich war! Hättest du es nicht getan, wäre Heather vielleicht in ein Waisenhaus gebracht worden. Und du weißt, daß die Kinder dort keine Liebe und Zuwendung bekommen, besonders ein Kind wie sie. Sie hätte in einer Ecke gesessen, und niemand hätte sich um sie gekümmert – niemand hätte sie liebgehabt!« Ihre Augen füllten sich mit Tränen. »Ich kann diese Vorstellung nicht ertragen.«

»Ich weiß, mein Schatz. Ich weiß. Ich kann es auch nicht ertragen.« Er drückte ihre Wange fest an seine Brust, Jetzt war es an ihm, Victoria zu trösten.

Sie verharrten noch lange in ihrer innigen Umarmung. Aber in seine Gedanken kehrte keine Ruhe ein, der Aufruhr in seinem Herzen wollte sich nicht legen.

Denn stärker als je bedrückte ihn eine eiskalte Ahnung ... Was war, wenn er einen furchtbaren Irrtum begangen hatte?

Was war, wenn es sich bei dem Mann, der bei dem Unfall ums Leben gekommen war, nicht um Heathers Vater gehandelt hatte? Wenn er es nicht war ...

Miles überlief eine Gänsehaut. Ein Frösteln drang ihm bis in die Knochen.

... Wer war es dann?

Heather hatte sich schon weit von Lyndermere entfernt, das Haus verlor sich hinter einer Gruppe hoher, grüner Ahornbäume. Die Zügel lagen lose in ihren kleinen, behandschuhten Händen. Sie achtete nicht auf den Weg, über den die Kutsche holperte und rumpelte. Diese Strecke hatte ihr Pony schon hundertmal zurückgelegt, und sie überließ ihm die Führung; das Pferd kannte den Weg ebenso gut wie sie.

Bevor sie es recht bemerkte, war sie in Lockhaven angelangt. Daniel, einer der Stalljungen, kam ihr aus dem Stallgebäude entgegen. »Guten Abend, Madam«, begrüßte er sie. »Ich hoffe, Sie hatten einen angenehmen Tag?« Er nahm ihr die Zügel aus der Hand.

»Das hatte ich«, entgegnete sie. In diesem Augenblick näherte sich donnernder Hufschlag. Als sie den Kopf hob, erkannte sie Damien, der in gestrecktem Galopp auf sie zukam.

Ein Blick in seine gehetzte Miene sagte ihr, daß etwas Schlimmes geschehen war.

Sie erhob sich vom Kutschbock. Angst krampfte sich in ihrem Innersten zusammen.

»Was?« schrie sie. »Was ist los?«

Er war mit einem Satz aus dem Sattel. »Ich habe Robert MacTavish gerade unterwegs getroffen. Er wollte die Hebamme holen, aber sie ist zu Besuch bei ihrer Tochter in Somerset und wird nicht vor morgen zurück sein. Bridget braucht Sie, Heather.«

Ihr stockte der Atem. »Haben die Wehen eingesetzt?«

Er nickte.

Ein erstickter Schrei kam über ihre Lippen. »Aber es ist noch zu früh. Das Baby wird erst in einem Monat erwartet.«

Damien hatte bereits ihre Taille umfaßt und hob sie ohne weitere Umstände von der Kutsche herunter. »Wir müssen uns beeilen«, sagte er gepreßt. »Robert sagt, es geht ihr nicht gut.« Er nickte zu Zeus hinüber. »Können Sie mit mir reiten? Es würde schneller gehen.«

Heather nickte.

Einen Augenblick später saß sie vor ihm im Sattel.

Sie war ihm beängstigend nah. Ihr gesundes Bein war

an seinen Schenkel gepreßt, und selbst durch den dicken Stoff ihres Kleides konnte sie die stahlharten Muskeln spüren. Ihre Hüften schmiegten sich an die seinen. Ihr Gesäß war zwischen seinen Beinen eingebettet – noch eine Stelle seines Körpers, die stahlhart war ...

Seine Arme hielten sie fest umschlungen. »Alles in Ordnung?«

»Ja.«

Sein Atem streifte ihr Ohr. »Ihr Knie-?«

»Es geht schon. Bitte, Damien. Beeilen Sie sich.«

Es war ein verwegener Ritt, aber sie merkte kaum etwas davon. Als sie das Haus der MacTavishs erreichten, erwartete sie Robert, ein hagerer, drahtiger Mann, bereits auf der Schwelle. Angstvoll blickte er ihnen entgegen. Sein blondes Haar stand nach allen Seiten ab, als hätte er es immer wieder mit den Fingern gerauft.

»Miss Heather«, rief er aufgeregt. »Gottlob, daß Sie kommen. Bridget hat nach Ihnen gefragt.«

Heather betrat das Schlafzimmer. An der gegenüberliegenden Wand stand ein Bett, in dem Bridget lag. Ihr Haar fiel strähnig und schweißnaß über ihre Schultern. Eine dünne Decke war über ihren gewölbten Bauch gezogen. Ihre Augen waren geweitet vor Angst und Entsetzen.

»Hallo, Bridget«, Heather setzte sich auf die Bettkante und ergriff Bridgets Hand. »Wann haben die Wehen eingesetzt?«

»Die Fruchtblase ist bei Tagesanbruch geplatzt«, erklärte sie mit dünner Stimme. »Kurz danach haben die Wehen begonnen.«

»Kommen sie in kurzen Abständen?«

Bridget zögerte. »Manchmal.« Sie umklammerte Heathers Hand, ihre Brust hob und senkte sich unter raschen, flachen Atemzügen. »Ich habe solche Angst! Miss Heather, ich glaube, das Baby hat sich seit gestern abend nicht mehr bewegt. Und jetzt habe ich Wehen, aber das Baby kommt nicht.«

»Vielleicht spürst du seine Bewegungen wegen der Schmerzen nicht. Ich weiß, es ist ein schwacher Trost, aber manchmal dauert die Geburt beim ersten Kind lange.« Heather sprach leise und beschwichtigend auf Bridget ein.

In dem Augenblick, als sie die Hände unter die Decke schob, um den Bauch abzutasten, setzte eine neuerliche Wehe ein, und die Wölbung verhärtete sich und zog sich krampfhaft unter ihren Fingern zusammen.

»So, ist ja gut. Es ist gleich vorbei. Tief und regelmäßig durchatmen, Bridget.«

Bridgets Lächeln glich eher einer Grimasse, aber es war immerhin ein Lächeln. »Ich … Jetzt, wo Sie hier sind, ist es nicht mehr so schlimm.«

Mit sanften Fingern untersuchte sie Bridget gründlicher. Dann zog sie ihre Hände zurück und warf Bridget einen beruhigenden Blick zu. Als sie den Kopf wandte, sah sie Robert, der am Fußende des Betts stand. Aus den Augenwinkeln konnte sie Damiens Gestalt im angrenzenden Zimmer erkennen. Sie gab Robert ein Zeichen, ihr ins Nebenzimmer zu folgen.

»Wie geht es Bridget, Miss Heather, ihr und unserem Kleinen? Ist alles in Ordnung?«

Heather sprach mit gedämpfter Stimme. »Ich denke schon. Das Baby liegt richtig, aber sie sagt, sie hat seit gestern keine Bewegung mehr gespürt.«

»Ich weiß. Ist das ein schlechtes Zeichen?«

Heather zögerte. »Möglicherweise«, räumte sie ein. »Ich möchte Bridget nicht beunruhigen, aber ich muß dir die Wahrheit sagen, Robert. Ich habe der Hebamme einmal bei einer ähnlichen Geburt geholfen« – wieder zögerte sie –, »Robert, es ist möglich, daß das Baby schon verloren ist.«

Robert schluckte tapfer. »Ich weiß, daß Sie alles tun werden, was in Ihrer Macht steht, Miss Heather. Aber ich …« – die Stimme versagte ihm – »ich weiß nicht, was ich tun würde, wenn ich Bridget verliere.«

Heather drückte beruhigend seinen Arm. »Ich glaube, sie wird es gut überstehen, Robert. Aber wenn es zum Schlimmsten kommt, wird sie deine Liebe und deine Kraft brauchen.« Ihre Blicke tauschten eine stumme Botschaft aus. Roberts Augen glänzten verräterisch, aber er nickte.

»Gut. Und jetzt brauche ich deine Hilfe, Robert. Kannst du mir eine Schüssel mit kaltem Wasser und ein Tuch bringen? Später werde ich heißes Wasser benötigen, du solltest also schon einmal einen Kessel aufs Feuer stellen.«

Er nickte diensteifrig und eilte davon.

Wenig später kehrte Heather mit einer Schüssel in der Hand zur Bettstatt zurück. Sie wrang das Leinentuch aus und betupfte Bridgets bleiche Stirn.

»Versuch dich auszuruhen«, drängte sie. »Spar deine Kräfte für später.«

Die Zeit verrann qualvoll langsam. Stunden vergingen.

Bridgets Bauch zog sich in Krämpfen zusammen. Sie bäumte sich auf und warf sich im Bett herum. Als die Preßwehen einsetzten und die Schmerzen sie in wilder Folge quälten, sanken Heathers Hoffnungen. Die Zeichen waren nicht gut, aber sie ließ sich ihre Sorgen vor dieser armen Frau nicht anmerken.

Endlich war es soweit. Bridgets durchdringende Schreie gingen in leises Gewimmer über. Keuchend und erschöpft lag sie mit angezogenen Beinen da …

Heather stand am Fußende des Betts. »Noch einmal, Bridget«, befahl sie aufmunternd. »Es ist fast soweit. Noch einmal, und du hast es geschafft.«

Unter schier unmenschlicher Anstrengung richtete sich Bridget auf die Ellbogen auf. Ihr Gesicht verzerrte sich, als sie sich mit letzter Kraft bemühte, das Kind aus seiner warmen Höhle herauszupressen. Ein langgezogener Schmerzensschrei entrang sich ihrer Kehle.

Ein kleiner, feuchter Körper glitt in das saubere weiße Tuch in Heathers Händen. Der Freudenschrei erstarb ihr auf den Lippen.

Sie starrte in das winzige, runzelige Gesichtchen, auf die fest geschlossenen hauchzarten Lider. Das Baby gab keinen Laut von sich und regte sich nicht.

Heather blinzelte, sie betete darum, daß sie ihre Augen trogen, wollte das Kind in ihren Händen mit der Kraft ihres Willens zum Leben erwecken ...

Ihre Gebete waren vergebens.

Eine unsichtbare Hand preßte ihr das Herz zusammen. Stumm schrie Heather ihre Wut heraus. Das Kind war ein Mädchen. So winzig klein, aber wunderbar vollkommen.

Die Nabelschnur war fest um den zarten Hals geschlungen.

Bridget sah zu ihr auf. »Miss Heather«, hauchte sie erschöpft. »Mein Baby ... Ein Junge oder ein Mädchen?«

Heather kämpfte gegen die Tränen an, die ihr heiß in der Kehle aufstiegen, und sie bedeckte das kleine Gesichtchen mit einem Zipfel des Tuchs. Ihre Stimme klang rauh. »Ein Mädchen.«

»Ein Mädchen! Ist es gesund?«

Heather hob den Kopf. Bridget sah ihr in die Augen und stieß einen gellenden Schrei aus. »Nein. Nein!««

Heather eilte zu Bridget und zog sie fest an sich. »Bridget«, flüsterte sie und streichelte ihr über die Schulter. »Es tut mir so leid ... Ich weiß, es ist schwer. Aber ihr könnt andere bekommen...«

Bridget klammerte sich verzweifelt an sie. »Es wird keine anderen geben«, stöhnte sie mit erstickter Stimme. »In all den Jahren gab es keine anderen.«

Die Tür flog auf, und Robert stand auf der Schwelle. Er suchte Heathers Blick.

Sie schüttelte den Kopf. Als Robert zum Bett eilte, erhob sie sich. Sie ergriff ihren Stock und verließ den Raum, verschloß ihre Ohren vor dem Schmerz Bridgets, die sich an der Schulter ihres Mannes das Herz aus dem Leibe schluchzte.

Verzweiflung überfiel sie. Sie fühlte sich krank im Herzen. Krank bis in die Tiefen ihrer Seele. Blind trugen sie ihre Füße vorwärts. Sie riß die Tür auf und stürmte in die Dunkelheit der Nacht hinaus.

»Heather!«

Aber sie sah nichts. Sie hörte nichts, sie war taub für den Ruf ihres Namens, blind für die Gestalt, die sich aus den Schatten löste.

Hinter ihr erklangen eilige Schritte, verringerten die Entfernung zu ihr. Die Schritte beschleunigten sich. Sie stürmte immer weiter, rannte, so schnell ihre Füße sie trugen, ohne auf den schlammigen Boden unter ihren dünnen Sohlen zu achten oder auf die Dornenranken, die sich im Saum ihres Kleides verfingen.

»Heather, paß auf!«

Damiens Herzschlag stockte, als sie strauchelte und auf Hände und Knie stürzte. Er ließ sich neben ihr auf die Knie fallen. Starke Hände schlossen sich um ihre schmalen Schultern.

»Heather, in Gottes Namen!«

Sie verschränkte die Arme vor der Brust, ihre Haltung drückte unendliche Trostlosigkeit aus. Ihr Anblick schnitt ihm ins Herz. Sie hatte den Kopf auf die Brust gesenkt, ihr Haar hatte sich gelöst. Es hatte sich um ihre kleine Gestalt gelegt wie Rabenflügel, umfloß sie schützend wie ein schimmernder, mitternachtsdunkler Wasserfall. Sie zitterte in seinen Armen wie ein Blatt im Wind.

Mit einer Hand strich er ihr den wirren Haarschleier aus dem Gesicht, um sie anzusehen. Ihre fein geschwungenen blassen Wangen waren feucht. Sie weinte, aber es kam kein Laut über ihre Lippen.

Er atmete tief und schmerzhaft ein. Wie betäubt ruhte sein Blick auf ihr, sein Herz zog sich zusammen. »Heather«, rief er mit belegter Stimme.

Ihre Lider öffneten sich flatternd. Ihre Lippen zitterten. Langsam hob sie ihm das schmale Oval ihres Gesichts entgegen, ihre Augen riesig und schmerzerfüllt. Er beugte den Kopf zu ihr hinunter und wartete darauf, daß sie sprechen würde.

»Sie wollten sie nach mir nennen«, hauchte sie. »Sie wollten sie Heather nennen ...«

11. Kapitel

Mit tonloser Stimme erzählte sie ihm, wie das Baby tot geboren worden war, die Nabelschnur fest um den Hals gewickelt.

Dann verstummte sie.

Teilnahmslos und matt lag sie den ganzen Weg über bis nach Lockhaven an seine Brust geschmiegt. Ihre Verzweiflung zerriß ihm das Herz. Er hielt sie in seinen Armen, schützend – und besitzergreifend. In ihrem Innern tobte der Kummer wie ein Sturm, aber sie wehrte sich dagegen, ihrem Schmerz freien Lauf zu lassen. Er wünschte, sie würde laut schluchzen, ihrer Wut über die Ungerechtigkeit des Schicksals Ausdruck geben ... alles, nur nicht dieses verfluchte, endlose Schweigen.

Vor den Stallungen von Lockhaven gab Zeus ein leises Wiehern von sich. Ein verschlafener Stalljunge erschien und gähnte herzhaft,. aber beim Anblick seiner Herrin in Damiens Armen fielen ihm fast die Augen aus dem Kopf.

Damien warf ihm die Zügel zu. »Du kannst dir fünf Schillinge verdienen, wenn du ihn gleich trockenreibst und ihm eine Extraration Hafer gibst.«

Augenblicklich kam Leben in den Jungen. »Das werde ich tun, Sir.«

Damien ließ sich, seine Last immer noch in den Armen, aus dem Sattel gleiten. Mit langen Schritten eilte er zum Haus. Auf ein lautes Zeichen mit dem Messingklopfer hin kam Marcus in einem viel zu großen Morgenmantel barfuß auf seinen spindeldürren Beinen zur Tür getrippelt.

Er reagierte nicht anders als der Stalljunge. »Mister Lewis!«

Damien schob sich ohne Umstände an ihm vorbei. »Gute Nacht, Marcus«, sagte er ruhig. Auf dem Weg durch den langen Korridor und die geschwungene Treppe hinauf verlangsamte er den Schritt kein einziges Mal. Er blieb erst stehen, als er den Treppenabsatz erreicht hatte.

»Dein Zimmer«, sagte er knapp. »Wo?«

»Links. Die Flügeltür am Ende des Gangs.« Sie stieß einen leisen Seufzer aus und drückte das Gesicht in seine warme Halsbeuge.

Er stellte sie auf die Füße und machte sich auf die Suche nach einer Kerze. Er fand eine auf einem Kirschholzsekretär und zündete sie an. Gelber Lichtschein erfüllte den Raum. Mit einem flüchtigen Blick registrierte er ein Himmelbett mit blaßblauen Satinvorhängen. Die Fenstervorhänge waren aus demselben Stoff. Die Einrichtung des Zimmers war unaufdringlich, aber geschmackvoll. An der gegenüberliegenden Wand hing eine Aquarellzeichnung – ein Weizenfeld, auf dem die Ähren unter strahlendem Sommerhimmel im Wind wogten. Eine ihrer Arbeiten, wie er vermutete.

Er runzelte die Stirn und wandte ihr wieder den Blick zu. Ihre lieblichen Züge waren abwesend und ausdruckslos. Sie hatte sich nicht von der Stelle gerührt.

Mit ein paar Schritten war er bei ihr. »Heather.«

Es war, als hätte sie ihn nicht gehört, als hätte sie sich an einen Ort zurückgezogen, an dem sie für niemanden erreichbar war.

Besorgt faßte er sie bei den Schultern und schüttelte sie sanft. »Heather, hör auf damit!«

Benommen sah sie ihn an.

»Hör mir zu. Was geschehen ist, war nicht deine Schuld.«

Ihre Augen waren voller Qual. »Du irrst dich«, flüsterte sie. »Es ist meine Schuld. Bridgets Baby ist meinetwegen gestorben. Wäre die Hebamme ...»

»Aber sie war nicht da. Außerdem hätte das auch nichts geändert.«

Sie schüttelte heftig den Kopf, wieder und wieder. »Nein. Nein, du irrst dich ...»

»Ich war dabei, weißt du es nicht mehr? Nein, nicht im selben Raum. Aber ich war da, und ich weiß, was passiert ist. Ich kenne *dich*, Heather. Du hast getan, was du konntest. Du hast *alles* getan, was in deiner Macht stand.«

Ihr Schrei war herzzerreißend. »Aber es war nicht genug. Verstehst du denn nicht, es war nicht genug! Ich hätte in der Lage sein müssen, ihr Kind zu retten ... ihre Tochter!«

Damien verstand ihre Hilflosigkeit angesichts dieser Ungerechtigkeit des Schicksals. »Ich weiß, wie dir zumute ist. Ich weiß, daß es nicht gerecht ist, aber manchmal ist das Leben nicht gerecht! Genauso habe ich mich als kleiner Junge gefühlt, als mein Vater starb! Und auch, als meine Mutter starb. Und ich habe mich so gefühlt, als mein Bruder Giles erm...«, er biß sich gerade noch rechtzeitig auf die Zunge, »als ich erfuhr, daß er tot war. Ich war gerade auf dem Heimweg und noch keine Woche auf See, als es passierte, Heather. Bei meiner Ankunft in Yorkshire war er schon tot. Ich mußte dauernd daran denken, daß er vielleicht noch am Leben sein könnte, wenn ich meine Reise nur früher angetreten hätte. Ich weiß, daß es schwer ist – für alle. Für Bridget und Robert. Aber sie müssen es akzeptieren und damit leben. Wenn sie Glück haben, wird Bridget bald wieder ein Kind erwarten.«

»Nein, das wird sie nicht.«

Er machte eine unbestimmte Handbewegung. »Woher willst du das wissen, Heather? Sie sind noch nicht zu alt und ...»

»Und sie haben viele Jahre lang auf dieses Kind gewartet!« Zorn brodelte in ihr auf wie in einem Kessel, der den Siedepunkt erreicht hat.

In ihren Augen loderte es plötzlich. »Sieh mich nicht so an! Verstehst du denn nicht? Bridgets Hoffnungen sind zerstört. Sie wird ihre Tochter niemals in den Armen halten. Sie wird niemals ihren warmen, weichen, lebendigen Körper an ihrer Brust spüren ... Niemals! Ihre Arme sind leer ... Sie werden immer leer bleiben. So wie die meinen. Genauso wie die meinen ...« Ihre Stimme versagte.

Und endlich war es um ihre Selbstbeherrschung geschehen.

Tränen strömten ihr übers Gesicht. Ihre Schultern bebten, als in ihrem Innern alle Dämme brachen.

Damien nahm sie in seine Arme. Ihre Worte ergaben keinen Sinn für ihn, aber er konnte es nicht ertragen, sie so zu sehen. Seine Hand glitt beschwichtigend über ihren Rücken.

Aber sie wehrte sich noch immer gegen ihn. Mit flammendem Blick hob sie die Hände vor die Brust und versuchte, ihn von sich zu stoßen. »Laß mich!« schluchzte sie. »Ich will dein Mitleid nicht!«

»Aber ich bemitleide dich nicht.«

»O doch! Du bemitleidest mich! Ich habe es an jenem ersten Tag in der Molkerei gespürt. Ich habe gespürt, daß du mich angestarrt hast, weil ich hinke. Ich habe dein ... dein Mitleid gespürt!«

»Damals vielleicht, Heather. Aber jetzt nicht mehr.« Er nahm ihr Kinn zwischen Daumen und Zeigefinger und zwang sie, ihm in die Augen zu sehen. »Du bist die unabhängigste, selbständigste Frau, die mir je begegnet ist. Du bist die außergewöhnlichste Frau, die mir je begegnet ist. Und ganz sicher die schönste ...»

»Oh, ich weiß, daß das eine Lüge ist! Ich bin nicht schön ... ich ... ich bin ... » Sie schloß gequält die Augen. Ihre Stimme bebte. Tränen quollen unter den geschlossenen Lidern hervor. »Ich bin ... entstellt. Wenn Mama und Papa nicht gewesen wären, hätte man mich vor den Augen der Welt versteckt. Ich bin ... entstellt«, wiederholte sie, und in dem Wort lag ein Schmerz, der ihn bis ins Mark traf.

Er biß die Zähne zusammen. »Nein.« Er sprach das Wort aus wie ein endgültiges Urteil.

»Doch«, flüsterte sie. *»Doch.«*

Sie wandte das Gesicht ab. Ein trockener, abgehackter Schluchzer entrang sich ihrer Brust, dann ein zweiter. Sie sackte in sich zusammen. Hätte er sie nicht aufgefangen, sie hätte den Boden unter den Füßen verloren.

Er hob sie auf und trug sie zu dem dick gepolsterten Sessel am Kamin. Dort hielt er sie in seinen Armen, während sie allen Schmerz aus sich herausweinte. Sie weinte um Bridget. Sie weinte um das Baby.

Und sie weinte um sich selbst.

Und die ganze Zeit über wiegte er sie in den Armen, strich ihr übers Haar und murmelte sanfte Worte an ihrer Schläfe.

Bridgets Arme sind leer ... Sie werden immer leer bleiben. So wie die meinen. Genauso wie die meinen ...

Sein Herz war schwer.

Du bemitleidest mich! Ich habe es an jenem ersten Tag in der Molkerei gespürt. Ich habe gespürt, daß du mich angestarrt hast, weil ich hinke.

Plötzlich begriff er – aber, bei Gott, lieber hätte er nicht begriffen! Dieses wunderschöne junge Geschöpf, das ein Leben im Abseits geführt hatte – aus der Gesellschaft verstoßen, weil sie anders war –, glaubte, zu einem Leben in trauriger Einsamkeit verdammt zu sein.

Was würde aus ihr werden, wenn er fort war? Er durfte sich darüber keine Gedanken machen ...

Aber er konnte nicht anders.

Er hatte nicht die Absicht, sie in dieser Nacht allein zu lassen. Er beschloß, bei ihr zu bleiben, ob es ihre Zustimmung fand oder nicht. Sie war in diesem Augenblick einfach zu verletzlich, um allein gelassen zu werden.

Schließlich versiegten ihre Tränen. Warm und weich schmiegte sie sich in seine Arme. Nach einer Weile wurde sie unruhig. Damien schob seine Hand hervor und zupfte an ihrem Rock.

Ein grimmig entschlossenes Lächeln spielte um seine Lippen. Sie würde es ihm morgen zweifellos nicht danken, aber er hatte nicht die Absicht, sie vollständig angekleidet schlafen zu lassen. Er erhob sich und stellte sie neben dem Bett sachte auf die Füße.

Sie hatte die Augen geöffnet, und ihr Blick war ein wenig benommen. »Was tust du da?«

Seine Hände waren bereits mit dem Verschluß ihres Kleides beschäftigt. »Ich bringe dich ins Bett.« Mit sachlicher Effizienz, die ganz und gar nicht seinen Gefühlen entsprach, streifte er ihr das Kleid von den Schultern. Es glitt zu Boden. Gehorsam stieg sie aus dem Stoffhäufchen um ihre Füße.

Mit einer Mischung aus Vorsicht und erwartungsvoller Belustigung beobachtete sie ihn. Sie kreuzte die Arme über der Brust, und Damien konnte ein Aufstöhnen kaum unterdrücken. Ihre Haltung ließ die Rundung dieser köstlichen Hügel reif und üppig und einladend über den Spitzenrand ihres Hemdchens quellen. Ein wildes Verlangen durchfuhr ihn, das er rasch unterdrückte.

Er trat ans Bett und schlug die Decke auf, dann wandte er sich ab und wartete, eine dunkle Braue hochgezogen.

Sie rührte sich nicht von der Stelle. Statt dessen stahl sich ihr kleiner Finger hervor und hakte sich um seinen. Ihre Augen weideten sich an seinen.

»Gehst du?« Die Worte waren nur ein leiser Hauch.

Sein Puls stockte. Er beugte sich über sie und küßte ihre Lippen, sein Verlangen verbergend, nicht aber seine Absicht.

»Ich werde dich heute nacht nicht allein lassen, Heather.«

Ihr bebendes Lächeln versetzte ihm einen Stich.

Er spürte ihren Blick, der auf ihm ruhte, während er sich bis auf die Reithosen entkleidete. Dann glitt er, ob dieser Selbstbeschränkung ergrimmt, neben ihr ins Bett. Wie gern hätte er sie ohne alle störenden Hemmnisse an sich gezogen, aber er wollte sie nicht noch einmal ängstigen.

Sie kroch in seine Arme, als würde sie in seine Haut schlüpfen. An seine straffe Schulter geschmiegt, stieß sie einen langen, bebenden Seufzer aus. Ihr Atemhauch strich kühl über seine nackte Haut. Damiens Herz verkrampfte sich. Er hätte am liebsten laut herausgeschrien, denn irgendwie war ihr Schmerz zu dem seinen geworden. Er hätte es nicht zulassen dürfen. Er hätte nie zulassen dürfen, daß die Nähe zwischen ihnen so groß wurde. Jetzt war es zu spät.

Für sie beide.

Alle Gedanken ausgelöscht, hielt er sie in sachter, tröstlicher Umarmung, seine Finger glitten durch das seidige Gewirr ihres Haars.

Und schon bald versank er in barmherzigem Schlummer.

Heather fühlte sich erschöpft, ausgelaugt und benommen. Der Schlaf war eine wohltuende Zuflucht und frei von allem Schmerz. Aber tief in dem dunklen Nichts, in dem sich die Wirklichkeit verflüchtigte, lauerten düstere Schatten. Sie sollte die Zuflucht, die sie suchte, einfach nicht finden …

Man hatte sie ohne Essen zu Bett geschickt. Sie rollte sich in der Dunkelheit zusammen und versuchte, nicht an ihren Hun-

ger zu denken. Aber der Schmerz bohrte in ihrem Magen, denn sie hatte an diesem Tag kaum etwas zu essen bekommen. Sie war fast den ganzen Tag über allein gewesen … Sie war fast immer allein.

Ein Wimmern entrang sich ihrer Kehle. Obwohl sie es besser wußte, konnte sie es nicht unterdrücken …

Aus der Zimmerecke ertönte ein wüstes Fluchen. »Hör auf mit dem Gejammer!«

Sie erstarrte, wagte sich nicht zu bewegen, wagte kaum zu atmen. Sie hatte ihn schon wieder erzürnt. Sie preßte die Faust gegen den Mund, um das leise Schluchzen zu unterdrücken, das in ihrer Kehle aufstieg, aber es war zu spät.

Er sprang auf und stürmte zu ihr herüber. Riesig und drohend, die Züge dunkel und verschwommen, stand er über ihr aufgerichtet.

»Himmel, was würde ich darum geben, wenn ich dich los wäre!«

Ihr Herz hämmerte so ungestüm, fast stockte ihr der Atem. Sie starrte zu ihm auf, und die Angst ließ ihr das Blut in den Adern gefrieren. »B-bitte«, stammelte sie.

Sie hätte ihn nicht ansehen sollen, sie hätte keinen Laut von sich geben sollen.

»Halt den Mund, du kleiner Bastard!« Er wirbelte herum, holte etwas von der anderen Seite des Zimmers und war gleich darauf wieder über ihr.

Einen eisigen Augenblick lang prallten ihre Blicke aufeinander. Er strich sich mit der Linken über das Kinn … Irgend etwas stimmte nicht an seiner Hand … Wenn sie es nur hätte sehen können …

Er lächelte mit funkelnden Augen. Sie strengte sich an, sein Lächeln zu erwidern, aber es wollte ihr nicht gelingen, zu groß war ihre Angst … Mit einer blitzschnellen Bewegung hob er den Arm hoch über den Kopf …

Ein unerträglicher Schmerz zerriß ihren Körper.

Sie kroch sich zu einer kleinen Kugel zusammen. Die Welt brach um sie herum in Stücke, als sie ein neuerlicher Schmerz durchfuhr. Ein schriller, hoher Schrei gellte durch den Raum, aber sie nahm ihn nur mit halbem Bewußtsein wahr. Wie aus weiter Ferne hörte sie ihn, wieder und immer wieder ...

Starke Hände hielten ihre Schultern umfangen. »Heather!« Mit einem erstickten Schrei fuhr sie im Bett auf, versuchte verzweifelt, den Schmerz abzuschütteln – sich von dem namenlosen, entsetzlichen Mann zu befreien, der sie in ihren Träumen verfolgte. Sie mußte ihm entkommen ...

»Heather, ist schon gut. Mach die Augen auf, Liebes. Mach die Augen auf!«

Sie kannte diese Stimme. Sie klammerte sich daran, ließ sich von ihr aus dem Nichts geleiten.

Ihre Lider öffneten sich flatternd. Damien war an ihrer Seite, seine Züge waren vor Sorge durchfurcht. Seine Hände bedeckten ihre bloßen Arme. Neben dem Bett brannte flackernd eine Kerze. Sie holte tief Atem, sog gierig die Luft in ihre brennenden Lungen.

Damien betrachtete sie prüfend. Das blanke Entsetzen in ihren Augen schnitt ihm ins Herz, aber allmählich begann es sich zu verflüchtigen. Welche Teufel suchten sie in ihren Träumen heim, fragte er sich, daß sie so schrie – Schreie, die ihm das Blut in den Adern gefrieren ließen?

Er beobachtete sie, als das Bewußtsein ganz allmählich wieder in ihren Augen dämmerte. Ihre Hände öffneten und schlossen sich unaufhörlich. Als er sie an sich zog, überließ sich Heather widerstandslos seiner Umarmung, suchte Schutz und Sicherheit in seinen starken Armen.

Nach einer Weile rückte er ein Stückchen von ihr ab, um ihr in die Augen zu sehen. Mit der Daumenspitze strich er ihr die feuchten, ebenholzschwarzen Strähnen von den flaumweichen Wangen zurück.

»Geht es jetzt besser?« fragte er mit weicher Stimme.

»J-ja«, flüsterte sie mit bebender, kaum hörbarer Stimme.

Er ließ sich zurücksinken und zog sie mit sich auf die

Kissen. Sie lag an seine Seite geschmiegt da, eine kleine Hand lag locker auf seiner Brust, das dichte dunkle Kraushaar darauf kitzelte ihre Fingerspitzen.

»Erzähl mir von deinem Traum«, sagte er unvermittelt.

Augenblicklich verkrampfte sich ihr Körper. Er machte sich auf eine lange, wortlose Stille gefaßt, und sie enttäuschte ihn nicht.

»Erzähl mir davon«, murmelte er.

»Muß ich?« Die Frage klang gedämpft. Sie hatte das Gesicht in der Beuge seines Halses vergraben.

Er hatte mit der Hand ein spielerisches Muster auf ihren Nacken gezeichnet. Jetzt drehte er ihren Kopf mit den Fingern einer Hand sanft herum, mit dem beabsichtigten Effekt, daß sie gezwungen war, ihm in die Augen zu sehen – wenn auch widerstrebend.

»Nein«, entgegnete er trocken. »Aber da mir wieder einmal die Rolle des Retters in der Not zufällt, würde ich es gern wissen.«

Als sie weiterhin schwieg, drang er mit unbeugsamem Blick in sie. »Du hattest diesen Traum nicht zum ersten Mal, nicht wahr?«

Heather wandte den Blick ab, dann sah sie ihm wieder in die Augen. Sie seufzte. Wenn sie ihm die Antwort auf seine Frage verweigerte, würde er ihr vorwerfen wegzulaufen. Abgesehen davon, was spielte es schon für eine Rolle, wenn er es wußte?

»Nein«, bestätigte sie mit kaum hörbarer Stimme. »Ich habe den Traum schon seit meiner frühen Kindheit, allerdings hatte ich auch manchmal jahrelang Ruhe davor.«

»Ist es immer derselbe Traum?«

Sie zögerte. »Nicht immer derselbe, aber … sehr ähnlich.«

»Wie fängt er an?«

Sie dachte einen Augenblick nach. »Ich bin noch ein Kind«, begann sie schließlich. »Es ist immer dunkel, und ich liege auf einem harten Strohsack in der Ecke. Ich habe immer das Gefühl, daß ich sehr ungezogen war. Manchmal ist mir kalt. Manchmal habe ich Hunger.«

Er griff nach ihrer Hand, die auf seinem Bauch ruhte, und ihre Finger verschränkten sich ineinander. »Erzähl weiter«, bat er leise.

»Ich weine nachts ganz leise, damit mich niemand hört. Ich … ich bemühe mich, still zu sein, weil ich weiß, was sonst passiert …«

Ein Zittern lief durch ihren Körper. Er spürte ihre Angst und versuchte, sie zu beschwichtigen. »Es ist niemand hier, Heather. Niemand außer dir und mir.«

»Ich weiß. Aber in meinem Traum ist *er* immer da …«

»Wer, Heather? Wer ist immer da?«

Sie schauderte. »Ein Mann. Ein grausamer, schrecklicher Mann …»

Damien mußte an sich halten, um sich nicht zu verkrampfen. »Wer ist er?«

Ihre Erregung wuchs. »Ich weiß es nicht«, entgegnete sie heftig. »Ich weiß nur, daß er mich bestraft, wenn ich einen Laut von mir gebe. Er tut mir weh.«

Ein unfertiger Gedanke schoß Damien durch den Kopf. Vielleicht war es kein Traum, dachte er zornig. Vielleicht war es eine Erinnerung, hervorgezerrt aus einem Winkel, der tief in ihrem Unterbewußtsein verborgen war. Vielleicht war es wirklich geschehen.

»Ist er dein Vater, Heather?«

Entsetzen glühte in ihren Augen auf. »Mein Vater …? Nein. Nein, natürlich nicht! Mein Vater war ein gütiger, freundlicher Mann.« Sie schüttelte verwirrt den Kopf. »Das hat mir Papa gesagt, und er würde mich nicht anlügen! Natürlich ist es nicht mein Vater!«

Damien konnte sich des flüchtigen Eindrucks nicht erwehren, daß sie eher sich selbst zu überzeugen versuchte als ihn.

»Du hast gesagt, du erinnerst dich daran, daß dein Vater ein großer Mann mit dunklen Haaren war. Der Mann in deinem Traum – wie sieht er aus?«

»Ich weiß es nicht. Es ist zu dunkel – es sind zu viele Schatten im Raum.« Wieder erschauerte sie. »Es ist so seltsam. Alles ist so ... so wirklich! Und doch bin ich nie bestraft worden, nie hat man mich geschlagen. Mein ganzes Leben lang habe ich nur Liebe erfahren. Ich habe nie Hunger gelitten, mußte nie frieren. Mein Bett war immer weich und warm.« Sie konnte ihren ängstlichen Kummer nicht verbergen. »Es ist, als wäre da ein Teil von mir, der mir völlig fremd ist.«

Damien sagte nichts, aber er konnte den Gedanken nicht unterdrücken, daß er vielleicht recht hatte. Daß der Mann in ihrem Traum tatsächlich ihr Vater war – James Elliot.

Sie richtete sich auf einem Ellbogen auf und starrte ihn an. »Warum erzähle ich dir das alles? Ich habe es noch nie jemandem erzählt, nicht einmal Mama.« Er konnte die Seelennot in ihren Augen ablesen.

Sie wollte sich abwenden, aber er faßte sie an den Armen und zog sie so dicht an sich heran, daß sie halb auf ihm lag. »Es gibt nichts, wofür du dich schämen müßtest, Heather. Wir alle haben unsere Dämonen, jeder von uns.«

Und welches sind deine Dämonen, Damien? Die Frage brannte ihr auf den Lippen, aber ihr fehlte der Mut, sie auszusprechen. Und dann veränderte sich von einer Sekunde zur nächsten alles um sie herum. Die Luft im Raum war plötzlich spannungsgeladen.

Sein Körper unter dem ihren wurde ihr qualvoll bewußt, so hart, so stark, so lebendig und männlich. Und ihre Lippen waren so dicht beieinander ... Ein Zittern durchlief ihren Körper vom Scheitel bis zu den Zehenspitzen.

Es fiel ihr schwer zu sprechen. »Manchmal habe ich das Gefühl, dich schon ewig zu kennen.« Sie schloß ganz fest die Augen und öffnete sie dann wieder. Gott im

Himmel, das alles war Wahnsinn. »Und manchmal habe ich das Gefühl, dich überhaupt nicht zu kennen ...«

Wie ein Dieb in der Nacht stahl sich seine Hand unter ihr Nackenhaar. Seine Finger kreisten in einer vogelzarten Liebkosung ...

Seine Stimme raunte in die Stille hinein: »Und was fühlst du jetzt, Heather?«

Sie wollte am liebsten den Kopf in den Nacken werfen und laut aufstöhnen. Ein unstillbares Verlangen tobte in ihrem Innern. »Ich weiß es nicht«, hauchte sie. »Ich weiß es einfach nicht ...«

Sein Blick hing an ihren Lippen. »Dann wird es womöglich Zeit, es zu wissen.«

Der Klang seiner Stimme ließ sie buchstäblich dahinschmelzen. Sie konnte den Blick nicht von ihm wenden, als seine Finger sich brennend um die ihren schlossen und er ihre Hand an die Lippen zog. Wie gebannt waren ihre Augen auf sein Gesicht geheftet, während er, mit Lippen, so sanft, daß sie hätte schreien mögen, eine Fingerspitze nach der anderen küßte. Dann legte er ihre Hand auf seine Brust und zog sie in seine Arme.

Und dann küßte er sie, und der Kuß war lang und unvorstellbar süß. Gefühlsströme durchrieselten sie und breiteten sich aus wie Blumenblüten in der warmen Sommersonne. Alle ihre Sinne weiteten sich, dehnten sich aus. Und plötzlich fing der Rhythmus des Kusses Feuer. Seine Fingerspitzen berührten ganz zart ihre Brust, eine Berührung, so flüchtig, als wäre sie ihrer Phantasie entsprungen. Aber ihre Nippel waren jetzt hart und fest, kleine aufgerichtete Spitzen, die verlangend pulsierten. Sie sehnte sich nicht nur nach der Berührung seiner Hände, sie wollte seinen Mund an ihren Brüsten spüren, das neckende Spiel von Lippen und Zunge, aufreizend und wohlige Qual zugleich.

Verräterische Hitze pulsierte durch ihre Adern. Eine schmerzhafte Leere breitete sich tief in ihrem Leib aus.

Ihre Hand öffnete und schloß sich auf seiner Brust. Und er, stellte sie fest, empfand nicht weniger als sie. Sie spürte das Verlangen in seinem Kuß, im drängenden Spiel seiner Zunge. Und zwischen seinen Schenkeln spürte sie die harte Schwellung. Sie konnte nur raten, was es bedeutete, aber instinktiv wußte sie, daß er sie begehrte …

Und dieses Wissen bewirkte, daß sie sich plötzlich beschwingt und unbekümmert fühlte. Es war wie ein Rausch, der Kuß war nicht genug. Er war nicht annähernd genug. Sie wollte mehr … Sie schlang die Arme um seinen Hals und preßte sich, stumm ihre Sehnsucht verratend, an seinen Körper.

Er löste seinen Mund mit einem Ruck von ihrem. Langsam und benommen schlug sie die Augen auf. Er blickte auf sie herab, und seine Züge waren fast wie im Schmerz verzogen. Er machte eine rasche, unbestimmte Bewegung, als wolle er gehen.

Aber das würde sie nicht zulassen. Sie schlang die Arme fester um ihn, klammerte sich rückhaltlos an ihn. »Du hast gesagt, du würdest mich nicht allein lassen«, klagte sie leise. »Du hast es versprochen!«

»Heather, nicht!« Seine Stimme hatte einen harten Klang. Sie lockerte ihre Umarmung, und er richtete sich auf die Knie auf. Sie war wie gebannt unter seinem unbeugsamen Blick . »Das ist nicht wirklich das, was du willst«, sagte er mit belegter Stimme. »Du weißt nicht, worum du da bittest.«

Langsam setzte sie sich auf. Ihre Augen erforschten sein Gesicht, den scharfgeschnittenen Schwung seiner Lippen, die kraftvolle, männliche Schönheit seiner Züge.

Seine Kinnladen arbeiteten. »Sieh mich nicht so an«, stieß er zwischen den Zähnen hervor. »Ich bin nur ein Mann, Heather. Ich bin nicht aus Stein. Wenn wir jetzt nicht aufhören, werde ich mich nicht beherrschen können. Hast du mich verstanden?«

In Heather brannte ein bebendes, abgrundtiefes Verlangen, eine Sehnsucht, die nie erfüllt worden war. Aber so mußte es nicht bleiben.

»Ja.« Unwillkürlich war ihr dieses leise geflüsterte Wort über die Lippen gekommen. Gott, ja …

»Da bin ich mir nicht so sicher.« Seine Augen bohrten sich in die ihren. »Ich begehre dich, Heather. Ich sehne mich danach, daß du deine Beine um mich schlingst. Ich will mich tief und hart in dich versenken, ich will dich bis zum Bersten füllen, tief in dich hineinstoßen, mit allem, was ich habe. Ich möchte dich über und über mit Küssen bedecken … an Stellen, die du dir nicht träumen lassen würdest … in einer Weise, wie sie dir in deinen kühnsten Träumen nicht einfallen würde.«

Seine Worte beschworen in ihrem Geist Bilder von sich und ihm, wollüstig und zügellos, ihre nackten Körper umschlungen. Und während ihr heiße Röte in die Wangen schoß, stand ihr Blut in glutroten Flammen.

Er hatte sie berührt, wie sie noch kein Mann zuvor berührt hatte. Er hatte sie gesehen, wie sie noch kein Mann zuvor gesehen hatte, nackt und verletzlich. Aber er war anders als alle Männer in ihrem bisherigen Leben. Sie hatte seine Geduld und Freundlichkeit im Umgang mit ihren jüngeren Geschwistern beobachtet. Sie hatte die Sorge, das Mitgefühl und die Zuneigung gesehen, mit der er ihre Pächter behandelte. Er hatte, ohne daß sie es mit einem Wort erwähnen mußte, gewußt, daß sie in dieser Nacht nicht allein sein wollte.

Er hatte gesagt, sie sei schön. Nicht nur einmal, sondern zweimal. Er hatte ihr das Gefühl gegeben, begehrenswert und attraktiv, etwas Besonderes zu sein …

Mit ihm fühlte sie sich ganz als Frau.

Ein Stich ging durch sie hindurch. Sie würde die Liebe nie erfahren, nicht das süße kostbare Band der Lust und des Vertrauens, das Mama und Papa miteinander verband.

Aber wenn Leidenschaft alles war, was Damien ihr zu

bieten hatte, dann sollte es so sein. Und wenn sie für alle Zeiten in den Flammen der Hölle schmoren mußte um der Sünde dieser Nacht willen, ihr war es gleich.

Sie wollte wissen, wie es war, von einem Mann geliebt zu werden – die wilde Herrlichkeit der Verschmelzung von Körper und Seele. Nur einmal. Nur ein einziges Mal wollte sie alles abwerfen – alle ihre Ängste, alle ihre Zweifel. Sie wollte alles hingeben für ihre heimlichen Sehnsüchte und Phantasien ...

Mit jeder Faser war ihr bewußt, daß es vielleicht nie wieder so sein würde wie in dieser Nacht. Er war wie ein Bild, das Farbe und lebendige Töne in die Trostlosigkeit ihres Lebens brachte.

Ein Mann wie er würde ihr nie wieder begegnen – niemals.

»Hör zu, Heather. Das willst du nicht wirklich. Eines Tages wirst du einen Ehemann haben. Willst du, daß ich nehme, was ihm gehören sollte ...»

»Nein«, sagte sie.

In ihrem Kopf drehte es sich. Ihre Gedanken überschlugen sich. Sie hatte ihr ganzes Leben lang auf diesen Augenblick gewartet ...

Das Herz schlug ihr bis zum Hals, als sie zaghaft seine Arme mit den Fingerspitzen berührte. Seine Muskeln fühlten sich angespannt und steinhart an.

»Ich will, daß du es bist«, flüsterte sie. »Ich will, daß es jetzt geschieht.«

12. Kapitel

Ich will, daß du es bist. Ich will, daß es jetzt geschieht.

Die Welt schien stillzustehen. Endlos und dunkel dehnte sich die Zeit. Der ganze Raum war erfüllt von der Spannung, die zwischen ihnen knisterte.

Ihr Verlangen war eine Qual – die reine, süße Qual. In ihm tobte ein Sturm der Gefühle. Er wollte sie an sich reißen, die seidige Wärme ihres Mundes auskosten, seinen Schaft in ihrer Scheide betten, den Honig ihrer Leidenschaft heiß und feucht um seine Haut spüren, sich in ihr verlieren ... Zum Teufel mit der Welt.

Ihre Lippen bebten ihm erwartungsvoll entgegen, unendlich verlockend. Ach, so verlockend! Sie befeuchtete die Lippen mit der Zungenspitze, so daß sie weich und feuchtschimmernd nur darauf warteten, geküßt zu werden. Ihre Augen waren riesengroß und glänzend, wie Veilchen nach einem Sommerregen.

Er begehrte sie. Er begehrte sie mehr, als er jemals zuvor eine Frau im Leben begehrt hatte. Sie verfolgte ihn – in seinen Träumen, in jeder Sekunde des Tages. Sie war wie ein Rausch, der auch mit der Zeit nicht verfliegen wollte.

Aber er versuchte, nicht daran zu denken. Er wollte daran denken, was später kommen würde. Er konnte, durfte es einfach nicht tun! Was würde sie sagen, wenn sie erfuhr, daß er Damien Lewis Tremayne, Earl of Deverell, war, nicht einfach nur Damien Lewis? Was würde sie sagen, wenn sie erfuhr, daß ihr Vater ein Mörder war? Sie würde ihn für seine Lügen hassen.

Er öffnete und schloß hilflos seine Hände. Die Gefühle, die ihn durchfluteten, waren angenehm und qualvoll zugleich. Aber das war ja fast zum Lachen. Er wurde von seinem Gewissen geplagt. Sein Inneres wand sich in Skrupeln. Jeder andere Mann hätte genommen, was ihm geboten wurde und sich um die Folgen nicht geschert.

Aber hier lag er, zerrissen zwischen Lust und Schuldgefühlen.

Was sie von ihm verlangte, war unmöglich ... Oder war es einfach unvermeidlich?

Sie richtete sich ein wenig auf und strich über seine Arme, dann über seine kraftvollen, muskulösen Schultern. Mit geschlossenen Augen hob sie ihm das Gesicht entgegen … und küßte ihn. Ihre Lippen öffneten sich, als sie seinen Mund erforschte.

Sein Körper verspannte sich. Er hielt den Atem an. Diese kleine Hexe. Sie will mich doch tatsächlich verführen, dachte er verblüfft.

Und sehr geschickt noch dazu, das war kaum zu leugnen. Mit äußerster Willenskraft hielt er seine Hände im Zaum.

Sie legte ihre gespreizten Hände auf seine Brust – eine scheue, forschende Geste voller Zärtlichkeit. Er spürte ihre Unsicherheit … und bewunderte ihren Mut.

Aber dabei ließ sie es nicht bewenden.

Ihre Hand glitt nach unten. Über den Bund seiner Hose weiter nach unten …

Ihre Finger schlossen sich.

Er stieß hörbar den Atem aus. Eine Lust ohnegleichen durchzuckte ihn wie ein Blitz. Ihre unschuldige Zärtlichkeit entflammte ihn so heftig, daß er es kaum ertragen konnte. Er glaubte, ihren Namen auszusprechen – oder irrte er sich? Es war ein unendlich gequälter Laut, der sich seiner Kehle entrang.

In ihrem Blick stand leise Besorgnis. »Was ist? Tue ich dir weh?«

Seine Miene war starr und angespannt. Statt einer Antwort preßte er ihre Hand auf die schwellende Wölbung, die danach schrie, ihrer Fesseln entledigt zu werden.

Er wurde voll und hart in ihrer Hand.

Sie zog erschrocken die Hand zurück, als hätte sie sich die Finger verbrannt. »Meine Güte«, flüsterte sie.

Die Begierde überrollte ihn – roh, heiß und ungestüm. Sein hart aufgerichteter Schaft pulsierte fast schmerzhaft. Sein Blut stand in Flammen. Später würde das Bedauern folgen, vielleicht sogar Zorn. Er würde sich damit auseinandersetzen, wenn die Zeit dafür gekommen war. Aber im Augenblick zählte nichts als dieses brennende Verlangen, das nicht mehr zu bezähmen war.

»Heather. O Gott … Heather.« Seine Stimme war halb Jauchzen, halb Stöhnen.

Er zog sie machtvoll an sich, und als er sie küßte, waren seine Lippen wild und gierig. Heather schmolz in seinen Armen dahin, umschlang seinen Hals und bot ihm alles, wonach er sich sehnte.

Seine Umarmung war fast beängstigend kraftvoll und ungestüm, aber Heather genoß sie unendlich. Er verzehrte ihren Mund wie ein Verhungernder, der eine üppige Mahlzeit verschlingt. Bis zu diesem Augenblick hatte sie nicht wirklich gelebt.

Als dieser erste Sturm vorüber war, löste er seine Lippen von den ihren. »Es tut mir leid. Ich wollte dich nicht erschrecken.«

Sie sah zu ihm auf, aber ihr Blick wanderte nicht höher als zu seinem Kinn. »Das hast du nicht«, hauchte sie mit bebender Stimme.

Er rückte ein Stück von ihr ab und betrachtete prüfend ihr Gesicht. Mit der Fingerspitze zeichnete er die Linie ihres Kinns nach. »Es ist immer noch Zeit, deine Meinung zu ändern, Heather«, sagte er mit eindringlicher Stimme.

Sie schüttelte den Kopf.

Sein Blick fiel auf die Stelle, an der ihr das Hemd über die Schulter heruntergerutscht war. Sie errötete, als sie merkte, wohin seine Augen blickten, aber sie machte keine Anstalten, ihre Blöße zu bedecken.

Er fuhr mit den Fingern am Rand ihres Hemdes entlang über die Wölbung ihrer Brüste und hielt genau in der Senke inne, eine Berührung, die ihr den Atem nahm.

»Weißt du noch, damals auf der Wiese? Als wir uns zum ersten Mal begegnet sind?«

Sie nickte. »Du wolltest meine Skizze haben.«

Seine Mundwinkel zuckten in die Höhe. »Das hatte ich vergessen.« Seine Miene wurde wieder ernst. »Ich habe dich begehrt. Ich wollte dich mit in mein Zimmer im Gasthof nehmen und dich den ganzen Tag und die ganze Nacht lieben, mein barfüßiges kleines Zigeunermädchen. Ich habe dich schon damals begehrt.« Eine Sekunde lang herrschte Schweigen. »Und ich begehre dich jetzt.«

Sie legte die Finger auf seine Lippen, eine Berührung, die ihn ebenso überraschte wie sie selbst. »Ehrlich?«

»Ehrlich.« Er küßte ihre Fingerspitzen.

In diesem Augenblick setzte ihr Herzschlag aus. Eine solche Erleichterung durchströmte sie, daß ihr ganz schwindelig wurde. Sie hatte nicht gedacht, jemals diese Worte zu hören – nie im Leben. Aber daß er sie nun laut sagte, machte sie um so kostbarer.

Er senkte den Kopf. Ihre Lippen trafen sich in einem zärtlichen Kuß, die drängende Begierde war verschwunden. Sie mußten sich nun keine Zurückhaltung mehr auferlegen, denn sie wußten beide, wohin dieser Weg führte … Und keiner von beiden hatte den Wunsch umzukehren.

Warm streiften seine Finger die Senke zwischen ihren Brüsten, als er die Bänder ihres Hemdes löste. Dann schob er den Stoff von ihren Schultern. Als nächstes waren die Unterröcke an der Reihe, sie folgten dem Hemd, das bereits in einem kleinen Häufchen am Boden lag.

Heather hatte sich zu ihm auf die Seite gedreht. Jeder Zentimeter ihres Körpers bot sich offen seinem Blick dar, ihre weiblichen Reize waren nackt und unverhüllt. Seine dunklen, forschenden Augen ließen keinen Winkel unberührt. Sein Blick verweilte bei den rosigen Spitzen ihrer Brüste, dem seidenweichen Flies zwischen ihren Schenkeln. Heathers Wangen überzogen sich mit tiefer Röte, aber sie zuckte nicht vor seinem prüfenden Blick zurück. Eine Berührung verriet ihr seine Anerkennung. Eine Hand legte sich warm auf ihre schmale Taille. Er liebkoste sie sanft und strich zart mit dem Finger über die Kurve ihre Hüften und Schenkel.

Er hielt erst inne, als er bei ihrem Knie angelangt war.

Heather erstarrte. Panik flammte in ihr auf. Ihr Blick flog fast furchtsam zu seinem Gesicht.

Er merkte es nicht einmal. Mit unendlicher Zärtlichkeit berührte er die vernarbte Haut, die unansehnliche Vertiefung an der Außenseite, wo der Knochen eingedrückt und zerschmettert war.

Ein heißer Schmerz brannte in ihrer Kehle. Sie fühlte sich häßlich und entstellt.

Er hob den Kopf. »Tut es dir weh?«

»Manchmal.« Ihre Worte kamen zögernd. »Wenn ich lange sitze, wird es steif. Und bei naßkaltem Wetter habe ich oft Schmerzen.«

»Das tut mir leid.« Er hörte nicht auf, ihr Knie zu streicheln, und seine Hände, in denen eine solche Kraft steckte, waren unvorstellbar zart. »Ich würde es gesund machen, wenn ich könnte, Heather.«

»Es macht mir nichts aus«, entgegnete sie leise. »Aber ich muß wissen ...« Ihr Atem ging schwer und unregelmäßig. »Du findest mich nicht ...« – Gott, wie schwer es ihr fiel, dieses Wort auszusprechen – »abstoßend?«

Seine Augen blitzten empört auf. »Sag so etwas nie wieder«, befahl er mit rauher Stimme. »Niemals.«

Seine Bewegung war so unverhofft, daß sie fast aufgeschrien hätte. Wo eben noch seine Hand gewesen war, streiften sie jetzt seine Lippen, beschwichtigte seine Zunge die vernarbte Haut, eine Liebkosung, so qualvoll zart, daß sie einen leisen, erstickten Schrei ausstieß ...

Tränen schimmerten in ihren Augen. Sie umfaßte seinen Kopf mit beiden Händen und zog ihn zu sich herauf. Der Kuß, den sie tauschten, war unvergleichlich, gierig und wild, leidenschaftlich und von himmlischer Süße zugleich.

Er legte seine Stirn an die ihre. »Du bist wunderschön, Heather«, flüsterte er dicht an ihrem Ohr. »In jeder Hinsicht ... in jeder Weise.«

»Zeig es mir«, flüsterte sie drängend. »Bitte, zeig es mir.«

Seine Augen verdunkelten sich. »Mit Vergnügen ...«

Er schlüpfte aus dem Bett. Heather sah ihn wie gebannt an, als seine Finger den Hosenbund öffneten. Er bückte sich, streifte die Hose ab und schob sie mit den Füßen beiseite. Einen Augenblick lang bot sich ihr der atemberaubende Anblick seines Gesäßes, fest, rund und schmal.

Und dann drehte er sich zu ihr um.

Von allen Fesseln befreit, ragte seine harte Männlichkeit steif aufgerichtet zwischen den Schenkeln auf.

Ihr stockte der Atem. Der Gedanke schoß ihr durch den Kopf, daß sie ihn unmöglich ganz in sich aufnehmen konnte ...

Aber der Anblick seines nackten Körpers faszinierte sie. Seine Beine waren lang und muskulös. Der dunkle Schatten seiner Brustbehaarung verlief nach unten und verdichtete sich am Scheitelpunkt seiner Schenkel. Er war von einer erhabenen, ursprünglichen Schönheit, die sie erschauern ließ.

Ohne den Blick von ihr zu wenden, streckte er sich neben ihr aus. Plötzlich war es ihr nicht mehr genug, ihn nur anzusehen. Sie wollte ihn berühren, selbst fühlen, ob er so fest und muskulös war, wie er aussah.

Sie konnte nicht anders, sie mußte ihrem Verlangen nachgeben. Zaghaft hob sie die Hand an sein Gesicht, fuhr mit den Fingerspitzen über seine straffen Wangen, die herrlich geschwungene Linie seines sinnlichen Mundes. Im Kerzenschein schimmerte seine Haut wie Goldbronze. Ihre Finger glitten über die glatte Wölbung seiner Schultern und Arme, wanderten die Furche seines Rückgrats entlang, tauchten in die Vertiefung seines Nabels ein, der im Gekräusel dunkler Haare verborgen lag.

Seine Augen öffneten sich schlagartig; sein Blick bohrte sich in ihren.

»Streichel mich«, flüsterte er so dicht an ihrem Gesicht, daß sie den Hauch seiner Worte auf den Lippen spürte. Es war ein heißes, weiches Flüstern, leise und zitternd vor Verlangen.

Er umfaßte ihre Hand und führte sie zielstrebig nach unten. Tiefer …

Seine Bauchmuskeln spannten sich. Heather erbebte, ihr Magen zog sich in ängstlicher Erwartung zusammen, denn sie wußte, was er wollte. Die Vorstellung, ihn *dort* zu berühren, bar jeder schützenden Stoffschicht, erschreckte und erregte sie zugleich.

Bei der ersten Berührung zuckte sie zusammen. Er war so heiß! Aber dann brauchte sie keine Aufforderung mehr. Er war gewaltig und groß – sie konnte ihn kaum mit einer Hand umspannen. Mit ehrfürchtiger Bewunderung stellte sie fest, daß ihre Hand nicht ausreichte, um seine steife, pulsierende Länge aufzunehmen …

Das flackernde Kerzenlicht spiegelte sich in seinen Zügen. Sie sah das Verlangen in seinen Augen, und es berührte sie bis ins Mark.

Das Blut hämmerte in ihren Ohren. Kühn geworden durch seine heftigen Atemzüge, strich sie sachte wie eine Feder über seine glatte, empfindsame Spitze. Und in diesem Augenblick quoll ein Tropfen wie seidenschimmernder Tau hervor, ein unbestechliches Zeugnis der Lust, die sie in ihm weckte.

Er rückte hastig von ihr ab. »Genug«, sagte er mit belegter Stimme, »sonst ist es viel zu schnell vorbei.«

Verwundert blickte Heather zu ihm auf. Er stieß ein rätselhaftes Lachen aus. »Du wirst schon sehen«, versprach er.

Seine Hände wanderten über ihren Rippenbogen. Ganz langsam kreisten sie um ihre Brüste, folgten einer verlockenden Fährte, die sie immer näher an die schwellenden Knospen heranführte. Als er die erwartungsvollen Gipfelpunkte schließlich streifte, mußte sie an sich halten, um nicht aufzuschreien, so köstlich war die Empfindung. Er neigte den Kopf und sog die Knospen, eine nach der anderen, in die heiße, feuchte Höhlung seines Mundes, leckte daran, bis sie tiefrot und naß schimmerten.

Seit dem Tag, als er sie zum ersten Mal geküßt hatte, hatte sie sich unendlich viele Male vorgestellt, wie es sein würde, von ihm geliebt zu werden. Aber ihre Phantasie hatte nicht ausgereicht, sich die Gefühle auszumalen, die er in ihr weckte. Unter seiner Berührung schmolz jede Faser ihres Körpers dahin. Die Wirklichkeit war so viel schöner als ihre Phantasien, so unvorstellbar erregend und verführerisch.

An dem geheimen Ort zwischen ihren Beinen begann ein qualvolles Verlangen zu pulsieren. Eine sehnige Hand glitt über die flache Wölbung ihres Bauchs. Ihr stockte der Atem, als sich seine Finger in das lockige Nest dort unten gruben. Instinktiv preßte sie die Beine zusammen.

»Ruhig, Heather«, flüsterte er. »Ich tue dir nicht weh, das schwöre ich.«

Der vorwitzige Finger wurde dreister, strich über weiche rosige Falten, wagte sich weiter vor, um ganz zart eine winzige Knospe zu berühren. Ein unglaubliche Empfindung sandte diese winzige Perle aus, tausend sengendheiße Flammen. Sie stieß einen gebrochenen Schrei aus, ihre Nägel bohrten sich in die glatte Haut seiner Arme.

»Ja«, murmelte er. »So ist es gut, Süße.«

Und hier begann er nun sein Zauberwerk zu entfalten. Seine Finger teilten die äußeren Falten ihrer fellweichen Spalte. Mit einem Laut der Befriedigung schob er langsam und sachte einen Finger in das Zentrum ihres Seins, ein betörendes Vorspiel zu dem, was noch kommen würde. Unterdessen kreiste sein Daumen unaufhörlich um diese hochempfindsame Knospe der Lust, spielte mit den heißen, feuchten Falten. Sie glaubte, schier wahnsinnig zu werden.

Sie warf den Kopf auf dem Kissen hin und her. Ihr Haar breitete sich in wilden Strähnen um sie aus. Dieser Ort, von dem er so uneingeschränkt Besitz ergriffen hatte, begann zu schwellen und zu pulsieren, und sie wimmerte darum, von dieser ekstatischen Pein erlöst zu werden. Gerade, als sie glaubte, die Qual der Lust nicht länger ertragen zu können, barst etwas in ihr und schleuderte sie hinaus in die ferne Weite ihres Bewußtseins.

Benommen schlug sie die Augen auf. Er hatte sich über sie gebeugt, und in seinen Augen funkelte eine unbezähmbare Glut. Sein Schaft preßte sich stahlhart und heiß gegen ihre Schenkel.

Er schob sich auf sie, drückte ihre Schenkel mit dem Gewicht seines Körpers auseinander. Einen betäubenden Augenblick lang lag sie offen und verletzlich da wie noch nie zuvor.

Die Spitze seines Schafts drang durch dunkles, feuchtes Lockengewirr. Mit den Fingern teilte er die weichen, rosigen Falten. Heather stockte der Atem. Sie zuckte zusammen unter dem kurzen, stechenden Schmerz, mit dem das Jungfernhäutchen zerriß – ihre Unschuld war dahin –, und dann war er in ihr.

Es war der Himmel … Es war die Hölle. Damien unterdrückte ein Stöhnen. Das Wissen, daß er der erste war, daß sie nur ihm gehörte, erfüllte ihn mit der vollkommenen Befriedigung des Mannes. Und obwohl er sich danach sehnte, ganz in sie einzutauchen, hart und schnell, wieder und wieder, wollte er auch die unvergleichliche Nähe, die dieses Wissen schuf, unendlich lange auskosten. Und so beherrschte er sich, drang qualvoll langsam in sie ein. Was er fühlte, war überwältigend! Sie schloß sich heiß und fest um seine pulsierende Männlichkeit; ihr Körper nahm ihn auf, als sei er nur für ihn geschaffen. Das Blut drängte wie glühende Lava in diesen Teil seines Körpers, der so fest in ihr eingebettet war, so eng, daß er glaubte, sich im selben Augenblick ergießen zu müssen.

Endlich war er bis zum Schaft in sie hineingeglitten. Sie atmeten beide so schwer, als würde die Luft der ganzen Welt nicht reichen, ihre Lungen auszufüllen. Heather sog bebend den Atem ein, denn er war gewaltig, der Druck seines Schafts dehnte sie weit bis in die tiefste Tiefe. Ihr Bauch lag an seinem, weich und hart eng aneinandergepreßt.

Er war ganz still geworden. Seine scharfen Atemzüge streiften ihr Ohr. Sie schien am Rande eines furchtbaren Schmerzes zu schweben.

Seine gebräunten Finger strichen eine Haarsträhne aus ihrem Gesicht. »Geht es dir gut?« flüsterte er mit leiser, rauher Stimme.

Ein bebender Atemzug brachte ihr die volle Härte seiner Männlichkeit, die sie tief ausfüllte, noch deutlicher ins Bewußtsein. Sie sah ihm unverwandt in die Augen, während sie nickte.

»Bist du sicher? Ich tue dir nicht weh?«

Heather bemerkte die Besorgnis in seiner Stimme und spürte die unerträgliche Anspannung in ihm. Die Erkenntnis, daß er sich zurücknahm, um ihr keinesfalls Schmerzen zuzufügen, berührte sie zutiefst.

»Mir geht es wunderbar.« Ein zaghaftes Lächeln spielte um ihre Lippen, denn der scharfe Schmerz, den sein Eindringen verursacht hatte, war abgeebbt. Seine Augen leuchteten auf. In dem plötzlichen Verlangen, ihm noch näher zu sein, grub sie ihre Hände in das dichte schwarze Haar in seinem Nacken und zog seinen Kopf zu sich herunter.

Tief in ihrer Kehle bildete sich das Echo seines lustvollen Stöhnens. Langsam und beherrscht begann er sich zu bewegen, zog sich fast vollständig, aber doch nicht ganz aus ihr zurück. Er spürte, wie sich die glatte, feuchte Passage dehnte und um ihn schloß. Sie war so klein, so heiß und eng. Ganz allmählich begann er seinen Rhythmus zu beschleunigen. Das köstliche Gefühl seiner Haut, die sich an ihr in ihrem Inneren rieb, entlockte ihr kleine Seufzer des Entzückens.

Damien empfand eine Lust, die schier unerträglich war. Das glühende Verlangen, das ihn verzehrte, forderte stürmisch die Erfüllung, aber er hielt sich zurück. Seine Finger gruben sich in ihre Hüften. Er stützte sich über ihr ab, die Muskeln seiner Arme straff gespannt. Er konnte den Blick nicht von dem harten, pulsierenden Schaft abwenden, der sich tief in die rosig zarte Blüte ihrer Weiblichkeit bohrte.

Heather hatte das Gefühl, von innen heraus zu verglühen. Ihre Nervenenden sprühten Feuerfunken. Ihre Hüften nahmen den Rhythmus seiner Stöße auf, hoben sich und kreisten in instinktiver Harmonie mit seinem Körper. Sie stand in lodernden Flammen, innerlich wie äußerlich. Sie spürte den hämmernden Schlag ihres Herzens und meinte, die Brust müsse ihr jeden Moment zerspringen.

Sie warf den Kopf hin und her. »Damien!« Das Wort kam ihr über die Lippen wie ein ersticktes, bebendes Flehen – worum, das wußte sie nicht.

Beim Klang seines Namens brachen in seinem Innern alle Dämme. Er küßte ihren Mund mit einer Heftigkeit, die sie innerlich jubeln ließ.

»Ich will dir nicht weh tun«, stieß er hervor. »Gott, Heather, ich kann es nicht mehr zurückhalten … Ich begehre dich zu sehr … Ich begehre dich zu sehr …«

Alles in ihr schien zu zerfließen. Die pure Lust durchströmte ihren Geist, ihren Körper und ihr Herz. Mit einem unterdrückten Seufzer zog sie ihn fest an sich. »Oh, Damien«, rief sie. »Ich begehre dich auch. *Ich begehre dich auch.*«

Diese Worte machten auch sein letztes bißchen Beherrschung zunichte. Überwältigt von dunkler, verzweifelter Leidenschaft, tauchte er in sie ein, glühend und hemmungslos, mit entfesselten Stößen. Er biß die Zähne zusammen, als er dem Gipfel entgegenstürmte, verfluchte sich selbst für seinen Mangel an Beherrschung. Es war so wunderbar. Er wollte nicht, daß es aufhörte, nicht jetzt. Niemals ...

Heather vergrub das Gesicht an seinem Hals und klammerte sich an ihn, gefangen in demselben atemlosen Sturm entfesselter Leidenschaft. Sie wollte ihn tief in sich spüren, tief wie ihr Herz. Mit jedem kraftvollen Stoß seiner Männlichkeit brachte er alle Saiten in ihr zum Klingen. Und plötzlich zerbarst sie innerlich in tausend Stükke; so überwältigend war die Empfindung, daß sie fast erschrak. Sie spürte, wie sich ihr Körper anspannte und sie sich wieder und immer wieder um ihn zusammenzog. Damien erschauerte in einem letzten besinnungslosen Stoß. Er bäumte sich auf, und sein Körper spannte sich wie ein Bogen. Sie stöhnte laut, als die Flut seiner Erlösung in ihr losbrach und sie heiß und strömend überschwemmte.

Er drehte sich zur Seite, stützte sich auf den Ellbogen auf und flüsterte ihren Namen. Sie öffnete benommen die Augen, und er küßte sie, eine unendlich sanfte Liebkosung, die von Staunen und Lust und Erfüllung, von aller Zärtlichkeit und gebender Liebe dieser Welt erzählte.

Alles, woran sie nicht zu glauben gewagt hatte ...

Das Ziel aller ihrer Wünsche.

13. Kapitel

In den Stunden, die nun folgten, hatte die Zeit keine Bedeutung. Sie dachten nicht an Schlaf, denn dies war eine Nacht der ungeahnten Entdeckungen. Heather erfuhr, daß die Liebe viele Gesichter hatte: genüßlich und zart und qualvoll bedächtig, spielerisch und neckend, stürmisch und animalisch und wild, immer neu und großartig.

Als der erste Schimmer des Morgengrauens in das Zimmer drang, lag das Paar in enger Umarmung beieinander. Ihr Haar breitete sich wie ein schwarzseidener Schleier in wirren Strähnen über seine Brust. Ein starker, besitzergreifender Arm hielt sie fest umschlungen.

»Ich hatte keine Ahnung, daß du im Grunde deines Herzens eine so genußsüchtige junge Dame bist«, neckte Damien sie.

Heather unterdrückte den Impuls, das Gesicht an seiner Schulter zu vergraben. Statt dessen zupfte sie an dem dunklen Dschungel auf seiner Brust. »Ich habe bisher keine Klagen vernommen, Sir«, protestierte sie mit gespielter Empörung.

Er schloß die Arme noch fester um sie. »Und du wirst auch jetzt keine vernehmen. Im Gegenteil« – er senkte die Stimme zu einem leisen, rauhen Flüstern –, »du hast mir eine Nacht geschenkt, die ich nicht so bald vergessen werde.«

Von Freude überwältigt blickte Heather zu ihm auf. Etwas huschte über seine Züge, etwas Merkwürdiges, Rätselhaftes, etwas, das sie nicht begriff. Überzeugt, daß er noch etwas sagen wollte, runzelte sie fragend die Stirn. Aber er schwieg.

Dann deutete er auf die Aquarellzeichnung an der Wand. »Wo hast du so gut malen gelernt?«

Sie dachte einen Augenblick nach. »Die ersten Grundlagen hat mir mein Hauslehrer beigebracht, als ich noch klein war. Alles andere habe ich wohl in Miss Havenshams Schule für höhere Töchter in London gelernt.«

»Warum so bescheiden, Heather? Du bist wirklich sehr begabt.«

Sie zuckte mit der Schulter. Er merkte, daß sie verlegen war.

»Ich habe das gelernt, was alle anderen auch gelernt

haben, oder, wie die unschätzbare Miss Havensham zu sagen pflegte: ›Eine Dame muß klug und taktvoll sein. Eine Dame muß wissen, wie sie bezaubert und sich bezaubern läßt. Sie muß liebreizend und stets zuvorkommend sein; sie muß sticken und nähen, singen, musizieren und wie die alten Meister malen können – oder sich zumindest tapfer darum bemühen‹«, zitierte sie. Ein beredtes Schweigen folgte. »Man könnte wohl sagen, daß ich einige Dinge leichter gelernt habe als andere.«

Damien drehte sich zur Seite, um ihr in die Augen zu sehen. »Komm schon«, widersprach er. »Du willst mir doch nicht erzählen, du seist nicht ihre beste Schülerin gewesen!«

»Ich war sehr gut in klassischer Literatur und Kunst und in allen Dingen, die mit Handarbeiten zu tun haben. Aber«, fuhr sie mit gespielter Munterkeit fort, »wie dir nicht entgangen sein dürfte, ist es nicht ganz einfach für einen Menschen mit meinen … wie soll ich es feinfühlig ausdrücken … meinen Grenzen … dahinzugleiten wie ein Schwan über den See. Ich konnte weder einen flotten Lauf hinlegen noch wie ein geflügelter Engel über das Tanzparkett schweben. Ich fürchte, ich habe in so mancher Hinsicht kläglich versagt.«

Zu spät bemerkte er seinen Fehler. Heather hatte die Augen niedergeschlagen und wich seinem Blick beharrlich aus. Ihr krampfhaftes kleines Lächeln zerriß ihm das Herz.

Er nahm ihre Hand in seine und hielt sie beschwichtigend fest.

»Es spielt keine Rolle«, sagte er sanft.

Die Erinnerung an lange vergangenen Spott und Hohn hallte in allen Winkeln ihres Bewußtseins und ihres Herzens wieder.

Du bist anders als wir, Heather Duval … Du bist lahm. Du bist ein Krüppel.

Entschlossen schob sie die Erinnerungen beiseite. »Damals spielte es eine Rolle«, erklärte sie, ohne nachzudenken. »Aber jetzt nicht mehr«, fügte sie hinzu, als ihr klar wurde, was sie gerade offenbart hatte.

Ungeachtet ihres Leugnens war das verletzliche kleine Mädchen, das sie einmal gewesen war, nicht vergessen. Es war noch immer da, war ein Teil ihres Lebens als erwachsene Frau. In diesem Augenblick wurde ihm klar, daß Heather nicht die Kindheit gehabt hatte, die sie verdient hätte. Das Schicksal hatte es nicht zugelassen.

»Wenn du so unglücklich dort warst«, begann er leise, »warum hast du es nicht deinen Eltern gesagt? Warum bist du geblieben?« Er konnte sich nicht vorstellen, daß Miles und Victoria sie zu etwas gezwungen hätten, das schädlich war für ihre seelische Entwicklung.

Sie konzentrierte sich auf das Kraushaar, das an seinem Schlüsselbein sproß. »Mama und Papa wollten, daß ich mit Mädchen in meinem Alter zusammen war. Darum haben sie mich dorthin geschickt. Ich bin geblieben, weil ich ... sie nicht enttäuschen wollte.«

Er sah sie lange und nachdenklich an. »Es war dir verhaßt, nicht wahr, Heather? Natürlich, so war es. Und deine Eltern wissen es bis heute nicht, habe ich recht?«

Heather erwiderte nichts darauf, und Worte waren auch nicht nötig. Ihr Schweigen sagte alles.

Damien konnte ihr keinen Vorwurf machen. Sie war geblieben, weil sie sich selbst beweisen wollte, daß sie so gut war wie alle anderen. Nein, Heather würde niemals klein beigeben. Sie würde durchhalten, koste es, was es wolle. Verletzlich wie sie war, würde sie sich zu voller Größe aufrichten und unerschütterlich die Stellung halten wie ein Soldat ... Auch wenn sie im Innern bitterlich weinte.

Sie war stark, das wußte er, viel stärker als so mancher Mann ... Aber er fragte sich, ob es ihr selbst bewußt war.

Plötzlich hatte er eine Eingebung. Er schob die Decke beiseite und stieg, ohne auf seine Blöße zu achten, aus dem Bett. Dann rollte er den Teppich zusammen, schob ihn ohne Umstände an die Wand und stellte sich in der Mitte des Zimmers auf. »Komm«, war alles, was er sagte.

Sie preßte die Laken an die bloße Brust und starrte ihn an, als hätte er den Verstand verloren.

»Du brauchst mich gar nicht so anzusehen«, erklärte er bestimmt. »Du hast dir dein ganzes Leben lang gewünscht, tanzen zu können. Ich denke, es ist an der Zeit, daß du es endlich lernst.«

Sie sog hörbar die Luft ein, aus ihren Augen sprach tiefe Bekümmerung. »Damien, du weißt genau, daß ich nicht ...«

»Du bist gestern abend auf Zeus geritten, oder nicht?«

»Ja, aber ... zusammen mit dir.« Ihre Stimme schwankte. »Nicht *allein*.«

Er streckte ihr eine Hand entgegen. »Du wirst auch jetzt nicht allein sein, oder?« bemerkte er sanft.

Sein Ton und die Zärtlichkeit in seinen Augen ließen ihren Puls schneller schlagen. Sein Blick war fest und beschwörend. Unvorstellbar verlockend.

Sie schob die Decke beiseite und erhob sich. Ein seltsam unwirkliches Gefühl beschlich sie. Das alles geschah einer anderen Person. Es konnte nicht anders sein ...

Sie warf einen nervösen Blick zum Fußende des Betts, wo ihr Nachthemd lag. »Mein Nachthemd ...«

»Völlig überflüssig, Süße. Wir haben keine Zuschauer.« Er schloß seine starke, warme Hand beruhigend um ihre Finger. »Im übrigen warst du noch vor einem Augenblick alles andere als schamhaft.«

Sie konnte seine ausgelassene Laune nicht teilen. »Vor einem Augenblick stand ich auch nicht splitternackt mitten in meinem Schlafzimmer!« sagte sie, entsetzt über ihre eigene Kühnheit.

Er betrachtete sie eingehend von Kopf bis Fuß. »Wie dem auch sei, was ich sehe, gefällt mir sehr.« Sein Tonfall war ebenso vertraulich wie sein Blick.

Heathers Wangen färbten sich tiefrot wie reife Beeren.

Sein Blick wurde weich. »Nun komm schon.« Er nahm ihre rechte Hand in seine linke. »So. So mußt du meine Hand halten.« Dann schlang er den Arm um ihre schlanke Taille und zog sie dicht zu sich heran. Ihre Finger schwebten einen Moment über seiner Schulter und ließen sich dann zart wie ein Vogel darauf nieder.

»Sehr gut. Womit sollen wir beginnen? Mit einem Walzer? Schade, daß wir keine Musik haben, aber das macht nichts. Es geht auch so. Denk nur daran. Eins, zwei, drei. Eins, zwei, drei ...«

Langsam begann er sich zu drehen. Aber Heather war so eifrig darauf bedacht, es ihm gleichzutun, daß sie über ihre eigenen Füße stolperte.

Sie machte sich heftig von ihm los. Tränen glitzerten in ihren Augen. »Siehst du?« rief sie verzweifelt. »Es ist hoffnungslos.«

Er tadelte sie nicht, sondern zog sie an sich, küßte ihre Schläfe, ihre Wangen und hielt sie in den Armen, bis sie sich wieder beruhigt hatte.

»Wollen wir es noch einmal versuchen, Süße?« Sein Atem streifte ihre Wange.

Heather schloß die Augen und klammerte sich an ihn, überzeugt, daß sie gleich in Tränen ausbrechen würde.

Damien redete leise und beruhigend auf sie ein. »Fangen wir die Sache ein bißchen anders an, einverstanden? Dies ist ein besonderer Walzer, nur für dich und mich, Heather. Denk daran. Wir müssen nicht durch das ganze Zimmer tanzen. Wir machen ganz kleine Schritte und tanzen in kleinen Kreisen.«

Der krampfhafte Griff, mit dem sie seine Hand umklammert hielt, lockerte sich ein wenig.

»So ist es gut. Entspann dich einfach und halt dich an mir fest«, schmeichelte er. »Überlaß dich dem Rhythmus meines Körpers und laß dich von mir führen. So. Eins, zwei, drei. Eins, zwei, drei ...«

Er war unendlich geduldig und auf sanfte Art bestimmt.

»Denk daran, wir sind völlig unter uns. Nur du und ich, Heather.«

Sie stieß einen leisen Seufzer aus und ließ den Kopf an seine Schulter sinken. Im Geist vernahm sie die beschwingte Melodie eines Walzers. Ganz kleine Schritte, rief sie sich in Erinnerung, während sie sich fest an ihn schmiegte. Sie mußte nur auf seinen Körper achten, und schon nahmen ihre Füße den Rhythmus auf. Sie wiegte sich hin und her. Es war fast wie das Liebesspiel mit ihm. Plötzlich war ihr, als würde sie auf Wolken schweben, vollkommen heiter und unbeschwert.

»Ja … ja! So ist es richtig, Süße. Du hast tatsächlich den Bogen heraus …«

Sie lachte, ein perlendes, fröhliches Gelächter. »Ja, nicht wahr?«

Damien faßte sie fester um die Taille. Wortlos zog er sie in kleinen Walzerkreisen mit sich.

Sie legte den Kopf in den Nacken und sah ihm in die Augen. »Du bist ganz schön verrückt, weißt du das eigentlich?«

»Man hat es mir verschiedentlich gesagt.«

Sie kicherte wie ein junges Mädchen. Lieber Himmel, sie tanzte *splitternackt* Walzer in ihrem Schlafzimmer! »Früher galt der Walzer als ziemlich anstößig, wußtest du das?« erklärte sie mit einem schalkhaften Grübchen in der Wange. Mit einem flüchtigen Blick auf ihre Blöße fuhr sie fort: »Aber ich wage zu behaupten, daß niemals ein Walzer so anstößig war wie dieser.«

Damien lachte aus vollem Halse. »Und ich sehe, daß Sie zutiefst schockiert sind, Miss Duval.«

Heather blickte lächelnd zu ihm auf. Sie konnte sich nicht erinnern, jemals zuvor in ihrem Leben so glücklich gewesen zu sein …

»O ja«, entgegnete sie schelmisch, »und ich sehe, daß

unser Gesprächsthema eine durchaus vorhersehbare Wirkung auf Sie hat, Mr. Lewis.« Ihr Blick huschte nach unten.

Und sie hatte nur zu recht.

Damiens Lächeln erstarb. Sein Blick fiel auf ihre Lippen. Er strich ihr sacht über die Wange. »Dann ist es vielleicht an der Zeit, Abhilfe zu schaffen«, flüsterte er.

Die Welt versank um sie herum, als er sie zum Bett trug. Ihre Lippen fanden sich, ihre Körper schmiegten sich aneinander, der Sturm der Leidenschaft umhüllte sie heiß und gleißend. Sie stieß einen erstickten Schrei aus, als er in sie eindrang. Plötzlich umfaßten seine starken Hände ihre Schenkel. Er rollte herum, und jetzt lag sie auf ihm. Sie spürte seine pulsierende Härte zwischen ihren gespreizten Schenkeln.

Ein leiser, verwirrter Schrei kam über ihre Lippen. »Damien ...«

Seine Augen glühten in wildem Begehren. »Nimm mich«, flüsterte er mit gepreßter Stimme. Er hob ihre Hüften ein wenig an und zog sie zu sich herunter, drang in sie ein mit der Härte seines Schafts.

In Heathers Augen standen Schreck und Bestürzung. Nie wäre ihr der Gedanke gekommen, daß so etwas möglich war. Sie bewegte sich ein wenig, denn obwohl die Stellung ihr keine Schmerzen bereitete, war sie doch ein bißchen unbequem ...

Er schob ein Kissen unter ihr rechtes Knie. »Besser so?« Er sah ihr unverwandt in die Augen.

Unfähig, auch nur ein Wort hervorzubringen, nickte Heather. Ihr Körper schmiegte sich um ihn wie ein Handschuh; sie spürte seine Männlichkeit fest und tief in sich, und es war überwältigend.

Langsam und ganz vorsichtig hob sie ein wenig die Hüften, dann beugte sie sich vor. Es war ein unbeschreibliches Gefühl. Winzige Schauder jagten ihr über den Rücken. Nur von ihrem Instinkt geleitet, ergriff ihr Körper wieder und wieder von ihm Besitz. Ihr Atem ging schneller. Ihre Hüften tanzten. Sie begann sich in krampfhaften Stößen zu bewegen und die ganze Zeit über umfing Damien ihre schwellenden Brüste, spielte mit ihren vorwitzigen rosigen Spitzen, bis sie vor Lust aufseufzte. Seine Augen leuchteten. Er stieß seinen Daumen in ihr daunenweiches Flies und liebkoste mit kreisenden Bewegungen die empfindliche Knospe. Mit einem leisen Stöhnen wurde sie davongetragen in ein Reich der vollkommenen Glückseligkeit.

Sie lächelte immer noch, als Damien sie sanft zur Seite rollte, lächelte auch noch, als er aus dem Bett schlüpfte. Die Sonne warf ihre goldenen Strahlen durchs Fenster, und ihm wurde bewußt, daß das Haus bald zum Leben erwachen würde. Er drückte einen Kuß auf ihre herrlich geschwungenen, süßen Lippen.

»Ich gehe wohl besser, bevor mich jemand hier findet«, murmelte er.

Heather schmiegte ihre Wange in seine Hand. »Du hast sicher recht«, seufzte sie. Während er sich ankleidete, schlüpfte sie in ihren Morgenmantel. Auf der Bettkante sitzend, betrachtete sie ihn mit bewunderndem und sehnsüchtigem Blick.

Fünf Minuten später war er fertig angezogen. Er wollte sich eben herunterbeugen, um sie zum Abschied zu küssen, als sein Blick zufällig auf ein Blatt Papier fiel, das aus einer Schublade des Schreibtischs hervorlugte. Es war die Skizze, von der sie in der vergangenen Nacht gesprochen hatten, die Skizze, die sie am Tag ihrer ersten Begegnung gezeichnet hatte …

Sie hatte sie aufbewahrt. Die ganze Zeit über hatte sie sie aufbewahrt …

Ein stolzes Lächeln umspielte seine Lippen. Er trat an den Schreibtisch, und dann sah er sie … Eine silberne Schmuckschatulle mit Klauenfüßen.

Er war wie vom Schlag gerührt.

Die Welt schien sich zu verfinstern. Bilder durchzuckten sein Bewußtsein. Bilder aus einer fernen Vergangenheit, aus einer Zeit, die Jahre zurücklag. Bilder, die ihn aus der Ferne seiner Kindheit erreichten.

Er schüttelte den Kopf, versuchte seine Gedanken zu ordnen. Es war unmöglich. Es konnte einfach nicht sein ...

Und doch war es so. Der Beweis stand vor ihm. Er starrte auf das kleine Perlmuttoval im Deckel, das eingravierte Wort *Geliebte*. Er starrte so lange darauf, bis seine Augen brannten.

»Damien?«

Er hörte die Stimme nicht, die ihn leise rief. Er sah die Falten nicht, die ihre schöne Stirn verdüsterten. Ein entsetzlicher Sturm braute sich in seiner Brust zusammen, tosend und brodelnd wie der schwärzeste Höllenschlund.

Er riß das Schmuckkästchen an sich und wirbelte herum. »Woher hast du das?«

Heather war starr vor Schreck. Es war eine grobe Frage, wie eine Ohrfeige mitten ins Gesicht. Ihr war zumute, als wehe ein kalter Wind durch ihr Herz. Sie zuckte unter seinem erbarmungslos fragenden Blick zusammen.

Irgend etwas Schreckliches war geschehen. Etwas unvorstellbar Schreckliches. Die Sehnen an seinem Hals traten hervor. Sein Gesicht war eine steinerne Maske. Wie betäubt nahm sie seine Verärgerung wahr. Nein. Er war nicht nur verärgert. Er war rasend vor Zorn ...

Mit zwei Schritten war er bei ihr. Er schleuderte das Schmuckkästchen in ihren Schoß. »Woher hast du das?« fragte er noch einmal.

Ihr Herz zog sich zusammen. Sein Mund war zu einer wütenden Grimasse verzerrt, dieser Mund, der sie so süß umworben hatte. Der Ausdruck seiner Augen war furchterregend, finster und anklagend. Sie hatte das Gefühl, innerlich zu schrumpfen, denn der Mann, der jetzt vor ihr stand, war ein Fremder – ein vollkommen Unbekannter. Es war, als wären die vergangenen Stunden nie gewesen.

Er fegte die Schmuckschatulle beiseite und zerrte sie unsanft auf die Füße. »Antworte mir, Heather. *Woher hast du das*?«

Er fixierte sie mit erbarmungslosem Blick. »Gottverdammt, *sag es mir*!«

Sie starrte ihn hilflos an. »Es hat meiner Mutter gehört«, stieß sie atemlos hervor.

»Du lügst«, fuhr er sie tonlos an.

Sie zitterte plötzlich wie Espenlaub. Tränen brannten ihr in den Augen. »Ich lüge nicht!« stöhnte sie. »Damien, was ist los? Warum sagst du so etwas?«

Er ließ sie los, als ekle er sich plötzlich vor ihr. »Weil ich diese Schmuckschatulle schon einmal gesehen habe, Heather.« Seine Lippen bewegten sich kaum, als er sprach. »Auf der Frisierkommode *meiner* Mutter.«

Sie öffnete den Mund. Er ist verrückt, dachte sie benommen. So verrückt, wie sie ihn im Scherz genannt hatte.

»Nein«, sagte sie kraftlos. »Das ist unmöglich. Ich habe sie schon, seit ich ein Kind war.«

Seine Augen waren so kalt wie Eis. »Ich irre mich nicht.«

»Aber du mußt dich irren! Vielleicht war es nur eine ähnliche ...«

»Nein. Mein Vater hat die Schatulle anläßlich meiner Geburt für meine Mutter anfertigen lassen. Es war ihr kostbarster Besitz.«

»Und es ist *mein* kostbarster Besitz. Papa hat sie mir gegeben. Es ist alles, was ich noch von meiner Mutter habe – alles, was mir nach dem Unfall, der sie das Leben gekostet hat, noch blieb!«

Damiens Gedanken überschlugen sich. Er irrte sich nicht. Er selbst hatte das Scharnier zerbrochen; seine Mutter war untröstlich gewesen. Er hatte sie zum Weinen gebracht, und das war ein Augenblick in seinem Leben, den er nie vergessen würde. Sein Vater hatte die Schatulle mit nach London genommen, um sie reparieren zu lassen, und auf dieser Reise war er erkrankt und gestorben. Er hatte bis zu dieser Sekunde nie daran gedacht, aber jetzt war er sicher, daß das Schmuckkästchen im Nachlaß seines Vaters gefehlt hatte. Ja, er war ganz sicher. Er hatte es seit jenem Tag nicht mehr gesehen, an dem sein Vater nach London aufgebrochen war …

Dem Tag, an dem er seinen Vater zum letzten Mal lebend gesehen hatte.

Eine unheimliche Vorahnung ließ ihm die Nackenhaare zu Berge stehen. Es war so absurd … Seine Gedanken waren in wüstem Aufruhr. Wie war Heather – oder Justine Duval – in den Besitz der Schatulle gekommen? *Wie*?

Das sengende Mißtrauen, das seine Gedanken unterhöhlte, war ihm verhaßt, aber er kam nicht dagegen an. War es falsch gewesen, ihr zu vertrauen? Vielleicht stimmte es. Vielleicht erinnerte sie sich *doch* an ihren Vater. Vielleicht hatte er recht gehabt, und ihr Vater war schon hier gewesen …

Er preßte die Lippen zusammen. »Sie hatte es vielleicht bei sich. Aber es gehörte nicht ihr.«

»Was willst du damit sagen? Daß meine Mutter eine Diebin war?«

Sein Mund war nur ein schmaler Strich. »Ja«, entgegnete er grimmig.

»Es gehörte ihr«, brauste sie auf. »Und ich lasse es nicht zu, daß du ihr Andenken besudelst!«

Er verzog den Mund zu einer Grimasse.

»Nein«, fuhr sie tonlos fort. »Du irrst dich, Damien. Oder vielleicht bist du es, der lügt.«

Sie musterte sein steinernes Gesicht. Ihre Augen waren in unerbittlichem Willenskampf aufeinander fixiert. Eine eiskalte Gänsehaut überlief sie.

»Wer bist du?« flüsterte sie. »Wer bist du wirklich?«

Jetzt war sie die Anklagende, auch wenn ihre Stimme kaum mehr als ein Hauch war.

»Du weißt, wer ich bin.«

»Nein.« Sie schüttelte den Kopf. »Du verbirgst etwas. Das sehe ich.« Ihre Hände krampften sich zu Fäusten zusammen. »Das spüre ich.«

Schweigen breitete sich wie ein schwerer Vorhang im Raum aus.

Ihr Atem ging heftig und beruhigte sich dann allmählich. »Du leugnest es nicht. Was also? Wolltest du dich bei mir einschleichen und ...« – der Schmerz, der ihr das Herz abschnürte, schlich sich in ihre Stimme – »und mich Stück für Stück ausrauben? Muß ich das Silber zählen, Damien? Die Wertgegenstände im Salon? Vielleicht wolltest du die Schmuckschatulle stehlen, und das Ganze ist nur ein Trick, um mich zu überrumpeln? Oder hattest du etwas anderes im Sinn? Einen größeren Plan?«

Glühender Zorn flammte in seinen Augen auf. Es war ihr gleichgültig.

Sie deutete mit einer ausladenden Bewegung auf das Bett. »Und was war das? Eine Liebesfalle? Wolltest du mich verführen, damit ich dir meinen Besitz schenke? Für wie dumm du mich gehalten haben mußt! Die kleine verkrüppelte Närrin, die nichts merken würde, die man mühelos dazu bringen kann, alles und jedes herzuschenken ... Ha, sogar ihre Tugend!« Ihre Stimme war voller Verachtung – Verachtung, die ihnen beiden galt.

»Du hast mich gebeten zu bleiben, Heather. Muß ich dich daran erinnern?«

Wie grausam war es von ihm, sie so zu verhöhnen! Ihre Entgegnung kam schnell und entschieden. »Aber warum, frage ich dich. Weil es zu deinem Vorteil war? Du hast mir noch immer nicht geantwortet, Damien. Wolltest du mich heimlich bestehlen? Oder hast du es schon getan?«

Schweigen.

Mit jedem Atemzug, jedem Schlag ihres Herzens spürte sie, wie ihre Hoffnungen und Träume sich in Nichts auflösten …

In diesem Augenblick wußte sie es … wußte, daß sie recht hatte. Daß er nicht der Mann war, der zu sein er vorgab.

»Sag es mir!« Es war fast ein Schrei.

Seine Augen flammten auf. »Ich habe dir nichts gestohlen, Heather.«

O doch, das hast du, wollte sie schreien. Mein Vertrauen. Mein Herz …

Das Schweigen lastete qualvoll auf ihnen.

Sie straffte die Schultern. Kämpfte gegen die Enge in ihrer Brust an. Wappnete sich mit Würde …

Denn was sonst war ihr geblieben?

»Ich möchte, daß du gehst.« Wie durch ein Wunder versagte ihre Stimme nicht. Sie klang klar und unerschütterlich.

Seine Augen verengten sich. »Ich soll gehen?« wiederholte er. »Du meinst … Ich soll Lockhaven verlassen?«

Ihr Innerstes zog sich schmerzhaft zusammen, aber sie achtete nicht darauf. »Ja«, sagte sie. »Noch heute abend.« Kühl hielt sie seinem Blick stand.

Etwas flammte in seinen Augen auf, wurde aber sogleich unterdrückt. »Oh, du brauchst dir keine Sorgen zu machen, Heather.« Sein Blick war so schneidend wie der Ton seiner Stimme. »Ich werde schon viel früher verschwunden sein.«

Ohne ein weiteres Wort zu verlieren, ging er hinaus. Er machte sich nicht einmal die Mühe, die Tür hinter sich zuzuziehen.

Heather schleppte sich zur Tür, um sie zu schließen. Sie fühlte sich uralt. Als sie die Tür fast erreicht hatte, fühlte sie etwas unter ihrem nackten Zeh. Sie senkte den Blick.

Es war die Skizze von ihm.

Langsam bückte sie sich und hob sie auf.

Einen Moment lang betrachtete sie die Linien seines Profils, seine in die Ferne blickenden Augen, den stolzen Schwung seiner Schultern. Sie erinnerte sich, wie sie die unbekannte Last, die er trug, geschmerzt hatte …

Mit einem gequälten Aufschrei zerriß sie das Bild. Die Fetzen flatterten zu Boden.

Und auch ihr Herz lag in Scherben.

14. Kapitel

»Ich muß mit Papa reden.«

Victoria hob den Blick von ihrer Stickerei. Als Heather über die Schwelle trat, legte sie die Arbeit beiseite. »Heather, was für eine angenehme Überraschung!« rief sie aus. »Wir hatten nicht erwartet …«

»Wo ist Papa?«

Victoria runzelte ihre aristokratische Stirn und legte den Kopf schief. Sie klopfte auf den Platz an ihrer Seite. »Bitte, Liebes. Komm und setz dich …«

»Jetzt nicht, Mama.«

Das Begrüßungslächeln schwand aus Victorias Zügen. Sie erhob sich und trat zu Heather, die an der Schwelle stehengeblieben war. Sanft legte sie die Hand auf Heathers volantbesetzten Ärmel. »Heather, was ist denn los?«

Heather widerstand dem Impuls, die Hand ihrer Mutter abzuschütteln. Ihre Fassung hing an einem seidenen Faden. Beim geringsten Anlaß würde sie die Nerven verlieren.

»Ich will weder unhöflich noch kurz angebunden sein, Mama, aber es geht um eine Angelegenheit, die nur Papa und mich betrifft.«

Victoria betrachtete prüfend das Gesicht ihrer Tochter. Einen Augenblick lang fürchtete Heather, daß sie weiter in sie dringen würde. Aber Victoria sagte nur: »Er macht einen Ausritt mit Pegasus, Liebes. Möchtest du in seinem Arbeitszimmer auf ihn warten?«

»Danke. Ich glaube, das werde ich tun.«

Sie mußte nicht lange warten. Wenige Minuten später betrat Miles mit energischem Schritt den Raum, blendend aussehend in seiner schwarzen Reitkleidung und den schwarzen Stiefeln. Seine Wangen waren vor Aufregung gerötet, und seine dunklen Augen leuchteten.

»Heather, du hättest Pegasus sehen sollen! In meinem ganzen Leben habe ich noch kein so schnelles Pferd geritten ...« Ein Blick in ihr Gesicht ließ ihn verstummen.

»Püppchen, bist du krank? Du bist ja kreidebleich!«

»Mir geht es gut, Papa.« Sie verschlang die Hände im Schoß, um das Zittern zu unterdrücken. »Aber ich muß dir ein paar Fragen stellen. Wirst du sie mir aufrichtig beantworten?«

Es entstand eine kurze Pause. »Selbstverständlich werde ich das, Püppchen. Habe ich nicht immer mein Bestes getan?« Besorgt ließ er sich neben ihr nieder.

»Es geht um die Schmuckschatulle meiner Mutter, die du nach dem Unfall bei ihr gefunden hast. Erinnerst du dich?«

»Ja, natürlich.«

»Wie lange war sie schon in ihrem Besitz?«

»Das kann ich nicht sagen, Heather.«

»Woher stammte sie? War es ein Familienerbstück?«

»Ich weiß es wirklich nicht, Liebes.«

»Aber du kanntest sie doch gut, nicht wahr?«

Entdeckte sie einen Hauch von Argwohn in seinen Zügen? Oder bildete sie sich das nur ein? Aber sie hätte schwören können, daß in seinen Augen ein winziges Unbehagen zu bemerken war, und die Ungewißheit bohrte in ihr wie ein stechender Schmerz ...

»Ja, das weißt du doch. Aber ihre persönlichen Besitztümer kannte ich nicht.« Er strich sich mit den Fingern durchs Haar. »Heather, deine Frage scheint mir ein wenig merkwürdig nach all den Jahren. Was ist mit der Schmuckschatulle?«

Heather atmete tief und schwer. Sie beschloß, nichts davon zu erwähnen, daß Damien behauptet hatte, das Schmuckkästchen habe seiner Mutter gehört. Es war zu absurd. Und Papa hatte sie nie angelogen – niemals.

Sie kam sich plötzlich sehr dumm vor. »Es ist nichts, Papa. Bitte, ich bin einfach nur töricht. Und vielleicht ein bißchen schwermütig dieser Tage.« Sie gab sich Mühe, ein Lächeln zustande zu bringen. »Wirklich, es ist nichts.«

Aber auch nachdem sie sich verabschiedet hatte, war sich Miles dessen nicht sicher.

Heather war kaum verschwunden, da betrat Victoria den Raum. »Worum ging es denn?«

Miles, der am Fenster gestanden und in die Baumwipfel gestarrt hatte, die im Wind schwankten, drehte sich zu ihr um. Victoria hatte noch nie einen so ernsten Ausdruck in seinen Augen gesehen.

»Ich wünschte, ich wüßte es«, entgegnete er leise. »Sie hat sich nach dem Schmuckkästchen ihrer Mutter erkundigt.«

»Warum denn, um alles in der Welt?«

»Das hat sie nicht gesagt. Oder genauer – sie *wollte* es nicht sagen. Sie wollte wissen, wie lange es sich schon im Besitz ihrer Mutter befand und ob es ein Familienerbstück sei. Herrje, Victoria, was sollte ich denn sagen? Ich habe keine Ahnung.« Er schüttelte versonnen den Kopf. »Ich weiß noch, daß Justine es umklammert hielt, als ich sie fand. Sie hielt es so fest, daß ich dachte, der Teufel selbst könnte es ihren Fingern nicht entwinden.«

»Es ist ein schönes Stück. Schlicht, aber dennoch sehr hübsch«, bemerkte Victoria nachdenklich. »Ich habe mich schon manches Mal gefragt, wie sie in den Besitz eines so kostbaren Gegenstands kommen konnte.«

»Ich ebenfalls«, räumte Miles ein. »Aber es war der einzige Gegenstand von Wert, den sie bei sich hatte, und ich war der Meinung, Heather sollte wenigstens *etwas* von ihrer Mutter haben. Sie hat es immer als kostbaren Besitz gehütet.«

»Und das mit Recht«, warf Victoria ein. »Nur weil wir nichts über Justines Lebensumstände wissen, dürfen wir noch lange nicht schlecht von ihr denken. Vielleicht hatte sie durch irgendwelche ungünstigen Umstände ihr Vermögen verloren, und das Kästchen war alles, was ihr geblieben war.«

Möglich, aber nicht sehr wahrscheinlich. Dieser Gedanke ging ihnen gleichzeitig durch den Kopf.

Miles' Miene verdüsterte sich. »Ich mache mir Sorgen, Victoria. Zuerst kam sie mit Fragen über ihren Vater zu mir, wollte wissen, wie er aussah. Und nun diese Fragen über die Schmuckschatulle ihrer Mutter ... Es ist eigenartig, sehr eigenartig.«

»Ich weiß.« Victoria zögerte. »Aber ich habe das Gefühl, daß sie noch etwas anderes bedrückt, Miles. Ich habe sie noch nie in einer solchen Verfassung erlebt.«

Er legte den Arm um seine Frau und stützte sein Kinn auf ihr glänzendes blondes Haar. Sein Blick war nachdenklich. »Ich weiß. Aber sie ist eine erwachsene Frau, Victoria, und so ungern ich es mir auch eingestehe, es geht uns nichts an. Wenn Heather unsere Hilfe braucht und sie sich uns anvertrauen möchte, dann muß sie den ersten Schritt tun.« Seine Mundwinkel verzogen sich zu einem schiefen Lächeln. »Man hört nie auf, sich Sorgen zu machen, fürchte ich, auch wenn sie das Nest verlassen haben.«

Victoria zog spielerisch einen Schmollmund. »Wie! Willst du damit sagen, wir dürfen uns nicht einmischen?«

Er hob seine dunklen Brauen. »Genau das will ich damit sagen. Und ich glaube mich zu erinnern, daß ich diese Worte sehr oft aus deinem Mund gehört habe, als Heather nach Lockhaven umzog.«

Victoria rümpfte gutmütig ihr zierliches Näschen. Die Unterhaltung wandte sich anderen Themen zu, aber obwohl sie ihre Sorgen um Heather für den Augenblick beiseite schoben, waren sie keineswegs vergessen.

Heather fand auch in dieser Nacht keinen Schlaf. Es gab keine Linderung für ihren erschöpften Körper, keine Ruhe für den Sturm, der in ihrer Seele tobte. Sie versuchte, die Erinnerung an das, was hier in diesem Bett geschehen war, auszulöschen. Sie preßte die Augen fest zu, aber innerlich stand sie in hellen Flammen beim Gedanken an das, was er getan hatte … was *sie* getan hatte.

Aber das war noch nicht alles. Sie dachte an das, was sie ihm anvertraut hatte … Sie hatte alle ihre Ängste, alle ihre Schmerzen vor ihm offenbart, sie hatte ihre Seele für ihn geöffnet.

Und wozu? *Wozu*?

In seinen Armen hatte sie sich so geborgen gefühlt, hatte geglaubt, endlich die süße Verheißung der Zusammengehörigkeit entdeckt zu haben. Aber er hatte sie hintergangen, und sie haßte ihn dafür …

Aber mehr noch haßte sie sich selbst für ihre Schwäche.

Hundert Fragen zermarterten ihr Hirn. Er war in einer bestimmten Absicht nach Lockhaven gekommen. Aber in welcher? Und warum hatte sie nicht auf ihr Herz gehört? Sie dachte daran, wie oft ihr Instinkt ihr gesagt hatte, daß irgend etwas nicht stimmte. Seine Redeweise. Sein kultiviertes Benehmen. Seine Fragen nach ihren Eltern … Sie hätte zuhören und auf der Hut sein sollen. Aber eine bohrende Frage blieb: Wer war er wirklich?

Gegen Morgen rollten zwei brennende Tränen über ihre Wangen. Sie wischte sie mit dem Handrücken fort, und im Innern blutete ihr das Herz.

Es waren die einzigen Tränen, die zu vergießen sie sich zugestand.

In den folgenden Wochen ging Heather ihren täglichen Verpflichtungen nach, als wäre nichts geschehen. Ihr Herz war schwer vor Schmerz, aber nach außen zeigte sie sich ruhig und gelassen.

Das glaubte sie wenigstens.

»Ich weiß, was mit Heather los ist.«

Diese überraschende Bemerkung machte Beatrice eines Abends, nachdem Arthur und Christina den Abendbrottisch verlassen hatten.

Zwei Augenpaare richteten sich fragend auf sie. Die Spannung hing fast greifbar im Raum, während Miles und Victoria darauf warteten, daß sie ihre Bemerkung erklärte.

Bea holte tief Luft, um sich Mut zu machen. »Ich war gestern in Lockhaven zu Besuch. Heather war nicht zu Hause«, fügte sie hastig hinzu. »Aber als ich wieder gehen wollte, hörte ich zufällig, wie eine der Zofen einer anderen erzählte, daß Damien Lewis kürzlich gesehen wurde, wie er morgens aus ihrem Zimmer kam.«

Victoria glitt die Teetasse aus der Hand. Sie landete klappernd auf der Untertasse, und Tee schwappte auf das kostbare Damasttischtuch.

Miles sprang mit einem Satz vom Stuhl auf, und seine Stimme klang wie ein Donnergrollen, wie Bea nervös feststellte.

»Ich habe es ja gleich gewußt. Ich wußte, daß er ein gemeiner Lump ist! Zum Henker, ich bringe den Bastard um!«

»Aber er ist nicht mehr da, Papa. Er ist gegangen.«

Victoria wurde blaß. »Sag ja nicht, daß das etwas mit dir zu tun hat, Bea«, hauchte sie.

Beatrice stieß einen gekränkten Schrei aus. »Wie kannst du so etwas von mir denken, Mama?«

Victoria warf ihrem Mann unter gesenkten Lidern hervor einen Blick zu. Er hatte wieder Platz genommen und musterte sie beide mit finsterer Miene. »Nun, Beatrice«, murmelte Victoria, »du warst ziemlich angetan von ihm …«

»Aber das ist doch eine Ewigkeit her! Und ihr hattet recht, du und Heather. So gut er auch aussehen mag, er ist doch ziemlich alt. Außerdem scheint mir, er paßt viel besser zu 193« – sie blickte zu ihrem Vater hinüber, der sie mit finster gerunzelter Stirn ansah – »zu Heather«, beendete sie ihren Satz unsicher.

»Deine Unterstellung mißfällt mir zutiefst, Beatrice«, wies Miles sie scharf zurecht. »Ich werde nicht zulassen, daß du deine Schwester auf diese Weise beleidigst.«

Bea sah aus, als wolle sie gleich in Tränen ausbrechen. »Ich wollte sie nicht beleidigen! Und ich bin auch kein Kind mehr. Wenn Mr. Lewis im Morgengrauen aus ihrem Zimmer kam, ist es doch offensichtlich, wo er die Nacht verbracht hat …«

»Du weißt nicht, ob das wirklich stimmt, Beatrice.« Er sah ihr mit strenger Miene in die Augen.

»Aber wenn es nun doch stimmt?« rief sie. »Ich habe sie einmal zusammen gesehen. Ihre Köpfe waren ganz dicht beieinander, und ich glaube, sie haben etwas füreinander empfunden. Dann verschwindet er plötzlich, und Heather läuft herum wie ein verwundetes Reh … Ich mache mir Sorgen um sie, Papa. Sonst hätte ich kein Wort gesagt!«

»Und du hast das Richtige getan, Liebes, obwohl du auch verstehen mußt, daß dein Vater keine böswilligen Lügen und Gerüchte entstehen lassen möchte.« Victoria bemühte sich, die Gemüter der beiden zu beschwichtigen.

»Ich glaube, es ist an der Zeit, daß wir die Wahrheit herausfinden.« Miles schob seinen Stuhl zurück und machte Anstalten, sich vom Tisch zu erheben.

Victoria hielt ihn zurück. »Nein«, erklärte sie mit sanfter Stimme.

Miles wollte aufbrausen.

»Liebling«, sagte sie beschwichtigend, »Heather weiß, wie sehr du sie liebst. Und auch wenn mir klar ist, daß ihr mehr gemeinsam habt als viele andere Väter und Töchter, weiß ich nicht, ob Heather ausgerechnet mit ihrem Vater über ihre … Beziehung zu Mr. Lewis sprechen möchte.« Sie drückte seine Hand. »Das ist eine Sache, die das Feingefühl einer Frau erfordert, findest du nicht auch?«

»Ja, vermutlich hast du recht«, brummte Miles.

Victoria bedachte ihn mit einem Lächeln und erhob sich. Bevor sie den Raum verließ, legte sie Bea eine Hand auf die Schulter. »Beatrice«, murmelte sie, »ich verlasse mich darauf, daß diese Unterhaltung unter uns bleibt.«

Bea schlug die Augen nieder und sagte fügsam: »Selbstverständlich, Mama.«

Eine Woche nach Bridgets tragischem Verlust stattete Heather den MacTavishs einen Besuch ab. Glücklicherweise war die Hebamme am Tag nach der Entbindung nach Hause zurückgekehrt und hatte in den folgenden Tagen Bridgets Pflege übernommen. Insgeheim war Heather froh darüber, denn sie fürchtete sich vor der Begegnung mit Bridget.

Es hatte eine Weile gedauert, bis sie den Mut aufbrachte, Bridget wieder gegenüberzutreten. Die Schuldgefühle fraßen an ihr wie Säure. Oh, sie gab sich nicht mehr die Schuld für den Tod des Kindes, aber sie konnte nicht vergessen, daß sie in den leidenschaftlichen Armen eines Liebhabers gelegen hatte, während Bridget in tiefster Verzweiflung um ihr totgeborenes Kind trauerte …

Der Besuch wühlte die Gefühle der beiden Frauen auf. Sie lagen einander in den Armen und weinten bittere Tränen über den Tod des Kindes. Körperlich hatte sich Bridget gut erholt, und sie war schon seit einigen Tagen wieder auf den Beinen. Aber Heathers Herz war schwer. Sie versuchte, Bridget zu trösten und ihr zu versichern, daß nicht alles verloren war. Wenn Gott wollte, würde bald eine weitere Schwangerschaft folgen. Aber Bridget hatte alle Hoffnung und Zuversicht verloren.

Und Heather ebenfalls.

In Lockhaven angekommen, warf sie dem Stalljungen die Zügel zu. In diesem Moment fiel ihr Blick auf Mamas Schimmelstute, die im Schatten eines Baums graste. Obwohl ihr nicht nach Gesellschaft zumute war, wußte sie, daß sie eine fröhliche Miene aufsetzen mußte, damit Mama sich keine Sorgen machte. Ihr kam der Gedanke, daß sie sich auch bei Mama und Papa entschuldigen sollte. Sie war zu beiden sehr unhöflich gewesen.

Als sie den Salon betrat, erhob sich eine zierliche Gestalt vom Sofa und streckte ihr beide Hände entgegen.

»Heather!« Mamas Begrüßungslächeln war so süß wie immer. »Wie geht es dir, mein Schatz?« Heather küßte sie pflichtschuldig auf beide Wangen. »Mir geht es gut, Mama.«

»Wirklich? Du siehst ein bißchen kränklich aus, Kind.«

Marcus trat mit einem Teetablett ein. Heather bedankte sich und setzte sich zu ihrer Mutter.

Die Gräfin schenkte Tee in die Tassen und plauderte dabei über das herrliche Sommerwetter. Heather lehnte ab, als Victoria ihr ein Geleetörtchen auf den Teller legen wollte.

Victoria runzelte die Stirn. »Aber es ist dein Lieblingsgebäck, Liebes.«

»Ich weiß, Mama. Aber ich habe keinen Hunger.«

Über den Rand ihrer Teetasse hinweg musterte Victoria ihre Tochter. »Du siehst ein bißchen schmal aus, mein Schatz. Ißt du nicht richtig?«

Heather wäre ihrem prüfenden Blick und ihren Fragen nur allzu gern entronnen. Manchmal war Mama einfach zu klug. »Ich habe in letzter Zeit keinen großen Appetit.«

Victoria stellte Tasse und Untertasse auf den glänzend polierten Kirschholztisch zurück. »Heather«, erklärte sie ruhig, »wir alle wissen, daß irgend etwas nicht in Ordnung ist – dein Vater, Bea und ich.« Sie zögerte den Bruchteil einer Sekunde. »Bea glaubt, daß es etwas mit Mr. Lewis zu tun hat. Sie ist sogar überzeugt, daß du und Mr. Lewis etwas füreinander empfindet.«

Heather hatte das Gefühl, daß ihr der Teppich unter den Füßen weggezogen wurde. Die Mitteilung und die Offenheit, mit der Mama darüber sprach, brachten sie völlig aus der Fassung.

Sie versuchte, ihren Schrecken zu verbergen. Sie rührte den Tee in ihrer Tasse um, und starrte in die trübe Flüssigkeit.

»Ich habe keine Ahnung, warum sie so etwas behauptet.« Ihre Stimme war ein kaum hörbarer Hauch.

»Wirklich nicht?«

Ihre Stimme klang weich, aber Heather spürte ihren Blick. Kritisch. Prüfend …

Sie drehte mit einem Ruck den Kopf zur Seite. »Hör auf!« rief sie. »Sieh mich nicht so an!«

Der Aufschrei erschreckte sie beide. Mama legte sanft den Arm um sie.

»Heather … Oh, Liebling, ich will mich nicht in deine Angelegenheiten einmischen. Aber es tut mir in der Seele weh, dich so zu sehen, und ich kann es nicht ertragen! Vielleicht irre ich mich nicht, aber ich werde das Gefühl nicht los, daß Bea recht hat. Daß du vielleicht in Mr. Lewis verliebt bist …«

Heathers Kopf fuhr in die Höhe. Ein heftiger Schmerz durchfuhr erbarmungslos ihr Herz. Es stimmte, sie mußte es sich hilflos eingestehen. Sie liebte ihn.

Sie liebte ihn.

Ihre Schultern sackten herunter. Alles Leben schien

aus ihr gewichen. »Es spielt keine Rolle. Er ist fort. Ich ... ich habe ihn weggeschickt.«

»Heather, hör mich an. Ich habe es dir nie erzählt, aber erinnerst du dich an die Geschichte, die ich dir als Kind erzählt habe? Die skandalöse Geschichte von der jungen Dame, die einen bösen Grafen im Garten küßte?« Ein dünnes Lächeln spielte um ihre Lippen. »Schatz, das war ich.«

Heather hielt den Atem an. Fragend hob sie den Blick. »Das warst du?«

»Genau, mein Liebes.«

»Aber Papa ist nicht böse.«

Victoria lachte leise auf. »Oh, er war alles andere als begeistert, als mein Vater ihn zwang, mich zu heiraten. Ich war eine ganze Zeitlang davon überzeugt, daß dein Vater mich nicht liebte. Und ich redete mir selbst ein, daß ich ihn auch nicht liebte. Es war eine harte Zeit für uns beide. Du siehst also, die wahre Liebe nimmt nicht immer einen geraden Lauf.«

»Wahre Liebe?« Heathers Augen verdüsterten sich. Sie konnte Mama nicht erzählen, was zwischen ihr und Damien geschehen war. Es hätte Mama zutiefst schockiert.

Ihre Lippen wurden schmal. »So etwas gibt es nicht, Mama. Nicht für mich. Niemals.«

»Sag das nicht, Heather. Manchmal, wenn du denkst, daß alles verloren ist, leuchtet ein Hoffnungsschimmer am Horizont auf. Vielleicht ist Mr. Lewis für dich bestimmt, vielleicht auch nicht. Schon morgen könnte ein anderer Mann in dein Leben treten ...«

»Nein.«

Victoria blutete das Herz angesichts der Qualen ihrer Tochter. »Liebes, das kannst du nicht wissen ...«

»Doch, ich weiß es.« Sie senkte den Kopf. »Für mich ist das anders, Mama. *Ich bin* anders.« Sie sprach die Worte stockend und so leise, daß Victoria sich anstrengen mußte, sie zu verstehen. »Andere Menschen ... sie sehen nicht *mich* ... sie sehen das hier.« Sie deutete auf ihr Knie.

Heathers Verzweiflung schnitt Victoria ins Herz. Sie ergriff Heathers Hände. »Verliere nicht den Mut, Liebes. Verliere *niemals* den Mut. Noch nicht. Du bist zu jung, um so ... alt zu sein.«

Sie drückte Heathers Hand. »Heather, ich habe eine wunderbare Idee. Dein Vater und ich hatten vor, Mitte nächster Woche mit Bea nach London zu fahren. Wir wollten ungefähr einen Monat dort bleiben. Heather, bitte komm mit uns«, schmeichelte sie.

Heather lächelte freudlos. »Ich fürchte, ich wäre keine angenehme Gesellschaft.«

»Oh, Heather, bitte! Wir können Einkäufe machen und ins Theater gehen ... Du hast das Theater doch immer geliebt. Außerdem habe ich gerade einen Brief von meiner Freundin Sophie bekommen. Sie und ihre jüngste Schwester, Paige, werden auch in London sein. Erinnerst du dich an Paige? Sie ist im selben Alter wie du. Ich glaube, ihr habt euch vor ein paar Jahren kennengelernt und seid sehr gut miteinander ausgekommen, wie ich mich erinnere.«

Heather nickte. »Sie war reizend. Sie hatte gerade geheiratet« – ihre Stirn umwölkte sich – »einen Marineoffizier, glaube ich.«

»Ja, genau die meine ich! Sophie schreibt, daß Paige ziemlich einsam ist, weil ihr Mann für ein halbes Jahr auf See ist. Heather, bitte komm mit! Wir könnten uns alle zusammen prächtig amüsieren.«

Heather dachte nach. Seltsamerweise erschien ihr der Vorschlag verlockend. Sie machte sich nicht allzuviel aus London, aber sie war in letzter Zeit von einer solchen Unruhe erfüllt ... »Ich weiß nicht«, murmelte sie. »Ich muß an Lockhaven denken ...«

»Ach, hör auf! Jetzt klingst du wie dein Vater. Lockhaven wird noch stehen, wenn du zurückkommst, das verspreche ich dir.«

»Aber ich muß mich nach einem neuen Gutsverwalter umsehen ...«

»Spencer kann sich um beide Güter kümmern. Ich spreche mit deinem Vater darüber.« Sie strich Heather über das Haar. »Es gibt Zeiten, da werden wir von unseren Erinnerungen gemartert«, fügte sie liebevoll hinzu. »Heather, ein Ortswechsel würde dir gerade jetzt unendlich guttun. Bitte, sag ja.«

Heather seufzte. Offenbar hatte Mama auf jeden ihrer Einwände eine Antwort parat. Vielleicht war eine Veränderung wirklich das, was sie jetzt brauchte …

Ihr Entschluß war gefaßt, und so hob sie tapfer das Kinn und atmete tief durch. »Du hast recht, Mama. Ich werde mit euch nach London fahren.«

15. Kapitel

Das Londoner Stadttheater des Earl of Deverell war ein imposanter und vornehmer Bau. Er bot einen beeindruckenden Anblick mit seinen vier Stockwerken, der georgianischen Fassade aus rotem Backstein und den hohen Flügelfenstern. Efeu und Rosen rankten sich um das Eisentor, welches das Grundstück von der Straße trennte.

Giles hatte das Herrenhaus vor etwa zehn Jahren erworben, da ihr Vater von den ersten Tagen seiner Ehe an ein Familienmensch gewesen war, der es vorzog, seine Zeit in Yorkshire zu verbringen und daher keine Residenz in London unterhielt.

Nachdem er Lockhaven verlassen hatte, war Damien in halsbrecherischem Tempo Richtung London geprescht. Er hatte sich gezwungen, jeden Gedanken an Heather zu verdrängen. Dennoch ließen sie ihm keine Ruhe und versetzten ihn in Aufruhr; fast fürchtete er sich, seine marternden Gefühle beim Namen zu nennen. Es war besser so, redete er sich ein.

Aber für wen? schalt eine Stimme in seinem Innern. *Nicht für sie. Und bestimmt nicht für dich.*

Aber immerhin hatte sein Rachedurst neuen Auftrieb erhalten. Er hatte das Ziel, um dessentwillen er ursprünglich nach Lockhaven gekommen war, schon fast aus den Augen verloren. Hätte er nicht zufällig das Schmuckkästchen seiner Mutter entdeckt, so hätte er vielleicht völlig den Kopf verloren und die Suche nach James Elliot aufgegeben.

Einen Tag später fuhr Damiens Kutsche vor einem kleinen grauen Steingebäude in der Nähe des Portman Square vor. In dem Haus befand sich Cameron Lindseys Büro.

Cameron saß an seinem Schreibtisch und warf einen Blick durchs Fenster hinaus. Er nickte anerkennend, als er die glänzende rubinrote Kutsche sah, die von vier federgeschmückten, temperamentvollen Rapphengsten gezogen wurde. Ein goldenes Wappen auf der Tür verriet ihm, daß der Besitzer ein Mensch von Rang und Namen war, aber das Wappen war ihm nicht bekannt.

Die Kutsche rollte vor der Tür seines Hauses aus. Neugierig geworden schwang er seinen Stuhl herum, um den Vierspänner draußen näher in Augenschein zu nehmen.

Ein Lakai hielt die Tür auf. Eine große, kraftvolle Gestalt sprang heraus, vom leicht schiefsitzenden Hut bis zu den glänzend polierten Stiefeln elegant und nach der letzten Mode gekleidet.

Camerons Augen wurden groß. Er sprang auf und war in Sekundenschnelle an der Tür. Mit einer Verbeugung komplimentierte er den Ankömmling in sein Büro.

»Lord Deverell, welch unerwarteter Besuch. Ich hatte vor, morgen zu unserer Verabredung nach Willoughby aufzubrechen.«

Knapp und sachlich entgegnete Damien: »Dann ist es gut, daß ich von Lockhaven direkt nach London gekommen bin.«

Cameron bat den Earl mit einer Handbewegung, in einem Sessel am Schreibtisch Platz zu nehmen. Mit dem Daumen deutete er auf den Vierspänner, der vor dem Haus wartete. »Verzeihen Sie meine Vermessenheit, aber sind Sie sicher, daß Sie Ihr Erscheinen hier so auffällig machen wollen?«

Bevor Damien Lockhaven verlassen hatte, hatten sie sich stets bei Dunkelheit und an verschwiegenen Orten getroffen, weil er nicht wollte, daß irgend jemand von seiner Rückkehr erfuhr. Das Lächeln, das er jetzt aufsetzte, verriet keinen Spott. »Genau das will ich, Cameron.«

Der Detektiv zog erstaunt die Brauen in die Höhe. »Mylord?«

»Haben Sie ein wenig Geduld, Cameron, und erzählen Sie mir zuerst, wie die Dinge hier in London stehen. Gibt es etwas Neues? Eine Spur von Elliot?«

Cameron schüttelte den Kopf. »Er hält sich immer noch irgendwo versteckt, Mylord.« Er schwieg einen Augenblick. »Ich habe schon daran gedacht, meine Arbeit für Sie zu beenden, denn mir scheint, daß Sie mit einem anderen Detektiv vielleicht besser bedient wären.«

»Noch nicht, Cameron. Sie haben gute Arbeit geleistet. Ich glaube, wir müssen einfach noch ein wenig Geduld haben.«

Damien beugte sich vor und berichtete von den Ereignissen in Lockhaven. Zwar verschwieg er seine Verbindung mit Heather nicht, aber er sagte auch nicht, wie intim sein Verhältnis zu ihr gewesen war. Sein Bericht endete bei der Entdeckung des Schmuckkästchens seiner Mutter.

Cameron strich sich übers Kinn. »Seltsam«, murmelte er. »Sehr seltsam. Aber ich glaube, Sie haben recht. Es bestätigt unsere Vermutung, daß es zwischen Elliot und Ihrer Familie irgendeine Verbindung geben muß.« Er warf Damien einen fragenden Blick zu. »Was ist mit dem Mädchen? Wenn ich richtig verstanden habe, behauptet sie, nichts von Elliot zu wissen?«

Damien nickte kurz. »Sie sagt, ihre Eltern seien bei dem Kutschenunfall ums Leben gekommen.«

»Und glauben Sie ihr?«

»Ja.« Es dauerte lange, bis er diese Antwort über die Lippen gebracht hatte. Wenn es um Heather ging, konnte er nicht mehr unvoreingenommen denken. Sein Herz und sein Verstand waren hoffnungslos ineinander verwoben, und er konnte sie nicht mehr voneinander trennen, so sehr er sich auch bemühen mochte.

»Ich habe mich fast sechs Wochen lang in Lockhaven aufgehalten, Cameron. Ich habe festgestellt, daß ich allmählich die Geduld verliere. Elliot hat Giles und das Gut der Tremaynes absichtlich ausgesucht. Daher habe ich einen Plan. Ich nehme an, daß Sie bei ihrer Suche nach Elliot diskret vorgegangen sind?«

»Ja.« Cameron begann zu ahnen, worauf Damien hinauswollte. »Vielleicht ein wenig zu diskret, Mylord.«

»Genau das meine ich auch. Lassen Sie ihn wissen, daß jemand auf der Suche nach ihm ist, Cameron. Lassen Sie ihn wissen, daß *ich* auf der Suche nach ihm bin.« Seine Augen verengten sich. »Wenn er hinter Giles her war, ist er vielleicht auch an mir – dem Letzten der Tremaynes, interessiert. Vielleicht können wir ihn auf diese Weise aus seinem Versteck hervorlocken.«

»Sie wollen also, daß Ihre Anwesenheit in London bekannt wird?«

»Ja. Wenn die Ankunft des Lord of Deverell das Stadtgespräch von London wird, um so besser.«

Camerons Miene wurde nachdenklich. »Es könnte hinhauen, Mylord. Es wäre durchaus denkbar.«

»Verlassen Sie sich darauf, Cameron.« Er klatschte sich mit seinen Handschuhen auf die Schenkel. »Es scheint so, als habe Elliot nicht die Absicht, seine Tochter ausfindig zu machen. Aber vielleicht« – seine Lippen verzogen sich zu einem dünnen Lächeln – »vielleicht stellt er mir nach.«

Als Heather erwachte, zwitscherten draußen vor dem Fenster die Vögel. Seit ihrer Ankunft in London hatte sie ein angenehm müßiges Leben geführt, hatte lange geschlafen, an den Nachmittagen viel gelesen, war manchmal mit Mama und Bea zum Tee oder einkaufen gegangen und hatte das eine oder andere Gartenfest besucht. Am Abend zuvor waren sie in der Oper gewesen; Heather hatte verzückt in ihrer Loge gesessen und der himmlischen Musik gelauscht. Ihre Tage waren mit Müßiggang gefüllt, aber sie empfand es als überraschend wohltuend, einmal frei von aller Last zu sein. Sie bemühte sich, nicht an Damien zu denken – und an den letzten furchtbaren Auftritt –, und meistens gelang es ihr auch. Von Zeit zu Zeit schlichen sich die Gedanken an ihn in ihr Bewußtsein.

Aber sie wurden energisch verscheucht.

An diesem Morgen saß Heather in ihrem Zimmer im Stadthaus der Familie Grayson. Hüte, Schals und zierliche Schuhe lagen auf dem Fußboden verstreut. Kästen und Schachteln stapelten sich auf dem Teppich, auf dem Bett und selbst auf den Sesseln lagen Kleider in allen Farben und Stoffen aufgetürmt. Tageskleider aus gestärktem Musselin, pastellfarbene Morgenröcke und leuchtend bunte Abendroben waren darunter. Bea flatterte im Raum herum wie ein Schmetterling von Blüte zu Blüte.

»Ich war viel zu verschwenderisch.« Heathers Bemerkung wurde von einem schuldbewußten Kopfschütteln begleitet. »Ich weiß wirklich nicht, was in mich gefahren ist. Ich kann die Sachen gar nicht alle tragen, in hundert Jahren nicht.«

Bea pickte ein elegantes fliederfarbenes Abendkleid von einem der Stapel. »Heather, das mußt du morgen abend auf Lady Setons Ball tragen«, erklärte sie mit glänzenden Augen. »Es wird einfach herrlich aussehen zu deinem dunklen Haar. Und die Farbe wird das Violett deiner Augen wunderbar zur Geltung bringen.«

Heather biß sich auf die Lippen. »Eigentlich«, murmelte sie, »weiß ich noch nicht recht, ob ich mitkommen werde.«

Bea und Paige, die jüngste Schwester von Sophie, Mamas bester Freundin, starrten sie entgeistert an. Paige war eine sanfte und ernste junge Frau mit zierlicher Figur und glänzendem kastanienbraunen Haar. In den wenigen Wochen seit ihrer Ankunft in London hatte Heather ihre Gesellschaft – und ihre Freundschaft – schätzen gelernt. Paige war es, die jetzt ihrer Enttäuschung Ausdruck gab.

»Heather, du mußt mitkommen! Lady Setons Bälle sind einfach himmlisch. Und sie sind *das* Ereignis des Jahres. Jeder, der etwas auf sich hält, wird dasein! Ich schwöre dir, so viel Schmuck und Eleganz, wie du sie morgen abend sehen wirst, ist dir in deinem ganzen Leben noch nicht unter die Augen gekommen. Es ist wunderbar, einfach nur dazustehen und die Leute zu beobachten!«

Bea warf ihr einen flehenden Blick zu. »Heather, bitte komm mit. Auf dem Land gehst du fast nie aus. Und schließlich« – sie breitete die Arme weit aus – »sind wir hier in London! Abgesehen davon«, fügte sie mit einem schelmischen Lächeln hinzu, »werden Mama und Papa enttäuscht sein, wenn du nicht mitgehst.«

In diesem Punkt mußte Heather ihrer Schwester recht geben. Sie hatte die Opern- und Theaterbesuche und die zwanglosen Gesellschaften bei den Freunden von Mama und Papa genossen. Aber ein Ball war eine völlig andere Sache ...

Bea stemmte die Hände in die Hüften. »Heather, ich sehe hier mindestens *zwei* Ballkleider. Du kannst sie doch nicht ungetragen weglegen!«

Ein widerstrebendes Lächeln erschien auf Heathers Lippen. »Wahrscheinlich hast du recht, Bea.«

»Du gehst also hin?«

»Ja, Liebes, wenn es sein muß.«

Bea stieß einen Freudenschrei aus und klatschte in die

Hände. »Ach Heather, es wird dir gefallen!« Sie wandte sich an Paige. »Glaubst du, daß der Earl of Deverell dort sein wird?«

Paige schürzte die Lippen. »Ich nehme es doch an.«

Heather legte den Kopf zur Seite und sah Paige an. »Wer ist der Earl of Deverell?«

Bevor Paige antworten konnte, mischte sich Bea mit lebhafter Miene ein. »Er ist erst seit kurzem in London, aber er ist das Stadtgespräch, Heather.«

»Das stimmt«, pflichtete Paige ihr bei. »Ganz London spricht über ihn. Erst gestern habe ich gehört, wie Lady Churchill meiner Schwester beim Tee von ihm vorgeschwärmt hat. Sie hat gesagt, sie hat noch nie jemanden gesehen, der sich so bewegt – mit der Anmut eines Panthers. Ja, genau das waren ihre Worte, glaube ich! Sie sagt, er braucht nur den Raum zu betreten, und schon wenden sich ihm wie unter Zwang die bewundernden Blicke aller Anwesenden zu.«

»Besonders die der Damen«, kicherte Bea.

Heather hob in sanftem Vorwurf eine Braue.

Paige lachte. »Es heißt, er sieht verboten gut aus – ein Blick aus seinen durchdringenden grauen Augen, und die Damen fallen in Ohnmacht vor Verzückung.«

Graue Augen? Heather konnte nichts dagegen tun. Ihr Herz tat einen Sprung.

»Aha«, sagte sie munter. »Er muß sehr jung sein, wenn es sein erster Auftritt in der Gesellschaft ist.«

»Um die dreißig, soweit ich gehört habe.« Es war Paige, die das gesagt hatte.

»So so! Dann muß man sich aber doch fragen, wo er sich all die Jahre versteckt gehalten hat.«

Paige war offensichtlich bestens im Bilde. »Oh, er war jahrelang im Ausland – wo, weiß ich nicht mehr. Er hat den Grafentitel beim Tod seines älteren Bruders geerbt und ist erst kürzlich nach England zurückgekehrt.«

Bea ließ sich auf das einzige freie Fleckchen auf dem

Bett fallen, ihre Augen waren ganz verträumt. »Man sagt, daß er der bestaussehende Mann in ganz London ist.«

Heather warf ihr einen strafenden Blick zu. Unwillkürlich ging ihr der Gedanke durch den Kopf, daß sie Damien einmal für den bestaussehenden Mann in ganz England gehalten hatte.

»Obwohl er natürlich viel zu alt für mich ist«, beeilte sich Bea hinzuzufügen. »Trotzdem« – sie seufzte wehmütig – »ich wünschte, ich könnte mit euch gehen. Du erzählst mir davon, Heather, nicht wahr? Bis in alle Einzelheiten.«

Heathers Augen wurden weich. Sie erhob sich und küßte Bea liebevoll auf die Stirn. »Ich wage zu behaupten, daß du nächstes Jahr mehr als genug Bälle besuchen wirst, Liebes. Dann wird Lady Setons Ball noch rauschender werden als je zuvor.« Sie lächelte. »Und du wirst diejenige sein, die mir davon erzählt.«

Bea war tatsächlich aufgeregter als Heather selbst, als diese sich am Abend des folgenden Tages ankleidete. Sie goß duftendes Rosenöl in ihr Badewasser und pflückte im Garten winzige weiße Rosenknospen, die die Zofe Heather ins Haar stecken sollte.

Bald war sie bereit, in ihre Abendrobe zu schlüpfen. Sie hatte ihrer Schwester die Wahl überlassen, und Bea hatte das lavendelfarbene Kleid zurechtgelegt, das sie am Tag zuvor so bewundert hatte.

Als die Zofe die Haken geschlossen hatte, klatschte Bea begeistert in die Hände. »Heather«, hauchte sie atemlos. »Oh, Heather, du siehst aus wie eine Märchenprinzessin.«

Heather lachte fröhlich. »Dann fürchte ich allerdings, daß du eine Brille brauchst, meine Liebe.«

»Sieh doch selbst.« Bea schob sie sanft zu dem Spiegel, der in der Zimmerecke stand. Heather nahm all ihren Mut zusammen und hob den Kopf. Dann riß sie vor Staunen die Augen auf.

Das Kleid war wunderschön. *Sie* war wunderschön. Ihr schwarzes Haar war hochgesteckt und mit Rosenknospen durchflochten. Zarte volantbesetzte Ärmel flossen von einem Mieder herab, das Heathers Figur eng umschmiegte. Bea hatte recht; der matte Lavendelton brachte ihre zarte Haut zum Leuchten und das tiefe Violett ihrer Augen zur Geltung. Aber der tiefe Ausschnitt war überaus gewagt. Er ließ ihre Schultern ganz und ihre Brüste fast zur Hälfte frei.

Sie hob nervös die Hand an ihr Dekolleté. »Mir war nicht klar, daß es so tief ausgeschnitten ist. Ich komme mir halb nackt vor.«

»Das liegt daran, daß es ein Ballkleid ist, Dummchen.« Bea warf sich in Pose, die Hände auf den Hüften und die Brust vorgereckt. »Den Herren gefällt das«, fügte sie hinzu, aber das Funkeln in ihren Augen wollte so gar nicht zu ihrer verwegenen, rauchigen Stimme passen.

»Ach du!« Heather versetzte ihr einen spielerischen Klaps, dann raffte sie mit einer Hand die Röcke und nahm ihren Stock in die andere.

Bea begleitete sie bis zum Treppenabsatz, dann stürmte sie höchst undamenhaft die Treppe hinunter. »Platz da«, schrie sie. »Sie kommt.«

Miles und Victoria, die in der Eingangshalle gewartet hatten, blickten auf. Bea stellte sich am Fuß der Treppe auf. Als Heather den Fuß auf die letzte Stufe setzte, verneigte sich Bea tief. In Heathers Kehle perlte ein fröhliches Gelächter auf.

Aber ein Blick in Papas Gesicht ließ sie schlagartig verstummen.

Er trat zu ihr hin und ergriff ihre Hände. »Püppchen«, sagte er schlicht, »du bist eine Schönheit.«

Victoria brachte kein Wort heraus. Sie war sprachlos. Tränen standen ihr in den Augen.

Plötzlich war auch Heather zum Weinen zumute. So sehr sie Mama und Papa liebte, so wünschte sie doch,

Damien hätte sie an diesem Abend sehen können. Wenn nur *er* hier stehen und sie am Fuße der Treppe erwarten würde …

Das Herrenhaus der Setons erstrahlte in festlichem Lichterglanz, als die Kutsche vorfuhr. Ein Lakai führte sie ins Haus, wo sie von Lady Seton, einer hochgewachsenen blonden Frau in einem leuchtend rosafarbenen Abendkleid, begrüßt wurden. Heather stand an der Seite ihrer Mutter und fragte sich nervös, ob sie nicht doch besser daran getan hätte, zu Hause zu bleiben. Lady Seton und Victoria wechselten ein paar freundschaftliche Worte, dann küßte Miles die behandschuhte Rechte, die sie ihm entgegenstreckte.

»Annabelle, Sie erinnern sich an mein Mündel, Heather Duval?«

Lady Seton wandte sich ihr zu. »Heather, ja natürlich! Sie waren doch noch ein Kind, als ich Sie das letzte Mal gesehen habe.«

Heather deutete einen Hofknicks an. »Mein letzter Besuch in London liegt schon eine ganze Weile zurück.«

»Ja, ich fürchte, sie schlägt Miles nach«, warf Victoria ein. »Heather zieht das Landleben vor« – sie hängte sich bei ihrem Mann ein und legte den Kopf an seine Schulter – »nicht, daß ich mich beklagen würde, wohlgemerkt.«

Lady Seton drohte scherzhaft mit dem Finger. »Das will ich auch nicht hoffen. Sie und Miles sind nämlich unter meinen Bekannten das einzige Ehepaar, das nach so vielen Jahren noch genauso verliebt ist wie am Tage seiner Hochzeit.« Sie stieß ein perlendes Gelächter aus. »Und das ist heute noch genauso altmodisch wie damals!«

Ihre Worte versetzten Heather einen Stich. Noch nie hatte sie Papa und Mama so beneidet wie in diesem Augenblick. Sie sehnte sich nach dem, was sie aneinander hatten. Nach der Liebe, die sie verband, und die sie der

Welt so ungeniert zeigten. Ihr Herz beklagte bitter diese Ungerechtigkeit, denn das war etwas, das sie nie haben würde …

Sie fühlte sich wie eine Außenseiterin, aber sie wußte auch, daß sie nicht auf der Stelle kehrtmachen und nach Hause gehen konnte. Obwohl alle Anwesenden ihr mit Freundlichkeit und Zuvorkommenheit begegneten, war sie doch erleichtert, als Paige erschien. Zu diesem Zeitpunkt wimmelte es im Haus bereits von Gästen. Diener trugen mit verführerisch aussehenden Hors d'oeuvres beladene Tabletts herum. Stimmengewirr und Gelächter drang bis in die letzten Winkel des Salons und des Ballsaals. Das üppige Festmahl wurde im Speisezimmer serviert. Heather mußte aufpassen, daß ihr vor Staunen nicht der Mund offen stand; die Gesichter am anderen Ende der Tafel verschwammen vor ihren Augen.

Nach dem Essen klagte Mama über Kopfschmerzen, und Miles teilte Heather mit, daß sie beschlossen hatten zu gehen. Heather hätte sich ihnen gern angeschlossen, aber Paige flehte sie an, noch zu bleiben. Mama unterstützte Paiges Bitte und versprach Heather, ihr die Kutsche zurückzuschicken. Heather entschloß sich also, noch zu bleiben. Sie hatte befürchtet, daß sich der Abend entsetzlich langweilig dahinziehen würde, aber bis jetzt war das ganz und gar nicht der Fall.

Paige schnappte sich zwei Gläser Champagner von einem Tablett und steuerte auf zwei samtbezogene Sessel zu, die an der gegenüberliegenden Wand des Salons standen. Als sie Platz genommen hatten, reichte sie Heather eines der Gläser.

»Nun, Heather, was hältst du von Lady Setons Ball? Hatte ich nicht recht? Ist es nicht *das* Ereignis des Jahres?«

Heather ließ den Blick durch den Raum schweifen. Parfümdüfte vermischten sich mit dem berauschenden Geruch frischer Blumen. Brokat und Seide schimmerte im Schein von tausend Kerzen. Juwelen und Edelsteine verbreiteten überall ihren Glanz – die Frauen waren mit Rubinen, Diamanten und Smaragden geschmückt, aber auch die Männer in ihrer eleganten Abendkleidung wirkten eindrucksvoll.

»Das kann ich nicht sagen«, lachte Heather. »Aber ich weiß, daß ich noch nie im Leben ein solches Aufgebot an Schmuck und eleganten Kleidern gesehen habe!« Sie senkte die Stimme. »Mama hat mir den Premierminister gezeigt, bevor sie ging.«

Paiges Augen wurden groß. »Wirklich?«

Heather nickte. Sie leerte ihr Glas und reichte es einem vorübergehenden Diener. Aus den Augenwinkeln bemerkte sie, daß der Haushofmeister einige Nachzügler ankündigte.

Plötzlich stieß Paige sie mit dem Ellbogen an. »Das ist er!« stieß sie atemlos hervor.

Heather zog ihre feinen Brauen zusammen. »Wer?«

»Hast du es nicht gehört? Das ist er, der Mann, von dem wir gestern gesprochen haben ... der Earl of Deverell!«

Heather rümpfte die Nase. Ein einfacher Earl war in ihren Augen nicht annähernd so interessant wie der Premierminister, auch wenn er noch so gut aussehen mochte.

Ihr Blick wanderte zu dem Neuankömmling. Im Unterbewußtsein nahm sie eine hochgewachsene, breitschultrige Gestalt wahr, dunkles Haar über einem umwerfenden Profil von klassischer Schönheit.

Ihr stockte der Atem. Ihr Magen verkrampfte sich. Ein furchtbarer Schreck fuhr ihr ins Herz. Der Mann, der soeben angekommen war, der Earl of Deverell ...

...war kein anderer als Damien.

16. Kapitel

Ihr Verstand wollte ihr nicht mehr gehorchen. Es konnte nicht sein. Lieber Gott, es konnte nicht sein! Es muß am Champagner liegen, dachte sie benommen. Zu viel, zu schnell.

Aber es lag nicht am Champagner. *Er* war es wirklich.

Bei seinem bloßen Anblick wurden ihre Knie weich. In seinem eleganten schwarzen Abendanzug zog er die Blicke aller Anwesenden auf sich. Seine muskulösen Beine zeichneten sich unverkennbar in den hautengen Pantalons ab. Das strahlende Weiß seines Hemdes brachte seine gebräunte Haut überaus vorteilhaft zur Geltung.

Vage bemerkte sie, daß er sich mit Lady Seton unterhielt. In diesem Augenblick wandte er den Kopf in ihre Richtung.

Ihre Blicke streiften sich und bohrten sich dann einen kurzen Augenblick lang ineinander – einen Augenblick, der ihr vorkam wie eine Ewigkeit. Sein Blick schien ihr mitten in die Seele zu dringen, aber sie wehrte sich mit aller Heftigkeit dagegen, denn während sie das Gefühl hatte, in tausend Stücke zu zerspringen, verrieten seine unergründlichen Augen nichts von seinen Gedanken.

Mit einer leichten Neigung des Kopfes wandte er den Blick von ihr ab.

Der Schmerz schnitt ihr ins Herz wie ein Messer.

Sie kämpfte verzweifelt um ihre Selbstbeherrschung … und siegte in diesem Kampf.

»Heather?« Paige zupfte an ihrem Ärmel. »Heather, ist alles in Ordnung? Du siehst aus, als hättest du ein Gespenst gesehen.«

Unter Aufbietung ihrer ganzen Willenskraft gelang ihr ein schwaches Lächeln. »Mir geht es gut, Paige. Der Earl hat mich nur an jemanden erinnert, dem ich vor langer Zeit in Lockhaven begegnet bin.« Aber ihr ging es keineswegs gut. Vielmehr kochte sie innerlich vor Zorn. Am liebsten wäre sie vor ihn hingetreten und hätte eine Erklärung von ihm verlangt. Was hatte er hier zu suchen? Warum hatte er sich in Lockhaven als Damien Lewis ausgegeben? Welches Spiel spielte er?

Lady Seton führte ihn durch den Salon, um ihn den Anwesenden vorzustellen. Paige richtete sich in ihrem Sessel kerzengerade auf. »Wir werden ihn kennenlernen, Heather! Da wirst du Bea morgen aber eine Geschichte zu erzählen haben!«

In Heather tobte ein wilder Aufruhr. Wenn sie nur gewußt hätte ...

Sie waren als nächste an der Reihe. Lady Seton hatte sich vertraulich bei ihm eingehängt. Heather hätte der reizenden Gastgeberin am liebsten das Herz aus dem Leib gerissen.

Aber sie hatte keinen Besitzanspruch. Lieber Himmel, sie wußte ja nicht einmal, wer er wirklich war ...

»Mylord, darf ich Ihnen Paige Winslow, die jüngere Schwester der Vicomtesse Wyburn, vorstellen. Ihr Gatte Daniel Winslow ist Kapitän der Königlichen Marine und befindet sich gegenwärtig auf hoher See. Paige, das ist Damien Tremayne, Earl of Deverell.«

Paige hatte sich erhoben und deutete jetzt einen Hofknicks an. »Mylord.«

»Sehr erfreut, Madam.« Damien hatte ihre Hand ergriffen und lächelte auf sie herab. »Sie müssen sich sicher sehr einsam fühlen ohne Ihren Gatten.«

»O ja, Mylord«, erwiderte Paige atemlos. »Ich zähle die Tage bis zu seiner Heimkehr.«

»Eine glückliche Ehe also. Sie können sich glücklich schätzen, Madam, Sie und Ihr Gatte.«

Paige strahlte. Heather biß die Zähne zusammen.

Nun stand Lady Seton mit ihrem Gast vor ihr. Heather dachte nicht daran, sich zu erheben, sie blieb, wo sie war. Bei Gott, sie würde sich von diesem Betrüger weder einschüchtern noch demütigen lassen – wer immer er auch sein mochte.

»Mylord, Miss Heather Duval, Mündel von Miles Grayson, Earl of Stonehurst.«

»Ich bin entzückt.« In ihrer Stimme lag ein Anflug von Schärfe. Ihr Blick war so kühl wie ein englischer Wind. Sie schenkte ihm weder ein Lächeln noch reichte sie ihm die Hand, statt dessen ließ sie beide Hände verschränkt im Schoß liegen.

In seinen Augen flammte ein zorniger Funke auf. Heather war das gleichgültig.

»Miss Duval, es ist mir eine Ehre.« Sein Ton war die Liebenswürdigkeit selbst.

Und dann gingen sie weiter. Es war vorbei. Paige plauderte wie ein Wasserfall, aber Heather hörte kaum, was sie sagte. Sie wollte nur noch auf der Stelle fort, denn sie wollte keine Sekunde länger mit ihm unter einem Dach sein.

Kaum war ihr dieser Gedanke durch den Kopf geschossen, stand er plötzlich vor ihr. Ohne Vorwarnung ergriff er ihre schmale Hand. Er verneigte sich tief und richtete sich dann vor ihr auf.

»Es ist ein bezaubernder Abend, Miss Duval. Möchten Sie ein wenig mit mir im Garten spazierengehen?«

Sie wollte ihrer ersten Eingebung folgen und ablehnen. Am liebsten hätte sie ihn ins Gesicht geschlagen. Sie reckte das Kinn in die Höhe. Seine Finger verstärkten kaum merklich den Druck um ihre Hand – eine deutliche Warnung.

Ihr Blick traf seine Augen. Was sie dort sah, nahm ihr den Mut, ihn zurückzuweisen.

»Wenn Sie es wünschen, Mylord.«

Sie erhob sich. Ihre Hand ruhte noch immer in der seinen; entschlossen legte er sie auf seinen Arm. Dann bückte er sich und reichte ihr den Gehstock.

Es war nur ein kurzer Weg zu der Flügeltür, die auf

die Terrasse hinaus führte. Die Nacht war mild, die Luft vom süßen Duft von Rosen und Parfüm erfüllt. Aus dem hell erleuchteten Saal fiel das Licht auf die Terrasse und tauchte den Weg in einen mattgoldenen Schein. Bei einem plätschernden Springbrunnen stand eine kleine Steinbank, und dorthin führte er sie.

Düstere Verzweiflung beschlich ihre Seele. Sie hätte sich keine anheimelndere oder romantischere Szenerie vorstellen können ...

Sobald sie stehengeblieben waren, entzog sie ihm so hastig ihre Hand, als wäre er ein Aussätziger.

Damien konnte es ihr nicht übelnehmen. Auch wenn es ihr nicht bewußt war, löste die Begegnung in ihm ein ebensolches Erdbeben aus wie in ihr. Aber gleichgültig ...

Er hatte das Beben ihrer Hand gespürt, die Eiseskälte ihrer Haut. Und nun stand sie vor ihm, so schön und so zart wie eine Blume im Wind. Sie war zutiefst verletzt, voller Zorn über seinen Verrat, von Verzweiflung zerrissen – das alles war deutlich und unmißverständlich in ihren funkelnden Augen zu lesen. Aber sie hielt seinem Blick unerschrocken und mit unerschütterlichem Mut stand. Unsicher, aber so unglaublich tapfer, ihren Stock umklammernd, als wäre es ihr letzter Halt auf der Welt.

Er hätte nicht stolzer auf sie sein können ...

Und nie hatte er größere Verachtung für sich selbst empfunden.

Der Wunsch, sie zärtlich zu berühren, war überwältigend. Er strich ihr mit dem Finger über die Wange und stellte fest, daß ihn sein Gedächtnis nicht täuschte. Ihre Haut fühlte sich so seidenweich an, wie er sie in Erinnerung hatte. Fast begierig wanderte sein Blick über ihre Gestalt.

Er lächelte. »Du siehst wunderschön aus«, sagte er leise.

Ihre Augen waren riesengroß und verwundet, verdächtig feucht. Sie schluckte krampfhaft, und er spürte, daß sie die Tränen zurückhielt.

»Du hast mir gefehlt, Heather.« Seine Stimme klang noch weicher als zuvor. »Schenk mir ein Lächeln, Süße.«

Ihre Augen flammten zornig auf, ihr Mund verzog sich zu einer verächtlichen Grimasse.

Er ließ die Arme sinken.

Die Stille dehnte sich gähnend zwischen ihnen aus wie ein unendlicher Ozean.

Heather war es, die das Schweigen brach. »Ich muß zugeben, daß ich nicht weiß, was ich tun soll«, sagte sie schnippisch. »Wie soll ich Sie nennen? Mr. Lewis? Oder Lord Deverell?«

Er sah sie mit festem Blick an. »Wir waren auf wesentlich vertrauterem Fuß, Heather. Oder hast du das vergessen?«

Sie senkte den Blick. Seine Stimme klang so sanft, seine Augen waren so zärtlich. Plötzlich empfand sie seine Gegenwart schmerzhaft deutlich, ganz gegen ihren Willen. Sie wagte nicht, ihm in die Augen zu sehen, aus Angst, daß er ihre Sehnsucht nach ihm erkennen würde, die noch nicht vergangen war; die, wie sie fürchtete, *nie* vergehen würde.

Tief in ihrem Innern fand sie die stählerne Kraft, die sie so dringend brauchte. Langsam hob sie den Kopf. »Ich habe nichts vergessen«, entgegnete sie scharf. »Und Sie haben meine Frage nicht beantwortet, Mylord ... Oder ziehen Sie Mr. Lewis vor?«

»Fahr morgen mit mir in den Hyde Park, Heather, dann werde ich dir alles erklären.«

»Ich fahre nirgendwo hin mit dir«, brauste sie auf.

Sein Lächeln war unwiderstehlich. »Nun, dann wirst du die Wahrheit nicht erfahren.«

In diesem Augenblick haßte sie ihn, haßte ihn mehr als je einen Menschen zuvor. »Sag es mir, Damien. Sag mir, wer du bist. Sag mir, was los ist!«

Die Terrasse hatte sich mit Gästen gefüllt. Sein Blick schweifte an ihr vorbei. »Jetzt ist nicht der richtige Zeitpunkt, Heather«, erwiderte er ruhig.

Ihre Miene verhärtete sich. »Das ist mir gleichgültig. Sag es mir.«

»Ich hole dich um elf Uhr ab.«

»Nein!«

»Ich hole dich ab«, wiederholte er.

Ihr heftiger Atemzug klang wie ein Schluchzen. Von Zweifeln geplagt, von ihrer eigenen schändlichen Sehnsucht zermartert, brachen sich die Tränen Bahn, die sie so tapfer zurückgehalten hatte. Sie kämpfte so verzweifelt darum, ihre Ruhe zu bewahren, ihren Zorn nicht zu zeigen. Aber jetzt war ihr zumute, als würde der Boden unter ihren Füßen schwinden.

Seine Stimme tastete sich durch das dunkle Nichts, das um sie herum war. »Vertrau mir, Heather.«

»Dir vertrauen!« Sie warf den Kopf in den Nacken. »Vertrau mir, sagst du! Aber wie kann ich das, nachdem du mich so hintergangen hast … Oder etwa nicht? Gott, ich« – ihre Stimme versagte – »ich weiß nicht einmal, wer du bist!«

Starke Arme schlossen sich um sie, zogen sie für einen verwirrenden Augenblick dicht heran. Sie spürte seine Arme hart und fest in ihrem Rücken. Sie sank an seine Brust, gefangen in einem Schleier widerstreitender Gefühle. Sein Herzschlag pochte an ihrem Ohr, beruhigend und regelmäßig. Seine Umarmung war warm und tröstlich, alles, wonach sie sich gesehnt hatte, alles, wovon sie geträumt hatte.

Aber war es nicht auch wieder eine Lüge?

Wie ein schwerer Stein lastete die Verzweiflung auf ihrer Brust.

Ein leiser Seufzer, geboren aus hilfloser Resignation, kam über ihre Lippen. Der Laut bohrte sich ihm ins Herz wie ein Dolch. Er löste sich langsam von ihr und sah ihr in die Augen. Er strich ihr eine Haarsträhne, die sich gelöst hatte, hinters Ohr und mußte gegen den Drang ankämpfen, seine Hand dort verweilen zu lassen.

Ihre Lippen zitterten. »Ich muß es wissen«, flüsterte sie. »Damien, ich muß wissen … wer du wirklich bist.«

Er zögerte einen Augenblick. »Mein Name ist Damien Lewis Tremayne.«

»Dann bist du also der Earl of Deverell?«

Er nickte, dann ergriff er ihre Hand und zog sie an die Lippen. »Alles andere erkläre ich dir morgen, Heather, das verspreche ich dir. Bitte, Liebste, vertrau mir.«

Liebste. Ihr Herz wollte zerbrechen. Das gleichgültig dahingesagte Kosewort war eine Qual für sie. Er war ein Earl. Ein *Earl.* Er liebte sie nicht. Er würde sie *niemals* lieben. Sie war ihm vollkommen gleichgültig, sonst hätte er sie niemals auf diese Weise hintergangen.

Aber sie würde ihm nicht zeigen, wie sehr er sie verletzt hatte. Nicht noch einmal. Nie wieder. Sie straffte die Schultern und blickte zu ihm auf. »Mir scheint, ich habe keine andere Wahl.« Sie konnte die Bitterkeit in ihrer Stimme nicht ganz verbergen.

Als sie in den Salon zurückkehrten, stellte sie zu ihrer Erleichterung fest, daß Paige bereits gegangen war. Damien winkte die Kutsche herbei und half ihr beim Einsteigen. Er drückte sachte ihre Hand. Sie tat so, als habe sie es nicht bemerkt. Als sich die Kutsche mit einem Ruck in Bewegung setzte, blickte sie starr geradeaus, ohne sich noch ein einziges Mal umzudrehen.

Noch nie im Leben war ihr etwas so schwergefallen.

Im Haus der Graysons waren alle Bewohner schon schlafen gegangen. Heather war unendlich dankbar dafür, denn sie wußte, daß sie ihre bedrückte Stimmung nicht hätte verbergen können. In dieser Nacht fand sie lange keinen Schlaf.

Am nächsten Morgen erwachte sie erst spät. Als sie die Treppe herunterkam, waren alle Familienmitglieder schon aus dem Haus.

Pünktlich um elf Uhr wurde die Türglocke angeschlagen. Obwohl sie es erwartet hatte, zuckte sie bei dem Geräusch heftig zusammen. Um nicht übereifrig zu erscheinen, besonders, da sie sich am Vortag so hartnäckig gegen die Einladung gesträubt hatte, wartete sie im Salon, bis Nelson, Papas alternder Butler in London, hereinkam, um den Besucher anzukündigen.

»Ein Besucher für Sie, Miss Heather – der Earl of Deverell.«

Sie nahm ihr Schultertuch zur Hand und erhob sich. »Danke, Nelson«, murmelte sie. »Sollte jemand nach mir fragen, dann sagen Sie, daß ich den Nachmittag mit dem Earl of Deverell verbringe.«

»Sehr wohl, Miss Heather.«

Damien wartete auf sie in der Eingangshalle. Die Luft schien in seiner Gegenwart spannungsgeladen. Als er das Rascheln ihrer Röcke hörte, drehte er sich um.

»Mylord.« Sie war stolz auf ihre würdevolle Haltung, aber innerlich war sie ein zerrüttetes Nervenbündel. »Ich hoffe, ich habe Sie nicht allzu lange warten lassen.«

Seine Miene war unergründlich, sein Ton von untadeliger Höflichkeit. »Ganz und gar nicht.«

Plötzlich stand ein Anflug von Besorgnis in seinem Gesicht. »Herrje«, murmelte er. »Mir kommt erst jetzt der Gedanke, daß du vielleicht eine Anstandsdame haben solltest …«

Heather warf den Kopf in den Nacken. »Ich komme seit etlichen Jahren gut allein und ohne den Schutz einer Anstandsdame zurecht«, erklärte sie leichthin. »Abgesehen davon bin ich fünfundzwanzig Jahre alt und damit in den Augen der Gesellschaft schon jenseits von Gut und Böse.«

»Also schön.« Er hielt ihr die Tür auf und folgte ihr auf die Straße hinaus.

Seine Kutsche war ein schnittiges, rubinrotes Gefährt, das den Vorzug hatte, nicht nur schnell, sondern auch noch bequem zu sein. Sie saßen sich in dem komfortabel ausgestatteten Innenraum gegenüber, ohne sich zu berühren und ohne ein Wort miteinander zu wechseln. Seine Haltung war locker und entspannt. Er hatte die Arme über der Brust verschränkt und eines seiner langen Beine ausgestreckt. Heather preßte die Lippen zusammen. Sie würde nicht bitten und betteln um eine Antwort auf die Fragen, die sie so sehr quälten. Das hatte sie am Vorabend bereits erfolglos versucht. Er blickte aus einem Kutschenfenster hinaus, sie aus dem anderen.

Als sie am Hyde Park vorüberrollten, sog sie hörbar den Atem ein. Ihre Augen richteten sich anklagend auf ihn, und sie stellte mit Unbehagen fest, daß die seinen bereits kristallklar auf ihr ruhten.

Eine dunkle Braue zuckte in die Höhe. »Ich habe nicht die Absicht, dich zu entführen, Heather. Ich dachte nur, daß sich ein Ort, an dem wir ungestört sein können, besser für unser Gespräch eignet.«

»Natürlich.« Sie richtete ihre Aufmerksamkeit wieder auf die vorübergleitende Landschaft und versuchte, ihre steifen Schultern zu entspannen.

Nach kurzer Zeit hielt die Kutsche an. Sie befanden sich jetzt vor den Toren der Stadt, und vor ihnen lag eine friedliche Weidelandschaft. Der wolkenlos blaue Himmel dehnte sich in endloser Weite über ihnen. Damien half ihr aus dem Wagen und wandte sich dann dem Kutscher zu, um ein paar Worte mit ihm zu wechseln. Als er wieder zu ihr trat, rollte die Kutsche davon.

»Ich habe den Kutscher gebeten, uns in ein paar Stunden wieder abzuholen«, erklärte er in Beantwortung der stummen Frage in ihren Augen.

Ein paar Stunden! Was er ihr zu sagen hatte, würde sicher nicht einmal eine halbe Stunde beanspruchen!

»Glaubst du, daß du meine Gegenwart so lange ertragen kannst?« fragte er mit einem spöttischen Lächeln.

»Mir scheint, daß mir nichts anderes übrigbleibt«, antwortete sie bissig.

Parallel zur Straße verlief ein munter plätschernder Bach. Unweit davon ragte ein Eichenwäldchen auf, und dorthin begaben sie sich jetzt. Damien trug einen kleinen Weidenkorb und eine Decke. Er breitete die Decke auf dem Gras aus und forderte sie dann mit einer Geste auf, sich zu setzen. Heather ließ sich folgsam nieder. Mit schwungvollen Bewegungen packte er Wein und Brot, Käse und Obst aus. Heather zwang sich, von dem Teller zu essen, den er ihr reichte, aber sie merkte kaum, was sie aß.

Schließlich schob sie ihren Teller beiseite. Zum ersten Mal seit ihrer Begegnung am Vorabend spielte ein ehrliches Lächeln um ihre Lippen. »Wenn ich es nicht besser wüßte«, murmelte sie, »würde ich glauben, du hättest mich hierher gebracht, um mich zu verführen.«

Sein Lächeln war ebenso flüchtig wie das ihre. »Ich bemühe mich, die Sache so« – er schien nach dem richtigen Wort zu suchen – »so schmerzlos wie möglich zu machen«, beendete er schließlich den Satz. Etwas wie Bedauern zuckte in seiner Miene auf. »Aber ich bin nicht sicher, ob es mir gelingt, Heather. Ich kann also ebensogut gleich anfangen.«

Heather krampfte die Hände so fest im Schoß, daß sich die Knöchel weiß färbten. Der Augenblick, auf den sie gewartet hatte, war gekommen, aber plötzlich wußte sie nicht mehr, ob sie dafür bereit war.

Er hatte seine Jacke ausgezogen und in der Wärme der Mittagssonne die Hemdärmel aufgekrempelt. Auf den Ellbogen gestützt, ein Bein angezogen, eine Hand auf dem Knie, blickte er in die Ferne. Sein Blick war düster und versonnen, und sie spürte denselben Kummer, dieselbe Wehmut in ihm, die sie am ersten Tag ihrer Begegnung in ihrer Skizze eingefangen hatte.

»Was ich dir zu sagen habe, Heather, ist nicht leicht für mich. Als ich nach Lockhaven kam, hatte ich keine Ahnung, daß es einmal so weit kommen würde. Aber jetzt, da es notwendig geworden ist, stelle ich fest, daß ich nicht weiß, was ich sagen soll.« Er warf ihr einen durchdringenden Blick zu. »Ich möchte, daß du weißt, Heather« – seine Stimme war jetzt sehr leise geworden –, »daß ich dir nicht weh tun will.«

Sie machte eine unbestimmte Handbewegung. »Sag mir einfach die Wahrheit, Damien. Es tut viel mehr weh … wenn man es nicht weiß.«

Er nickte. »Ich habe dir einmal gesagt, daß Zeus meinem Bruder gehörte, erinnerst du dich?«

»Ja.« Ihre Kehle war so trocken, daß sie kaum ein Wort herausbrachte. »Er ist tot, nicht wahr? Ich erinnere mich jetzt – Paige hat gesagt, daß du den gräflichen Besitz nach dem Tod deines Bruders geerbt hast.«

»Das ist richtig.« Aus seinen Zügen schien jeder Ausdruck gewichen. Seine Worte hallten in der angespannten Stille wider.

»Aber er ist nicht einfach so gestorben, Heather. Er wurde ermordet.«

Heather sog hörbar den Atem ein. *Ermordet.* Großer Gott …

»Als ich nach Lockhaven kam, hatte ich nur ein einziges Ziel vor Augen. Den Tod meines Bruders Giles zu rächen.«

»Aber … in Lockhaven gibt es keine Mörder!« brach es aus ihr hervor.

»Nein. Aber ich dachte, der Mann, der Giles ermordet hat, würde nach Lockhaven kommen.«

»Nach Lockhaven?« Sie war sprachlos vor Bestürzung. »Ich kann mir nicht vorstellen, warum!«

»Ich dachte, daß er dort auftauchen würde, Heather. Ich dachte, er würde … deinetwegen dort auftauchen.«

Eine schreckliche Angst schnürte ihr die Kehle zu. Ihr Herz begann in wildem Stakkato in ihrer Brust zu hämmern. »Meinetwegen«, stieß sie verständnislos hervor. »Was bringt dich auf den Gedanken, anzunehmen, daß er meinetwegen dort auftauchen könnte?«

Die Stille, die folgte, war qualvoll und greifbar. »Weil du seine Tochter bist«, erklärte er leise.

17. Kapitel

Heather war sehr still geworden. Ihre Lippen öffneten sich, aber es kam kein Laut heraus. Ein paar herzzerreißende Sekunden lang war sie unfähig zu sprechen.

»Nein«, sagte sie dann gepreßt. »Das kann nicht sein. Mein Vater ist tot. Er ist zusammen mit meiner Mutter bei dem Kutschenunfall ums Leben gekommen …«

Er unterbrach sie barsch. »Die Frau in der Kutsche war tatsächlich deine Mutter. Aber der Mann, der getötet wurde, war nicht dein Vater. Dein Vater ist ein Mann namens James Elliot.« Seine Stimme verhärtete sich. »Und er ist noch sehr lebendig.«

»James Elliot …« Ihre Augen schienen in Flammen zu stehen. »Da hast du es! Er kann nicht mein Vater sein. Mein Name ist Duval …«

»Das war der Mädchenname deiner Mutter, bevor sie James Elliot geheiratet hat.«

Sie starrte ihn verständnislos an. »Aber Papa kannte sie. Ich sage dir, er *kannte* sie! Mein Vater war ein französischer Adeliger …«

»Nein.« Seine Miene war ebenso unerbittlich wie sein Ton. »Ich habe einen Detektiv beauftragt, Heather, den besten in ganz England. Er hat ihre Heiratsurkunde und deine Geburtsurkunde ausfindig gemacht. Du bist die Tochter von Justine Duval Elliot und James Elliot.«

Ihr Atem ging stoßweise. »Das kann nicht sein! Papa hätte mich niemals angelogen …«

Damien schlang von hinten seine Arme um sie. »Ich weiß nicht, warum er es getan hat, Heather. Ich weiß nicht, ob er etwas davon ahnt, daß James Elliot dein Vater ist.«

Sie preßte den Handrücken an die Stirn. Verwirrt suchte sie seinen Blick. »Selbst wenn es die Wahrheit ist, verstehe ich nicht, was das mit mir oder mit Lockhaven zu tun haben soll.«

»Das ist eine lange Geschichte, Heather. Siehst du, ich hatte geplant, Anfang April nach England zu reisen, um Giles auf unserem Familiengut in Yorkshire einen Besuch abzustatten. Aber als ich dort ankam, war Giles bereits tot.« Mit mühsam bewahrter Ruhe erzählte er ihr, wie er herausgefunden hatte, daß das Zimmermädchen Corinne unmittelbar nach dem Tod seines Bruders nach Northumbria geflohen war.

»Zuerst wollte sie kein Sterbenswort sagen. Ich merkte deutlich, daß sie um ihr Leben fürchtete. Aber schließlich gab sie doch zu, in der Mordnacht etwas gehört zu haben. Sie war zur Tür von Giles' Arbeitszimmer geschlichen. Von drinnen hörte sie einen furchtbaren Streit zwischen Giles und einem merkwürdigen Unbekannten. Der Fremde verwüstete das ganze Zimmer, warf Gegenstände umher, schrie Giles an und sagte in seiner Raserei etwas von zwanzig Jahren im Gefängnis und daß er auf diese Nacht gewartet habe und sich nicht übers Ohr hauen lasse. ›Wo ist es?‹ fragte er. Wieder und immer wieder.«

Damiens Züge waren hart wie Granit. Heather wagte kaum, ein Wort zu sagen. »Also hat er etwas gesucht. Aber was?«

Zorn flammte in seinen Augen auf. »Ich weiß es nicht. Ich weiß es *immer* noch nicht. Aber was er auch immer gesucht haben mag, er hat es jedenfalls nicht gefunden. Corinnes Aussage zufolge beteuerte Giles dem Fremden immer wieder, er wisse nicht, wonach dieser überhaupt suche. Aber der bezichtigte Giles der Lüge. Schrie, er wolle ›es‹ für sich selbst behalten. Und dann« – sein Mund verzog sich in schmerzhafter Erinnerung – »dann tötete er ihn. Der Bastard nahm einen Feuerhaken und erschlug meinen Bruder!«

Unter der Sonnenbräune war alle Farbe aus Damiens Gesicht gewichen. Er schwieg einen Augenblick, bevor er den Faden seiner Erzählung wieder aufnahm. »Corinne ergriff die Flucht, weil sie Angst um ihr Leben hatte. Der Mörder hatte gesagt, daß er zwanzig Jahre im Gefängnis gesessen hatte. Ich beauftragte Cameron, meinen Detektiv, umgehend nach Newgate zu fahren. Dort war in der betreffenden Zeit niemand entflohen, aber man händigte ihm eine Liste der Sträflinge aus, die vor kurzem aus der Haft entlassen worden waren.«

Wie gebannt starrte sie ihn an. »Und James Elliot war einer von ihnen?«

»Ja.«

Sie bewegte die Lippen kaum, als sie sprach. »Aber wie kommst du darauf, daß er der Mörder ist? Es muß doch irgend etwas gegeben haben ...«

Damiens Mundwinkel zuckten. »O ja, es gab etwas. Corinna sagte aus, sie habe in dieser Nacht sein Gesicht nicht sehen können. Aber als er einmal dicht an der Tür vorbeiging, konnte sie erkennen, daß er schwarzes Haar und ein sehr auffälliges Erkennungsmerkmal hatte – ihm fehlte an einer Hand der Daumen.«

Schwarzes Haar. Ihr Traum brach über ihr Bewußtsein herein wie eine Sturmflut über die Küste. Der Mann in ihrem Traum hatte schwarzes Haar. Ihre Gedanken rasten. Und etwas, irgend etwas an seiner Hand war merkwürdig ...

Das Blut wollte ihr in den Adern gefrieren. *Nein*, dachte sie. Ein Schrei hallte durch die Weiten ihres Bewußtseins. *Gott steh mir bei, nein ...*

Damiens Stimme drang wie durch einen Nebel zu ihr.

»James Elliot fehlt der Daumen an der rechten Hand«, erklärte er mit rauher Stimme. »Später fanden wir heraus, daß er verheiratet war und eine Tochter hatte. Cameron gelang es, in Erfahrung zu bringen, daß seine Frau Justine bei einem Kutschenunglück in Lancashire ums Leben gekommen war und daß sie in Begleitung eines kleinen Mädchens gereist war. Kurz nach dem Unfall brachte Elliot bei einem Wirtshausstreit zwei Männer um und wurde zu zwanzig Jahren Zuchthaus in Newgate verurteilt. Aber wir hatten kein Glück bei unserer Suche nach ihm. Wir haben ihn noch immer nicht gefunden! Ich war der Meinung, daß er nach zwanzig Jahren Haft versuchen würde, seine Tochter zu finden. Ich dachte, er würde bei *dir* auftauchen, Heather.«

Sie hatte einen schalen Geschmack im Mund. »Darum bist du also nach Lockhaven gekommen.«

»Ja. Ich weiß nicht, warum er Giles getötet hat. Ich weiß nicht, was er in jener Nacht gesucht hat. Aber er sollte nicht merken, daß ich mich an seine Fersen geheftet hatte. Aus diesem Grund habe ich den Namen Damien Lewis benutzt. Daß du auf der Suche nach einem neuen Gutsverwalter warst, war für mich wie ein Geschenk des Himmels.«

»Du hast die Stellung also angenommen, um ... um mich auszuspionieren.«

Sie bemerkte nicht, daß er zusammenzuckte. »Heather, was sonst hätte ich denn tun sollen? Ich wußte ja nicht einmal, ob du in die Sache verwickelt warst. Ich hatte keine Ahnung, *was* du wußtest. Ich mußte es herausfinden. Ich *mußte* es einfach.«

Jeder Atemzug brannte wie Feuer in ihren Lungen. Seine Worte prägten sich in ihr Bewußtsein wie eine endlose Litanei, die sich ständig wiederholte. Damien hatte sie benutzt. Ihr Vater war nicht tot. Er war am Leben, und er war ein Mörder. Ihr Vater war ein *Mörder*.

Sie wiegte sich vor und zurück. Ihre Schultern bebten. Tränen quollen unter ihren geschlossenen Lidern hervor.

»Warum bist du in jener Nacht bei mir geblieben? Um herauszufinden, was ich wußte?«

»Nein!« Mit einer hastigen Bewegung nahm er ihr Gesicht in die Hände und zwang sie, ihn anzusehen. »Das hatte nichts damit zu tun. Das war eine Sache, die nur uns beide anging.«

»Tatsächlich?« Der Schmerz in ihrem Herzen klang in ihrer Stimme durch. »Wie konntest du es ertragen, mit der Tochter des Mannes im Bett zu liegen, der deinen Bruder ermordet hat?«

Seine Augen verdunkelten sich. »Tu das nicht, Heather«, bat er mit bebender Stimme. »Schmälere nicht den Wert dessen, was wir hatten. Es war die kostbarste Nacht meines Lebens, das schwöre ich dir.«

Ihre von Tränen getrübten Veilchenaugen blickten ihn prüfend an. Ihre Halsmuskeln waren krampfhaft angespannt. »Ich weiß nicht, was ich denken soll. Gott steh mir bei, ich weiß es nicht!«

Er fuhr mit der Daumenkuppe über ihre zitternden Lippen. »Heather, ich weiß, daß es ein Schock für dich ist. Ich weiß, wie dir zumute sein muß ...«

»Nein, das weißt du nicht«, stieß sie mit erstickter Stimme hervor. »Wie solltest du auch? All die Jahre über glaubte ich, zu wissen, wer ich bin ... daß mein Vater ein Franzose sei ... Warum hat Papa mich angelogen?« Tränen strömten über ihre Wangen.

Aber plötzlich riß sie sich von ihm los und sprang mit einem Satz auf. »Ich möchte jetzt nach Hause fahren«, verkündete sie mit gepreßter Stimme.

»Nein, Heather. Nicht so.« Er schlang die Arme um sie und zog sie an seine Brust, aber sie wehrte sich gegen seine Umarmung, und ihr ganzer Körper versteifte sich.

»Laß mich gehen!« schrie sie. »Du hast kein Recht, mich hier festzuhalten!«

»Heather.« Er bemühte sich, sie zu beschwichtigen. »Heather, hör mir zu ...«

In diesem Augenblick verlor sie vollkommen die Beherrschung, versuchte verbissen und mit aller Kraft, sich von ihm loszureißen. Damien stieß einen Fluch aus und schloß seine Arme noch fester um sie. Der Druck seiner Arme war unnachgiebig, wenn auch nicht schmerzhaft. Ihren Rücken fest an seine Brust gepreßt, hielt er sie in stählernem Griff, gegen den sie nichts ausrichten konnte.

Dann drehte er sie langsam zu sich herum. Aber er ließ sie nicht los, sondern umfaßte entschlossen ihre schmalen Handgelenke.

»Heather, bitte, hör mir zu.«

Sie wich zurück und wandte das Gesicht ab.

»Verdammt, Heather, sieh mich an!« rief er erbittert.

Sie gehorchte, und den Ausdruck in ihrem Gesicht würde er sein ganzes Leben lang nicht vergessen. Aus ihren Wangen war alle Farbe gewichen, ihre Lippen zitterten und ihre Augen waren riesengroß.

»Was?« stieß sie hervor. »Was willst du denn noch von mir? Hast du mir nicht schon genug genommen? Reicht es dir noch nicht?« Qualvolle Verzweiflung, aus den Tiefen ihres Herzens hervordrängend, sprach aus ihren Worten. Aber es war, als hätte dieser verzweifelte Ausbruch ihr das letzte bißchen Kraft entzogen.

Benommen schwankte sie; ihre Knie gaben nach. Mit einem Fluch fing Damien sie auf, bevor sie den Boden unter den Füßen verlor.

Sie ließ ihr Gesicht an seine Brust fallen und weinte hemmungslos.

Als sie später in der Kutsche saßen, lehnte sie matt an seiner Seite. Ihre Teilnahmslosigkeit machte ihm Sorgen. Sie weinte nicht mehr; aber fast wäre es ihm lieber gewesen, sie hätte es getan. Sie wirkte so klein, so jung, so zerbrechlich. Es versetzte ihm einen Stich, sie so zu sehen.

Wie gern hätte er ihre verwundete Seele geheilt, ihren Schmerz auf sich genommen und zu seinem eigenen gemacht.

Vor der Residenz des Earl of Stonehurst angekommen, öffnete er die Tür und hob sie aus der Kutsche. Für die Dauer eines Herzschlags umfaßten seine Hände besitzergreifend ihre schmale Taille. Er überlegte gerade, ob er sie hineintragen sollte, da wand sie sich auch schon aus seinen Armen.

»Ich kann allein stehen.« Seinem Blick ausweichend, beugte sie sich zur Kutsche, um ihren Stock zu holen. Damien kam ihr zuvor und reichte ihn ihr.

Wortlos machte sie auf dem Absatz kehrt und stieg die breite Eingangstreppe hinauf. Damien eilte an ihre Seite und faßte sie am Ellbogen. Obwohl er zu spüren glaubte, wie sie sich versteifte, ließ er seine Hand, wo sie war.

Der Butler öffnete ihnen die Tür. »Danke, Nelson«, murmelte sie. »Sind Mama und Papa zu Hause?«

»Im Salon, Miss Heather.«

Erst jetzt ließ sie sich herab, Damien eines Blickes zu würdigen. Mit kühler, stolzer Haltung wandte sie sich an ihn: »Soll ich jemanden bitten, dich hinauszubringen?«

»Noch nicht.« Seine Stimme klang fest und entschlossen. »Der Earl wird Antworten haben wollen, und ich habe auch ein paar Fragen zu stellen.«

Sie preßte die Lippen zusammen. Ihr Stock hallte laut auf den Marmorfliesen, als sie den Gang hinunter zum Salon schritt. Energisch öffnete sie die Flügeltür. Wie ein Schatten tauchte Damien hinter ihr auf.

Miles und Victoria tranken gerade Tee. Zwei Augenpaare weiteten sich bei Damiens Anblick. Heather verschwendete keine Zeit mit langatmigen Erklärungen. »Mama und Papa, darf ich euch Damien Lewis *Tremayne*, Earl of Deverell, vorstellen?«

Zu jedem anderen Zeitpunkt hätte sie die Reaktion der beiden vielleicht amüsiert. Miles richtete sich ruckartig zu voller Größe auf. Victorias Mund stand offen, die Teetasse schwebte über ihrem Schoß.

Miles sah Damien mit steinerner Miene an. »Ich will hoffen, daß Sie eine Erklärung für Ihr Verhalten haben, junger Mann.«

Damien wich seinem drohenden Blick nicht aus. »Die habe ich, Mylord.« Er wies mit einem Kopfnicken zum Sofa. »Darf ich vorschlagen, daß wir uns setzen? Es könnte eine längere Unterhaltung werden.«

Damien wiederholte mit ruhiger, sachlicher Stimme, was er zuvor Heather mitgeteilt hatte: Wie sein Bruder Giles ermordet worden war, wie er dem Mörder James Elliot auf die Spur gekommen war. Als er seinen Bericht beendet hatte, herrschte bedrücktes Schweigen im Raum.

Die ganze Zeit über hatte Heather schweigend und mit im Schoß gefalteten Händen dagesessen. Jetzt hob sie den Kopf und sah Miles eindringlich an. »Was hast du dazu zu sagen, Papa?« Ihre Stimme klang sehr ruhig, aber es schwang eine deutliche Herausforderung darin mit.

Miles war aschfahl geworden. Anstatt ihre Frage zu beantworten, wandte er sich an Damien. »Wie sicher sind Sie sich Ihrer Sache? Wie sicher sind Sie, daß Heathers Vater noch am Leben ist? Daß es dieser Mann, dieser ... James Elliot ist?«

Damien antwortete mit ernster Stimme. »Mylord, wenn ich auch nur den geringsten Zweifel hätte, wäre ich nicht hier. Ich weiß nicht, warum er meinen Bruder getötet hat, aber ich werde nicht ruhen, bis er gefunden ist und seine gerechte Strafe erhalten hat.«

Miles warf Heather einen gequälten Blick zu. Victoria legte bittend die Hand auf seinen Arm. »Es muß sein, Liebster«, sagte sie sanft. »Es wird Zeit, daß sie die Wahrheit erfährt.«

Miles schluckte schwer. Victoria hatte recht. Sein Blick streifte Heather und wanderte dann zu Damien. Mit belegter Stimme sagte er: »Sie werden verzeihen, wenn ich Sie bitte zu gehen, Lord Deverell. Diese Angelegenheit sollten wir besser unter uns bereden.«

Damien war bereits zu demselben Entschluß gekommen. Er erhob sich und zögerte einen Augenblick. »Natürlich, Sir. Aber eine Frage müssen Sie mir noch beantworten. Der Mann in der Kutsche, der zusammen mit Justine Duval – oder vielmehr Justine Elliot – ums Leben kam, wußten Sie, daß er nicht Heathers Vater war?«

Miles schüttelte den Kopf. »Ich schwöre Ihnen – und dir, Heather –, daß ich nichts von James Elliot wußte. In der Kutsche befanden sich drei Passagiere, und der Kutscher kam ebenfalls ums Leben. All die Jahre war ich überzeugt, daß der andere Mann Heathers Vater war. Ihre Mutter, Justine, reiste immerhin in seiner Begleitung. Sie rief ihn beim Namen – Bernard. Als sie im Sterben lag, fragte sie nach ihm, wollte wissen, ob er lebte oder tot war! Sie hatten Heather bei sich und ich war überzeugt, daß sie ein Ehepaar waren. Mir kam tatsächlich nie der Gedanke, daß es anders sein könnte.«

Damien nickte. Gleich darauf begleitete Miles ihn zur Eingangshalle. Dort sprach er noch ein paar Worte unter vier Augen mit ihm. »Um eines möchte ich Sie noch bitten. Was Sie heute hier gehört haben, muß unter uns bleiben, denn ich lasse nicht zu, daß Heather dem Skandal ausgesetzt wird, den es sicher geben würde. Kann ich mich in dieser Hinsicht auf Sie verlassen?«

Damien reichte ihm die Hand. »Sie haben mein Ehrenwort, Mylord. Es wird kein Sterbenswort über meine Lippen kommen – zu niemandem.« Sie verabschiedeten sich mit einem Händedruck.

Als Miles in den Salon zurückkehrte, waren seine Schritte schwer wie sein Herz. Er setzte sich, legte die Hände auf die Knie und sah Heather an. »Du glaubst mir doch, oder nicht, Püppchen?«

»Du hast einen Eid geschworen, also glaube ich dir«,

entgegnete sie mit tonloser Stimme. »Aber die Tatsache bleibt bestehen, daß du behauptet hast, meine Eltern gut gekannt zu haben. Du hast gesagt, du hättest sie in Paris kennengelernt!« Sie sah ihm anklagend in die Augen. »Warum hast du mich angelogen, Papa? Du hast mich all die Jahre über im Glauben an diese alberne Geschichte gelassen!«

Victoria nahm sanft seine Hand und drückte sie tröstend.

»Ich habe es für dich getan, Püppchen. Ich habe es für uns beide getan, weil ich den Gedanken nicht ertragen konnte, dich zu verlieren! Nach dem Unfall warst du so schwer verletzt, daß an einen Transport nicht zu denken war, also behielt ich dich in Lyndermere. Als es dir dann wieder besser ging, warst du mir so ans Herz gewachsen, daß ich dich nicht gehen lassen wollte.«

Heather zitterte. Sie erinnerte sich an Momente in ihrer frühen Kindheit, Momente, in denen sie warm und geborgen in starken, schützenden Armen gelegen hatte. Und es waren Papas Arme gewesen. Irgendwie hatte sie das immer gewußt. Aber sie schob die Erinnerungen beiseite, denn in diesem Augenblick wollte sie nicht daran denken. Sie war zu aufgebracht, zu zornig angesichts der Lügen dieses Mannes …

»Deine beiden Eltern waren tot – das dachte ich jedenfalls. Du warst eine Waise. Deine Eltern waren arm; soviel konnte man erkennen. Ich wußte, daß man dich in ein Waisenhaus bringen würde, wenn ich dich nicht bei mir behielt, und ich konnte die Vorstellung nicht ertragen, dich an einem solchen Ort zu wissen!« Seine Stimme wurde rauh. »Und darum habe ich gelogen, Heather. Ich habe gelogen. Ich beantragte beim Amtsgericht die Vormundschaft. Ich glaubte, bessere Chancen zu haben, wenn der Richter mich für einen Vertrauten deiner Eltern, deiner Familie hielt. Also erzählte ich ihm, deine Eltern seien meine Freunde – dein Vater ein französischer

Adeliger, deine Mutter eine englische Lady, die mir in Lyndermere einen Besuch abstatten und sich wieder in England niederlassen wollten.«

Lange Zeit sagte Heather kein Wort. Dann murmelte sie mit gepreßter Stimme: »Ich möchte alles über meine Mutter wissen. Du hast gesagt, sie sei ein gütiger, liebenswerter Mensch gewesen. War sie es? Oder war das auch nur eine Lüge?«

Miles warf Victoria einen hilfesuchenden Blick zu; sie nickte kaum merklich.

»Deine Mutter war völlig anders als du, Heather«, begann er mit spröder Stimme. Er schloß gequält die Augen. »Sie war die abscheulichste Person, die ich je kennengelernt habe, denn als sie im Sterben lag, verfluchte sie dich – ihre eigene Tochter –, weil du lebtest. Und Gott möge mich auf ewig strafen, aber als sie den letzten Atemzug tat, war ich insgeheim dankbar, daß dir ihre Gegenwart für den Rest deines Lebens erspart bleiben würde.«

Es war alles gesagt. Miles öffnete die Augen und richtete den Blick auf sie, betend um ein Zeichen der Vergebung in ihrer Miene.

Aber das Schweigen hatte sich wie ein Leichentuch über den Raum gebreitet. Heather erhob sich und durchquerte schwerfällig den Raum. In ihre Züge hatten sich scharfe, bittere Furchen gegraben. Sie verließ den Salon ohne ein weiteres Wort, ohne einen Blick.

Völlig niedergeschmettert verharrte Miles reglos auf der Stelle. Es blieb Victoria überlassen, zu retten, was noch zu retten war. Sie erhob sich, um Heather zu folgen. Aber bevor sie ging, ergriff sie noch einmal kurz die Hand ihres Mannes.

»Verzweifle nicht«, war alles, was sie sagte.

Heather lag in ihrem Zimmer auf dem Bett. Sie hatte die Vorhänge zugezogen, so daß kein Sonnenstrahl mehr in den Raum gelangte.

Als sich die Tür mit leisem Knarren öffnete, hob sie nur leicht den Kopf. »Bitte, Mama. Ich will allein sein.«

Ihre Stimme klang uralt. Victoria brach es das Herz, aber sie nahm alle Kraft zusammen. Mit lautlosen Schritten trat sie ans Bett.

Sie setzte sich zu Heather auf die Bettkante. »Ich lasse nicht zu, daß du dir das antust, Heather.« So weich ihre Stimme auch war, die Worte kamen fest wie Stahl.

Heather betrachtete sie fragend. »Wußtest du Bescheid?« fragte sie nur.

Victoria nickte. »Bis zum heutigen Tag war ich mit deinem Vater einer Meinung, daß es zu nichts Gutem geführt hätte, dir die Wahrheit zu sagen.«

Heather senkte den Blick. »Es ... es ist zu viel, Mama.« Ihre Stimme war so leise, daß Victoria sich zu ihr hinunterbeugen mußte, um sie zu verstehen. »Damiens Verstellung ... Die Nachricht, daß mein Vater noch am Leben ist, ganz zu schweigen davon, was für ein Mensch er ist ... Papas Lügen all die Jahre über ...« Sie holte tief und mit bebenden Lippen Atem.

Schmerz stand in Victorias Augen. Mit zarter Hand glättete sie Heathers Stirn. »Ich weiß, daß diese Neuigkeiten ein Schock für dich sind. Aber du mußt jetzt immer daran denken, daß der Schmerz mit der Zeit nachlassen wird. Und dann wirst du merken, daß sich nichts geändert hat.«

Heather starrte zur Decke. »Du irrst dich, Mama. Alles hat sich geändert.«

»Nein, Liebes. *Nein.*«

Heather wandte das Gesicht ab. Ihre dichten, schwarzen Wimpern verbargen ihre Augen. »Doch, Mama. *Doch.* Ich habe das Gefühl, nicht mehr zu wissen, wer ich bin.« Ihre Stimme zitterte. »Ich fühle mich innerlich krank. Ich fühle mich schmutzig. Unwürdig. Als hätte Gott meine Seele – mein Leben – mit einem Fluch belegt.«

Victorias Herz war schwer. »Heather. Oh, Heather … Es gibt nichts, dessen du dich schämen müßtest, nichts!«

Heather drehte sich zur Seite und zog die Knie an die Brust. »Wie kannst du mich ansehen, ohne an ihn zu denken – an James Elliot? Wie kannst du mich ansehen, ohne daran zu denken, daß mein Vater ein Mörder ist?«

Victoria strich ihr sanft über den Arm. »Du stellst die Frage, als meintest du, ich hätte keine Antwort darauf. Aber ich möchte dir eines sagen. Ich sehe dich an, und ich sehe *dich*. Niemanden sonst, Heather, niemanden als dich allein. Ich sehe, was du bist, das süße, liebevolle Kind, das du immer gewesen bist. Das immer gegeben, nie etwas gefordert hat. Ich sehe … was ich immer gesehen habe. Ein wunderschönes Mädchen, dessen Seele voller Güte ist … Eine Frau, die so vieles geleistet hat … Eine Frau, deren Kraft sich mit der vieler starker Männer messen kann … Ich sehe meine Tochter, auf die ich so stolz bin, daß ich platzen könnte. Das hat sich nicht geändert, Liebes. Und es wird sich nie ändern.«

Sie betrachtete Heather mit einem Lächeln, das fast ein wenig schelmisch wirkte. »Ich sage das, weil ich dich liebe, Heather, genauso, wie dich dein Vater liebt. Nein, du bist kein Kind meines Leibes, kein Kind seiner Lenden, aber du bist ein Kind meines Herzens – unserer Herzen. Keines meiner Kinder, unserer Kinder, könnte uns näher sein als du. Was Miles getan hat, hat er aus Liebe getan. Vergiß das nie, mein Herz. Verliere nie den Glauben an uns … oder an dich selbst.«

Heather hob langsam den Blick zu ihr. Heiße Tränen liefen ihr über die Wangen und tropften aufs Bett. Sie ließ ihnen freien Lauf. Was sie in diesem Moment in Victorias Augen sah, würde für immer in ihr weiterleben. Ein heißer Schmerz schnürte ihr die Kehle zu, während sie gegen den Sturm ankämpfte, der in ihrem Herzen tobte.

Sie streckte die Arme aus und drückte ihre Mutter fest

an sich. »Ich liebe dich, Mama«, stieß sie mit erstickter Stimme hervor.

Keine der beiden Frauen hatte bemerkt, daß Miles zur Tür hereingeschlüpft war. Er fühlte sich ausgeschlossen und allein. Aber ein leises Geräusch verriet ihnen seine Anwesenheit.

Heather richtete sich auf und trocknete tapfer ihre Tränen. Mit tränenverschleiertem Lächeln streckte sie ihm wortlos die Hand entgegen.

Miles brachte keinen Ton heraus, seine Kehle war wie zugeschnürt. Er konnte die Tränen nicht zurückhalten, die ihm in die Augen schossen ... und er machte auch gar nicht den Versuch.

18. Kapitel

Morgennebel lag in dichten Schwaden über den Straßen, kein Sonnenstrahl drang durch die tiefhängenden Wolken. Die feuchte Morgenluft war erfüllt von den Stimmen der Händler, die ihre Waren feilboten.

Eine glänzende rubinrote Kutsche rumpelte über das Kopfsteinpflaster der Londoner Straße und verschwand hinter der nächsten Biegung.

Die Augen des Jungen, die dem Gefährt folgten, bis es außer Sicht war, glitzerten habgierig. Jack war ein verwahrloster Straßenjunge, der auch unter dem Spitznamen Aasgeier bekannt war. Sein Hemd war an vielen Stellen zerschlissen, seine zu kurzen Hosen wurden von einem zusammengeknoteten Seil zusammengehalten, und seine schorfigen Füße waren nackt. Er hielt sich mit Betteln, Stehlen und dem Verkauf der Dinge, die er mit List und flinken Fingern erbeutete, am Leben. Er schlief in Gassen, Toreingängen und überall da, wo er Unterschlupf fand, ohne gleich wieder verjagt zu werden.

»Ha, mit dem da tät ich gern tauschen«, bemerkte Jack an seinen Begleiter gewandt. »Kommt direkt aus Amerika und hört, daß sein Bruder tot ist. Und haste nich gesehn, schon übernimmt er den Laden – und sein Bruder, der is nich weniger als 'n Earl!« Der Mann stieß ein gehässiges Lachen aus. »Kannste dir das vorstellen? Ich wette, der Kerl hat auf dem Grab 'ne Polka getanzt! Ne Affenschande, daß das nich mir passiert is!«

James Elliot drehte sich ruckartig um und sah in die Richtung, in der die Kutsche verschwunden war. »Du kennst den Mann?« wollte er wissen.

Jack zuckte die Achseln. »Na ja, nich persönlich, aber ich weiß, wer er is.«

»Danach habe ich gefragt!« Elliot hatte keine Geduld mit Schwachköpfen wie Jack. Er packte den Jungen am Kragen und zerrte ihn hinter sich her.

»He! Kein Grund, sich so zu haben! Er is der verdammte Earl of Deverell, daß du 's weißt!«

Wie elektrisiert ließ Elliot den Jungen los. Jack zog sich eilig ein paar Schritte zurück. Elliots Gedanken überschlugen sich. Charles Tremaynes Worte hallten in seinem Kopf wider.

Nun werde ich meine Söhne Giles und Damien niemals wiedersehen.

Dieser Mann war also der jüngere Sohn. Erst vor kurzem hatte er erfahren, daß der Sohn namens Damien vor Jahren nach Amerika ausgewandert war. Ihm war mehr als einmal der Gedanke durch den Kopf gegangen, daß dieser jüngere Sohn die Schmuckschatulle vielleicht mitgenommen hatte. Er hatte versucht, mehr in Erfahrung zu bringen, aber über die Weite des Ozeans hinweg und bei seiner ständigen Geldknappheit war das schwierig gewesen. Aber jetzt schien er seinem Ziel näher zu kommen …

»Der Earl wohnt hier in London?«

»Ich glaub schon«, antwortete Jack mürrisch.

Elliot zog eine Münze aus der Tasche und drückte sie dem Jungen in die Hand. »Denk an mich, Kleiner. Wenn du was hörst über den Earl – wo er verkehrt, wen er trifft – gibt's mehr davon.«

Elliot schlenderte davon. Ein Lächeln, so schwarz und hinterhältig wie seine Seele, umspielte seine Lippen.

Das waren hervorragende Neuigkeiten.

Die folgenden Tage waren die schwersten in Heathers bisherigem Leben. Ihr Stolz war ihr Verbündeter und ihr Fluch zugleich. Es kostete sie unendliche Anstrengung, die Wahrheit über ihre Eltern zu verkraften. Das Wissen, daß sie der Abkömmling eines skrupellosen Verbrechers war, fiel ihr schwer genug, aber der Schmerz ließ von Tag zu Tag ein wenig nach. Was allerdings Damien anging, war ihr Herz in hellem Aufruhr.

Seitdem sie von Lockhaven abgereist war, hatte sie sich täglich von neuem eingeredet, daß er ihr nichts bedeutete. Sie hatte sich sogar davon überzeugt, daß sie ihn verabscheute, weil er ihr all das bewußt gemacht hatte, was ihrem Leben fehlte, all das, was sie nie haben würde: Einen Ehemann und Kinder. Sie wollte ihn nicht begehren. Sie wollte ihn nicht *lieben*.

Aber nun war er ihr wieder begegnet. Er war wieder in ihr Leben getreten … und in ihr Herz.

Und sie wußte nicht, was sie dagegen tun sollte.

Er war der erste Mann, der sie geküßt hatte, der erste Mann, der sie geliebt hatte … der erste, der sie verletzt hatte. Vielleicht war es besser für sie beide, wenn er sie in Ruhe ließ …

Aber das konnte er nicht. Die bloße Vorstellung war ihm unerträglich.

Schon am darauffolgenden Nachmittag stattete er ihr einen Besuch ab. Der Butler kam mit der Auskunft herunter, daß sie anderweitig beschäftigt sei. Dasselbe erfuhr er am nächsten und am übernächsten Tag. Am vierten Tag war es Victoria, die auf der Treppe erschien, die Eingangshalle mit den goldgesprenkelten Marmorfliesen durchquerte und ihn begrüßte.

Er hatte die Hände hinter dem Rücken verschränkt und wippte auf den Zehenspitzen auf und ab. »Lassen Sie mich raten, Mylady«, sagte er gedehnt. »Sie ist unpäßlich.«

Victorias Lippen verzogen sich zu einem leisen Lächeln. »Um die Wahrheit zu sagen, Mylord ...«

»Damien«, verbesserte er sie knapp.

»Nun, Damien, um ehrlich zu sein, waren ihre Worte recht unmißverständlich. Sie lehnt es kategorisch ab, mit Ihnen zu reden.«

»Tatsächlich?« Damien knüllte die Handschuhe in seiner Hand fest zusammen, seine Augen verengten sich. Wenn er sich nicht irrte, blitzte es in den Augen der Comtesse belustigt auf. Er war über ihr Verhalten verärgert. »Ich möchte nicht unhöflich sein, Mylady, aber ich finde die Situation keineswegs komisch.«

Ihr Lächeln verblaßte. »Nein«, seufzte sie. »Das ist sie nun wirklich nicht. Bitte, es gibt keinen Grund, so förmlich zu sein. Nennen Sie mich Victoria.«

Seine Gereiztheit schwand ebenso schnell wieder, wie sie über ihn gekommen war. »Wenn es Ihnen gefällt, dann also Victoria.« Es trat eine kurze Pause ein. »Wie geht es ihr?«

Victoria zögerte merklich. »Sie kommt so gut zurecht, wie man es unter den gegebenen Umständen erwarten kann. An manchen Tagen gelingt es ihr besser, an anderen weniger gut. Sie hat oft das Gefühl, sich selbst nicht wirklich zu kennen. Sie müssen verstehen, daß es eine sehr schwierige Situation für sie ist. Sie weiß nicht, was sie will ...«

»Nur, daß sie mich nicht sehen will.« Er konnte die Bitterkeit in seiner Stimme nicht ganz verbergen.

Victorias Züge hatten sich umwölkt. »Darf ich offen mit Ihnen reden, Damien? Unter vier Augen?«

»Selbstverständlich, Madam. Das ist mir sehr recht.«

Sie legte beschwörend die Hand auf seinen Arm. »Wenn Heather Ihnen etwas bedeutet – bitte berichtigen Sie mich, wenn ich mich irre, denn ich habe wirklich den Eindruck, daß es so ist – dann müssen Sie ihr Zeit lassen. Haben Sie Geduld. In gewissem Sinne muß sie ihren Weg erst wieder finden.«

Damien biß die Zähne zusammen. Zeit, dachte er düster. Die hatte er – sogar im Überfluß. Aber Geduld war eine Tugend, die er nie beherrscht hatte.

Er verneigte sich tief vor ihr. »Vielen Dank, Comtesse. Ich bin sicher, wir sehen uns beizeiten wieder.« Sein Mund verzog sich zu einem Lächeln, aber seine Augen blieben ernst. Dann verabschiedete er sich.

Er rief sich ihren Rat immer wieder in Erinnerung, aber er war nicht der Mann, der die Hände in den Schoß zu legen pflegte. Victoria schien ihm wohlgesonnen zu sein, aber …

Drei Tage später klopfte es am frühen Nachmittag an Heathers Tür. Eine Zofe trat in den Raum. »Entschuldigen Sie, Miss Heather, aber Lady Beatrice bittet Sie, in den Garten zu kommen.«

Heather blickte von dem Buch auf, in dem sie gelesen hatte. »Jetzt gleich?«

Das Mädchen nickte. »Sie hat gesagt, es sei sehr dringend.«

Heather runzelte die Stirn, erhob sich aber und griff nach ihrem Gehstock. Hatte sich Bea in irgendwelche Schwierigkeiten gebracht? Eine solche Bitte war ungewöhnlich; sie eilte nach draußen.

Der Garten lag verlassen da. Es war keine Menschenseele zu sehen, nur ein aufgeplustertes, laut zeterndes Rotkehlchen. Verwundert ließ Heather den Blick über eine Reihe wild wuchernder Rosen wandern. Dann sah sie sich verblüfft nach allen Seiten um. »Bea?« rief sie unsicher.

Hinter ihrem Rücken nahm sie eine blitzschnelle Bewegung war. Eine Hand legte sich auf ihren Mund und erstickte ihren Schreckensschrei. Ein kraftvoller Arm schloß sich um ihre Taille. Die Welt kippte schwindelerregend zur Seite, als sie hochgehoben und sehr unfeierlich in die Samtpolster einer Kutsche geworfen wurde.

In dem Augenblick, als sie sich mühsam aufrichtete, setzte sich die Kutsche mit einem so plötzlichen Ruck in Bewegung, daß sie sich am Sitz festhalten mußte, um nicht das Gleichgewicht zu verlieren.

Auf der Bank gegenüber saß Damien in lockerer Haltung, ein Bild würdevoller Gelassenheit. Sein Blick ruhte mit einem trägen Lächeln auf ihr. Offensichtlich war er sehr zufrieden mit sich.

Sie warf einen raschen Blick auf die Tür und befeuchtete die Lippen mit der Zunge. Die Tür war verschlossen, aber sie bot kein ernstzunehmendes Hindernis. Sie mußte nur unauffällig ein Stück nach links rutschen …

»Denk gar nicht daran.« Er sprach die Warnung mit kühler Höflichkeit aus.

Heather knirschte mit den Zähnen. »Was hat das zu bedeuten?« verlangte sie zu wissen.

»Du wolltest nicht mit mir reden«, sagte er, als würde das alles erklären.

»Und darum hast du mich entführt?«

Er lachte beim Anblick ihrer wütenden Miene. »Eine unglückliche Wortwahl«, entgegnete er sanftmütig. »Ich ziehe es vor, es als einen Ausflug zu betrachten.«

»Einen Ausflug«, stieß sie zwischen den Zähnen hervor. »Und wohin führt uns dieser Ausflug?«

»Oh, nicht sehr weit. Nur aus der Stadt hinaus aufs Land.«

Ihre Augen flammten zornig auf. »Als du das letzte Mal mit mir aufs Land gefahren bist, war es eine Katastrophe.«

Er sah sie reumütig an. »Diesmal wird es nicht so sein, das verspreche ich.«

»Meine Familie glaubt, daß ich in meinem Zimmer bin und lese. Sie werden sich wahnsinnige Sorgen machen, wenn sie feststellen, daß ich verschwunden bin.«

Ein Lächeln zuckte um seinen Mund. »Nein«, entgegnete er trocken. »Das werden sie nicht.«

Heathers Miene erstarrte. »Laß mich raten. Beatrice?«

Er nickte, und ein belustigter Funke tanzte in den silbernen Tiefen seiner Augen. »Sehr hilfreich, das Mädchen.«

Heather schäumte vor Wut. Diese kleine Verräterin! Sie würde dafür sorgen, daß Bea ihr nicht noch einmal einen solchen Streich spielte, das schwor sie sich.

Er winkte ihr mit dem Zeigefinger. »Komm her.«

Panik flammte lichterloh in ihr auf. Wenn er sie berührte, würde sie in tausend Stücke zerbersten. Sie würde unweigerlich verloren sein.

Sie schüttelte den Kopf und drückte sich noch tiefer in die Ecke.

»Na schön. Dann komme ich eben zu dir.«

In Sekundenschnelle war er bei ihr, mit diesem geschmeidigen, mühelosen Schwung der Bewegung, um den sie ihn einst beneidet hatte. Er zog sie aus ihrem Winkel hervor und drückte sie an seine Brust. Seine Arme legten sich um ihre Taille und hielten sie in diesem zärtlichen Gefängnis fest.

Heather erstarrte und stemmte sich mit durchgedrückten Armen von ihm ab.

»Wehr dich doch nicht«, schalt er sie sanft. »Ich will nichts weiter, als dich im Arm halten. Mehr nicht, ich verspreche es.«

Ha! dachte sie, denn dafür war ihre Haltung geradezu anstößig intim. Sie lag in seinem Schoß, ihre Hüften eng zwischen seine kraftvollen, muskulösen Schenkel geschmiegt. Aber in seiner Umarmung lag nichts Forderndes oder Bedrohliches; sie war ruhig und leidenschaftslos. Mit einem langen, seufzenden Atemzug legte sie ihre bebenden Hände auf die seinen. Der Gegensatz war faszinierend. Seine Hände waren wunderbar männlich, und ihre zarte, helle Hand hob sich von seinen langen, schlanken, sonnengebräunten Fingern ab. Ein Schauder durchlief sie.

»Entspann dich«, flüsterte er. »Denk einfach an gar nichts, Heather. Mach dir keine Sorgen und quäl dich nicht. Laß dich einfach fallen und genieße den Augenblick.«

Wehmütig stellte sie fest, wie sehr sie sich danach sehnte. Die vergangenen Wochen waren voller Spannung gewesen, und es tat gut, von schützenden, warmen Armen gehalten zu werden, wie sie es schon viel zu lange nicht mehr erlebt hatte.

Die Kutsche holperte über die Landstraße. Ihr Körper wiegte sich sanft im Rhythmus mit seinem. Schließlich fiel aller Widerstand von ihr ab. Sein rauhes Kinn streifte ihre zarte Schläfe, aber es störte sie nicht.

Warmer Atem blies ihr ins Haar. »Du sahst wunderschön aus auf Lady Setons Ball, Heather. Bezaubernd, wie eine Märchenprinzessin.«

Der Anflug eines Lächelns schlich sich auf ihre Lippen. »Das hat Bea auch gesagt.«

»Und sie hat recht.« Seine Stimme klang belegt. »Ich dachte bei mir, daß ich noch nie im Leben ein so schönes Geschöpf gesehen hatte. Aber es ist ja auch kein Wunder. Wo du auch bist, was du auch trägst, du bist immer wunderschön. Als Prinzessin bei Lady Seton und als Zigeunermädchen, dem ich in Lockhaven begegnet bin.«

Sie senkte den Kopf. »Nicht«, hauchte sie mit kaum hörbarer Stimme. »Sag nicht solche Dinge.«

»Warum nicht?«

Sie sah ihm in die Augen und sprach mit zögernden Worten und zauderndem Herzen. »Damien, ich habe mich bemüht zu verstehen, warum du all das getan hast … Aber irgendwo tief im Innern fühle ich mich hintergangen.«

Er betrachtete sie mit festem Blick. »Das kann ich nachvollziehen, Heather.«

»Von Anfang an hatte ich das Gefühl, daß du ein Mann mit Prinzipien bist, ein Ehrenmann. Ich will keine Lügen mehr zwischen uns haben. Wenn also Schuldgefühle der Grund für deine Schmeicheleien sind …«

»Wirf diese Vorstellung über Bord, Heather, hier und jetzt.« Seine Stimme hatte einen harten Klang angenommen.

Plötzlich erschauerte Heather. Ihre Nackenhaare stellten sich auf.

Damien runzelte die Stirn. Der Wunsch, sie zu beschützen, war übermächtig. »Was ist los? Woran denkst du?«

»Ich habe … an ihn gedacht.«

»Du meinst James Elliot.« Seine Arme wurden starr.

Sie nickte.

»Was ist mit ihm?«

Sein Ausdruck war so finster geworden, daß sie einen Augenblick lang kaum wagte zu sprechen. »Ich halte den Mann, der deinen Bruder ermordet hat, für einen schrecklichen widerwärtigen Menschen.« Vor ihrem inneren Auge sah sie plötzlich ein düsteres, furchterregendes Gesicht. Stockend fuhr sie fort: »Erinnerst du dich an den schrecklichen Mann aus meinem Traum, von dem ich dir erzählt habe?«

»Du hast gesagt, er würde dich bestrafen, wenn du einen Laut von dir gibst. Er würde dir weh tun.« Großer Gott, wie hätte er das vergessen können.

»Er hat es getan«, sagte sie mit einer Stimme, die ihm das Blut in den Adern gefrieren ließ. Angespannt wartete er.

»Du hast mich einmal gefragt, ob der Mann in meinem

Traum mein Vater sei. Ich weiß nicht, ob dieser Mann James Elliot ist. Gott hilf mir, ich will es nicht glauben.« Ihre Hand zuckte unwillkürlich zu ihrem verwachsenen Knie. »Aber der Mann in meinem Traum, ich glaube, er hat mir das angetan. Er hob einen Gegenstand hoch. Und dann … schlug er auf mich ein …«

Damien kochte innerlich. Er zitterte, so mächtig war die Wut, die ihn bei ihren Worten packte. Heather mochte Zweifel an der Identität ihres Vaters haben, er nicht. Hätte James Elliot jetzt vor ihm gestanden, er hätte ihn ohne nachzudenken mit bloßen Händen in der Luft zerrissen. Nicht nur für das, was er Giles angetan hatte, sondern für das, was er Heather angetan hatte, diesem armen, unschuldigen Kind, das sich nicht gegen ihn wehren konnte.

Beim Anblick seines Gesichtsausdrucks wurde Heather eiskalt. Seine Züge waren hart und angespannt, seine Augen verrieten keinerlei Gefühle. In diesem Augenblick spürte sie eine erbarmungslose Entschlossenheit in ihm, die fast beängstigend war.

Sie erbleichte. »Großer Gott«, hauchte sie. »Du wirst ihn töten, nicht wahr? Wenn du James Elliot findest, wirst du ihn töten.«

Seine Lippen waren nur ein schmaler Strich. »Wenn ich ihn finde, wird er bestraft werden. Mehr sage ich nicht.«

Sie wich nicht vor ihm zurück, aber ihre entsetzten Augen hatten den Ausdruck eines verwundeten Tieres.

»Du willst doch nicht etwa, daß er ungeschoren davonkommt! Heather, er ist der Mörder meines Bruders!«

Sie stieß hörbar den Atem aus. »Ja … Nein. Ach, verstehst du denn nicht? Ich weiß es nicht! Ich weiß nicht, was ich denken soll! Gibt es kein Erbarmen für die Verdammten? Keine Gnade für die Schwachen? Willst du ihn töten, ohne wirklich sicher zu sein, daß er der Mörder ist?« Sie wollte sich aus seiner Umarmung befreien, aber er gab sie nicht frei.

Er schloß die Arme noch fester um sie und vergrub sein Gesicht in dem glänzenden schwarzen Schleier ihrer Haare. In seinem Innern tobte ein heftiger Widerstreit.

Er hob den Kopf. »Heather.« Ihr Name entrang sich seinen Lippen wie ein langer, bebender Atemzug. »Heather, bitte. Quäl dich nicht, denn eines verspreche ich dir: Kein Unschuldiger wird für den Tod meines Bruders büßen. Auch wenn James Elliot bereits zwei Menschen umgebracht hat, will ich aus seinem eigenen Munde hören, ob er Giles getötet hat.«

Ihre sorgenvollen Augen ruhten auf ihm. »Ich habe auch Fragen, Damien. Ich will wissen, ob er wirklich mein Vater ist. Und wenn er es ist, möchte ich wissen, warum meine Mutter damals in jener Nacht ohne ihn unterwegs war. Ich möchte wissen, warum er nach zwanzig Jahren in Newgate nicht auf den Gedanken kam, seine Tochter aufzusuchen. Ich habe sogar daran gedacht, selbst Nachforschungen anstellen zu lassen …«

»Nein. Wenn er erfährt, daß ihn außer mir noch jemand sucht, verkriecht er sich vielleicht noch tiefer in seinem Loch. Abgesehen davon ist er ein gewalttätiger Mensch.«

Heather erstarrte. »Würde es dich in Gefahr bringen, wenn er wüßte, daß er nicht nur von dir gesucht wird?«

»Ehrlich gesagt, ich weiß es nicht, Heather, aber ich halte es für möglich.«

Und das war etwas, was sie unter keinen Umständen wollte. Heather stählte sich innerlich, auch wenn ihr Herz aufschrie. Wie lange konnte sie es noch ertragen, nicht zu wissen, ob dieser grausame Mensch wirklich ihr Vater war?

Damien spürte ihre Verzweiflung. »Irgendwann wirst du eine Antwort auf alle deine Fragen finden«, sagte er ruhig. »Aber jetzt wollen wir von etwas anderem sprechen. Wir wollen für den Rest dieses Tages nicht mehr an ihn denken.« Er legte den Daumen an ihre weichen Lippen. »Ich wollte dich von all dem einmal entführen, Heather. Ich wollte, daß du einen Tag ohne Kummer verbringst.« Seine Augen verdunkelten sich. »Aber vor allem wollte ich dich einen Tag lang ganz für mich haben. Wirst du mir das gestatten?«

Seine leise gemurmelten Worte entwaffneten sie, machten sie willenlos, als hätte sie nie über einen eigenen Willen verfügt.

Sein Blick war von einer Überfülle an Zärtlichkeit durchdrungen, an die zu glauben sie sich immer noch fürchtete ... Aber sie nickte, unfähig, den Blick von ihm abzuwenden.

Es war der schönste Tag ihres Lebens.

Sie fuhren zu einem von Bäumen umstandenen kleinen See. Dort am Ufer machten sie gemütlich ein Picknick neben einem umgestürzten Baumstamm in Gesellschaft der Streifenhörnchenfamilie, die ihn bewohnte. Heather lachte über ihre possierlichen Späße, wie sie seit ihren Kindertagen nicht mehr gelacht hatte. Sie beobachteten die Wolken, die über einen graublauen Himmel zogen. Hand in Hand schlenderten sie am Ufer entlang und betrachteten die Sonnenflecken, die auf der Wasseroberfläche tanzten. Der Tag war erfüllt von stiller Zufriedenheit, fröhlichem Gelächter und bedingungsloser Freundschaft ...

Der Stoff, aus dem die Träume sind.

Und so wünschte sie sich, dieser Tag würde nie enden. Doch nur zu bald färbten blaßrote Streifen den Horizont, und ein rötlicher Schleier legte sich über die Baumwipfel.

Ein bittersüßer Schmerz durchzuckte sie, als die Kutsche vor dem Londoner Haus ihrer Eltern anhielt. Damien begleitete sie in den Garten. An der Stelle, zu der er sie am frühen Nachmittag gelockt hatte, zog er sie in seine Arme.

Sie hob abwehrend die Hände. Sie standen so nah beieinander, daß ihre Füße zwischen seinen Stiefeln eingeklemmt waren. Ihre Brüste streiften den Stoff seiner Jacke.

Schlanke Finger schoben sich unter ihr Nackenhaar. Sinnliches Verlangen schimmerte in der Tiefe seiner kristallklaren Augen.

Panik bemächtigte sich ihrer, aber sie war wie gelähmt vom Widerstreit ihrer Gefühle. Ihre Hände öffneten und schlossen sich auf seiner Brust. Sie konzentrierte sich auf die gelockten Haarbüschel, die sich über seinen Hemdkragen stahlen.

»Damien, bitte«, stieß sie mit bebender Stimme hervor. »Bitte, tu das nicht.«

»Warum nicht?«

Der Mut verließ sie, ihre Entschlossenheit kam ins Wanken. »Weil ich mich nicht dagegen wehren kann«, antwortete sie leise. »Ich kann mich gegen dich nicht wehren.«

Er strich ihr mit sanften Fingern über den Hals. »Ich kann mich ebenso wenig dagegen wehren«, flüsterte er, bevor er ihren Mund mit seinen Lippen verschloß.

Es war ein Kuß, in dem alles lag, was ein Kuß sein kann. Süß und verführerisch. Ein Kuß voller Erinnerung, voller Verheißung. Mit nichts als dem Druck seiner Lippen entlockte er ihr eine Erwiderung, die sie nicht zurückhalten konnte. Mit leisem Stöhnen schlang sie die Arme um ihn. Ein Laut drang tief aus seiner Kehle; seine Arme schlossen sich fest und hart um ihren Rücken.

Widerstrebend gab er ihren Mund frei. Mit dem Daumen hob er ihr Kinn, so daß sie ihm in die Augen sehen mußte. »Weißt du«, murmelte er, »darauf habe ich seit dem Augenblick gewartet, als ich dich bei Lady Seton wiedersah.«

Seine ruhigen Worte trieben ihr fast die Tränen in die Augen. Sie wandte das Gesicht ab, um ihre Verlegenheit zu verbergen, und wollte sich von ihm lösen.

Aber er gab sie nicht frei. Seine Hände umfaßten ihre Taille. Ein beredtes Schweigen stand zwischen ihnen, bevor er das Wort ergriff.

»Glaubst du«, begann er mit sanfter Stimme, »daß ich weniger für dich empfinde als du für mich?« Er ergriff ihre Hand und verschlang seine Finger in ihren Fingern, Handfläche schmiegte sich an Handfläche. »Ich versichere dir, Süße, dem ist nicht so.«

Heather zitterte. Sie war nicht gewappnet gegen eine solche Zärtlichkeit, eine solche Sanftheit. Ihr fehlte die Kraft, gegen seinen Willen oder gegen ihr eigenes verräterisches Verlangen anzukämpfen.

»Damien, bitte, wenn schon nichts anderes möglich ist, dann laß uns wenigstens ehrlich zueinander sein.«

»Ich möchte nichts anderes, Heather.«

»Dann laß mich offen mit dir reden. Damien, ich habe keinem anderen Mann beigewohnt, das weißt du. Aber du … Oh, ich bin nicht so naiv zu glauben, daß es in deinem Leben keine anderen Frauen gegeben hat.« Sie schluckte, unfähig, ihm in die Augen zu sehen. Doch dann sprudelten die Worte unaufhaltsam aus ihr heraus. »Du bist ein Mann von Welt, ein Mann mit Erfahrung, und ich weiß, daß ich mich nicht mit all den anderen Frauen messen kann, die du gekannt hast …«

»Halt«, sagte er. »Du nimmst an, daß es in meinem Leben Unmengen von Frauen gab. Aber das stimmt nicht.«

Sie hob den Blick. »Ehrlich?« flüsterte sie.

»Ich will dir nichts vormachen, Heather. Ich bin ein Mann, und ich habe in den letzten Jahren nicht wie ein Mönch gelebt. Natürlich hat es in meinem Leben andere Frauen gegeben, und natürlich habe ich für einige mehr empfunden als für andere – aber es war nie von Dauer.« Sein Blick versenkte sich tief in ihren Augen. »Es gab nie eine Frau wie dich, Heather, *niemals.* Du bist« – er zögerte – »du bist anders als alle Frauen, die ich je kennengelernt habe.«

Sie stieß einen erstickten Laut aus. »Ja, und wir wissen beide, warum ...«

Ärger flammte in seiner Stimme auf. »Nein!« sagte er barsch. »Dein Hinken ist für mich ohne Bedeutung; es hat mich nie gestört. Ist dir das nicht bewußt?«

Sie konnte die Augen nicht von ihm abwenden. Sie wollte ihm so gern glauben. Aber zu vieles stand auf dem Spiel. Ihr Herz ...

Damien legte ihr die Hände liebevoll auf die Schultern. »Du bist lieb, gütig und sanftmütig. Du bist klug und schön. Heather, du bist anders«, wiederholte er. »In jedem positiven Sinne des Wortes.«

Sie zitterte. »Aber wie sieht es jetzt aus? Damien, du bist der umschwärmte Mittelpunkt der Londoner Gesellschaft.« Es tat weh, die Worte laut auszusprechen, aber sie konnte sie nicht mehr zurückhalten. »Du könntest zehn schöne Frauen an jedem Finger haben. Du könntest *jede* haben ...«

»Ich will nur dich, Heather, keine andere.«

Seine Worte machten sie trunken vor Glück, aber gleichzeitig stürzte sie in ein tiefes Loch der Verzweiflung. Sie schüttelte den Kopf. »Nein. Das ist unmöglich. Wir müssen diese Gefühle vergessen, denn es kann niemals sein ...«

»Und was ist mit der Nacht, die wir zusammen verbracht haben? Oder hast du das vergessen?«

Ein schmerzhafter Stich durchfuhr sie. Großer Gott, wie könnte sie? Sie durchlebte diese wunderbaren Momente immer wieder in der bitteren Einsamkeit ihres Betts, in den Stunden, in denen die Erinnerung die trostlosen Winkel ihrer Seele erfüllten. Sie würde sie immer bewahren, in ihrem Herzen auf ewig festhalten.

»Das habe ich nicht.« Ihre Stimme war kaum mehr als ein Hauch. »Aber wir beide sind nicht mehr dieselben, die wir damals waren. Du warst Damien Lewis, nicht der Earl of Deverell. Und ich war einfach Heather Duval.

Aber jetzt« – sie schluckte schwer und wappnete sich gegen den unbarmherzigen Schmerz – »jetzt bin ich möglicherweise die Tochter eines Mörders.«

Etwas blitzte in seinen Augen auf; sie entdeckte eine Spur von Hochmut darin, der ihr fremd war. »Du vergißt, daß ich damals schon wußte, wer du bist. Außerdem spielt es keine Rolle, daß du mich als Damien Lewis kennengelernt hast. So leicht kannst du dich dessen nicht entledigen, Heather. Du kannst dich *meiner* nicht so einfach entledigen.«

Er zog sie heftig in seine Arme. Seine Lippen waren wie eine feurige Spur auf ihrem zart geschwungenen Hals, berührten ihre Lippen, die sich in süßer Überrumpelung öffneten. Dann ergriff er Besitz von ihrem Mund, in einem heißen Sturm des Verlangens, der bis ins Zentrum ihres Seins drängte und ihr den Atem raubte.

Er ließ sie so plötzlich los, daß sie um ein Haar den Halt verloren hätte. Doch dann zog er sie wieder an sich, so dicht, daß ihr Atem sich vermischte. Wie betäubt von seiner Heftigkeit blickte sie in seine glühenden Augen auf.

Sein Blick ließ nicht die Spur eines Lächelns erkennen. »Ich werde um dich werben, Heather. Ich werde dich umschmeicheln.« Seine Augen verdunkelten sich. »Und ich werde dich erobern.«

Ihr blieb kaum Zeit, seine Worte richtig aufzunehmen. Noch ein atemberaubender Kuß ... und er war verschwunden.

19. Kapitel

Er meinte, was er sagte, denn Damien Tremayne, Earl of Deverell, war ein Mann, der sich durch nichts von dem ablenken ließ, was er wollte. Und was er wollte, war Heather.

Es war unmöglich. Undenkbar. Unvorstellbar. Und unendlich schön.

Noch nie in ihrem Leben hatte Heather solche Ängste und Qualen durchgemacht.

Sie durfte ihm nicht nachgeben – sie konnte es nicht. Tief im Innern war sie von der Angst beseelt, daß sie einen Mann wie Damien nicht würde halten können. Sie zweifelte nicht an ihren menschlichen Werten. Sie war scharfsinnig und klug, verläßlich und selbständig in einem Alter, in dem den meisten Frauen eine solche Möglichkeit verwehrt war. Lockhaven war der Beweis, denn sie führte das Gut mit einer Geschäftstüchtigkeit und einem sicheren Blick für das Notwendige, um die sie die meisten Männer beneidet hätten, und sie war stolz darauf. Aber wenn es um ihre Identität als Frau ging …

Das stand auf einem ganz anderen Blatt.

Sie war keine vollendete Schönheit wie die jungen Mädchen, die durch den Hyde Park flanierten, wie die Damen, die in den Salons der vornehmsten Häuser der Londoner Gesellschaft verkehrten, in Begleitung der elegantesten Männer. Sie war unvollkommen …

Ihre bitteren Ängste gestand sie nur sich selbst ein. Irgendwann würde sie Damien verlieren. Irgendwann würde er genug von ihr haben. Er war umschwärmt von den schönsten Frauen Englands. Was sollte ihm an ihr liegen? War es nicht besser, Abstand zu wahren, den schmerzlichen Verlust jetzt zu ertragen und nicht zu warten, bis später der Katzenjammer kam?

Tag um Tag führte sie diesen Kampf.

Aber Damien blieb beharrlich und unerbittlich. Er bestürmte sie mit seinen Besuchen, und ihre Eltern machten es ihr kein bißchen leichter. Die Abende häuften sich, an denen Damien auf Mamas und Papas Einladung, mit ihnen zu Abend aß. Wenn er gelegentlich mit Papa ausritt oder auf die Jagd ging, blieb er hinterher unweigerlich noch da.

Immer, wenn Damien auftauchte, leuchtete in Mamas Augen ein wohlwollender Schimmer auf, bevor sie sittsam die Wimpern senkte. Fast täglich geriet Bea ins Schwärmen darüber, wie romantisch es sein müsse, von einem so umwerfenden Mann wie Damien umworben zu werden. Papa hatte Spaß daran, nach dem Abendessen bei einem Glas Portwein und einer guten Zigarre mit Damien zu plaudern – und diese vertraulichen Gespräche unter vier Augen weckten in Heather den Verdacht, daß sie sich über James Elliot unterhielten, ein Thema, das, wie sie instinktiv spürte, in ihrer Gegenwart stets peinlich vermieden wurde.

Heather gestand sich in einer Mischung aus Ärger und Resignation ein, daß es wenig Sinn hatte, Damien den Zugang zum Haus zu verwehren, denn Mama, Papa oder Bea hätten ihn unweigerlich eingelassen – oder sogar einer der Dienstboten, die er inzwischen beim Namen nannte!

Er überschüttete sie nicht mit Blumen, Pralinen oder albernen Gedichten. Aber sein Blick war allgegenwärtig … Sie konnte die Male nicht mehr zählen, die sie schon aufgeblickt hatte, nur um in seine Augen zu sehen, die unverwandt und brennend auf ihr ruhten. Es war verwirrend, beunruhigend – und über alle Maßen aufregend.

Kein Wunder, daß sie sich so zerrissen fühlte.

Aber das waren ihre geringsten Sorgen, denn Heather hütete ein Geheimnis, das sie mit niemandem teilen konnte, denn diese eine gemeinsame Nacht hatte Folgen gezeigt, mit denen sie im Traum nicht gerechnet hatte. Und sie wußte nicht recht, ob sie verzweifelt sein oder sich darüber freuen sollte …

Eines Abends stand ein Opernbesuch mit Mama und Papa auf dem Programm. Bedauerlicherweise fühlte sich Mama an diesem Nachmittag nicht wohl. Papa fragte Heather, ob es ihr etwas ausmache, zu Hause zu bleiben, denn er ließ Mama in diesem Zustand nur ungern allein.

Sie ließ sich ihre Enttäuschung nicht anmerken, obwohl sie sich sehr auf den Abend gefreut hatte. Wenig später stattete ihr Damien einen Besuch ab. Papa entdeckte die beiden im Salon.

»Haben Sie heute abend schon etwas vor?« wandte er sich ohne Umschweife an Damien.

»Nein«, entgegnete Damien.

»Hätten Sie etwas dagegen, Heather heute abend in die Oper zu begleiten? Victoria und ich wollten eigentlich mitgehen, aber Victoria fühlt sich nicht wohl.«

»Papa!« Heathers Stimme klang vorwurfsvoll. »Wie kannst du nur so aufdringlich sein.«

»Aufdringlich?« Zu ihrem Entsetzen schien Miles geradezu belustigt. »Meine Liebe, Damien ist doch kein Fremder. Er ist schließlich ein Freund der Familie.« Mit einem Seitenblick zu Damien fuhr er fort: »Also, was sagen Sie? Haben Sie Zeit?«

Damien sah zu Heather hinüber, die seinem Blick auswich. Flammende Röte überzog ihre Wangen. »Es wäre mir eine Ehre, sie zu begleiten, Sir.«

Heathers Puls raste. Sie wollte sich wehren, aber viel stärker war der Wunsch, den Abend mit Damien zu verbringen …

So also stand es um ihr wankelmütiges Herz.

An diesem Abend kleidete sie sich mit aller Sorgfalt. Das burgunderrote Samtkleid, auf das ihre Wahl fiel, würde ihr den Mut geben, den Abend zu überstehen, und diesen Mut würde sie noch bitter benötigen, wie sie feststellen sollte.

Damien erwartete sie in der Eingangshalle, überwältigend gutaussehend in seinem dunklen Abendanzug, die Hände hinter dem Rücken verschränkt. Ihre Röcke raschelten, als sie die Treppe hinunterstieg, und er wandte sich zu ihr um. Verlangen flammte im silbernen Glanz seiner Augen auf, und ihre Knie wurden weich.

»Fertig?« murmelte er.

Unfähig, ein Wort herauszubringen, nickte Heather nur. Als er ihr den zum Kleid passenden Umhang um die Schultern legte, streiften seine Finger in einer zärtlichen Berührung ihre bloßen Oberarme.

Sie verkrampfte sich spürbar, als sie sich dem Opernhaus näherten. Es war das erste Mal, daß sie sich mit ihm in der Öffentlichkeit zeigte, und die Anspannung war fast zuviel für sie. Aber offensichtlich nahm niemand Notiz von ihnen; es wimmelte von Menschen, und sie wurden mit der Menge in das Theaterfoyer geschwemmt.

Ihre Loge befand sich in einem der oberen Ränge. Dort angelangt, ließ sich Heather erleichtert in den Plüschsessel sinken. Im Orchestergraben hatten die Musiker begonnen, ihre Instrumente zu stimmen. Die Zuschauer beeilten sich, ihre Plätze einzunehmen, bevor der Vorhang aufging. Damien sagte etwas in liebenswürdigem Plauderton zu ihr. Steif vor Anspannung nickte Heather von Zeit zu Zeit höflich und mit starrer Miene, obwohl sie nur die Hälfte von dem mitbekam, was er sagte. Endlich teilten sich die roten Samtvorhänge, und die Welt versank um sie herum. Hingerissen vom glockenreinen Sopran einer Sängerin, beugte sie sich nach vorn.

Als sich der Vorhang nach dem ersten Akt schloß, seufzte sie verzückt auf. Damien wandte sich zu ihr um. »Sollen wir hinuntergehen und etwas trinken?«

Seine dunklen Brauen hoben sich herausfordernd. Heather hätte am liebsten abgelehnt, aber sie wagte es nicht, denn wenn sie es tat, würde er ihr wieder vorwerfen, sich zu verstecken ...

Sie reckte das Kinn in die Höhe. »Sehr gern«, entgegnete sie. Als sie ihre Hand leicht auf seinen Arm legte, glaubte sie einen Funken der Bewunderung in seinen Augen zu entdecken.

Zarte Spitzenfächer flatterten wie Schmetterlingsflügel im Frühling. Frauen stolzierten wie Pfauen in ihren raschelnden Brokat- und Seidengewändern durch das Foyer und trugen ihre Juwelen zur Schau. Diamanten und Gold funkelten im Schein der Kristallüster. Aber als sie langsam die Treppe hinunterschritten, stieg flammende Röte in ihre Wangen. Köpfe flogen herum, Operngläser richteten sich auf sie. Heather zuckte innerlich zusammen, denn sie glaubte das aufgeregte Wispern zu hören, das sich auszubreiten begann. *Was um alles in der Welt hat dieses hinkende Mädchen mit dem Earl of Deverell zu tun? Zweifellos hat er Mitleid mit ihr. Warum sollte er sonst mit ihr ausgehen?*

Der schlimmste Augenblick kam, als Damien sie kurz allein ließ, um Champagner zu holen. Eine Frau ging an ihr vorüber und starrte sie unverfroren und mit fast feindseliger Miene an. Heather spürte, wie sie erbleichte; ihre Hände zitterten, ihre Finger waren eiskalt.

Damien reichte ihr ein Glas Champagner. »Achte nicht auf sie«, murmelte er. Er nahm den Gehstock und zog ihre Hand in seine Armbeuge.

»Ich kann nicht anders. Ich hasse es, angestarrt zu werden.«

Er legte seine Hand beruhigend auf die ihre. Sie wußte, daß er ihr Zittern spürte. »Ich muß sagen«, bemerkte er unbekümmert, »mir gefällt es.«

Heather wollte ihren Ohren nicht trauen. »Es *gefällt* dir, angestarrt zu werden?«

»Mir gefällt es, mit dir anzugeben.« Seine Stimme nahm einen rauhen Klang an. »Ich bin der Gegenstand des Neides aller anwesenden Männer, weißt du. Sie werden heute abend nach Hause kommen und neben ihren schlampigen Weibern im Bett liegen …«

»Schlampig? Ich wage zu bezweifeln, daß auch nur eine der Frauen hier schlampig ist.«

»Pst, Liebste.« Er beugte sich zu ihr herunter, denn seine Worte waren nur für ihre Ohren bestimmt. »Sie werden neben ihren schlampigen Weibern im Bett liegen und an dich denken. Sie werden sich fragen, wie es wäre, mit dir in dieser Nacht zusammenzusein. Sie werden sich vorstellen, wie es wäre, dir die Kleider abzustreifen, Stück für Stück. Sie werden sich fragen, wie zierlich deine Füße, wie lang und wie weiß deine Beine sind. Sie werden sich fragen, ob deine Nippel rosig oder braun sind, ob sie nach oben oder auswärts zeigen.«

Heather konnte nicht anders. Obwohl sie insgeheim schockiert war, lauschte sie in stummer Faszination diesem Einblick in die männliche Psyche. »Männer sind fixiert auf die Brüste der Frauen, mußt du wissen. Manchmal schließen sie sogar Wetten ab über die Form und Größe einer Frauenbrust – ob sie beispielsweise in ein Champagnerglas passen würde wie Helenas oder ob sie die Größe einer reifen Melone hat ... Sieh mich nicht so entsetzt an, meine Liebe. Frauen sind nicht anders. Insgeheim stellen sie untereinander Spekulationen an über die Ausstattung und Geschicklichkeit der Liebhaber, die sie für die Nacht in ihr Bett zu locken gedenken. Hat er die Größe einer verschrumpelten Mohrrübe, oder ...«

Heather schnappte nach Luft. Aber als sie ihm ins Gesicht sah, entdeckte sie in seinen Augen ein belustigtes Funkeln. Rechtschaffene Empörung verdrängte den schockierten Ausdruck in ihrem Gesicht, und Damien lachte leise auf.

Unvermittelt zuckte auch um ihre Mundwinkel ein Lächeln. Sie wußte jetzt, worauf er hinauswollte – er hatte lediglich versucht, sie von ihrer Nervosität abzulenken. »Du bist unverbesserlich«, schalt sie ohne Überzeugung.

Er schlug die Hacken zusammen und zog ihre Hand an die Lippen. »Ich bekenne mich in allen Anklagepunkten schuldig, Mylady.«

Die Menge begann sich zu zerstreuen, die Zuschauer strebten wieder ihren Plätzen zu. Damien nickte zur Treppe hin. »Gehen wir?«

Sie bedachte ihn mit einem verschmitzten Lächeln. »Ich wußte, daß du lügst«, teilte sie ihm munter mit. »Selbstverständlich würde kein Gentleman in so empörender Weise an eine Dame denken.«

Damien stöhnte innerlich auf. Sie hatte ja keine Ahnung, welche Gedanken ihm in den vergangenen Wochen durch den Kopf gegangen waren …

Der Abend verlief ohne weitere Zwischenfälle. Vor ihrem Haus angekommen, begleitete er sie zur Tür. Sein Blick wanderte über ihr Gesicht und blieb an ihren Lippen hängen. Ihr Herz hämmerte. Sie hielt den Atem an und wartete auf den Augenblick, in dem er sie an sich ziehen würde. Aber er führte nur ihre Hand an die Lippen, der perfekte junge Gentleman … Tief enttäuscht, daß er sie nicht auf den Mund geküßt hatte, begab sie sich in ihr Zimmer.

In dieser Nacht hatte sie höchst gewagte Träume, so gewagt, daß sie sich ernsthaft Gedanken darüber machte, ob Damien vielleicht doch nicht übertrieben hatte …

Während des Frühstücks am nächsten Morgen schnappte sich Bea Papas *Gazette.* Sie interessierte sich besonders für die Klatschspalte. Heather lachte sie oft aus, weil sie die Skandalgeschichten so gierig verschlang wie ein Kind seine Süßigkeiten. Mama lächelte nur nachsichtig. Bea fielen fast die Augen aus dem Kopf, als sie plötzlich einen bekannten Namen entdeckte. Mit ernster Miene las sie die Spalte:

> Nicht die Aufführung auf der Bühne hielt die Opernbesucher gestern abend in Atem, sondern der Auftritt von Damien Tremayne, Earl of Deverell. Der Earl beliebte seine Aufmerksamkeit einer gewissen Miss Heather Duval, dem schwarzhaarigen Mündel von Miles Grayson, Earl of Stonehurst, zu schenken, sehr zum Mißfallen so mancher jüngeren Dame, die ihre Hoffnung zunichte gemacht sah. Einige Mütter von Töch-

tern im heiratsfähigen Alter – wenn nicht ganz London – werden gespannt sein, wie sich diese Romanze entwickelt.

Beatrice ließ die Zeitung auf ihren Teller sinken. »O Gott«, hauchte sie entgeistert.

Victoria blickte von ihrem Croissant auf. »Was hast du, Beatrice?«

Bea hatte es die Sprache verschlagen. Wortlos schob sie die Zeitung zu ihrer Mutter hinüber. Miles beugte sich über sie.

Er schlug so hart mit der Faust auf den Tisch, daß die Teller klapperten. »Verdammt!« fluchte er wutentbrannt. »Darum ist mir London so verhaßt!«

Bea sah betreten vor sich hin. »Warum müssen sie so gemein sein? Heather ist nicht alt!«

Victoria seufzte. »Es hat wenig Sinn, sich zu beklagen, Liebes. So sind diese Klatschblätter nun einmal.«

Miles ging rastlos im Zimmer auf und ab. »Es ist meine Schuld. Ich habe ihn gebeten, sie zu begleiten.«

»Papa«, sagte Bea beschwörend, »laß das bloß Heather nicht sehen.«

»Laß Heather was nicht sehen?«

Es war zu spät. Heather stand auf der Schwelle. Ihr Blick wanderte von einem zum anderen.

Victoria erhob sich und reichte ihr die Zeitung. »Ich fürchte, ihr seid in den heutigen Nachrichten«, erklärte sie leise. »Aber mach dir nichts daraus, Liebes. Das passiert uns allen irgendwann einmal.«

Heather erbleichte, als sie den Artikel las. Dann legte sie die Zeitung beiseite.

»Wir haben wirklich jede Menge Blicke auf uns gezogen«, war ihr ganzer Kommentar, während sie die Hand nach der Teekanne ausstreckte.

Miles und Victoria wechselten einen erstaunten Blick. Beatrice blinzelte verblüfft angesichts Heathers Gelassenheit. »Du tust ja, als würde dich das Ganze überhaupt nicht stören.«

Heather lächelte ein wenig. »O doch, Bea, es stört mich. Aber wenigstens haben sie mein Hinken nicht erwähnt.« Dann goß sie sich einen großzügigen Schuß Sahne in den Tee.

»Also, wenn sie das getan hätten«, warf Bea hitzig ein, »würde ich in die Redaktion marschieren und mich erkundigen, wer den Artikel geschrieben hat, und dann würde ich demjenigen das Bein abschneiden und ihn fragen, wie *ihm* das gefällt!«

Victorias Brauen schossen in die Höhe. »Wenn du nicht bald lernst, deine Zunge im Zaum zu halten, Bea«, bemerkte sie trocken, »wirst du dich bald in denselben Klatschspalten wiederfinden.«

Bea warf den Kopf in den Nacken. »Nun, wie du schon gesagt hast, Mama, irgendwann passiert uns das allen einmal! Vielleicht ist es ganz gut, wenn ich mich jetzt schon daran gewöhne.«

Victoria warf Miles einen Blick zu, der zu besagen schien: »Himmel, steh uns bei.« Heather beugte sich über ihre Teetasse, um ihr belustigtes Lächeln zu verbergen. Aber offensichtlich hielt der Morgen noch weitere Überraschungen für sie bereit. Sie erhoben sich kurze Zeit später vom Tisch, als der Butler mit einem Brief für Miles eintrat.

»Er kommt von Lyndermere«, erklärte Miles mit gerunzelter Stirn. Er erbrach das Siegel und überflog das Schreiben. Mit ernster Miene blickte er zu Victoria auf.

»Es hat einen Unfall gegeben, Liebste. Ein Feuer im Küchentrakt. Unter den Bediensteten gab es einige Verletzte, aber Arthur und Christina sind unversehrt.«

Sie nickte. »Wir kehren am besten sofort nach Hause zurück, Miles.«

»Ganz meine Meinung, Liebste. Wir können gleich heute nachmittag aufbrechen und uns den Rest unserer Sachen nachsenden lassen.«

»Ich werde die Mädchen bitten, mit dem Packen zu beginnen«, warf Bea eifrig ein.

»Ja, tu das bitte, Bea.«

»Ich sorge dafür, daß die Kutsche angespannt wird.« Miles eilte bereits mit ausgreifenden Schritten zur Tür. Victoria wollte ihm gerade folgen, als sie plötzlich herumwirbelte und die Hände an die Wangen schlug. »O nein!« rief sie aus. »Das habe ich vollkommen vergessen. Heute abend ist Sophies Ball. Wir können natürlich nicht bleiben ... Ich weiß, sie wird enttäuscht sein, aber es geht leider nicht anders.« Sie blickte zum Arbeitszimmer hinüber. »Ich muß ihr eine Nachricht schicken ...«

»Mach dir keine Gedanken, Mama. Ich werde ihr persönlich Bescheid sagen. Heute abend.« Victorias verständnisloser Blick entging Heather nicht.

Es dauerte eine Weile, bis sie die volle Bedeutung von Heathers Worten begriff. »Du kehrst nicht mit uns nach Hause zurück, Heather?«

»Nein, Mama. Ich möchte hierbleiben, für den Fall, daß James Elliot gefunden wird.«

Victoria warf ihr einen forschenden Blick zu. »Bist du sicher, daß das klug ist, Liebes?«

»Ich muß es tun, Mama«, lautete Heathers entschlossene Antwort.

Victoria nickte. »Und heute abend? Bist du sicher, daß es dir nichts ausmacht, allein zu Sophies Ball zu gehen?«

Heathers Gedanken flogen geradewegs zu Damien. »Ich habe nicht die Absicht, mich zu verstecken, Mama.«

»Das solltest du auch nicht; es würde dem Klatsch und Tratsch nur neue Nahrung geben.«

»Abgesehen davon wird Paige auch dasein.« Und Damien natürlich, dachte Heather, obwohl sie seinen Namen nicht erwähnte. Mama hatte jedoch irgendwann erwähnt, daß Sophie ihn ebenfalls eingeladen hatte.

Einige Stunden später stand Heather vor der Haustür und winkte dem Trio zum Abschied nach. Ihr Lächeln erstarb, als sie der Kutsche nachsah, die rumpelnd davonrollte. Sie hatte versprochen, zu Sophies Ball zu gehen, und das würde sie auch tun. Aber innerlich war sie ein Nervenbündel. Nach dem heutigen Artikel in der *Gazette* würde es noch mehr Tratsch geben …

Auch Damien hatte die Meldung gelesen. Es scherte ihn nicht im geringsten, was über ihn geschrieben wurde, aber er war erzürnt wegen des beleidigenden Tons Heather gegenüber. Unter Cameron Lindseys fragenden Blicken schritt er verärgert vor dem Fenster seines Arbeitszimmers auf und ab.

»Ich hätte es wissen müssen«, fauchte er. »Kann man denn in dieser Stadt keinen Schritt tun, ohne daß irgend jemand Wind davon bekommt? Allmählich verstehe ich, warum Heather es vorzieht, auf dem Land zu leben.«

Cameron strich sich über das Kinn. »Mir scheint, Mylord«, bemerkte er nachdenklich, »daß die Sache durchaus von Vorteil für uns sein könnte.«

Damien ging um ihn herum. »Von Vorteil? Sind Sie wahnsinnig, Cameron?«

»Überlegen Sie doch«, fuhr Cameron unbeirrt fort. »Sie wollten Ihre Anwesenheit in London bekannt machen. Aber was ist, wenn Elliot gar nicht weiß, daß Sie hier sind? Was ist, wenn er keine Ahnung hatte, daß sie in Lancashire lebt? Vielleicht ist er aus diesem Grund nicht bei ihr aufgetaucht. Wenn andererseits bekannt wird, daß man sie beide öfter zusammen sieht … Immerhin ist sie seine Tochter! Wenn ihm klar wird, wer sie ist …«

»Ich begreife, worauf Sie hinauswollen, Cameron. Aber Sie vergessen, daß er sie seit mehr als zwanzig Jahren nicht gesehen hat.«

Cameron betrachtete ihn ungerührt. »Ich möchte nichts Ehrenrühriges gegen die Dame sagen, Mylord. Aber Heather Duvals Hinken ist sehr auffällig. Es könnte seiner Erinnerung auf die Sprünge helfen.«

»Sie meinen, es könnte ihn veranlassen, sie aufzusuchen?«

»Genau.«

»Und Sie meinen, ich sollte unbekümmert mit ihr herumstolzieren? Damit ihr Name in aller Munde ist?«

»Und Ihr eigener auch«, ergänzte Cameron. »Es könnte Ihre Chancen, Elliot zu finden, wesentlich erhöhen.«

Damien verfiel in brütendes Schweigen. Eine Spur von grimmiger Entschlossenheit hatte sich in seine Züge geschlichen. Cameron hatte recht. Wenn Elliot seine Tochter erkannte, konnte es ihn durchaus veranlassen, sie aufzusuchen. Aber andererseits erschien ihm Camerons Vorschlag so kalt und herzlos.

Nein. *Nein.* Er durfte sie nicht auf diese Weise benutzen. Er *wollte* es nicht.

Cameron beobachtete ihn gespannt. »Sie wollen ihn doch finden, oder nicht?«

»Ich werde ihn finden.« Damiens Ton und sein Gesichtsausdruck verboten jeden weiteren Einwand. »Aber ich werde Heather nicht dazu benutzen, Cameron, und das ist mein letztes Wort in dieser Angelegenheit.«

Jack der Aasgeier hatte keine Schwierigkeiten, James Elliot ausfindig zu machen. Elliot genoß einen üblen Ruf; seine Gewalttätigkeit und seine Trunksucht hatten ihn in den finsteren Winkeln Londons bekannt gemacht.

Er klopfte so heftig an Elliots Tür, daß sie klappernd in den Angeln erzitterte, dann wurde sie einen Spaltbreit geöffnet. Elliot spähte mit blutunterlaufenen Augen und unrasiertem Kinn heraus.

»Was willst du?« lallte er mit branntweinschwerer Stimme.

»Ich bin's, Jack der Aasgeier. Ich hab Neuigkeiten vom Earl.«

Die Tür flog augenblicklich auf. Jack trat in die winzige schäbige Kammer. Neid stieg in ihm auf, denn er hätte alles darum gegeben, ein solches Plätzchen sein eigen nennen zu dürfen.

»Was für Neuigkeiten?« wollte Elliot wissen.

»Du wolltest wissen, wo er sich rumtreibt, oder? Mit wem er ausgeht?«

»Genau so isses, Junge.« Elliot hob eine Flasche an die Lippen. Der Schnaps tropfte ihm vom Mundwinkel übers Kinn und er wischte mit dem Handrücken darüber.

»Also, ich hab ihn gesehn. Scheint sich ziemlich oft beim Earl of Stonehurst rumzudrücken.«

Elliot sah ihn verächtlich an. »Das is alles, was du zu berichten hast?«

Jack grinste. »Er soll angeblich auch 'ne kleine Liebschaft haben.«

»Is mir doch egal, mit wem der Kerl rumhurt!«

Jacks Grinsen war wie weggewischt. »Du wolltest doch wissen, wo und mit wem er sich rumtreibt«, sagte er beleidigt. »Willste 's jetzt wissen oder nich?«

Elliot bedeutete ihm weiterzureden.

Jacks Mund verzog sich zu einem Grinsen. »Hab ihn zufällig neulich abend am Covent Garden gesehn – leichtes Revier für 'n Dieb, muß ich sagen, und da war er mit seinem Herzchen.« Jack kratzte sich am Kopf. »Ne echte Schönheit, klar. Aber es war schon komisch, so eine mit 'nem Herrn wie ihm zu sehn, wenn du weißt, was ich meine.«

Elliot wurde ungeduldig. »Warum?«

»Weil das Mädchen 'n Krüppel is, darum! Läuft so.« Jack führte eine übertriebene Imitation von Heathers hinkendem Gang vor.

Elliots Hand mit der Flasche verharrte auf halbem Wege zum Mund. Langsam ließ er sie sinken. Jesus Maria. Das konnte doch unmöglich sein … oder?

»Das Mädchen«, fragte er, »Wie hat sie ausgesehn? Wie alt war sie?«

»Woher soll ich das wissen? Aber ich hab sie gesehen.

Rausgeputzt und geschniegelt war sie, klein, mit rabenschwarzen Haaren, eine Schönheit, wie schon gesagt. Und ich hab gehört, wie jemand was über ihre Augen gesagt hat – blauviolett wie Veilchen, glaub ich.«

Elliot sprang erregt auf. Heather, dachte er. *Heather.*

»Weißt du sonst noch was über das Mädchen?«

»Ja«, entgegnete Jack. »Aber das kostet dich was.«

Elliot kramte eine Münze aus der Tasche und warf sie Jack hin. Jack hielt sie in den schummrigen Lichtschein, der durch das Fenster hereindrang, und steckte sie dann tief in seine Hosentasche.

»Scheint das Mündel vom Earl of Stonehurst zu sein. Kommt nicht oft nach London, die ganze Familie nicht. Leben in Lancashire.«

Lancashire. Zur Hölle, sie war es! Sie mußte es sein. Einen Augenblick lang flammte eine so erbitterte Wut in ihm auf, daß er am ganzen Körper erzitterte. Hatte das Balg etwa all die Jahre hindurch in Saus und Braus gelebt?

Mit einiger Verspätung dämmerte ihm die Erkenntnis ... Sie war mit Damien Tremayne gesehen worden ... Ein boshaftes Lächeln breitete sich langsam in seinen Zügen aus. Das nörgelnde kleine Balg war jetzt eine erwachsene Frau. Dann war es vielleicht an der Zeit, daß er endlich einen Nutzen hatte von diesem kleinen Biest...

Zuerst mußte er sich Gewißheit verschaffen, daß sie es wirklich war. Und dann ... Nun ja, das wußte er noch nicht so genau. Aber ihm würde schon etwas einfallen ...

Aber diesmal würde er vorsichtiger zu Werke gehen als bei Giles Tremayne.

Hätte sie Mama nicht versprochen, ihre Nachricht persönlich zu überbringen, so hätte sie vielleicht doch noch der Mut verlassen und sie wäre nicht zu Sophies Ball gefahren. Aber Sophie war Mamas beste Freundin, und sie wollte sie um nichts in der Welt enttäuschen.

Es herrschte bereits ein unbeschreiblicher Trubel, als Heather an diesem Abend eintraf. Panik stieg in ihr auf, als sie das Haus des Vicomte und der Vicomtesse Wyburn betrat. Würde sie es allein schaffen? Die Gesellschaft konnte so grausam sein. Wenn sie mit Mama und Papa zusammen war, verhielten sich alle freundlich und liebenswürdig ihr gegenüber, weil niemand es wagte, den Zorn des Earl of Stonehurst auf sich zu ziehen. Aber heute war es etwas anderes. Sie mußte befürchten, daß man ihr die kalte Schulter zeigen würde, und die Aussicht darauf war nicht erfreulich.

Sophie entdeckte sie als erste. »Heather!« rief sie mit einem erfreuten Winken und eilte ihr entgegen. Sophie ergriff ihre Hand und trat einen Schritt zurück.

»Na so was. Lassen Sie sich ansehen.« Ihre sanften braunen Augen musterten Heather von oben bis unten. »Oh, Heather, Sie sehen umwerfend aus!« Donald, ihr Ehegatte, war zu ihnen getreten. »Habe ich nicht recht, Donald?«

Der Vicomte begrüßte Heather mit einer tiefen Verbeugung. »O ja, meine Liebe.«

Heather bedankte sich mit einem Lächeln. Sie trug ein Kleid aus glänzend weißem, mit Silberfäden durchwirktem Satin. Der Saum des weit fallenden Rocks war hier und da mit Feldblumen von blassem Violett bestickt. Wieder einmal fühlte sie sich halb nackt, denn das Mieder war zu einem großzügigen Dekolleté ausgeschnitten. Ihre nachtschwarzen Flechten waren locker auf dem Kopf zusammengesteckt.

»Entschuldigt mich, meine Damen«, sagte der Vicomte, »aber ich sehe, daß Jeremy Wyndham mit mir reden möchte.«

Sophie wandte sich an Heather. »Sind Miles und Victoria auf dem Wege?«

Heather schüttelte den Kopf und erklärte in knappen Worten, was auf Lyndermere geschehen war. »Wie schade«, sagte Sophie, indem sie Heather an den Rand des Ballsaals führte. »Aber ich bin froh, daß Sie kommen konnten, Heather.« Sie sah sich hastig nach allen Seiten um und vergewisserte sich, daß ihnen niemand zuhörte. »Ich hatte schon befürchtet, daß der dumme Artikel in der *Gazette* von heute morgen Sie davon abbringen könnte.« Ihre Augen blitzten zornig auf. »Ich war ungefähr in Ihrem Alter, als ich heiratete. Damals hielten mich die Leute schon für eine alte Jungfer, und wie Sie sehen, haben sie sich geirrt. Aber Sie hätten erst das Gerede hören sollen, als Miles und Victoria heirateten. Sie waren monatelang das Stadtgespräch von London!«

Sie legte Heather die Hand auf die Schulter. »Ich rede manchmal wie ein Wasserfall, nicht wahr? Aber ich will Ihnen nur sagen, Heather: Lassen Sie sich nicht aus der Ruhe bringen, denn morgen werden sie sich die Mäuler schon wieder über jemand anderes zerreißen.«

Paige trat zu ihnen, und die Unterhaltung wandte sich anderen Themen zu. Schließlich suchte sie sich mit Paige einen Sitzplatz im Ballsaal. In diesem Augenblick entdeckte sie Damien. Ihr Herzschlag setzte aus. Er sah atemberaubend aus in seinem schwarzen Abendanzug mit dem blütenweißen Hemd. Er unterhielt sich kurz mit Donald, dann schweifte sein Blick über die anwesenden Gäste.

Ihre Blicke trafen sich für den Bruchteil einer Sekunde, dann wandte er sich ab und gesellte sich zu einigen anderen Gentlemen.

Einen schrecklichen Augenblick lang fühlte sich Heather schmerzhaft zurückgestoßen. Aber in ihrem Herzen wußte sie, daß es besser so war; je weniger über sie getratscht wurde nach diesem Artikel in der *Gazette*, um so besser.

Paige hatte Damien nicht bemerkt, aber anderen Gästen jedoch war seine Anwesenheit nicht entgangen, und schon konnte Heather sehen, wie Köpfe zusammengesteckt wurden. Blicke richteten sich auf sie. Fächer flatterten. Zischelndes Geflüster um sie herum ... Das Gefühl, all das schon einmal erlebt zu haben, umhüllte sie. Es war genauso wie am Abend zuvor in der Oper. Nur war Damien nicht an ihrer Seite, um ihr Selbstbewußtsein zu stärken.

Paige stieß sie an und flüsterte ihr strahlend zu: »Sieh nur, Sophie hat dem Orchester das Zeichen gegeben, mit der Tanzmusik zu beginnen.«

Wie aus weiter Ferne drangen Walzerklänge an ihr Ohr. Die Tanzfläche war noch leer. In diesem Augenblick bemerkte sie, daß Damien den Gentlemen den Rücken gekehrt hatte, aber eine reizende Blondine hatte sich an seinen Arm gehängt. Er neigte den Kopf tief zu ihr hinunter; fast sah es so aus, als ruhte ihre Wange an seiner Schulter. Die Blonde warf Heather einen verstohlenen Blick zu; ihre tiefroten Lippen verzogen sich zu einem falschen Lächeln voll zuckersüßer Gehässigkeit.

Heather zwang sich, den Blick abzuwenden. Ihre Brust schnürte sich in tiefer Verzweiflung zusammen. Sie hatte keinen Besitzanspruch auf ihn, mahnte sie sich. Aber sie hatte auch nicht die Stärke zuzusehen, wie er mit einer anderen Frau tanzte. Sollte sie gehen? Mit solch niederschmetternden Gedanken beschäftigt, erhob sie sich.

In diesem Augenblick zupfte Paige sie am Ärmel. »Heather«, flüsterte sie.

Heather war eben im Begriff, ihren Gehstock zur Hand zu nehmen.

»Heather!« rief Paige mit etwas lauterer Stimme. Sie zupfte fester an Heathers weißem Satinärmel. Endlich wurde Heather auf sie aufmerksam. Sie blickte auf Paige hinunter, die fast verzweifelt zur Tanzfläche hinübernickte.

Verwundert drehte sich Heather um und sah nach, was Paige so in Aufruhr versetzte.

Dort stand Damien, in der Mitte der Tanzfläche.

In einem fernen Winkel ihres Bewußtseins registrierte sie, daß die Umstehenden mucksmäuschenstill geworden waren. Es war, als halte die ganze Welt den Atem an. Die Augen aller Anwesenden waren auf ihn gerichtet – und auf sie.

Aber Damiens Augen sprachen nur zu ihr.

Nie in ihrem ganzen Leben würde sie den Ausdruck darin vergessen. Es war ein Blick, der sie dahinschmelzen ließ, ein Blick, der ihr den Boden unter den Füßen wegzog.

Und dann tat er etwas, was sie nie erwartet hätte. Es war das allerletzte, womit sie gerechnet hätte ...

Er streckte ihr die Hand entgegen.

20. Kapitel

Die Welt drehte sich wie ein Karussell um sie. Heather hatte das Gefühl, gleich ohnmächtig werden zu müssen. Das konnte doch nicht sein Ernst sein – er wollte doch nicht etwa mit ihr tanzen.

Aber es war ihr vollkommen unmöglich, sich der gebieterischen Kraft seiner Augen zu entziehen.

Sie nahm nicht einmal wahr, daß Paige ihr den Gehstock aus der Hand genommen hatte.

Keine zehn Schritte trennten sie von ihm. Sie schluckte krampfhaft und hatte das Gefühl, daß ihr Herz nie mehr aufhören würde, ihr bis zum Hals zu schlagen, als sie sich fast wie in Trance in Bewegung setzte.

Er kam ihr auf halbem Wege entgegen.

Aber Heather war sich dennoch überdeutlich der neugierigen Blicke aller Anwesenden bewußt. Im letzten Moment schien sie der Mut zu verlassen, und sie schwankte verdächtig.

Eine starke Hand schloß sich beruhigend um ihren Arm. Er zog sie energisch an sich.

Ihre Finger lagen bebend auf seiner breiten Schulter. »Das ist absurd«, hauchte sie tonlos.

Nein, hätte er ihr am liebsten geantwortet, *das ist die Liebe.*

Sogar das Orchester hatte aufgehört zu spielen. Auf ein Zeichen von Sophie hin nahmen die Musiker ihr Spiel wieder auf.

Damien zog eine Braue hoch. »Sollen wir?« murmelte er.

Die Erinnerung überfiel sie schlagartig. Ihre Füße bewegten sich wie von selbst. Damiens Stimme hallte in ihrem Kopf wider. *Eins, zwei, drei. Ganz kleine Schritte.*

Jetzt zog auch Sophie ihren Gatten mit sanfter Gewalt auf die Tanzfläche. In dem Blick, mit dem sie Heather bedachte, lag unverhohlener Triumph. Weitere Paare strömten, eines nach dem anderen, auf die Tanzfläche. Die Spannung, die ihr fast den Mut geraubt hätte, war plötzlich wie weggeblasen.

»Du machst deine Sache großartig«, murmelte er dicht an ihrem Ohr.

»O ja, ich hatte auch einen großartigen Lehrer«, gab sie mit strahlendem Lächeln zurück.

Er erwiderte ihr Lächeln mit hintergründiger Miene. »Aber es ist nicht ganz dasselbe wie beim letzten Mal, nicht wahr? Wenn ich mich recht erinnere, waren wir damals etwas leichter bekleidet.«

Die Erinnerung daran, wie sie nackt in ihrem Schlafzimmer mit ihm getanzt hatte, stand ihr in aller Lebendigkeit vor Augen. Zwei flammendrote Flecken glühten auf ihren Wangen, aber sie lachte atemlos. »Das waren wir in der Tat.«

Sein Arm schloß sich fester um sie. Er neigte den Kopf herunter, so daß sein Mund ihr Ohr streifte. Ein wohliger Schauer durchlief sie. »Haben Sie eigentlich eine Ahnung, was ich jetzt gern mit Ihnen tun würde, Miss Heather Duval?«

Der rauhe Klang seiner Stimme gab ihr das Gefühl, wunderschön und liebenswert zu sein, und es war ein vollkommen neues Gefühl für sie.

»Vielleicht möchten Sie es mir gerne sagen?« Ihr Wagemut jagte ihr Schauer über den Rücken, aber es waren eigenartig wohlige Schauer.

Er küßte zart ihren Hals. »Da weiß ich etwas viel Besseres«, entgegnete er bedeutungsvoll. »Ich werde es dir zeigen.« Es war ein Versprechen, das die Erfüllung ihrer sehnlichsten Wünsche verhieß.

Wie auf ein Zeichen verklang die Musik. Er legte ihre Hand auf seine Armbeuge. »Ich würde jetzt sehr gern von hier weggehen. Ich möchte wetten, daß der Tratsch morgen erst richtig losgehen wird, aber es ist mir vollkommen gleichgültig.«

Heather sah ihn mit leuchtenden Augen an. »Mir auch.«

Der Abschied von Sophie und Paige ging rasch vonstatten. Wenige Minuten später standen sie draußen vor Damiens Kutsche. Heathers Herz jubelte, und ihre Füße waren federleicht.

In der Kutsche saßen sie dicht nebeneinander, ihr Kopf ruhte an seiner Schulter. Sie hatte keine Ahnung, wohin sie fuhren, und es war ihr auch gleichgültig. Mit einem Gefühl unendlicher Ruhe ließ sie den Dingen ihren unvermeidbaren Lauf. Sie waren zusammen, und nichts anderes zählte.

Sie waren noch nicht lange gefahren, als die Kutsche anhielt. Heather setzte sich auf und schob die Samtvorhänge beiseite. Sie befanden sich vor einem Herrenhaus mit Backsteinfassade und hohen Fenstern.

Sie warf Damien einen fragenden Blick zu. Er sah sie unverwandt an. »Wo sind wir?« erkundigte sie sich.

»Bei mir zu Hause.« Er öffnete die Tür, sprang mit

einem Satz aus der Kutsche und streckte ihr dann die Hand entgegen. »Mach dir keine Sorgen«, sagte er, als er ihr Zögern bemerkte. »Niemand wird es erfahren. Meine Dienstboten sind sehr diskret.«

Heather reichte ihm die Hand. »Ich bin wirklich kein Vorbild der Sittsamkeit für Bea«, murmelte sie mit einem zaghaften Lächeln.

Ein untersetzter Butler mit beginnender Glatze ließ sie ins Haus. »Danke, William«, sagte Damien. »Ich brauche Sie heute nicht mehr.« Mit einer Verbeugung zog sich der Butler zurück.

Heathers Hand lag noch immer behaglich in der seinen, und sie überließ sich seiner sicheren Führung, als er sie durch das dunkle Haus zog. Sie bemerkte eine prachtvolle Treppe, die sich nach rechts und links teilte, dann gelangten sie durch eine Flügeltür in einen Ballsaal mit hoher Gewölbedecke. Die Wände waren mit kostbaren Stuckrosetten verziert. Die Luft war erfüllt von süßem Rosenduft. Zahllose Kerzen waren rundum an den Wänden aufgestellt und tauchten den Raum in einen warmen, goldenen Schein. In der Mitte stand ein spitzengedeckter Tisch und zwei vergoldete Sessel. Auf dem Tisch standen Obstschalen, eine Flasche Wein und zwei Kristallgläser.

Heather hielt den Atem an. Er hatte das Ganze geplant! Er hatte von Anfang an die Absicht gehabt, sie hierher zu bringen. Ihr war plötzlich schwindelig zumute. Sie fühlte sich leichtsinnig und verwegen. Was würde der Abend noch für sie bereithalten?

Sie konnte es kaum erwarten, das herauszufinden.

Als sie sich zu Damien umwandte, stellte sie fest, daß sein Blick immer noch unverwandt auf ihr ruhte.

Ein leises Lächeln spielte um seine Lippen. »Ich dachte, wir veranstalten unser eigenes Fest. Hast du etwas dagegen?«

Sie schüttelte den Kopf. Sie war verlegen, aber auch voller Vorfreude.

Er schenkte Wein ein und reichte ihr ein Glas. »Hast du Hunger?«

Als sie das Glas entgegennahm, berührten sich flüchtig ihre Hände. Ein elektrischer Funke schien an der Stelle überzuspringen, an der sie sich berührten. *Ja*, dachte sie sehnsüchtig. *Nach dir*.

Sie nippte an dem Wein und naschte von den Trauben, dann nahm sie eine reife Erdbeere. Beim letzten Bissen lief ihr ein Tropfen übers Kinn. Sie wischte ihn mit der Fingerspitze ab und wollte eben den süßen Saft ablecken, als Damien ihr Handgelenk umfing.

Veilchenfarbene Augen richteten sich fragend auf ihn.

»Laß mich das machen«, bat er. Ohne den Blick von ihr zu lösen, führte er ihre Fingerspitze an die Lippen. Er saugte zart daran, seine Zungenspitze feucht und rauh. Alles in ihr schmolz dahin. Hätte sie nicht gesessen, sie wäre sicherlich kraftlos zusammengesunken.

»Danke«, flüsterte sie.

Der unruhige Schein des Kerzenlichts warf faszinierende Schatten auf die markanten Züge seines Gesichts. Seine Stimme klang sehr ernst. »Aber bitte sehr.«

Er erhob sich, zog sie auf die Füße und nahm sie in seine Arme. »Es wäre kein Ball ohne einen Tanz«, sagte er, indem er auf ihr verblüfftes Gesicht hinunterlächelte.

»Aber … wir haben doch schon getanzt.«

»Ja, aber das war vor einem Publikum. So ist es mir viel lieber.«

Wie zuvor wirbelte er sie in winzigen Kreisen auf der Tanzfläche herum. Plötzlich schloß er den Arm fester um ihren Rücken, hob sie hoch in die Luft und drehte sich so lange mit ihr im Kreis, bis sie ganz benommen war und atemlos lachte. Ihr Gelächter erfüllte den Raum wie Glockengeläut an einem warmen Frühlingsmorgen. Sie stützte sich mit den Fingerspitzen auf seinen Unterarmen ab und warf den Kopf in den Nacken, den Hals anmutig, weiß und zart nach hinten gebogen. Sie lachte immer noch, als er sie noch ein letztes Mal herumschwang und dann innehielt.

Damien aber lachte nicht.

Ihr blieb fast das Herz stehen. Das Lachen blieb ihr in der Kehle stecken. Sein Blick war von brennender Leidenschaft, einem wahren Hunger erfüllt.

Er ließ sie sachte zu Boden gleiten, einen atemberaubenden Augenblick lang rieben sich ihre Hüften aneinander. Durch den Seidenstoff ihrer Röcke hindurch konnte sie die erregte Härte seiner Männlichkeit an ihrem Bauch spüren.

Die Zeit verlor alle Bedeutung.

Die Welt verdichtete sich zu diesem einen Augenblick. Er schien sie mit seinem Blick in Besitz zu nehmen, in ihre Seele selbst einzudringen.

Dann hob er sie mit einem unterdrückten Aufschrei wieder in seine Arme.

Heathers Herz schlug so heftig, daß sie glaubte, ersticken zu müssen. Ihr Atem entwich in abgehackten Stößen. »Wohin bringst du mich?«

Ein Augenblick erregten Schweigens trat ein. »Zu Bett«, sagte er dann leise. »Irgendwelche Einwände?«

Ein schelmisches Lächeln zuckte in ihren Mundwinkeln. »Nur einen«, bemerkte sie spitzbübisch.

Er zog eine Braue hoch.

Sie verschlang die Hände in seinem Nacken. »*Beeil dich.*«

Ihre leidenschaftlich geflüsterten Worte brachten ihn fast um den Verstand. Er zerquetschte sie fast in seinen Armen. Dann beugte er den Kopf und versiegelte ihre Lippen mit einem ungestümen Kuß. Ihre Zungen tanzten in einem wilden Duell, aus dem beide als Sieger hervorgingen. Als er endlich seinen Mund von ihren Lippen löste, rangen sie beide nach Luft.

Mit einem rätselhaften kleinen Lachen senkte er die Arme ein wenig, so daß ihre Schuhspitzen den Fußboden berührten. »Zum Teufel mit dem Bett.« Seine warmen, schnellen Atemzüge streiften ihr Ohr. »Ich glaube nicht, daß ich so lange warten kann.«

Er fuhr mit den Fingern in ihr Haar. In Sekundenschnelle fiel es ihr über den Rücken herunter. Seine schlanken Hände legten sich auf ihre Schultern. Heather spürte, wie ihr Kleid bis über die Hüften hinunterglitt. Dem Miederhemd war dasselbe Schicksal beschieden. Und dann stand sie nackt vor ihm.

Wie silberne Flammen waren die Augen, die forschend über ihre Blöße wanderten. Er hatte behauptet, nicht warten zu können, aber sein Blick war langsam und gründlich, eine genüßliche Forschungsreise, die keinen Zentimeter ihres Körpers ausließ. Unter der Hitze dieses Blicks richteten sich ihre Nippel erwartungsvoll auf. Seine Augen ruhten lange und brennend auf dem dunklen Dickicht zwischen ihren Schenkeln; ein ruheloses Verlangen begann an diesem geheimen Ort tief im Verborgenen zu pulsieren.

Er zog sie heftig an sich. Eine Welle der Lust durchrieselte sie, als er seine Daumen unerträglich langsamen um ihre Brüste kreisen ließ. Endlich erreichte er ihre Nippel, sie reckten sich hart und fest seinen Händen entgegen, aber es war noch nicht genug. Sie sehnte sich danach, seine heißen, saugenden Lippen an diesen bebenden Knospen zu spüren.

Sie stieß einen erstickten Schrei unbändiger Lust aus. »Damien!«

Er küßte die flaumzarte Stelle hinter ihrem Ohr. »Was ist, Süße?«

Sie hätte am liebsten mit den Fäusten gegen seine Brust getrommelt. »Ich – ich dachte, du hättest keine Geduld!«

Er lächelte dicht vor ihrem Gesicht. »Ich stelle plötzlich fest, daß ich eine Unmenge davon habe.«

Jetzt schlug sie ihm wirklich mit beiden Fäusten gegen die Brust. »Damien, bitte!«

Statt einer Antwort ging er in die Knie.

Er umfaßte mit seinen Händen die schwellende Fülle ihrer Brüste. Mit der Zunge liebkoste er die aufgerichteten Spitzen. In höchster Lust stieß sie einen scharfen Schrei aus. Mit einem kehligen Laut der Zufriedenheit sog er erst die eine begehrliche Knospe, dann die andere in seinen Mund, ein Spiel himmlischer Entzückung, dem sich ihre Nippel feucht und glänzend entgegendrängten.

Aber das war noch nicht alles.

Seine Fingerspitzen wanderten über die flache Rundung ihres Bauchs und zogen eine brennende Spur bis zu dem Ort, der ihre Weiblichkeit bewachte. Sie gruben sich tief in das dichte, dunkle Flies.

Sein Mund folgte dieser Flammenspur.

Mit den Händen drückte er ihre schlanken weißen Schenkel auseinander. Mit den Daumen öffnete er die weichen, rosigen Falten.

Heather riß benommen die Augen auf. Mit einem Schlag dämmerte ihr seine Absicht. Nein, dachte sie, zu Tode erschrocken. Oh nein …

Sein Atem streifte die zarte entblätterte Knospe … und dann spürte sie den verführerischen Druck seiner Zunge.

Ein unglaubliches Lustgefühl durchzuckte sie. Ihr Bewußtsein wollte sich wehren, aber ihr Körper hieß ihn willkommen. Eine drängende Hitze durchströmte sie, und sie mußte sich an ihm festhalten, um nicht die Balance zu verlieren.

Seine Zunge war ein kühner und unerbittlicher Eindringling, ein Flammenpfeil, der furchtlos und unaufhaltsam sein Ziel suchte. Mit glühenden Zungenschlägen entfachte er die rosige Höhle, den winzigen Kern, der in der Spalte verborgen lag. Ihre Finger gruben sich in sein Haar. Sie drängte sich ihm entgegen, in wildem Verlangen nach Erlösung von dieser süßen Pein. Und schließlich fand sie sie. Ihre Beine zitterten, ihr Körper wand sich in höchster Lust, als ihr Innerstes barst. Spitze Schreie der Verzückung entrangen sich ihrer Kehle.

Damien fing sie auf, als sie zu Boden sank. Er bettete sie auf dem seidenen Häuflein ihrer Kleider. Dann streifte er seine eigene Kleidung ab. Eine glutrote Aura der Leidenschaft ging von ihm aus. Sein Körper stand in Flammen, sein Schaft pulsierte.

Heather öffnete benommen die Augen und sah ihn mit umflortem Blick an, als er sich neben ihr niederließ. Stolz erfüllte seine Brust, denn er wußte, daß er ihr die höchste Lust bereitet hatte. Er küßte sie mit weichen Lippen, kostete erneut den reinen Geschmack ihrer Weiblichkeit.

Er genoß es, wie sie ihre Arme um seinen Hals schlang, wie sich ihr straffer junger Körper der Hitze und Härte des seinen entgegendrängte , nur schien es jetzt, als seien die Rollen neu verteilt ...

Und tatsächlich fühlte sich Heather auf einer Welle hemmungsloser Leidenschaft davongetragen. Mit dem Druck ihrer Handflächen zwang sie sanft seine glatten festen Schultern zurück, bis sie über ihm lag. Die Versuchung, seinen Körper in derselben Weise zu erforschen, wie er es mit ihr getan hatte, war unwiderstehlich. Sie sehnte sich danach, die großartigen Empfindungen zu erwidern, die er in ihr wachgerufen hatte – sie in vollem Maße zu erwidern.

Ihre Finger strichen über die aufregend straffe Haut seiner Schultern, genossen das Spiel der festen Muskeln darunter. Ihre kleine Hand wanderte über seine Brust, grub sich in das dunkle Haargeflecht. Dann streiften ihre Fingerspitzen seinen straff gespannten Bauch und näherten sich unaufhaltsam jenem Ort, der eine so große Faszination barg. Seine Männlichkeit drängte der Berührung entgegen.

Mit einem Gemisch aus Staunen und Bewunderung sah Heather ihn an. Die schamlose Unterhaltung des Vorabends kam ihr in Erinnerung.

Das Herz schlug ihr bis zum Hals. »Damien«, flüsterte sie, »gibt es wirklich einen Unterschied? Sind manche Männer … größer als andere?«

Der Ton, den Damien von sich gab, war halb Lachen, halb Stöhnen. Sein Schaft richtete sich noch härter auf, wurde noch ein Stück größer.

Heather betrachtete ihn ehrfürchtig. »Oh, mein Gott«, hauchte sie. »Ich kann mir nicht vorstellen, daß ein Mann größer sein kann als – als du.«

Die Erregung, die ihn beim Klang ihrer unschuldigen Worte übermannte, ging fast über seine Kräfte. »Berühr mich«, stieß er hervor. Er ergriff ihre Hand und führte sie hinunter zu der Stelle, die sie so heiß entflammte, füllte ihre Hand, schloß ihre kühlen Finger um sein glühendes Glied. Es bedurfte keines weiteren Drängens.

Und er war ihr offenbar ein guter Lehrmeister gewesen.

Der Rhythmus ihrer Liebkosungen brachte ihn an den Rand der Ekstase. Er keuchte vor Lust, mußte sich zurückhalten, um sie nicht auf den Rücken zu werfen und heiß und hart in das feuchte, seidige Gefängnis ihrer Weiblichkeit einzutauchen.

Aber sie war noch nicht am Ziel angelangt.

Eine Hand auf seiner Brust, richtete sie sich auf. Er hatte sie immer schön gefunden, aber sie war mehr als das. Zart und schlank, aber mit herrlich vollen Brüsten, deren rosige Spitzen so süß waren, wie sie aussahen. Ihre Hüften wölbten sich in weichem Bogen von einer unglaublich schmalen Taille. Einen atemberaubenden Augenblick lang schwebte sie über ihm, die feingliedrigen Hände auf die Schenkel gestützt.

Der kaum merkliche Anflug eines Lächelns spielte um ihre Lippen. Dann beugte sie sich hinunter. Ihr Haar breitete sich wie ein Fächer über seine Schenkel und seinen Bauch. Damien stockte der Atem in der Brust. Großer Gott, sie würde doch nicht …

Mit der Zungenspitze berührte sie ihn.

Sein Herzschlag setzte aus.

Seine Hände krallten sich in den Seidenstoff ihres Kleides. Er biß die Zähne zusammen, überwältigt von einer solchen Lust, daß sie fast an Schmerz grenzte. Sie beherrschte ihr Spiel so virtuos wie eine Meisterin, ihre Zunge kreiste und leckte, und das zarte Saugen war eine süße Qual, die er ewig hätte ertragen können. Er hatte den Kopf in den Nacken geworfen, seine Züge waren straff und angespannt, sein Atem pfiff stoßweise durch die Zähne.

»Heather«, murmelte er mit belegter Stimme, und noch einmal: »*Heather*!«

Er konnte nicht mehr an sich halten, mit einer schnellen Bewegung zog er sie an seine Brust. Dann fühlte sie sich von starken Armen umfaßt, und mit einem einzigen kraftvollen Schwung hatte er sich mit ihr erhoben. Mit zwei Schritten war er bei einem der samtbezogenen Sessel. Er setzte sich und umfaßte mit beiden Händen ihre Hüften. Heather blinzelte verblüfft, denn sie saß jetzt rittlings auf seinem Schoß, seine Schenkel zwischen den ihren gefangen.

Sekundenlang öffnete er die Augen. Sein Blick durchbohrte sie, silbern und stechend. Tief in der glühenden Hitze seiner Augen las sie ein stürmisches Begehren, dessen Bedeutung sie nicht recht erfaßte.

Sie sah ihn mit großen Augen an; ihre Hände zitterten auf seinen Schultern. Seine angespannten Armmuskeln traten deutlich hervor. Sie spürte ihn riesig und hart an den Pforten ihrer feuchten Höhle. Sie nahm einen tiefen, bebenden Atemzug. »Damien ...«

»Sch, Süße.«

Seine Finger schoben sich durch die feuchten, dunklen Locken und öffneten sie weit. Er hob sie an und zog sie wieder zu sich herunter, und im selben Augenblick stieß er aufwärts.

Sie umklammerte seine Arme, als sie seine harte, steife Männlichkeit in sich spürte.

»Nimm mich, Heather. Nimm mich!« Die Worte waren ein rauhes, atemloses Flüstern.

Die Augen halb geschlossen, fühlte sie sich von einem Machtgefühl durchdrungen, das sie wie eine Flutwelle mitriß. Sie entdeckte, daß sie den Rhythmus ihres Liebesspiels bestimmen konnte, indem sie die Schenkel spannte, mit den Hüften kreiste und das Becken hob und senkte.

Atemlos öffnete sie die Lippen. Sie begann zu keuchen, ihre Bewegungen wurden heftiger. Die Empfindungen, die auf sie einströmten, waren schier unglaublich. Damien stöhnte auf, seine Finger gruben sich in ihre weichen Hüften. Wild und leidenschaftlich tauchte er in ihre Höhle, dehnte und erforschte sie.

Ihre Nägel bohrten sich in seine muskulösen Schultern. Jeder Stoß brachte sie dem Höhepunkt näher. Eine verzehrende Lust trug sie höher und immer höher hinauf. Dann war es schließlich soweit. Ihr Körper zog sich ruckhaft um ihn zusammen, sie schwebte in höchster Ekstase gen Himmel und darüber hinaus. Sein Samen ergoß sich wie flüssige Glut in die Pforte ihres Schoßes.

Ganz sachte schwebten sie zur Erde zurück. Als sich sein Atem wieder beruhigt hatte, trug Damien sie zu seinem Bett hinauf und schlüpfte neben ihr unter die Laken.

Heather bettete den Kopf in seiner Achselhöhle, aber plötzlich lief ein Zittern durch ihren Körper.

»Was ist los, Heather? Was fehlt dir?« Seine Stirn zog sich in besorgte Falten. Er legte ihr eine Hand in den Nacken und wartete.

Ihre Antwort kam zögernd. »Ich habe gerade an das Schmuckkästchen gedacht.«

Die Spannung, die sich seiner bemächtigte, war fast greifbar; sie spürte sie in jedem Muskel seines Körpers. Als er endlich sprach, lag Argwohn in seiner Stimme. »Was ist damit?«

»Wir haben nie darüber gesprochen, Damien, aber ich muß es wissen. Was macht dich so sicher, daß es die Schmuckschatulle deiner Mutter ist?«

Zögernd setzte er sich auf und fuhr sich mit der Hand durchs Haar. Offensichtlich war er hin- und hergerissen. Heather setzte sich ebenfalls auf und bedeckte ihre Brüste mit dem Laken.

Er legte beide Hände auf ihre Schultern. »Heather«, erklärte er ruhig. »Ich möchte um nichts in der Welt diese Nacht zerstören, aber ich muß ehrlich sein. Die Schmuckschatulle ist dieselbe. Ich weiß, daß sie meiner Mutter gehört hat.«

Heather öffnete den Mund, aber er legte ihr die Finger auf die Lippen und erstickte ihren Protest. »Ich weiß, daß du an meinen Worten zweifelst, aber im Herzen weiß ich, daß ich recht habe. Ich gebe zu, daß es viele Jahre her ist, seitdem ich sie zum letzten Mal gesehen habe. Ich war damals noch ein Kind. Aber die Erinnerung an dieses Schmuckkästchen wird mir ewig im Gedächtnis bleiben. Meine Eltern liebten sich sehr, Heather, genauso wie deine Eltern. Man sieht eine solche Liebe nicht nur, man kann sie *spüren*.«

Heather wich seinem Blick nicht aus. »Sprich weiter«, murmelte sie.

»Das Schmuckkästchen war ein Geschenk meines Vaters an meine Mutter; es war ihr kostbarster Besitz. Ich weiß nicht, warum, aber es übte immer eine starke Anziehungskraft auf mich aus. Ich schlich mich heimlich in ihr Schlafzimmer, um es zu betrachten, denn ich wußte, daß sie mir nie erlaubt hätte, damit zu spielen. Eines Tages kletterte ich auf ihren Frisiertisch und öffnete es, aber weil ich Angst hatte, entdeckt zu werden, paßte ich nicht gut auf. Ich zerbrach eines der Scharniere, und genau in diesem Augenblick kam meine Mutter ins Zimmer. Mir war bewußt, was ich getan hatte, und obwohl sie mich nicht dafür bestrafte, stiegen ihr Tränen in die Augen, die sie vor mir zu verbergen suchte. Ich hatte meine Mutter zum Weinen gebracht, und ich quälte mich noch tagelang mit Schuldgefühlen herum.«

»Was geschah dann?«

»Mein Vater nahm das Schmuckkästchen nach London mit, um es dort reparieren zu lassen. Auf dieser Reise starb er. Ich hatte es völlig vergessen, bis ich es bei dir wiedersah, aber dann fiel mir ein, daß es danach nie mehr aufgetaucht ist.«

»Es fand sich nach seinem Tod nicht unter seinem persönlichen Besitz?«

»Das kann ich nicht mit Sicherheit sagen. Ich weiß nur, daß ich es nie wieder gesehen habe.«

Ein merkwürdiges Prickeln lief Heather den Rücken hinunter. »Wie ist dein Vater gestorben?«

»Er wurde während seiner Reise nach London plötzlich krank. Vater kam nie mehr nach Hause zurück.«

»Ist es möglich, daß man das Schmuckkästchen deiner Mutter zurückgab und du es einfach nicht mehr gesehen hast? Vielleicht hat sie es versteckt, weil sie die Erinnerungen, die es in ihr weckte, nicht ertragen konnte.«

»Das wäre eine Möglichkeit«, erwiderte er.

»Aber es erklärt nicht, wie meine Mutter in den Besitz der Schatulle kam«, bemerkte Heather mit kaum hörbarer Stimme.

Damien sagte nichts darauf. Er spürte ihre Verzweiflung. Sie wollte nicht glauben, daß ihre Mutter eine Diebin war, und er hatte keinen Beweis in den Händen.

»Vielleicht hat meine Mutter das Schmuckkästchen ohne mein Wissen verkauft«, mutmaßte er. »Vielleicht ist es auf diese Weise in Justines Besitz gelangt.«

»Vielleicht«, sagte sie zögernd. »Es ist nur so eigenartig, daß du nach Lockhaven kamst, um meinen Vater aufzuspüren. Und statt dessen hast du das Schmuckkästchen deiner Mutter gefunden.« Sie schüttelte den Kopf.

»Es ist eigenartig«, wiederholte sie. »Und ich frage mich, ob es irgend etwas mit meinem Vater zu tun hat.«

Damien schwieg wieder. Derselbe Gedanke war ihm auch schon gekommen.

»Ich habe es mit nach London gebracht, um es dir wiederzugeben«, sagte sie unvermittelt.

Er fuhr erstaunt auf. »Das Schmuckkästchen?«

»Ja. Ich kann es dir noch heute nacht zurückgeben, wenn du willst …«

Er unterbrach sie. »Heather, das ist nicht nötig.«

»Aber es hat deiner Mutter gehört. Und jetzt gehört es dir.«

»Und was soll ich damit anfangen?« Damien ergriff liebevoll ihre Hände. »Heather, es hat dir viele Jahre lang gehört. Ich möchte, daß du es behältst.«

»Aber ich habe kein Recht, es zu behalten. Und abgesehen davon ist es nicht mehr dasselbe.«

Sie konnte den Schmerz in ihrer Stimme nicht ganz verbergen. Er begriff sofort und hob ihr Kinn mit einem Finger hoch, so daß sie ihm in die Augen sehen mußte.

»Es war immer ein kostbarer Besitz für dich, nicht wahr?«

Sie nickte.

»Dann hör mir zu: Es ist mein Geschenk an dich, Heather. Verstehst du? Ich möchte es dir schenken, hier und jetzt, und ich wünsche mir sehnlichst, daß es ein kostbarer Besitz für dich bleibt – aber aus einem anderen Grund.«

Sie wußte, daß er recht hatte, denn auch er hatte seine Mutter verloren. Heather hatte das Schmuckkästchen immer in Ehren gehalten, weil es ihrer Mutter gehört hatte, aber jetzt – jetzt würde sie es in Ehren halten, weil es *seiner* Mutter gehört hatte …

Im nächsten Augenblick wurde sie wieder von einer Welle der Verzweiflung ergriffen.

Sie befeuchtete ihre Lippen mit der Zungenspitze. Ihre

Worte überraschten ihn. »Was wirst du tun, wenn alles vorüber ist?«

»Du meinst, wenn ich James Elliot gefunden habe?«

Sie nickte, die Augen unverwandt auf ihn gerichtet. »Wirst du nach Amerika zurückkehren? Nach Bayberry?« An dem Tag, den sie am See verbracht hatten, hatte er ihr von seinem Heim erzählt. »Oder wirst du in England bleiben?«

Er stieß einen tiefen Seufzer aus. »Ich weiß es nicht«, sagte er schließlich. »Ich habe noch nicht darüber nachgedacht, um ehrlich zu sein.«

Zu seiner Überraschung löste sich eine Träne aus ihrem Augenwinkel. Er starrte sie an. »Heather, ich habe dir doch gesagt, daß ich nichts tue, ohne ...«

»Das ist es nicht«, stieß sie mit einem erstickten Schluchzer hervor.

Ratlos, weil er sich ihre Tränen nicht erklären konnte, fragte er: »Was ist es dann?«

Sie wich seinem Blick aus, dann schluckte sie tapfer. »Damien«, murmelte sie leise, »ich erwarte ein Kind von dir.«

21. Kapitel

Es wurde totenstill im Raum. Sie dachte fast, er hätte sie nicht gehört, aber dann wurde sie sich der Anspannung bewußt, die sich seiner bemächtigt hatte.

»Großer Gott«, stieß er mit belegter Stimme hervor. Sein Blick wanderte zu ihrem Bauch hinunter, als wollte er sich selbst von der Wahrheit ihrer Worte überzeugen. In dieser qualvollen Sekunde, als er die Augen hob und ihr wieder ins Gesicht sah, erkannte sie den tödlichen Schreck, den er nicht vor ihr verbergen konnte.

Die Welt verschwamm vor ihren Augen. Heather

kämpfte gegen den verzweifelten Schmerz an, der ihr die Brust zusammenzog. »Ich wußte es!« rief sie. »Ich wußte, daß es ein Fehler war, es dir zu sagen. Aber ich wollte keine Lügen mehr zwischen uns haben!«

Sie versuchte, sich von ihm loszumachen, aber er hielt ihre Handgelenke unerbittlich umklammert. »Heather, nein! Es ist nicht so, wie du denkst.«

»Natürlich ist es das.« In ihrer Stimme schwang eine bittere Anklage. »Es ist eine Sache, mit der Tochter des Mörders deines Bruders zu schlafen. Aber es ist eine ganz andere Sache, wenn sie dein Kind unter dem Herzen trägt.«

Er preßte die Lippen zusammen. »So ist es nicht, und das weißt du.«

»Ach, wirklich?« Eine eigenartige Kälte hatte sich in ihre Stimme geschlichen. »Und wie soll ich das wissen, Damien?«

Er unterdrückte einen Fluch. Es war allein seine Schuld, das war ihm bewußt. Er hatte es einfach nicht erwartet; auch das war wieder ein Fehler von ihm. Aber bevor er etwas sagen konnte, klopfte es an der Tür. »Mylord!« rief eine Stimme. »Cameron Lindsey erwartet Sie unten auf ein Wort.«

»Nicht jetzt, William«, stieß Damien unwillig hervor.

»Mylord, er sagt, er bringt Neuigkeiten, auf die Sie ungeduldig warten.«

Damien sprang auf und warf einen Morgenmantel über. »Warte hier auf mich«, bat er sie hastig. »Wir setzen unser Gespräch fort, wenn ich zurück bin.«

Aber Heather dachte gar nicht daran, die Hände in den Schoß zu legen und zu warten. Er hatte seine Einstellung unmißverständlich klargemacht. Was hatte es also für einen Sinn zu warten? Die Tür hatte sich kaum hinter Damien geschlossen, da schlüpfte sie eilig aus dem Bett.

Ihre Kleider lagen noch im Ballsaal, daher wickelte sie sich in ein Laken und machte sich auf den Weg ins Erdgeschoß.

Unten im Arbeitszimmer sprang Cameron auf, als Damien hereintrat. Seine Nachricht war kurz und bündig.

»Er weiß, daß Sie hier sind.«

Damien blieb wie angewurzelt stehen. »Elliot weiß Bescheid? Er weiß, daß ich in London bin?«

»Ja. Er hat sich überall nach dem jüngeren Bruder von Giles Tremayne erkundigt.«

Damien konnte seine wachsende Erregung nicht verbergen. »Ausgezeichnet.«

»In der Tat, Mylord. Offensichtlich hat er erfahren, daß man Sie neulich abend zusammen in Covent Garden gesehen hat. Er war offensichtlich sehr interessiert an dieser Neuigkeit.« Die ganze Stadt muß gesummt haben von den vielen Fragen über Sie und das Mädchen. Ich muß sagen, daß man Sie mit ihr in Covent Garden gesehen hat, war wirklich ein Volltreffer. Ich habe es ja gleich gewußt.«

Damien packte Cameron bei den Schultern. »Endlich ist es soweit, Cameron. Bald habe ich ihn, dann ist der ganze Spuk vorbei!«

Keiner der beiden Männer hatte bemerkt, daß eine kleine Gestalt vor der Tür stehengeblieben war, die einen Spaltbreit offenstand.

Kurze Zeit später begleitete Damien seinen Besucher zur Haustür. Ein zufriedenes Lächeln umspielte seine Lippen, als er sich von der Tür abwandte – und vor Heather stand, die ihm den Weg versperrte.

»Du Bastard!« rief sie ihm erregt entgegen.

Er musterte sie von oben bis unten. Das Haar fiel ihr in wirren Strähnen über den Rücken. Sie hatte ihr Ballkleid hastig übergeworfen, und es hing schief und verrutscht an ihren bloßen Schultern.

Das klare Violett ihrer Augen war die einzige Farbe in ihrem Gesicht, ihre Wangen waren kreideweiß.

»Heather, um Gottes willen …« Er streckte die Hände nach ihr aus.

Sie wich vor ihnen zurück, als klebte die Pest an ihnen.

»Heuchle nicht eine solche Anteilnahme! Ich weiß es jetzt besser, Lord Deverell.« Sie stieß seinen Namen aus wie eine Verwünschung. »Deine Anteilnahme ist nichts als eine hinterlistige Lüge.«

Damien war wie vor den Kopf geschlagen. »Heather! Warum bist du so wütend? Das war Cameron Lindsey, mein Detektiv, mit Neuigkeiten von James Elliot.«

Sie sah ihn herausfordernd an. »Soviel ist mir klargeworden«, sagte sie gepreßt. »Du mußt sehr froh darüber sein, daß er jetzt über deine Anwesenheit Bescheid weiß.«

»Ja«, sagte er, ohne ihrem Blick auszuweichen. »Und ich dachte, du wärest es auch.«

»O ja, das bin ich auch, Mylord. Das bin ich.«

»Was hast du also? Warum bist du so aufgebracht? Ich bitte um Entschuldigung, daß ich dich so überstürzt verlassen habe ...«

»Das ist es nicht!«

Aus seiner Miene sprach ehrliche Verwunderung. »Was dann?«

Sie war jetzt so wütend, daß sie am ganzen Leibe zitterte. Ihr Mund verzog sich höhnisch. »›Ich muß sagen‹«, gab sie das soeben Gehörte wieder, »›daß man Sie mit ihr in Covent Garden gesehen hat, war wirklich ein Volltreffer.‹«

Jetzt war es an Damien, zu erbleichen. »Du hast es gehört.«

»O ja«, entgegnete sie mit gespielter Munterkeit. »Ich habe es gehört!«

Er holte tief Atem, suchte nach den richtigen Worten, betete darum, sie zu finden. »Du legst eine Bedeutung in diese Worte, die sie nicht haben, Heather – die nur du siehst. Ich schwöre dir, es ist nicht so, wie du denkst.«

Eine schwere Last lag auf ihrer Brust. Tränen brannten in ihren Augen. Sie drängte sie blinzelnd zurück. Wenn sie ihm doch nur hätte glauben können – wenn sie es nur hätte wagen können! Der Kummer raubte ihr fast den Verstand, aber sie wahrte unter Aufbietung ihrer ganzen Willenskraft die Fassung.

»Du drehst die Worte so, wie sie dir passen, Damien. Das weiß ich sehr wohl. Du hast mich benutzt und hintergangen – zum zweiten Mal schon. Du hast mich benutzt, um meinen Vater zu finden. Du hast mich benutzt, als du nach Lockhaven kamst.«

Fahle Röte stieg in seine Wangen. »Das war etwas anderes, Heather. Alles ist anders geworden ...«

»Nichts ist anders geworden, nichts! Dieser alberne Tanz bei Sophie, vor aller Augen! Ich war zutiefst gerührt. Ich fand es so zärtlich, so unglaublich romantisch!«

Sie wischte hastig die Tränen ab, die ihr ungebeten in die Augen gestiegen waren. »Aber jetzt weiß ich, daß es reine Berechnung war. Du wolltest nur, daß die Klatschbasen uns sehen, daß sich ganz London über uns beide das Maul zerreißt, daß *er* Wind davon bekommt. Mein Gott, und ich dumme Gans habe angenommen, daß dir etwas an mir liegt!«

»Aber mir liegt etwas an dir, Heather. Ich will dich nicht belügen. Cameron wollte wirklich, daß ich dich benutze, um deinen Vater aus seinem Versteck herauszulocken. Ich lehnte es ab. Ich wollte mich sogar von dir fernhalten, bis die Sache vorbei ist ... Aber dann sah ich dich, Heather, und du warst so wunderschön! Und plötzlich war es mir gleichgültig, wer uns sah. Ich wollte nichts weiter, als dich in den Armen halten und dir etwas geben, was du dir immer gewünscht hast. Heather, das mußt du mir glauben!« In seinen Augen stand eine flehentliche Bitte. Er streckte die Hand nach ihr aus.

Sie schlug sie zur Seite. Dachte er wirklich, daß sie so dumm war? Dieses Mal würde sie sich nicht so leicht übertölpeln lassen. »Du bist ein Lügner«, stieß sie tonlos hervor. »Du hast mich die ganze Zeit über belogen.«

»Diesmal nicht, Heather, das schwöre ich ...«

»Bitte, laß die Kutsche kommen.« Sie hatte die Röcke mit einer Hand zusammengerafft und strahlte unnahbare Würde aus. »Ich möchte nach Hause fahren.«

Damien kämpfte mit der aufsteigenden Bitterkeit. Es war, als könnte er zusehen, wie sie sich vor seinen Augen immer weiter von ihm entfernte.

Sie wollte nichts mehr von ihm hören. Sie wollte ihn nicht einmal mehr ansehen. Sie hatte die Ohren und das Herz vor ihm verschlossen.

Mit zusammengepreßten Lippen kam er ihrer Bitte nach und ließ die Kutsche kommen. Mit steinernem Gesicht sah er der Kutsche nach, als sie in die Dunkelheit davonrollte.

In dieser Nacht fand Damien keinen Schlaf. Der Geschmack der Selbstverachtung lag bitter auf seiner Zunge. Heathers tränenerstickter Aufschrei schnitt ihm immer noch ins Herz. *Mein Gott, und ich dumme Gans habe angenommen, daß dir etwas an mir liegt!* Sie war am Boden zerstört. Ihre Lippen hatten gezittert; er hatte gesehen, daß es sie unendliche Kraft kostete, nicht die Fassung zu verlieren. Er wußte es, und er haßte sich selbst dafür, daß er schuld war an ihrer Verzweiflung. Er erwog, zu ihr zu eilen und ihr noch einmal die Wahrheit zu erklären. Seine Mundwinkel zuckten. Aber warum sollte sie ihm glauben, da doch der Schein vernichtend gegen ihn sprach?

Und dann die Sache mit dem Kind. Er hatte ja nicht geahnt, daß sie schwanger war, und er hatte kläglich versagt. Er hatte immer gewußt, daß er einmal heiraten und Kinder haben würde. Daß er bis jetzt noch nicht verheiratet war, lag nicht an einer grundsätzlichen Abneigung gegen die Institution der Ehe selbst, sondern daran, daß er nie eine Frau kennengelernt hatte, mit der er den Rest seines Lebens verbringen wollte …

Bis jetzt.

Er liebte sie. Er liebte es, wenn sich ihr Haar dunkel und glänzend um ihre Schultern legte wie Rabenflügel. Er liebt es, wenn sie tief in Gedanken versunken die Lippen schürzte. Er liebte ihre Schönheit, ihre innere Kraft. Die Art, wie in ihren Augen das Feuer der Sonne aufleuchtete, wenn sie lachte. Sie besaß eine Wärme und Herzensgüte, die sie erstrahlen ließen wie einen kostbaren Diamanten. Sie war so schön – und sie war sich dessen nicht einmal bewußt. Denn als Frau besaß sie immer noch so wenig Vertrauen in sich selbst ...

Und noch viel weniger in ihn.

Aber ihm gefiel der Gedanke an sein Kind, tief in ihrem Schoß zusammengerollt. Ihm gefiel der Gedanke daran, sein Heim – und sein Leben mit der schwarzhaarigen Schönheit zu teilen, die ihm keine Sekunde des Tages aus dem Kopf gehen wollte. Und nun trug sie sein Kind unter dem Herzen ... *sein Kind*. Eine wunderbare Übermütigkeit ergriff Besitz von ihm, doch gleichzeitig erfüllte ihn tiefste Verzweiflung. Denn wenn es nach Heather ging, das sagte ihm eine furchtbare Ahnung, würde er Vater sein, lange bevor er ein Ehemann sein durfte.

Tatsächlich schien sich das Schicksal noch grausamer gegen ihn zu wenden. William legte ihm am nächsten Morgen beim Frühstück die *Gazette* auf den Tisch. Mit finster gerunzelten Brauen las er die kleingedruckten Spalten:

> Miss Heather Duval wurde erneut in Begleitung des Earl of Deverell gesehen. Vor den staunenden Gästen führte er die junge Dame galant auf die Tanzfläche. Der Earl schien keine Augen für eine andere zu haben. Eine Romanze? Diese Frage müssen wir uns zum zweiten Mal stellen. Oder vielleicht auch nicht.

Mit einem deftigen Fluch schleuderte er die Zeitung zu Boden.

Er ließ Heather einen Tag Zeit, sich zu beruhigen, dann suchte er sie auf.

Nelson entfernte sich schlurfend im Haus. Wenige Minuten später kehrte er an die Tür zurück. »Mylord«, druckste er und räusperte sich verlegen, »ich fürchte, Miss Heather will Sie nicht sehen.«

Das überraschte Damien nicht. »Danke, daß Sie mir die Botschaft überbracht haben, Nelson«, sagte er, dann schob er sich ohne Umstände an dem Butler vorbei, der mit hängenden Schultern dastand, und schloß die Tür hinter sich.

Nelsons Mund öffnete und schloß sich. Er wußte ganz offensichtlich nicht, wie er sich verhalten sollte.

Damien warf einen Blick in die Eingangshalle, dann klopfte er dem alten Mann auf die Schulter und senkte die Stimme. »Sie haben sie nicht verraten, Nelson«, murmelte er. »Aber ich frage mich ... Könnte es sein, daß sie im Garten ist?«

Die blaßblauen Augen des alten Mannes blitzten erleichtert auf. Er nickte.

Damien fand sie im Garten. Sie saß auf einer alten Steinbank bei einem plätschernden Springbrunnen und starrte über ein Meer von Blumen hinweg, ihr Gesicht ernst und gefaßt, streng und einsam. Ihre Hände lagen verschlungen im Schoß. Ihm kam der erschütternde Gedanke, daß ihr Herz ebenso leer war wie seine Arme ... Sie war so tief in ihre Gedanken versunken, daß sie seine Anwesenheit nicht bemerkte.

Er blieb vor ihr stehen. »Heather«, sagte er leise.

Sie blickte zu ihm auf. Ihre Augen musterten ihn kühl. »Wer hat dich hereingelassen?« wollte sie wissen.

»Zufällig stehe ich mit den Dienstboten auf sehr gutem Fuß«, erwiderte er mit einem dünnen Lächeln.

Sie starrte ihn böse an. »Du magst sie um den Finger wickeln, aber mich kannst du nicht mit deinem Charme beeindrucken. Du kannst ebensogut wieder gehen. Ich habe dir nichts zu sagen.«

Er zuckte die Achseln. »Das macht nichts«, bemerkte er leichthin. »Dafür habe ich dir um so mehr zu sagen.«

Sie stieß ihren Stock heftig in die Erde und richtete sich auf … Geradewegs in seine Arme.

Empört wandte sie das Gesicht ab. »Nimm bitte deine Hände von mir.«

Sein Lächeln war spöttisch. »So schamhaft. So sittsam. Aber ich glaube es nicht, Liebste.«

Liebste. Nur zu gerne hätte sie ihn für diese Frechheit geohrfeigt. Aber seine Hände fühlten sich verwirrend warm an auf ihrer Taille. Wie immer war sie von der Kraft seiner Nähe überwältigt. Sie kämpfte dagegen an und gewann ihre Fassung zurück.

»Wir haben unsere Unterhaltung gestern abend nicht zu Ende gebracht«, fuhr er fort. »Es gibt da eine wichtige Sache zwischen uns, die geklärt werden muß.«

Sie reckte das Kinn hoch in die Luft. »Zwischen uns gibt es gar nichts!«

»Nein?« Sein Lachen war freudlos. »In diesem Punkt irrst du dich. Es gibt *das hier* zwischen uns.« Bevor sie ihn daran hindern konnte, hatte er seine gespreizte Hand auf ihren Bauch gelegt.

Heather schnappte nach Luft. Sie versuchte, seine Hand wegzustoßen, aber es gelang ihr nicht. Damien faßte sie bei den Hüften und zog sie zu sich heran, so dicht, daß ihre Füße in den zierlichen Schuhen zwischen seinen Stiefeln eingeklemmt waren.

»Wie ich die Sache sehe, gibt es nur eine Lösung. Du wirst mich heiraten müssen.«

Du wirst mich heiraten müssen. Die Welt geriet aus dem Lot. Ihre Gedanken waren wie leergefegt. Einen Herzschlag lang konnte sie ihn nur mit offenem Mund anstarren.

Hätte die Betäubung nur vorgehalten … Aber plötzlich stürzte der Schmerz schnell und erbarmungslos auf sie ein. Sie fing an zu zittern und hatte das Gefühl, innerlich zu verbluten.

Damien heiraten ... Ihr Atem ging stoßweise. Gott im Himmel, das war alles, was sie sich je gewünscht hatte. In diesem Augenblick wurde es ihr mit einem Schlag klar. Aber ihr Herz war erfüllt von einem brennenden Schmerz. Er hatte nicht von Liebe gesprochen ... Und wen wundert es, dachte sie bitter bei sich.

Er liebte sie nicht. Er hatte sie nie geliebt – und die Erkenntnis schnitt ihr wie ein Messer in die Seele. Er fühlte sich verpflichtet, sie zu heiraten. Er war ein Gentleman und würde sich ehrenhaft verhalten.

Vielleicht hätte ihm das ihre Achtung einbringen müssen, aber sie haßte ihn beinahe dafür.

Sie straffte die Schultern und sah ihm fest in die Augen.

»Ich würde dich nicht einmal heiraten, wenn du der einzige Mann auf der Welt wärest.«

Aber er war der einzige Mann für *sie*. In dem Bruchteil einer Sekunde zwischen einem Atemzug und dem nächsten hatte er es gesehen. Sie liebte ihn. Aber sie wollte es sich nicht eingestehen.

»Und was ist mit dem Kind?« Wenn seine Worte grausam waren, kümmerte es ihn nicht. »Ich möchte dich daran erinnern, daß es mein Kind ist, das du in dir trägst. Glaubst du, ich möchte an seinem Heranwachsen keinen Anteil haben?«

Ihre Augen blitzten verächtlich. »Es ist *mein* Kind. Du hast deine Einstellung zu diesem Kind gestern nacht unmißverständlich klargemacht.«

»Das habe ich nicht. Du bist gegangen, bevor wir darüber reden konnten.«

»Wie großherzig von dir, Mylord. Aber es gibt keinen Grund, ein solches Opfer zu bringen.«

»Du bist eine Törin, wenn du glaubst, ich ließe dich gehen.«

Jetzt war der Hohn unverstellt. »Wie, mein Herr! Glaubst du etwa, ich weiß nicht, aus welcher Ecke dieses

Angebot kommt? Du denkst sicher, ich sei ungeeignet als Mutter deines Kindes. Schließlich bin ich die Tochter eines Mörders. Du denkst, ich kann nicht für ein Kind sorgen, weil ich ein Krüppel bin.«

Er ließ sie los und verschränkte die Arme vor der Brust. Mit arrogant hochgezogener Braue entgegnete er: »Also, was ist es nun, frage ich dich? Bist du als Mutter meines Kindes ungeeignet, weil du ein Krüppel bist? Oder weil du die Tochter eines Mörders bist?«

Er wußte, daß sein Spott grausam war. Heather versteifte sich. »Sag du es mir«, forderte sie ihn tonlos auf.

»Oh, ich werde es dir sagen, Süße. Aber was ich dir sage, wird dir nicht gefallen. Ich glaube, daß beide Argumente vorgeschoben sind, um dich vor dir selbst zu verstecken – und vor deinen Gefühlen, die du für mich empfindest.«

»Meine Gefühle? Du machst dir etwas vor«, entgegnete sie finster. »Meine Gefühle sind in keiner Weise das, was eine Frau für ihren zukünftigen Ehemann empfindet.«

»Tatsächlich.« Seine Stimme wurde sanft. »Dein Mund sagt nein, Heather. Aber in deinen Augen sehe ich etwas ganz anderes.«

Heather erbebte. War sie wirklich so leicht zu durchschauen?

»Du bist eine schöne und begehrenswerte Frau, Heather. Aber du willst es nicht sehen ...«

Sie wollte ihm glauben. Sie wollte ihm so gerne glauben, daß es ihr weh tat. Aber sie hatte so viel zu verlieren – *zu* viel.

»Es ist nicht falsch, einen Menschen zu begehren, Heather. Einen Menschen zu brauchen ...«

Aber es war falsch, ihn zu lieben. Falsch, einen Menschen zu lieben, der ihre Liebe nie erwidern würde ...

Er strich mit sanftem Finger über die zarte Linie ihres Kinns. Er lächelte, und sie sah, daß er das Spiel für gewonnen hielt. Seine Stimme wurde schmeichelnd. »Ich verlange nicht von dir, daß du mir jetzt antwortest ...«

»Nun, ich gebe dir jetzt eine Antwort. Ich werde dich nicht heiraten, Damien. Und ich möchte dich nie wiedersehen.«

Die Worte hingen wie eine Ewigkeit zwischen ihnen.

Er preßte die Lippen zusammen. »Aber du möchtest deinen Vater finden – du möchtest James Elliot sehen, nicht wahr?«

Ihre Augen wurden schmal. Dieser Schuft! Wollte er sie bestechen? »Das weißt du ganz genau«, fuhr sie ihn an.

»In diesem Fall«, sagte er mit süffisantem Lächeln, »wirst du mich notgedrungen noch eine Weile ertragen müssen, Heather.«

Damit machte er kehrt und entfernte sich lockeren Schritts. Wütend sah sie ihm nach. Damit würde er nicht durchkommen, das schwor sie sich. Wenn nötig, würde sie selbst einen Detektiv beauftragen ...

Weiter kam sie nicht in ihren Gedanken.

Ein lauter Knall peitsche aus dem Nichts auf. Ein stechender Geruch wie von verbranntem Fleisch drang ihr in die Nase. Sie blickte an sich herunter und sah, daß ihr Ärmelansatz im Wind flatterte. Ihre Haut schimmerte hell in der Sonne. Sie hörte ein entferntes Sausen in ihren Ohren; es wurde lauter. Die Welt verschwamm vor ihren Augen. Blinzelnd berührte sie mit der Fingerspitze einen dunklen Fleck an ihrem Oberarm.

Als sie ihren Finger ansah, war er voller Blut.

22. Kapitel

Ihr wurde flau im Magen. Sie wurde nicht ohnmächtig, obwohl sie es einen Moment lang befürchtete. In ihrem Arm spürte sie einen stechender Schmerz. Ihr Sichtfeld hatte sich auf einen kleinen Kreis verengt. Wie in Zeitlupe drehte sie sich um. Im nächsten Augenblick verlor sie den Halt und stürzte. Sie prallte mit einem dumpfen Geräusch auf den Rücken. Ihr Kopf schlug hart auf dem Boden auf. Hinter ihren Lidern tanzte ein Kaleidoskop von Lichtern und Farben.

»Heather«, rief ihr eine vertraute männliche Stimme ins Ohr. »Heather, ist alles in Ordnung?«

Auf ihrer Brust lastete ein schweres Gewicht. Benommen sah sie in Damiens starre Miene. Die panische Angst in seinen Zügen ging ihr durch Mark und Bein. »Man hat auf mich geschossen«, flüsterte sie erschüttert. »Damien, jemand hat auf mich geschossen!«

Er zerrte mit fliegenden Fingern an ihrem Ärmel. »Es sieht so aus, als wäre es ein glatter Durchschuß, Gott sei Dank«, murmelte er. »Aber die Wunde blutet wie der Teufel.« Mit angespannter Miene zog er ein Taschentuch hervor und band es so fest um den verwundeten Arm, daß sie die Zähne zusammenbeißen mußte, um nicht laut aufzuschreien.

Es warf ihr einen hastigen Blick zu. »Es tut mir leid, Süße«, murmelte er. »Aber die Blutung muß gestillt werden.«

Heather zitterte an allen Gliedern. »Wer kann denn so etwas tun? Wer?«

Damien hörte ihre Worte kaum. Er wäre am liebsten aufgesprungen und hätte den Schützen verfolgt, aber er hatte Angst, sie allein zu lassen. Mit grimmiger Miene suchte er mit den Augen die grün überwucherte Umgebung ab. Ein wüster Fluch lag ihm auf den Lippen, denn er konnte keine Spur von dem Eindringling entdecken. Ein Vogel stimmte sein fröhliches Gezwitscher an. Es war fast, als sei nichts geschehen.

Aber irgend jemand lauerte dort draußen. Jemand, der abwartete und beobachtete …

Anstatt ihre Frage zu beantworten, flüsterte er ihr

warnend ins Ohr: »Verhalte dich ruhig. Ich will nicht riskieren, daß du dich noch einmal zur Zielscheibe machst. Wir müssen hier bleiben und uns am Boden halten. Wenn die Gefahr vorüber ist, werden wir ins Haus zurückkriechen.«

Heather nickte und legte den Kopf an seine Schulter. Ihre Finger vergruben sich im Kragen seines Jacketts. Er hatte recht. Sie konnten nichts weiter tun als warten.

Dünner Rauch kräuselte sich nach oben. Durch die herabhängenden Zweige einer Trauerweide lugte abwartend ein schwarzes Augenpaar hervor.

Er hatte sie am Abend zuvor gesehen, als sie das Haus des Earl of Deverell verlassen hatte. Jack der Aasgeier hatte recht gehabt: sie war es. Eine Verwechslung war unmöglich – dieselbe reiche Haarfülle, dieselben großen Augen mit dem dichten Wimpernkranz. Aber James Elliot sah nicht ihre Schönheit ... Er sah nur die günstige Gelegenheit.

All die Jahre hindurch hatte er angenommen, daß sein Balg tot sei, aber nein, sie war am Leben, und sie lebte in Saus und Braus im Hause des Earl of Stonehurst. Anfangs hatte ihn der Gedanke wütend gemacht, denn *er* war in einer schmutzigen Zelle in Newgate verfault. Die bloße Vorstellung ließ ihn vor Wut erbeben.

Aber seine Nachforschungen stellten ihm eine Beute in Aussicht, mit der er nicht gerechnet hatte. Sie war offensichtlich nicht verheiratet. Kein Wunder, dachte er höhnisch, denn wer wollte schon einen Krüppel zur Frau haben? Er war davon ausgegangen, daß sie noch im Hause des Earl wohnte, aber er hatte sich geirrt ...

Anläßlich ihres einundzwanzigsten Geburtstags hatte Stonehurst ihr ein eigenes Gut geschenkt – mit Ländereien, die seinen Gewährleuten zufolge ein schönes Sümmchen wert waren ...

Die Idee war ihm ganz plötzlich mitten in der Nacht

gekommen. Wenn er die Schmuckschatulle fand, um so besser. Aber wenn nicht, hielt er einen noch viel höheren Trumpf in der Hand. Er hatte eine Tochter, deren Reichtum seine kühnsten Träume übertraf.

Stonehurst hatte sich ihr gegenüber sehr großzügig gezeigt. Vielleicht war es an der Zeit, daß die kleine Hexe ihrem Vater gegenüber ein wenig Großzügigkeit walten ließ? ...

Es war so einfach, so viel einfacher als die Jagd nach dieser verdammten Schmuckschatulle. Aber er hatte sein Ziel verfehlt, und er verfluchte sich selbst insgeheim – er hatte sie nur verwundet. Sein Daumenstumpf krümmte sich um den Pistolengriff. Wütend klatschte er die Waffe in seine Handfläche. Warum wollte das Biest bloß nicht sterben? Wenn nur der Bastard Tremayne nicht aufgetaucht wäre ...

Mit einem Ruck hob er den Kopf. Das war's! Vielleicht war es sogar ein Segen, daß es so gekommen war. Sein Mund verzog sich zu einem verschlagenen Lächeln. Vielleicht war für Heather noch nicht der richtige Zeitpunkt gekommen, die Erde zu verlassen ...

Ja, dachte er, es gab einen besseren Weg ... Auf diese Weise würden ihm die Schmuckschatulle *und* der Besitz seiner Tochter in die Hände fallen.

Er warf den Kopf in den Nacken und gluckste vor Vergnügen über seine geniale Idee.

Kurze Zeit später senkte sich die Dunkelheit herab, und Heather und Damien krochen ins Haus zurück. In ihrem Schlafzimmer säuberte er vorsichtig die Wunde von Pulverrückständen und Blut. Nachdem er die Wunde gründlicher untersucht hatte, seufzte er erleichtert auf; sie hatte zwar stark geblutet, war aber nicht annähernd so tief, wie er befürchtet hatte. Er streute Wundpuder auf ihren Arm und legte ihr dann einen sauberen weißen Stoffverband an.

Während er Heather verband, lastete bedrückendes Schweigen auf dem Raum. Aber auch wenn kein Wort über seine Lippen kam, arbeitete es in seinem Kopf um so heftiger.

Wer hatte das getan? Wer hatte versucht, sie zu töten? Der Schuß hatte nicht ihm gegolten, dessen war er sich sicher. Als der Schuß gefallen war, hatte er sich bereits entfernt …

Plötzlich gefror ihm das Blut in den Adern.

Eine unsägliche Angst stieg in ihm auf. Großer Gott … Cameron hatte recht. Es war sehr gut möglich, daß James Elliot Heather einen Besuch abstattete. Aber nicht aus dem Grund, den Cameron vermutet hatte – nicht, weil er sich danach sehnte, sich wieder mit seiner Tochter zu vereinigen, die er seit zwanzig Jahren nicht gesehen hatte.

Sondern weil sie reich war.

Selbstvorwürfe brodelten in ihm auf wie siedendes Öl. Es war seine Schuld. Er hatte sie in seine Suche nach James Elliot hineingezogen, und nun war ihr Leben in Gefahr.

Er betete darum, daß sie ihm verzeihen möge und daß Gott ihm vergeben würde. Denn wenn ihr irgendein Leid geschah, würde er sich selbst niemals verzeihen.

Er war so tief in Gedanken versunken, daß er zusammenzuckte, als er ihren forschenden Blick spürte. »Woran denkst du?« murmelte sie.

Er schüttelte den Kopf. »An nichts.«

Ihre Augen waren umwölkt. »Damien, sag es mir. Es hat schon zu viele Lügen zwischen uns gegeben.«

»Heather …« In seiner Seele herrschte Aufruhr. Seine Hand schwebte unschlüssig über ihrer Schulter. Er wußte nicht, ob er sie berühren sollte – ob sie seine Berührung überhaupt wollte.

Dann ließ er den Arm sinken. »Ich hätte niemals nach Lockhaven kommen dürfen«, sagte er mit belegter Stimme. »Ich hätte dich nie in meine Suche nach dem Mörder meines Bruders hineinziehen dürfen.«

Sie sagte nichts darauf. Statt dessen betrachtete sie forschend sein Gesicht, als wolle sie in das Zentrum seines Wesens vordringen. »Du verschweigst mir etwas.«

Sein Schweigen erschreckte sie mehr als alles andere. Eiseskälte breitete sich in ihrer Brust aus. »Großer Gott«, hauchte sie. »Du glaubst, er war es, nicht wahr? Du glaubst, mein Vater ...«

Sein Schweigen beantwortete ihre Frage.

Ihre Stimme schien zu versagen. »Aber warum? Warum sollte er mich töten wollen ... seine eigene Tochter?«

»Es ist nur eine Vermutung, Heather. Natürlich bin ich nicht sicher, ob er es war ...«

Ein Schauder durchlief ihren Körper. »Er ist es gewesen. Ich spüre es.« Sie umklammerte seinen Arm. »Aber ich verstehe nicht, warum. Welchen Grund könnte er haben ...« Sie stockte, unfähig, ihren Gedanken laut auszusprechen.

»Einen sehr guten«, erwiderte Damien leise. »Geld.« Als sie fragend die Stirn runzelte, fuhr er fort. »Miles hat mir einmal erzählt, daß Lockhaven nur auf deinen Namen eingetragen ist.«

Sie sah ihn mit weit aufgerissenen Augen an. »Das stimmt«, flüsterte sie.

»Wenn James Elliot nun herausgefunden hat, daß du ein Gut in Lancashire besitzt – ein sehr einträgliches Gut?« Er schwieg einen Moment lang. »Er ist dein einziger lebender Verwandter, Heather. Wenn du tot wärest, könnte er versuchen, Ansprüche als Erbe von Lockhaven geltend zu machen.«

Heather erbleichte. Ihre Hand hob sich in einer hilflosen Geste. Damien ergriff sie; sie war eiskalt.

»Hör mir zu, Heather.« Er drehte sie sanft zu sich um, dann hob er ihr Kinn empor und zwang sie, ihn anzusehen. »Hier bist du nicht sicher. Ich möchte, daß du die Nacht in meinem Haus verbringst.«

Zu tief erschüttert, um zu protestieren, nickte sie.

In Damiens Haus wurde ein Gästezimmer im zweiten Stock für sie hergerichtet und wenige Stunden später lag sie im Bett und wartete auf den Schlaf, aber die Stille zerrte an ihren Nerven. Vom nächtlichen Schweigen umhüllt, lag sie da, und in ihrem Innern tobte ein heißer Aufruhr der Gefühle. So vieles war geschehen. Damiens überraschender Antrag. Dann der Schuß …

Sie zuckte zusammen, als sie vor der Tür Schritte vernahm.

Die Tür ging auf. Ein schmaler Lichtstrahl fiel auf den Teppich. Heather setzte sich im Bett auf. »Damien?« flüsterte sie.

Er trat an ihr Bett. »Warum schläfst du nicht?«

Sie zuckte wortlos die Achseln.

»Geht es dir gut?« Die Matratze gab leicht unter seinem Gewicht nach, als er sich auf die Bettkante setzte.

Heather schlug die Augen nieder. »Es geht mir gut«, murmelte sie.

»Tut dein Arm weh?«

»Ein bißchen«, gestand sie.

Ein verlegenes Schweigen stand zwischen ihnen. Keiner von beiden wußte etwas zu sagen.

Es war Heather, die schließlich das Schweigen brach. »Ich habe heute einen Brief von Bridget erhalten.«

»Wie geht es ihr?«

»Ganz gut, denke ich. Sie hat ihre Arbeit im Gutshaus wieder aufgenommen.« Zum ersten Mal an diesem Abend schlich sich der Anflug eines Lächelns in Heathers Miene. »Sie hat soeben festgestellt, daß sie wieder ein Kind erwartet.«

Damiens Brauen zuckten in die Höhe. »Die beiden haben keine Zeit verloren.«

»Das war auch mein erster Gedanke«, pflichtete ihm Heather bei. »Aber ich freue mich sehr für die beiden. Ich bete nur darum, daß dieses Kind gesund und munter zur Welt kommt.«

Wieder senkte sich Schweigen über den Raum. Heather wünschte auf einmal, sie hätte Bridgets Neuigkeiten für sich behalten, denn es rief ihr nur zu deutlich in Erinnerung, daß sie ebenfalls ein Kind erwartete …

Seine Hand lag neben der ihren auf der Decke, ganz dicht, aber doch ohne sie zu berühren. Plötzlich schob er seine Hand über ihre und begann gedankenverloren mit ihren Fingern zu spielen.

»Warum willst du mich nicht heiraten, Heather?«

Der verletzte Ton in seiner Stimme brachte sie fast um den Verstand. Ihr Herz schrie auf. Warum, wollte er wissen? Weil sie nicht glauben konnte, daß hinter seinem Antrag mehr stand als Verantwortungsbewußtsein angesichts der Tatsache, daß sie sein Kind unter dem Herzen trug. Und nun war noch ein weiterer Grund hinzugekommen.

»Wenn ich dich heirate, wäre die Gefahr durch meinen Vater aus der Welt geschafft, nicht wahr? Lockhaven würde nicht mehr an ihn übergehen?«

Seine Antwort kam zögernd. »Lockhaven würde in den Besitz deines Ehemanns übergehen«, pflichtete er ihr widerstrebend bei. »Aber wenn du denkst, daß ich dich aus diesem Grund heiraten will, irrst du dich. Ich brauche keine Ländereien und keine Reichtümer, Heather.« Sein brennender Blick durchbohrte sie.

»Das wollte ich nicht damit sagen.«

Er seufzte schwer. Heather verfiel wieder in Schweigen. Sie senkte den Kopf, so daß ihr Gesicht hinter dem glänzenden Schleier ihres Haars verborgen war.

Er hörte auf, mit ihren Fingern zu spielen. »Wäre es so unerträglich für dich, mit mir verheiratet zu sein?«

Ihre Brust hob und senkte sich unter schweren Atemzügen. Sie wollte ihm zurufen, daß die Ehe mit ihm alles andere als eine unerträgliche Vorstellung für sie war … Wenn er sie nur ebenso geliebt hätte wie sie ihn. Wahnsinnig. Leidenschaftlich. Auf ewig. Sie wußte, daß es ihr unmöglich war, sich mit etwas Geringerem zu begnügen.

Sie zwang sich, den Blick von ihm abzuwenden, und schüttelte den Kopf.

Um ihre Selbstbeherrschung war es schwach bestellt. Sie hatte das Gefühl, in einen Sturzbach von Tränen ausbrechen zu müssen, wenn sie ihm auch nur einen Blick zuwerfen würde.

Er ergriff ihre Hand und legte sie auf ihren flachen Bauch, in dessen Wärme ihr gemeinsames Kind heranwuchs. Die Geste berührte sie tiefer als alles andere auf der Welt. Aber ihre Angst wollte nicht weichen …

Als er sprach, war seine Stimme sehr leise. »Ich wäre ein guter Ehemann, Heather. Es würde dir an nichts fehlen, das schwöre ich dir. Du solltest in solchen Zeiten nicht allein sein.« In seiner Stimme schwang ein Ton mit, den sie noch nie gehört hatte. »Ich wäre ein guter Vater. Ich würde dieses Kind lieben, so wie alle anderen, die wir vielleicht noch bekommen würden.«

Und was ist mit mir? schrie es in ihr auf. War es egoistisch, daß sie von ihm geliebt werden wollte? Ein furchtbarer Schmerz zerriß ihre Brust. Sie wollte nicht die stille Zuneigung, die so viele Männer für ihre Ehefrauen empfanden, nur weil sie die Mütter ihrer Kinder waren. Es war ihr nicht genug … Es würde ihr *niemals* genug sein.

Sie wollte um ihrer selbst willen geliebt werden … Sie wollte alle Liebe, die er zu geben hatte – und noch mehr.

Aber seine stille Beharrlichkeit ließ sie innerlich erschauern. Langsam hob sie den Kopf. Der silberne Mondschein, der durch die Vorhänge drang, tauchte sein Profil in ein fast unwirkliches Licht. Sie sehnte sich schmerzlich danach, ihn zu berühren, seine Nähe zu spüren, der kühnen Linie seiner Nase, seines markanten Kinns, seines wunderbar männlich geformten Mundes mit zarten Fingern zu folgen.

»Ich weiß nicht, Damien«, flüsterte sie stockend. »Ich brauche Zeit, um über alles nachzudenken …«

Er zog seine Hand zurück. In der nächsten Sekunde war er auf den Füßen. Er verbeugte sich und sagte mit kalter, förmlicher Stimme. »Dann wünsche ich dir eine gute Nacht.«

Er erbot sich nicht, bei ihr zu bleiben, und sie bat ihn nicht darum. Sie waren plötzlich fast wie Fremde.

Sie sah ihm nach, als sich die Tür hinter ihm schloß, und sie konnte sich des quälenden Gefühls nicht erwehren, daß sie ihn verletzt hatte. Aber es war unmöglich. Er bot ihr seinen Namen und seine Ehre …

Nicht aber sein Herz.

Ein trockenes Schluchzen stieg in ihr auf, während sie sich in die Kissen zurücksinken ließ, und erst jetzt ließ sie der Tränenflut freien Lauf, die sich in ihrer Brust angestaut hatte.

Am nächsten Tag bekam sie Damien kaum zu Gesicht. Die Zofe, die ihr beim morgendlichen Bad zur Hand ging, teilte ihr mit, daß Damien angeordnet hatte, sie solle das Haus nicht verlassen.

Heather war nicht danach zumute, sich seiner Anweisung zu widersetzen. Ihr Arm tat weh, und sie war nervös und schreckhaft. Jedesmal, wenn sie dachte, wie sie am Vortag dem Tod ins Auge geblickt hatte, durchlief sie ein heftiges Zittern; die Luft um sie herum schien zu vibrieren, ein Gefühl ängstlicher Erwartung stand im Raum, das sie nicht abschütteln konnte, so sehr sie sich auch bemühte.

Irgendwann am Nachmittag hörte Heather, wie die Haustür geöffnet wurde. Sie stand am Fuß der breiten Treppe in der Eingangshalle und drehte sich zur Tür um. Ihr Blick fiel auf Damien. Ohne Begrüßung winkte er sie zu sich. Sie folgte ihm in sein Arbeitszimmer.

»Ich habe alles für deine Rückkehr nach Lockhaven

vorbereitet«, erklärte er, sobald sich die Tür hinter ihnen geschlossen hatte.

Heather richtete sich starr auf. »Tatsächlich«, entgegnete sie kühl. »Und wer hat dir die Befugnis dazu gegeben, wenn ich fragen darf?«

Er war nicht in der Stimmung, sich auf Diskussionen einzulassen. Auf seiner Stirn braute sich bereits ein Gewitter zusammen. »Es ist nicht deine Art, ein Theater aufzuführen«, sagte er kurz angebunden. »Also fang bitte nicht ausgerechnet jetzt damit an.« Er ging mit langen Schritten im Raum auf und ab.

Sie konnte sich nur mühsam beherrschen. »Habe ich in dieser Angelegenheit kein Wort mitzureden?«

»Verdammt, Heather, streite dich jetzt nicht mit mir!« Er fuhr mit einer Miene herum, als würde er gleich explodieren. »Es ist zu gefährlich für dich, in London zu bleiben. Ich möchte dich außer Gefahr wissen.«

»Und was ist mit meinen Wünschen? Ich denke, das ist eine Entscheidung, die ich zu treffen habe, nicht du!« Sie reckte das Kinn kämpferisch in die Höhe. »Und ich sage, ich werde in London bleiben.«

Er legte die Hände schwer auf ihre Schultern. »Vergißt du es so leicht, Heather? Du hast ein anderes Leben in dir, an das du denken mußt.«

Auch wenn sie innerlich zusammenzuckte über die Schärfe seines Tons, mußte sie sich eingestehen, daß etwas Wahres an seinen Worten war. Sie durfte das Leben ihres ungeborenen Kindes nicht gefährden. Niedergeschlagen und mit hängenden Schultern nickte sie.

Er ließ die Hände sinken. »Normalerweise reise ich nicht gerne bei Nacht, aber unter den gegebenen Umständen werde ich nicht riskieren, daß Elliot deine Abreise beobachtet. Die Kutsche wird kurz vor Mitternacht von hier aufbrechen.«

Das Abendessen verlief in bedrücktem Schweigen. Heather zog sich früh in ihr Zimmer zurück, um sich für die Reise fertigzumachen. Wie ein schwarzer nächtlicher Schleier legte sich ein drückendes, mit nichts zu vertreibendes Gefühl des Verlusts auf sie. Ihr wurde plötzlich bewußt, wieviel ihr Damien gegeben hatte. Er hatte etwas getan, was vor ihm noch keiner getan hatte: Er hatte ihr das Gefühl gegeben, schön und begehrenswert zu sein.

Nun mußte sie ihn verlassen, und er blieb allein mit der unbekannten Gefahr zurück.

Allein gegen ihren Vater.

Allein gegen einen Mörder.

Heather beschlich eine dunkle Vorahnung. Unwillkürlich erschauerte sie.

Als sie die Treppe herunterkam, erwartete Damien sie bereits in der Eingangshalle. Sie senkte den Kopf, um seinem Blick nicht begegnen zu müssen, und er erkannte in derselben Sekunde, warum. Ihre Wangen waren bleich und tränenüberströmt.

Er stieß einen unterdrückten Schrei aus. »Heather! Bitte nicht!« Aufstöhnend zog er sie in seine Arme.

Haltlos klammerte sie sich an ihn. »Laß mich nicht gehen«, brachte sie mit erstickter Stimme hervor. »Bitte, laß mich nicht gehen!«

»Heather!« Er strich ihr beschwichtigend über das glänzende, glatte Haar, aber sie spürte, daß seine Hand dabei zitterte. »Ach Liebste, verstehst du denn nicht? Ich würde es mir nie verzeihen, wenn dir etwas passiert. Bald ist alles vorbei. Bitte, hab keine Angst. Dir wird nichts geschehen, ich verspreche es dir.«

Ein trockenes Schluchzen stieg in ihrer Kehle auf. »Ich mache mir keine Sorgen um mich. Er hat deinen Bruder ermordet, Damien. Was ist, wenn er versucht, auch dich zu töten? Ich habe solche Angst um dich.« Sie barg ihr Gesicht an seinem Hals. »Ich … ich liebe dich«, schluchzte sie. »Damien, ich liebe dich.«

Damien brachte kein Wort heraus. Er hob ihr Gesicht und blickte stumm in die violette Tiefe ihrer verschleierten Augen. Heather hielt seinem eindringlichen Blick stand, und in diesem Bruchteil einer Sekunde offenbarte sie ihm ihre Seele.

Er flüsterte rauh, wie unter Todesqualen, ihren Namen, dann riß er sie an sich. Eine solche Welle der Empfindungen rollte über ihn hinweg, daß er am liebsten auf die Knie gefallen wäre. *Ich liebe dich auch.* Die Worte brannten ihm auf der Zunge, in seinem Herzen. Aber er hatte Angst, daß sie nicht gehen würde, wenn er sie laut aussprach. Und sie war ihm so unendlich kostbar; um nichts in der Welt wollte er riskieren, sie zu verlieren. Und so küßte er sie wieder und wieder in wilder, herzzerreißender Verzweiflung und legte in dieses Verschmelzen ihrer Lippen alles, was in seinem Herzen war.

Als sie sich endlich voneinander lösten, bebten sie beide. Er nahm ihre Hand und führte sie hinaus zu der wartenden Kutsche. Dort nahm er ihr Gesicht in beide Hände und küßte sie ein letztes Mal; dann hob er ihren Kopf.

»Ich komme nach«, flüsterte er leise und drängend. »Wirst du auf mich warten?«

Sie konnte nicht sprechen, ihre Kehle war wie zugeschnürt. Aber sie nickte und brachte irgendwie ein bebendes Lächeln zustande. Er hob sie in die Kutsche und schloß die Tür hinter ihr.

Mit einem Ruck fuhr die Kutsche an. Heather ließ sich in die Polster zurücksinken, in ihrer Brust tobte ein unerträglicher Schmerz.

Er hatte nicht gesagt, daß er sie liebte, aber sie hatte etwas gespürt … War es genug? Es mußte reichen. Es mußte. Sie legte die Hand auf ihren Bauch. Sie wollte, daß ihr Kind mit Mutter *und* Vater aufwuchs. Sie mußte darauf vertrauen, daß er recht hatte und das Ganze bald vorüber sein würde.

Aber auch wenn sich ein zarter Hoffnungsschimmer in ihr Herz geschlichen hatte, liefen ihr heiße Tränen über die Wangen. Sie drückte ihre brennende Stirn gegen die samtbeschlagene Kutschenwand und fühlte sich leer und erschöpft.

Sie waren noch nicht weit gekommen, als die Kutsche plötzlich schwankte und abrupt stehenblieb. Heather hörte Rufe, dann einen Knall. Panik stieg in ihr auf, und sie rutschte nervös auf die Sitzkante.

Die Tür wurde aufgerissen. Sie blickte auf einen glänzenden Pistolenlauf, dann gruben sich klauenartige Finger schmerzhaft in ihren Arm. Unsanft wurde sie von ihrem Sitz gerissen.

Vor ihr stand ein schäbig gekleideter Mann mit nachtschwarzem Haar und Augen, die wie Höllenfeuer glühten. Sein Mund war zu einem bösartigen, verschlagenen Grinsen verzogen.

Ein Schrei erstarb ihr in der Kehle. Das Entsetzen löschte jeden Gedanken aus ihrem Bewußtsein. Sie kannte dieses Gesicht – sie kannte es gut …

Es war der Mann aus ihrem Traum.

23. Kapitel

Eiskalte Angst schnürte ihre Kehle zu, kein Schrei kam über ihre Lippen.

Eine fleischige Hand schoß auf sie zu. Heather wappnete sich innerlich gegen den Schlag, wich jedoch nicht zurück. Aber der erwartete Schlag kam nicht. Statt dessen stieß der Mann ein kehliges Gelächter aus, denn er hatte bemerkt, wie sie zusammengezuckt war. Mit schmutzigem Finger fuhr er über ihre schweißnasse Wange.

Er grinste höhnisch. »Du hast dich nicht die Bohne verändert. Immer noch dieselbe lausige kleine Rotzgöre.«

Das also war ihr Vater. Das war James Elliot.

Er war genauso böse und gemein, wie sie ihn in Erinnerung hatte.

Ihr Herzschlag setzte eine Sekunde aus und schlug dann heftig und unregelmäßig weiter. Sie war wie gelähmt vor Entsetzen, wollte sich ihre Angst aber um keinen Preis anmerken lassen.

Tapfer reckte sie das Kinn in die Höhe. »Was hast du mit mir im Sinn?«

Seine schwarzen Augen wurden groß vor Staunen. »Hört, hört! So kultiviert! Denkst wohl, du bist was Besseres als ich? Ha, nicht mehr lange.« Er zerrte sie zu einem Pferd, das neben der Straße angepflockt war. In diesem Augenblick fiel Heathers Blick auf den Kutscher. Er lag mit dem Gesicht nach unten auf der Straße. Mit einem spitzen Schrei wollte Heather zu ihm hinlaufen, aber Elliot hielt sie grob zurück.

»Er is nicht tot, obwohl's ihm wahrscheinlich lieber wär, wenn er aufwacht.« Er kicherte gehässig. »Mach dir lieber Sorgen um dich selbst, Mädel.«

Heather hielt seinem stechenden Blick stand. »Du warst es, der gestern auf mich geschossen hat, nicht wahr? Warum? Warum wolltest du deine eigene Tochter töten?«

»Tot bist du für mich mehr wert als lebendig, Mädel. Ich hab immer noch 'n paar Freunde, und mit dem richtigen Penny in der richtigen Tasche hab ich rausgefunden, daß es mein kleines Töchterlein zu einem netten Vermögen gebracht hat.« Seine schwarzen Augen funkelten. »Ich hab gehört, du hast ein hochherrschaftliches Gut in Lancashire.«

Damien hatte also recht. »Und du dachtest, du würdest es erben, wenn ich tot bin?«

Er grinste zustimmend. »Wer sollte es denn sonst erben? Ich weiß vielleicht nicht so viel wie du, Mädel, aber ich bin kein Trottel. Ich bin dein einziger Blutsverwandter.«

Heathers Miene verhärtete sich. »Und wer würde dir glauben?« entgegnete sie. »Wer würde dir nach all den Jahren glauben, daß du wirklich mein Vater bist?«

»Wär kein Problem für mich, deine Geburtsurkunde zu beschaffen, oder unsere Heiratsurkunde von damals. Und genauso leicht wär's zu beweisen, daß du der kleine Krüppel bist, den Justine bei dem Unfall bei sich hatte.« Ein zufriedenes Grinsen lag auf seinem Gesicht.

Der Zorn, der in ihr aufstieg, ließ Heather ihre Angst vergessen. »Wenn du die Absicht hast, mich zu töten, dann bring es gleich hinter dich!«

Seine Augen glitzerten böse. »Du bist genauso aufsässig wie deine Mutter, Mädel. Aber ich hab beschlossen, großzügig zu sein und dich noch 'n Weilchen leben zu lassen«, sagte er gedehnt. »Mir is eingefallen, daß ich vielleicht 'n bißchen voreilig war, als ich versucht hab, dir's Licht auszublasen. Ich hab dich immer für 'ne nichtsnutzige Rotzgöre gehalten, aber offensichtlich hab ich mich geirrt.«

Mit dieser rätselhaften Bemerkung wuchtete er sie unsanft auf den Rücken des Pferdes und stieg dann hinter ihr in den Sattel. Die Angst krampfte ihr das Herz zusammen. Was wollte er mit seinen Worten sagen? Was wollte er von ihr? Sie sah keine Möglichkeit, ihm zu entkommen, sein Arm hielt sie so fest umklammert, daß sie das Gefühl hatte, er würde ihr die Rippen brechen. Als er das Pferd wendete, erkannte sie starr vor Entsetzen, daß sie Richtung London zurückgaloppierten. Wenig später zügelte er das Pferd und sie befanden sich vor Damiens Haus.

In diesem Augenblick wußte sie es, daß er es auf Damien abgesehen hatte. Verzweiflung schloß sich wie eine kalte Hand um ihr Herz. »Nein!« schrie sie auf. »Nein!«

»Doch, Mädel, doch!« Sein Atem wehte ihr heiß und faulig ins Gesicht, und sie mußte würgen. Er zerrte sie aus dem Sattel und schleppte sie über die Eingangstreppe zum Haus hinauf. Dann hämmerte er ungestüm mit dem Messingklopfer an die Tür.

Aber es war nicht William, der die Tür öffnete. Es war

Damien. Er hielt eine Pistole in der Hand. Kalt musterte er den großen, schwarzhaarigen Fremden, der auf seiner Schwelle stand.

»James Elliot, nehme ich an?«

»Zu Ihren Diensten, Sir.« Mit einem triumphierenden Lachen zog er Heather aus der Dunkelheit ins Haus und schob sie als Schutzschild vor sich. Seine Lippen verzerrten sich zu einer Grimasse, in der kein Lächeln zu erkennen war. Er deutete mit einem Nicken auf Damiens Pistole. »Die nehm ich, wenn's Ihnen nichts ausmacht, Bürschchen. Und dann verlegen wir unser gemütliches Beisammensein nach drinnen.«

Damien reichte ihm die Pistole mit steinerner Miene. Elliot steckte sie in seinen Hosenbund, dann schob er Heather an Damien vorbei, der einen Schritt zur Seite trat.

Die Tür fiel mit einem dumpfen Schlag hinter ihnen ins Schloß. In der Eingangshalle angelangt, wandte sich Damien an Heather. »Bist du in Ordnung, Liebste?«

Heathers Blick hing ängstlich an seinen Augen. Seine Miene war wie versteinert. Sie setzte zu einer Antwort an, wollte ihm versichern, daß ihr nichts passiert war, aber Elliot verdrehte ihr den Arm so schmerzhaft auf dem Rücken, daß sie nach Luft schnappte. Dann schleuderte er sie zu Boden.

Als Damien auf sie zueilen wollte, richtete Elliot mit einem Ruck die Pistole auf seine Brust. »Bleib, wo du bist, Bürschchen!« Höhnisch beobachtete er aus den Augenwinkeln, wie Heather sich mühsam wieder aufrichtete.

»Was is los, du lahmer Krüppel? Vielleicht sollte ich mal 'nen genaueren Blick auf dich werfen.« Er ging einmal um sie herum, dann blieb er vor ihr stehen und klopfte mit dem Pistolenknauf auf ihr rechtes Knie.

Damien ballte die Hände zu Fäusten. »Das haben Sie ihr angetan, nicht wahr?«

»Sehr richtig. Hab 'nen Schürhaken genommen und ihr die Kniescheibe zertrümmert.« Elliot schien fast stolz darauf zu sein. »Hat ständig geheult. Ständig ihre Nase in Sachen gesteckt, die sie nichts angehn.« Er sah sie mit einem gehässigen Grinsen an. »Pech, daß es nicht richtig verheilt is, was? Aber immerhin konntest du für 'ne Weile nirgends mehr rumschnüffeln.«

Kalte Wut wallte in Damien auf. Sich vorzustellen, daß ein Mann so grausam zu seiner eigenen Tochter sein konnte …

Er ballte die Fäuste noch fester zusammen. »Ich bin es, den Sie suchen«, wandte er sich an Elliot. »Lassen Sie Heather gehen.«

»Was? Jetzt schon? Das glaub ich aber nicht, Bürschchen. O nein.« Er lachte boshaft auf. »Tja, du warst nicht ganz so schlau wie du dachtest, Junge. Ich wußte, daß du mit meinem Mädel hier rumziehst, also hab ich mir gedacht, daß du sie vielleicht wegschicken willst. Ich mußte mich nur auf die Lauer legen … Aber ich denke, daß du eher meine Sicht der Dinge teilst, solange sie hier bei uns ist. Und übrigens hab ich ja die ganzen Jahre gedacht, sie hätte zusammen mit ihrer Mutter ins Gras gebissen. Da is es wohl nur richtig, wenn wir 'n Weilchen zusammenbleiben, oder?«

Heather befeuchtete ihre trockenen Lippen mit der Zungenspitze. »Warum hat dich meine Mutter verlassen?«, fragte sie. »Und wer war der Mann in ihrer Begleitung?«

Das höhnische Grinsen verschwand aus Elliots Gesicht. »Wie zur Hölle soll ich das wissen? Wird wohl ihr neuer Liebhaber gewesen sein. Ich wußte, daß sie die Beine für irgend 'nen Kerl breit macht.« Sein Blick wurde finster. »Hat Glück gehabt, daß sie bei dem Unfall gestorben is, sonst hätte ich ihr eigenhändig den Hals dafür umgedreht, daß sie mich, ihren eigenen Mann, beklaut hat!« Seine Miene verfinsterte sich. Dann wandte er sich an Damien. »Und deshalb bin ich hier, Bürschchen, um mir zu holen, was mir gehört.«

»Ich habe nichts, das Ihnen gehört.«

»Ha, da irrst du dich aber gewaltig. Ich weiß, daß du es hast. Dein Bruder hatte es nicht, also muß es bei dir sein.«

Sämtliche Muskeln in Damiens Körper spannten sich. »Ich habe keine Ahnung, wovon Sie reden«, sagte er tonlos. »Ich habe keine Ahnung, was Sie von mir *wollen.*«

Elliot brach in lautes Gelächter aus. »Na, was schon? Das Schmuckkästchen!«

Damien war wie betäubt, aber es gelang ihm, seine Überraschung zu verbergen. Heathers Augen wurden riesengroß. Elliots unbändiges Gelächter ließ Damien in düsterer Vorahnung erschauern. Als Elliot den Kopf in den Nacken warf, bedeutete er Heather mit einem kaum merklichen Kopfschütteln zu schweigen.

»Tja, Bürschchen«, feixte Elliot. »Du wußtest wohl nicht, daß ich bei deinem Vater war, als er abgetreten is, was?«

»Nein.« Damiens Stimme klang aufs äußerste gespannt.

Elliot warf ihm einen finsteren Blick zu. »Ich hab ihn nicht umgebracht, wenn du das jetzt denkst.« Er verzog höhnisch den Mund. »Ich hab in dem Gasthof in London gearbeitet, wo er gewohnt hat. Ich hab ihn gefüttert, als er vor Schwäche den verdammten Löffel nicht mehr halten konnte! Ich hab ihm den Sabber abgewischt und seine verpißten Laken gewechselt, und was war der Dank dafür?« Er zitterte vor Wut.

»Mein Vater hatte das Schmuckkästchen mit nach London genommen, um es reparieren zu lassen. Haben Sie es bei dieser Gelegenheit gesehen?« Mit angehaltenem Atem wartete er auf die Antwort.

Elliot nickte. »Kurz vor seinem letzten Atemzug hat er mir von dem Schmuckkästchen erzählt. Er hatte es in 'nem Stoffsack in der Zimmerecke versteckt. Die ganze

Zeit hatte ich keine Ahnung, was er da hatte. Aber er wollte, daß es seine Frau kriegt, hat er mir gesagt. Ich sollte es ihr bringen, wenn er nicht mehr is.« Elliots Augen funkelten. »Er hat zu mir gesagt: ›Verborgen in der Schatulle ist mein Vermächtnis an meine Frau, ein unerhört kostbarer Schatz.‹«

Ein Schatz? Der Raum begann sich vor seinen Augen zu drehen. Was um alles in der Welt hatte sein Vater damit gemeint? Waren es nur die verworrenen Worte eines todkranken Mannes? Aber er wagte es nicht, seine Vermutungen laut auszusprechen, denn Elliot war unberechenbar, und es war gefährlich, ihn zu reizen.

»Mein Vater ist also gestorben, und Sie haben das Schmuckkästchen an sich genommen.«

»Genau. Ich hab's mit nach Hause genommen und wollte später nach dem Schatz suchen. Aber ich Idiot hab Justine davon erzählt.« Sein Gesicht zuckte in unbeherrschter Wut. »Am nächsten Morgen wach ich auf, und sie is weg – zusammen mit der Rotzgöre und dem Schmuckkästchen! Geklaut hat sie's, die alte Schlampe! Ich hab rausbekommen, daß sie 'ne Kutsche genommen hat und nach Lancashire gefahren is, aber als ich da ankam, war sie schon tot.«

Damiens Gedanken überschlugen sich. »Aber die Schmuckschatulle wurde nicht bei ihr gefunden.«

»Nein«, antwortete Elliot wütend, aber dann grinste er wieder. »Ich wußte natürlich, daß es deine Familie irgendwie geschafft hatte, das Ding wiederzukriegen. Der Wärter in Newgate hat gesagt, ich wär verrückt, aber ich wußte genau, daß ich recht hatte«, prahlte er. »Ihr hattet irgendwie erfahren, daß ich's geklaut hab, aber ich wußte, daß ich's irgendwann wiederkriege.«

»Also suchten Sie nach Ihrer Entlassung Giles auf.«

»Genau«, antwortete er mürrisch. »Aber der Bastard hat geschworen, er weiß nichts davon! Und es war nirgends zu finden ...« Er grinste hinterhältig. »Aber dann bist du in London aufgekreuzt, und da war mir klar, daß du es hast.«

Der Gefängniswärter in Newgate hat recht, ging es Damien durch den Kopf. Elliot *war* verrückt. Das Schmuckkästchen hätte sich an jedem beliebigen Ort befinden können – im Besitz von irgend jemandem –, und dieser Narr war ihm mit einer verbohrten Zielstrebigkeit nachgejagt, die Giles das Leben gekostet hatte …

Damien fühlte sich innerlich zerrissen. Ein Teil von ihm wollte zum Schlag ausholen, diesem Kerl ins Gesicht schreien, daß sich das Schmuckkästchen all die Jahre über im Besitz seiner eigenen Tochter befunden hatte … nur hatte er sich nicht die Mühe gemacht, in Erfahrung zu bringen, ob sein Kind lebte oder gestorben war.

Er wagte es nicht, die Wahrheit zu offenbaren. Noch nicht …

»Und jetzt sind Sie also gekommen, um die Schmuckschatulle zu holen.«

»Genau.« Elliot strahlte vergnügt. »Ich krieg den Schatz in dem Schmuckkästchen und das Vermögen von meiner armen Tochter, wenn sie einen Unfall hat – genau wie ihre arme Mutter!« Sein Lachen ging Damien durch Mark und Bein.

Doch dann verstummte Elliot, so plötzlich, daß es unheimlich war. Die Pistole schwenkte mit einem Ruck auf Damiens Brust. »Wo ist es?« fragte er drohend.

In Damiens Kopf arbeitete es verzweifelt. Zeit. Er brauchte Zeit, um auf irgendeine Weise die Oberhand zu gewinnen …

Er begegnete Heathers Blick. Ihr Gesicht war kreidebleich. Ein flehender Ausdruck lag in ihren tiefvioletten Augen, aber es war kein Flehen um Hilfe. Nein, es war eher, als ob sie ihm etwas sagen wollte …

»Ich frag nicht noch mal«, bellte Elliot. »Wo ist es?«

Damien deutete mit einem Nicken zur Treppe. »Oben in meinem Schlafzimmer.«

Elliot packte Heather am Arm und stieß sie vor sich her. Er drückte ihr den Pistolenlauf an die Schläfe. »Geh vor. Aber keine Tricks, Bürschchen«, warnte er. »Wir wissen beide, was sonst mit unsrer armen kleinen Heather passiert.«

Damien ging mit langsamen Schritten die Treppe hinauf. Wenn er nur als erster in sein Zimmer gelangen konnte, denn dort lag eine zweite Pistole in einer Schublade verborgen ... Er hörte Heather hinter sich stolpern. Sein Herz setzte aus. Er warf einen hastigen Blick über die Schulter zurück und sah, wie Elliot ihr den Arm brutal hinter dem Rücken verdrehte. Sie stieß einen scharfen Schmerzensschrei aus. Damien schäumte vor Wut, am liebsten wäre er Elliot an die Kehle gesprungen. Aber der richtige Zeitpunkt war noch nicht gekommen.

Er ging weiter. Hinter sich hörte er Heathers unterdrücktes Schluchzen. Als die beiden eben den Absatz erreicht hatten, an dem sich die Treppe teilte, rief Heather plötzlich laut: »Warte!«

Damien fuhr herum. Aus den Augenwinkeln sah er, wie sie sich bückte, als wolle sie an ihr verwachsenes Knie fassen. Aber plötzlich flog ihr Arm mit weit ausholendem Schwung in die Höhe. Elliot war nicht auf den Schlag gefaßt, der plötzlich seinen Unterarm traf. Die Pistole flog ihm aus der Hand und schlitterte über den Marmorfußboden.

Mit einem Satz sprang Damien nach vorn. Er hob die Waffe blitzschnell auf und wirbelte herum.

Heathers Schlag hatte Elliot aus dem Gleichgewicht gebracht. Mit einem Absatz hing er über dem Treppenrand, seine Arme wedelten wild durch die Luft. Er bleckte wütend die Zähne. »Schlampe!« fluchte er, während er nach hinten kippte. Er erkannte, daß er gleich fallen würde ...

Aber offensichtlich hatte er beschlossen, den Sturz nicht allein anzutreten.

In Damiens Kopf explodierten gleißende Funken, während sich die Ereignisse vor seinen Augen überstürzten. Alles geschah in Bruchteilen einer Sekunde. Im selben Moment, als Damien wuterfüllt auf ihn zuhechtete, krallte sich Elliots Faust in Heathers Röcken fest. Mit einem erstickten Schrei stürzte sie, von Elliots Gewicht mitgerissen, kopfüber in die Tiefe.

Zusammen polterten sie die Treppe hinunter.

Elliot kam als erster am Boden auf. Er blieb ausgestreckt auf dem Rücken liegen. Heather lag mit dem Gesicht nach unten auf seinem Körper.

Keiner von beiden gab einen Laut von sich.

Eine entsetzliche Angst schnürte Damien die Kehle zu. »Jesus«, stieß er tonlos hervor und sprang mit langen Sätzen die Treppe hinunter.

Er streifte Elliot nur mit einem flüchtigen Blick. Sein Kopf lag in einem unnatürlichen Winkel zum Hals; er hatte sich das Genick gebrochen.

Seine Hand war immer noch in ihren Röcken verkrallt.

Damien sank neben ihr in die Knie. Er stieß Elliots leblose Hand beiseite. Ganz vorsichtig drehte er sie um. Ihr Kopf fiel auf seinen Arm herunter.

»Heather«, schrie er mit erstickter Stimme auf. »Heather!«

Alle Farbe war aus ihrem Gesicht gewichen. Eine große, häßliche Wunde klaffte seitlich an ihrer Stirn, ihre Schläfe begann bereits anzuschwellen. Schlaff und leblos lag sie in seinen Armen, wie eine Marionette, der man die Fäden durchgeschnitten hatte. Angstvoll beugte er sich über sie und hielt sein Ohr dicht an ihre Lippen.

Sie atmete zwar, aber nur noch ganz schwach.

24. Kapitel

Seit sieben Tagen erschien der Arzt nun täglich im Stadthaus der Graysons. Ein Ausdruck hoffnungsloser Resignation lag auf seinem zerfurchten Gesicht, als er aus Heathers Zimmer in den Korridor hinaustrat. Vier bedrückte Gesichter wandten sich ihm in ängstlicher Erwartung zu, als er die Tür hinter sich schloß.

Er räusperte sich. »Mylords, Mylady, ich fürchte, es besteht wenig Hoffnung. Die Kopfverletzung ist zu gravierend.«

»Nicht die geringste Hoffnung.« Die Worte kamen aus Damiens Mund.

Der Arzt zögerte. »Ich habe von Fällen gehört, in denen ein Patient nach Tagen oder sogar nach Wochen aus der Bewußtlosigkeit erwacht ist. Aber in Heathers Fall« – er schüttelte mutlos den Kopf – »glaube ich, daß dieser Tag nie kommen wird.«

Victoria ließ den Kopf an Miles' Schulter sinken und weinte. Beatrice preßte ein Taschentuch an die Lippen und drängte sich dichter an ihren Vater. Miles legte die Arme um die beiden.

»Vielen Dank, Doktor«, sagte er mit schleppender Stimme.

Damien sagte kein Wort. Er machte auf dem Absatz kehrt und verschwand in Heathers Zimmer. Er nahm seinen Platz an ihrem Bett ein und strich ihr zart über die Stirn. Ihr Gesicht war von einer fahlen Blässe überzogen. Ihre Wimpern lagen wie dunkle Halbmonde auf ihren Wangen. Eine Gesichtshälfte war angeschwollen und dunkel verfärbt.

Als Miles und Victoria Stunden später ins Zimmer traten, hatte er sich nicht von der Stelle gerührt. Sein Gesicht war gespenstisch ausgezehrt. Mit blutendem Herzen legte Victoria tröstend die Hand auf seine Schulter.

Erst in diesem Augenblick wurde er sich ihrer Anwesenheit bewußt. »Wir müssen sie nach Lockhaven bringen.« Seine Stimme klang heiser und gepreßt.

Miles zögerte. »Damien«, begann er sanft.

»Wenn sie sich jemals wieder erholt, dann dort.« Er wandte sich mit bittenden Augen zu den beiden um.

Miles und Victoria wechselten einen hilflosen Blick.

»Bitte.« In dem einen Wort bebte ein inständiges Flehen, seine Stimme brach. »Sie liebt diesen Ort.«

Victorias Augen füllten sich mit Tränen. Sie suchte den Blick ihres Mannes, und ihre wortlose Bitte vereinigte sich mit Damiens Flehen.

Miles hob eine Hand und ließ sie dann hilflos wieder fallen. »Du hast recht«, sagte er ruhig. »Ich werde alle Vorbereitungen treffen.«

Wenige Tage später kehrte die Herrin von Lockhaven in ihr geliebtes Heim zurück. Die Tage vergingen in strahlendem Sonnenschein. Auf den Feldern reifte das Getreide, und die Vögel zwitscherten ihre fröhlichen Lieder vor dem Fenster, hinter dem Heather reglos in ihrem Bett lag. Im Herrenhaus war kein Gelächter zu hören; es gab nur Stille, die bis in die Mauern zu dringen schien.

Seit ihrem Sturz waren fast zwei Wochen vergangen. Damien wachte unermüdlich an ihrem Lager und hielt ihre Hand. Die häßliche Schwellung an ihrer Schläfe war zurückgegangen, und auch die Verfärbung war kaum noch sichtbar.

Aber sie erwachte immer noch nicht aus ihrer Bewußtlosigkeit.

An diesem Tag stieß die Verzweiflung, gegen die er so sehr angekämpft hatte, ohne Erbarmen auf ihn nieder. Bitter verfluchte er das Schicksal, das sie ihm wegnehmen wollte. Er hatte die Liebe gefunden, nur um sie für immer aus seinen Armen entgleiten zu sehen …

Sein Blick wanderte über ihr Gesicht, als wollte er es für immer in sein Gedächtnis einbrennen. Sie war herzzerreißend schön, aber so still und bleich … Eine entsetzliche Angst schnitt ihm ins Herz. Innerlich bebend schob er das Bündchen ihres weißen Leinennachthemds zurück. Seine Finger suchten ihren Puls. Er konnte ihn kaum spüren, so schwach war er. Er wußte nicht, ob er ein Dankgebet gen Himmel schicken oder die Hoffnung aufgeben sollte.

Er faßte nach ihrer Hand und drückte sie so inständig, als wollte er seine eigene Lebenskraft in sie überfließen lassen. Sein Herz war so schwer, daß er kaum atmen konnte.

»Oh, Heather«, stöhnte er mit erstickter Stimme. »Verlaß mich nicht, bitte, verlaß mich nicht. Ich weiß, daß ich dir weh getan habe ... Ich mache es wieder gut, wenn du nur bei mir bleibst. Bitte, gib den Kampf nicht auf, mein Herz, bitte«, flehte er. »Ich brauche dich so sehr. Gib mir noch einmal die Chance, dich glücklich zu machen. Du hast mir nie gesagt, ob du mich heiraten willst, Heather. Aber ich möchte so gern, daß du meine Frau wirst – für immer und ewig. Ich will mit dir alt werden, Liebste. Ich möchte zusehen, wie unser Kind groß und stark wird. Ich möchte Dutzende von Kindern mit dir haben. Hörst du mich, Liebste? Dutzende und Dutzende ...« Tränen erstickten seine Stimme. Unfähig, noch weiterzusprechen, vergrub er sein Gesicht an ihrer Brust.

Und dann spürte er es ... Eine kaum merkliche Liebkosung in seinem Nacken. Er hob mit einem Ruck den Kopf und sah, daß ihre Lider flatterten. Ihre Augen öffnete sich, die Farbe wie Heidekraut in voller Blüte.

Ihre Lippen öffneten sich. Ihr Flüstern war so leise, daß er sich dicht über sie beugen mußte, um sie zu verstehen. »Wirst du ... noch einmal mit mir tanzen?«

Als er ihren Namen flüsterte, war es ein Jubeln, das eine ganze Welt innigster Zärtlichkeit einschloß. Er zog ihre Hand an seine Wange. »Ja ... o ja! Ich liebe dich, Heather.« Er küßte sie, und die Süße dieses Kusses berauschte sie beide. Dann hob er den Kopf und sah ihr tief in die Augen. »Ich hatte keine Gelegenheit, es dir zu sagen, aber ich liebe dich. Gott, wie sehr ich dich liebe …«

Ein schwaches Lächeln spielte um ihre Lippen. »Und ich hatte keine Gelegenheit, dir zu sagen … daß ich dich heiraten werde, Damien.«

Tränen verschleierten seinen Blick. Er schmiegte die Wange in ihre Hand und weinte.

Für den Rest des Tages schwebte Heather zwischen Schlafen und Wachen. Immer wenn sie erwachte, war Damien an ihrer Seite und hielt ihre Hand. In seinen klaren, grauen Augen stand überdeutlich seine Sorge um sie geschrieben.

Am nächsten Morgen war sie bereits wieder soweit zu Kräften gekommen, daß sie für ein paar Minuten im Zimmer herumgehen konnte und am Abend wurde sie von Heißhunger überfallen. Nachdem sie ihre erste feste Mahlzeit nach nahezu zwei Wochen zu sich genommen hatte, ließ sie sich zufrieden in ihre Kissen zurücksinken.

Der Arzt bezeichnete ihre Genesung als ein Wunder. Sie war entgeistert, als sie erfuhr, daß sie fast zwei Wochen lang ohne Bewußtsein gewesen war. Anfangs hatte sie schreckliche Angst, ihr Baby verloren zu haben, aber der Arzt versicherte ihr, daß das Kind allem Anschein nach nicht in Gefahr war.

Manchmal wanderten ihre Gedanken unwillkürlich zu James Elliot zurück. Sie bedauerte seinen Tod, denn trotz seiner Niederträchtigkeit war er doch ihr Vater gewesen. Sie trauerte um den Vater, der sie nie gewollt und nie geliebt hatte. Aber sie konnte keinen tiefen Kummer empfinden für diesen Mann, der sie im Stich gelassen hatte, während Miles sie wie sein eigenes Kind geliebt hatte, und so verdrängte sie die Gedanken an James Elliot, denn sie hatte nicht das Bedürfnis, der Vergangenheit nachzuhängen – nicht jetzt, da die Zukunft so strahlend vor ihr lag.

Damien liebte sie. *Er liebte sie.* Manchmal mußte sie

sich kneifen, um sich zu überzeugen, daß es kein Traum war, sondern Wirklichkeit.

Der Gegenstand ihrer Gedanken hatte soeben seinen Stuhl an ihr Bett gezogen. Er labte sich am süßen Geschmack ihrer Lippen, dann setzte er sich. »Wann willst du mich heiraten?« fragte er ohne Einleitung.

Heather blinzelte, dann zog sie seine starke, sonnengebräunte Hand auf ihren Bauch. »Nun ja«, entgegnete sie munter, »mir scheint, es ist Eile geboten.«

Seine Augen leuchteten auf. Damien betrachtete aufmerksam ihre Lippen und murmelte. »Ich bin ganz deiner Meinung.«

Sie rümpfte spielerisch die Nase.

Seine Miene wurde ernst. »Ich habe mir gedacht, wir sollten so bald heiraten, wie es die notwendigen Vorbereitungen erlauben.« Mit einem forschenden Blick in ihre Augen fuhr er fort: »Würde es dich sehr stören, wenn wir kein großes Londoner Ereignis daraus machen?«

Die Zärtlichkeit in seinen Augen nahm ihr den Atem. »Überhaupt nicht. Mir ist die Dorfkirche sogar lieber.«

Er drückte ihre Hand. »Das wäre also entschieden.«

Heather lächelte ihn an. »Waren Mama und Papa sehr schockiert, als sie erfahren haben, daß ich ein Kind bekomme?«

»Na ja«, erwiderte er trocken, »Miles sah aus, als würde er mir mit dem größten Vergnügen den Hals umdrehen, aber ich glaube, Victoria hat es geschafft, seine Aufregung in die richtigen Bahnen zu lenken.«

Heather lächelte wissend. »Sie hat eine wunderbare Art, ihn im Zaum zu halten.«

Für einen kurzen Moment glaubte sie eine Spur von Wehmut in seinen Augen zu entdecken. »Meine Eltern waren genauso«, murmelte er. Plötzlich richtete er sich auf. »Großer Gott, das Schmuckkästchen habe ich vollkommen vergessen. Was, sagte Elliot, waren die letzten Worte meines Vaters?«

»Er sagte etwas von einem Schatz, der darin verborgen sei, ich glaube, es war sein Vermächtnis an seine Frau, ein unerhört kostbarer Schatz.«

»Genau das waren seine Worte, Liebste.«

Gespannt sah sie zu, wie Damien zu ihrem Schreibtisch hinüberging und das Schmuckkästchen zur Hand nahm. Er kehrte damit zum Bett zurück und stellte es zwischen sie.

»Glaubst du wirklich, daß es einen Schatz enthält?« Heather leerte das Kästchen aus, um sein Inneres genauer in Augenschein zu nehmen.

»Ehrlich gesagt, nein«, räumte er ein. »Ich vermute, daß es nur das wirre Gerede eines kranken Mannes war.« Den Kopf über die Schatulle gebeugt, tastete er mit seinen schlanken Fingern jeden Winkel der Innenfächer ab. Als seine Suche nichts zutage förderte, nahm er die Außenseite näher unter die Lupe.

Schließlich seufzte er. »Ich enttäusche dich nur ungern, aber ...« Plötzlich verstummte er und runzelte die Stirn. Seine Miene nahm einen gespannten Ausdruck an. Er glitt mit den Fingerspitzen über eine Seitenplatte aus Silber.

Plötzlich löste sie sich und sprang heraus.

»Großer Gott«, murmelte er ehrfürchtig. »Elliot hatte recht. Hier befindet sich ein kleines Geheimfach ...«

»Kannst du etwas darin sehen?« stieß Heather atemlos hervor. »Das Fach ist nicht groß, aber es könnte ein Beutel mit Edelsteinen darin sein. Was meinst du, Diamanten vielleicht?« Sie war ebenso aufgeregt wie er.

Aber was Damien aus dem Fach ans Tageslicht brachte, waren weder Edelsteine noch Schmuck, sondern ein klein zusammengefaltetes Blatt Papier, das mit den Jahren brüchig geworden und vergilbt war.

Mit hämmerndem Puls faltete Damien das Papier auseinander. »Es ist ein Brief«, verkündete er mit seltsam angespannter Stimme. »Ein Brief von meinem Vater an meine Mutter.« Er schluckte schwer und begann laut zu lesen.

Meine liebste Sylvia,
ich schreibe Dir diesen Brief, meine letzten Worte an Dich, in tiefster Sorge. Ich bin krank, meine Liebste, und ich fürchte, daß ich die nächsten Tage nicht überleben werde. Ich hätte Dir schon längst eine Nachricht zukommen lassen sollen, aber ich war überzeugt, daß ich wieder gesund werden würde, und nun ist es zu spät.
Wenn Du diesen Brief in Händen hältst, werde ich nicht mehr sein. Nie mehr werden die Briefe, die wir an diesem geheimen Ort ausgetauscht haben, mein Leben mit ihrem Glanz erleuchten. Aber ich bete, daß ich in Deiner Erinnerung weiterlebe, so wie Du stets in der meinen wohnst. Und so vermache ich Dir mein größtes Vermächtnis ... Mein Herz, das immer Dein sein wird. Meine Liebe, auf ewig in Deinen Händen. Meine Seele, nur Dir allein.
Dein Dich liebender Gatte

Damien schwieg eine Weile nachdenklich. »Das also ist der Schatz, den Elliot unbedingt finden wollte.«

Heather war so tief gerührt, daß sie keine Worte fand. Schließlich flüsterte sie: »Dein Vater hatte recht. Es ist ein Vermächtnis ... Kannst du dir das vorstellen? Sie haben sich jahrelang Briefe geschrieben und in diesem Fach versteckt.«

Damien faltete den Brief wieder zusammen und legte ihn in sein Geheimversteck zurück, denn das war der Platz, an den er gehörte. Dann schloß er den Deckel und stellte das Kästchen auf Heathers Schreibtisch zurück.

Als er wieder an das Bett trat, stellte er zu seiner Bestürzung fest, daß Tränen in ihren Augen glitzerten. »Heather! Was ist mit dir, Liebste?«

Heathers Herz war schwer. Ein leiser Schluchzer entrang sich ihrer Kehle. »Es ist so traurig. Verstehst du denn nicht, deine Mutter hat diesen Brief nie gesehen. Damien, etwas so Herzergreifendes habe ich in meinem ganzen Leben noch nicht gehört und sie hatte keine Gelegenheit, den Brief zu lesen.«

Damien strich ihr eine wirre Haarsträhne aus dem Gesicht. »Es spielt keine Rolle«, sagte er zärtlich.

Sie sah ihn an, und ihre Augen schwammen in Tränen. »Damien! Wie kannst du so etwas sagen?«

»Verstehst du denn nicht, Süße? Sie wußte es auch so.« Er trocknete sanft ihre Tränen. »Sie wußte schon lange vorher, wie sehr er sie liebte.«

Langsam wich die Traurigkeit aus Heathers ausdrucksvollen Augen, und Begreifen leuchtete darin auf.

»Ja. Ja, du hast recht.« Sie lächelte noch unter Tränen.

»Und ich glaube, mit uns ist es ganz ähnlich«, ergänzte er weich und zog sie an sich. »Zu wissen, daß du mich liebst, ist für mich ein unvergleichliches Gefühl.« Er lächelte, und sein Mund berührte fast ihre Lippen. »Ich kann mir keinen kostbareren Schatz vorstellen.«

Epilog

Zehn Tage später fand die Hochzeit in der mit einem Meer von Blumen geschmückten Dorfkirche statt. An Miles' Arm schritt Heather stolz durch den Mittelgang der Kirche zum Altar, wo sie von Damien erwartet wurde. Sie trug ein elfenbeinfarbenes Kleid, das in schimmernden Falten aus Seide und Spitze von ihrer schmalen Taille floß. Das Mieder war mit Hunderten von winzigen Perlen geschmückt. Ein Schleier aus Spitze bedeckte ihr Haar.

Auf Damiens Bitte hin trug sie einen Brautstrauß aus schlichten Veilchen von derselben Farbe wie ihre Augen.

Nie hatte eine Braut schöner ausgesehen, fand er.

Nie hatte sich eine Braut schöner *gefühlt*, dessen war sie sich sicher.

Für Heather war es der schönste Tag ihres Lebens. Aber dann stellte sie fest, daß es nur der Anfang einer Zeit voller Glück und Zufriedenheit war.

Ihr Sohn wurde in einer stürmischen Märznacht geboren. Obwohl die Hebamme sein Ansinnen unerhört fand, bestand Damien darauf, an ihrer Seite zu sein, als ein gewisser Wesley Charles Tremayne das Licht der Welt erblickte.

Knapp zwei Monate später wurden Bridget und Robert MacTavish die stolzen Eltern eines gesunden Jungen. Auch diesmal war es Heather, die dem Kind auf die Welt half, und sie vergoß zusammen mit Bridget heiße Tränen – aber diesmal waren es Tränen der Freude.

Damien und Heather hielten sich abwechselnd auf seinem Gut in Yorkshire und in Lockhaven auf. Schon bald nach der Hochzeit verkaufte Damien stillschweigend Bayberry, seine Plantage in Virginia. Wie er Heather erklärte, war sein Platz in England, an ihrer Seite.

Aber ihr eigentliches Heim würde immer Lockhaven sein. An einem sonnigen Sommertag Anfang Juni hatten sie auf der Wiese, auf der sie sich vor mehr als zwei Jahren zum ersten Mal begegnet waren, eine Decke ausgebreitet.

Damien saß mit dem Rücken an einen kräftigen Eichenstamm gelehnt, die muskulösen Beine lang ausgestreckt, die Füße überkreuzt. Wesley lag auf dem Bauch seines Vaters, die stämmigen Beinchen an den Körper gezogen, so daß sein kleines Hinterteil hoch in die Luft ragte. Er hatte die Wange an Damiens Brust geschmiegt, und seine winzige Faust lag dicht an seinem Mund, der schon jetzt denselben wundervollen Schwung wie der seines Vaters hatte.

Heathers Blick wurde weich. Das arme Lämmchen war vollkommen erschöpft vom ausgelassenen Herumtollen mit seinem Vater. Er hatte im Alter von zehn Monaten angefangen zu laufen, und seither war er von früh bis spät ununterbrochen auf den Beinen, sehr zum gelegentlichen Mißfallen seiner Mutter und zum Entzücken seines Vaters.

Heather hatte ihren Skizzenblock vor sich und versuchte, das starke Band zwischen Vater und Sohn einzufangen. Unwillkürlich fiel ihr der Tag ein, als sie Damien zum ersten Mal gezeichnet hatte. Wie anders er jetzt aussah! Der Schmerz, der damals seine Seele verdüstert hatte, war verschwunden. In seinen Augen standen keine Schatten …

In seinem Herzen waren keine Geheimnisse.

Sie betrachtete Damien, dessen Hand zärtlich über Wesleys Rücken streichelte und sich von Zeit zu Zeit sachte auf seinen mitternachtsdunklen Lockenkopf legte. Ohne ihren forschenden Blick zu bemerken, drückte er die Lippen auf das Köpfchen des Kindes. Als er den Kopf hob, begegnete sich ihr Blick.

Heathers Herz schmolz dahin.

Und seines ebenfalls.

Ohne die Augen von ihr abzuwenden, setzte er seine kostbare Last ab, erhob sich und nahm ihr Skizzenblock und Stift aus der Hand.

»Ich arbeite«, protestierte sie halbherzig.

»Ich auch.« Eifrig löste er die Bänder, die ihr Mieder über der Brust zusammenhielten. Sie trug ein verblichenes Musselinkleid, das schon bessere Tage gesehen hatte. Ihr Haar fiel offen über ihre Schultern auf den Rücken herab. Ihre Füße waren nackt.

Damien schob sie langsam ein Stück von sich. Seine Augen wanderten von ihrem Gesicht zu den Füßen, dann wieder aufwärts bis zum Gesicht. Er lächelte. »Du siehst aus wie ein Zigeunermädchen«, sagte er.

»Und du siehst aus wie ein Schafzüchter.«

»Ich *bin* ein Schaffarmer«, entgegnete er mit jungenhaftem Grinsen. »Aber es ist bestimmt besser, wie ein Schaffarmer auszusehen, als wie einer zu riechen.«

Mit diesen Worten schob er ihr Mieder über die Schultern hinunter.

Heather schluckte; ihr Mund fühlte sich plötzlich trocken an. »Damien.«

»Hmmm.« Seine Lippen streiften die volle Rundung ihrer Brüste.

Ihre Hand verharrte über seinem Nacken in der Luft. »Warte«, flüsterte sie.

Ihre Stimme klang so drängend, daß er den Kopf hob. Forschend betrachtete er ihr Gesicht. »Was ist, Liebste?«

Heather strich ihm eine dunkle Locke aus der Stirn. Das Herz schlug ihr mit einem Mal bis zum Hals. »Du hast einmal gesagt, du wolltest Dutzende und Dutzende von Kindern, weißt du noch?«

»Natürlich weiß ich das noch«, erwiderte er leise. »Es war an jenem Tag, als ich dachte, ich hätte dich verloren. An jenem Tag, an dem du zu mir zurückkamst.«

Heather lächelte unsicher. Sie sah ihn unverwandt an. »Hast du das ernst gemeint?«

Er stand reglos da. In seinen Augen blitzte ein Funke des Verstehens auf. Seine Hand glitt langsam über ihren flachen Bauch; seine Augen folgten ihrer Bahn. Jetzt war es an ihm zu schlucken.

»Warum?« Seine Stimme war kaum mehr als ein Hauch. »Ist es … bist du …?«

Sie nickte.

Er zog sie in seine Arme. In seinem glücklichen Lächeln lag keine Spur von Zweifel. »Tja«, murmelte er, bevor er sie ungestüm auf den Mund küßte, »ich habe dich gewarnt …«

HEYNE BÜCHER

Heather Graham

Romane von zeitloser Liebe in den Wirren des Schicksals

04/211

Eine Auswahl:

Die Gefangene des Wikingers
04/71

Die Normannenbraut
04/128

Der Herr der Wölfe
04/138

Kreuzzug des Herzens
04/143

Die Braut des Windes
04/146

Dornen im Herzen
04/157

Ondine
04/164

Wechselspiel der Liebe
04/171

Rebell der Leidenschaft
04/182

Hafen der Sehnsucht
04/188

Der Indianerlord
04/194

Die schottische Lady
04/211

Heyne-Taschenbücher